"学衡派"
与
新文学运动

XUEHENG SCHOOL & NEW LITERATURE MOVEMENT

高传峰　著

上海书店
出版社
SHANGHAI BOOKSTORE PUBLISHING HOUSE

目　录

序

高传峰博士的专著《"学衡派"与新文学运动》要出版了，他嘱我写一个序，我答应了，原因很简单，他随我攻读博士学位，学位论文就是关于"学衡派"。对于"学衡派"，海内外至今已有很多研究成果，对他们的评价也基本持肯定态度，不像20世纪80年代，有那么多人将他们视为新文化运动的对立面，予以彻底否定。

我自己对"学衡派"中的一些代表人物一直怀有浓厚的兴趣，尤其像吴宓、胡先骕、陈寅恪、汤用彤等诸位先生，读过他们的书和文章，深为他们文化救国的专业精神所感动。20世纪末以来，《吴宓与陈寅恪》、《陈寅恪的最后20年》、《吴宓日记》、《吴宓自编年谱》、《梅光迪文录》、《胡先骕文存》、《胡先骕先生年谱长编》等著作的相继出版，助推了社会上普通读者对这些历史人物的重新认识。我恰巧有机会于2005—2006年作为哈佛燕京访问学者，在哈佛访学一年。在这一年中，有机会接触了哈佛档案馆中梅光迪、吴宓、汤用彤、陈寅恪、贺麟、白璧德等人的档案材料，完整地阅读了《中国留美学生月报》、《清华周刊》等材料。通过对相关史料的阅读，对这些历史人物有了一个更加直观的认识，很感佩这些"学衡派"人物在美留学期间优异的学业成绩和对传播中国文化所作出的贡献。不仅如此，对照美国和欧洲的现代化经验，他们积极探讨中国文化的现代出路，从学理和理论构想上给出自己的文化救国方案。这种热烈讨论的氛围，洋溢在当年留美学生当中。丁文江、胡适、赵元任等，也是其中的参与者和活跃分子。因为是个体的思考，每人的思路都不一样，相互之间声气相通，但意见不同，从没有一方将自己的论敌看做死敌。这种和而不同的态度，从学术思想的探讨角度来讲，应该是一种常态。但他们回国之后，因为各种社会力量的参与和政治需要，情况有了很大的改变。陈独秀在《文学革命论》中，将白话文定于一尊，认为中国文化的未来出路，只有白话文学革命才是正宗。如此绝对的态度，让原本不同意胡适白话文学革命方案的梅光迪、吴宓等，走到了白话文运动的对立面。某种意义上，那些认为梅光迪、吴宓等倡导的新文化运动是胡适等倡导的白话文学运动的对立面的观点，是有道理的，只是时间上，可能要到他们回国之后。也正是着眼于他们回国之后的坎坷经历，在学术研究上，涉及到的问题可能要多一些、复杂一些。

高传峰博士的"学衡派"研究，从 2012 年至今，也快十年了，真正是十年磨一针。在这并不短暂的时间内，他广搜材料，大量阅读与自己研究对象相关的材料，一些新发现曾在《新文学史料》上发表。但因为他在宁夏高校任职，相对于北京、上海等地的研究条件要更艰苦些，研究的进展相对比也缓慢些。但这慢也正好是学术研究能够沉淀下来的一种最好保证。如今，经过修改、充实，他的专著即将出版，我为他的坚持不懈感到高兴。也衷心希望他能够在学术研究的道路上一直走下去，不断有所拓展。我也愿意借此机会，向广大读者推荐这部著作。

是为序。

杨 扬

2021 年 11 月 6 日于沪西寓所

绪　论

　　1915 年初夏，帮章士钊办《甲寅》杂志已将近一年时间的陈独秀从日本回到上海，参加了亚东图书馆老板汪孟邹等人为他举行的"洗尘"宴会。失去了左膀右臂的章士钊很快停办了《甲寅》杂志。陈独秀此时则在内心中酝酿着一场大的"革命"，一场可以席卷中国思想文化界的"革命"。在这一年的 9 月 15 日，经过汪孟邹等人的撮合，陈独秀与群益书社的陈子沛、陈子寿兄弟合作出版了《青年杂志》，将会影响整个中国历史文化走向的新文化运动，就此拉开了帷幕。

　　与此差不多同时期，也是在 1915 年的夏天，远在美国留学的胡适和他的同学梅光迪、任鸿隽等人在绮色佳讨论了关于中国文学的问题。讨论过后，在这一年的 9 月 17 日，胡适给梅光迪写了一首诗，即《送梅觐庄往哈佛大学诗》。诗中写道："新潮之来不可止，文学革命其时矣。"这是胡适第一次使用"文学革命"一词。这个时候的胡适，已经开始朦胧地思考如何进行"文学革命"的问题了。从 1915 年夏开始，用了一年多的时间，胡适和梅光迪等友人关于"文学革命"进行了激烈的争论。争论过程中，胡适受尽奚落，丝毫没有占到上风。

　　在 1916 年 10 月 1 日出版发行的《新青年》第 2 卷第 2 号上，"通信"栏目中刊出了胡适致陈独秀的信函。在这封信函中，胡适将他关于"文学革命"的思考首次用"八事"的形式呈现出来。后来，他将这"八事"的意见稍作修改，敷衍成《文学改良刍议》一文，发表在 1917 年 2 月 1 日出版发行的《新青年》第 2 卷第 5 号上。新文化运动至此才算找到一个真正的突破口，才得以在这些"捕风者"的引领下朝一个明确的目标开展进行。

新文化运动及后来的"文学革命"在很长一段时间里寂寂无声，没有太多人注意到他们。旧派文人对他们不屑一顾，乃至新文学阵营要用唱"双簧戏"的方式"引蛇出洞"就是最好的证明。林纾在与新文学阵营对阵的过程中将自己的一世英名毁于一旦。历史的天平悄悄地移向了新文学阵营这边。1919 年"五四"运动的爆发又助了新文学阵营这些年轻人一臂之力，使新文化运动及"文学革命"最终能够取得决定性胜利。"五四"与新文化运动裹挟在一起推动了中国历史文化前进的潮流。这股潮流势不可挡，以至于 1920 年代"学衡派"及后期"甲寅派"的成员即使从西方取得"真经"也无法将其逆转。

一 "学衡派"与新文学运动

1925 年 4 月 20 日，张定璜在《语丝》第 23 期头条刊出了《中国人和日本人》一文。文中谈论了辜鸿铭在日本东京演讲时说到的"有 Culture 的人就没有国界"一句话。张定璜说道，辜鸿铭之意"只是指明他能够理解日本人，兼带嘉许日本人也能理解他，此外绝无丝毫非绅士的不纯正的企图包含在那句话里面，这是我们可以相信的"。由辜鸿铭一事，张定璜引申了日本学者西本省三的一些观点。

有关西本省三的观点及张定璜的评论文字录之如下：

　　同样，我们若听见一位西本省三先生说中国有所谓"反新文化运动"，而据他看起来，这并不是"反动"，而是"反本"。

那就是说，反本归源的反本。我想我们也可以相信西本省三先生所要表示的是日本人真懂得中国人原来有的而现今遗失了的中国文化，是日本真有"支那通"这个名词所包括的通晓中国现状的人。不然，如果读了这样的一段文章：

"从这个道理（西本省三先生在上面讲的是'形而上者谓之道'）分发出来的便是所谓五伦君亲的道，所以亲亲尊尊的道理是无论时代如何变化决不得变更的，然而支那人的祖先圣贤赍给后世的，这个无可动摇的五伦君亲的道，自从支那本国于十数年前把国家变成共和政体，没有了紧要的君臣一伦以来，就成为好比一个身体的五体里没有了头脑似的形势了。因为只是没有了头脑的四伦的动作，所以支那比起以前的支那来，更便于引起思想界的混乱，更容易使他恶化。于是有非常离奇的话说出来了，第一孔孟就被摈斥了……"

如果读了这样的一段文章，我们就疑心到西本省三先生在那里暗示爱新觉罗·溥仪先生为天下计为黔黎计，理应重践帝祚，那岂不是西本省三先生作了清室总社党的"夷"尊，也附和着那班叩头如捣蒜的遗老遗少们在那里仍旧想为那傻哥儿图个死灰复燃吗？这无论如何我想你就令西本省三先生向天起誓，他也是要否认的。

自然，这样的"支那通"究竟于我们，于中国于日本有什么用处，那另外是一件事。西本省三先生承认中国人近年来渐渐知道"反本"了，因为民国九年上海出现了《民心周报》，因为有些人知道了"君子所好，小子所憎"的文言到底比"好人喜欢的就是坏人讨厌的"的口语强，因为民国十年成立了"亚洲学术研究会"，尤其是因为民国十一年"学衡社"的创立。但不知怎么回事我们都健忘，这些东西我们都记不十分清楚了。我们的大多数似还没长进到西本省三先生所称知道"反本"的地步。[1]

在这篇文章的最后有一个注，写道："读者如有工夫，请参看《大东文化》第二卷第四号里的《支那的反新文化运动》。"[2] 西本省三这篇名为《支那的反新文化运动》的文章笔者暂时无法找到。张定璜提供的文字至少让我们知道，这位名叫西本省三的学者早在1925年或者之前就已经指出了中国文化界的"反新文化运动"现象。以张定璜发表这篇文章的1925年4月为限，这个时候的《学衡》杂志办了有近40期，《甲寅》周刊还没有出版。西本省三大概是最早指称中国反对新文化运动之思潮的学者，而且他对其持支持态度。[3]

本书关注民国时期的反新文学运动，这里的"反新文学运动"一词即从西本省三的"反新文化运动"而来。应该说，反新文学运动是反新文化运动思潮中与文学关系最密切的一部分。民国时期，中国的反新文学运动思潮主要有三股力量，即上文提到的"五四"前期以林纾为代表的旧派文人的反新文学运动、1922年以来"学衡派"的反新文学运动、1925年以来后期"甲寅派"的反新文学运动。本书正以此三股反新文学运动的力量为研究对象。

---

[1][2] 张定璜：《中国人和日本人》，见《语丝》第23期。

[3] 笔者关注张定璜的这篇文章，是受到台湾学者沈松侨的启发。沈松侨在《五四时期章士钊的保守思想》一文（收于《"中央研究院"近代史研究所集刊》第15期下册，1986年12月出版）中曾提及张定璜的这篇文章，参见《"中央研究院"近代史研究所集刊》第15期下册第195页第175小注。另外，沈松侨有专著《学衡派与五四时期的反新文化运动》。这里的"反新文化运动"应该也是从西本省三这里而来。

二 "故纸堆"的价值

如前文所述，民国时期的反新文学运动有三股力量。这三股力量虽然都站在新文学阵营的对立面，彼此交集的机会却并不多。如林纾 1924 年 10 月去世，当时《学衡》已经创刊 2 年多的时间，但他在世时并没有在《学衡》上发表过文章。《学衡》一直到第 70 期才刊出了他的一篇遗稿，即《吴孝女传》一文。又如 1926 年，因为中华书局不愿再续印《学衡》，刊物有停刊的危险。吴宓在为之奔波的过程中，后期"甲寅派"的成员梁家义等人为他出谋划策、分忧解难。遗憾的是，吴宓始终未曾和后期"甲寅派"的统帅章士钊谋过面。所以，"学衡派"与后期"甲寅派"也错过了联合的机会。尽管文学史上在论述民国的反新文学运动时，总是把这些力量放在一起进行论述[1]，但由于他们是各自为政，所以鲜有学者对新文学史上的反新文学运动进行整体研究。笔者迄今为止未查阅到本专业内就此问题进行整体研究的硕士或博士论文。

---

[1] 如钱理群、温儒敏、吴福辉在合著的《中国现代文学三十年》中是这样论述的，"文学革命为新文化运动的激流裹挟而下，摧枯拉朽，势不可挡，虽然也遭到旧文学势力的一些抵抗，但相对而言，文化保守主义的声音是比较微弱的。最初有林纾（琴南）出来正面迎击文学革命……林纾……的反攻，并没有什么理论力度，只停留在人身攻击和政治要挟的层面……1922 年，又发生了与'学衡派'的论辩。此派……保守立场使他们看不清历史变革的趋势，他们认定学术文化的进步只能依赖少数精英分子，因而学究气地指责新文化运动所指责的平民主义，同时反对包括文学革命在内的一切急剧的社会变革，站到时代主潮的对立面上去了……1925 年还发生过与'甲寅派'的论争……新文学阵线……从不同角度批驳了'甲寅派'阻挡新思潮的本质"。见《中国现代文学三十年》，北京大学出版社 1998 年版，第 9—11 页。

沈松侨是研究民国反新文化运动的台湾著名历史学者。他的专著《学衡派与五四时期的反新文化运动》[1]一书关注的是"学衡派"及其之前时期民国的反新文化运动。该书分为"绪论"、"五四前期新旧之争"、"五四后期新文化的反动与学衡的创立"、"学衡派对新文化运动的批评"、"学衡派的文化成就与文化理想"、"结论"六部分。在"结论"部分，沈松侨指出，中国近代知识分子在追求富强之际又面临一项严重挑战。即"为了达成进步与富强的目标，传统的文化是否必须加以扬弃？否则，又该如何调整，以消弭中西文化的矛盾与冲突"？面对这一困境，中国近代知识分子选择了两条不同的路径。第一派知识分子是"激进的民族主义者"，康有为、谭嗣同、梁启超及陈独秀等五四一代新知识分子等都属于这一派。与这一派相对的，是五四时期反对新文化运动的保守派，即"保守的民族主义者"。张之洞、辜鸿铭、严复、林纾、章太炎及"学衡派"等都属于这一派。对于第一派知识分子来说，他们认同的对象是国家与民族，而非传统的文化主义。所以，这一派往前发展，到了新文化运动者那里，晚清以来的反传统思想可以被推衍到极致。对于另一派知识分子即"保守的民族主义者"来说，他们认为真正的救亡之道，"端在发扬传统文化的精神，以正人心而昌国运"。他们所秉持的理念都不脱"中体西用"的思考架构，但是林纾及后来的"学衡派"在时代的发展过程中逐渐超越了它的思想旧范。如林纾，他已不再认为儒家文化伦理价值的"中体"为中国所特有，也不再仅仅把西方文化当作是器用、制度层面的"用"。到了"学衡

---

[1]《学衡派与五四时期的反新文化运动》一书，由台湾大学出版委员会1984年6月出版。

派"这里，他们不但突破了"中体西用"的思想格局，而且也为中西文化的调和开辟出了一条新蹊径。在这本书的最末，沈松侨指出，五四的历史经验既然没能拓展出一条正确的坦途，那么"学衡派"转化传统、融贯中西的努力就仍具有重估、深思的价值。[1]

在《学衡派与五四时期的反新文化运动》一书之后，沈松侨还写过一篇长论文，即《五四时期章士钊的保守思想》。这篇论文分为"前言"、"革命马前卒与共和宪政的旗手——章士钊早期的思想"、"五四时期保守思想的兴起与章士钊的思想转变"、"章士钊对新文化运动的批评"、"以传统为归趋的文化重建论"、"行动中的保守主义——章士钊与'整顿教育'"、"结论——从章士钊看五四保守思想的非传统性"七部分。沈松侨在文中梳理了章士钊从早年倾心革命，到后来渐趋温和改良，再到后来变为保守反动的一段人生历程。在"结论"部分，沈松侨指出与其他保守主义者相比，章士钊"特殊"在他在维护传统的儒家文化伦理价值的同时，还要求恢复传统的政治、经济秩序。不过对于章士钊来说，这只是他借以捍卫传统文化伦理价值的具体手段。因此，"对儒家文化伦理秩序的关怀，可说是五四保守主义者共具的基本信念"。沈松侨把章士钊与"学衡派"作了比较，发现五四时期中国的保守主义者在面对西方文化的强大压力时，大体上走了两条不同的路径。"学衡派"走的是第一条路径，即从西方的思想传统中汲取一套评估中西文化的普遍标准，再根据这条标准来肯定中国传统的内在价值。章士钊走的是第二条路径，即从根本上反对将中国文化与西方文化作任意比

---

[1] 参见沈松侨《学衡派与五四时期的反新文化运动》一书第五章"结论"部分。

附。这两种保守思想，虽然在最终的目标上可殊途同归，但其"所蕴含的思想模式，却是截然异趣，甚至有着相当强烈的紧张与矛盾"。沈松侨还以章士钊为例，分析了保守主义与传统的关系。在他看来，五四保守主义所标榜的传统，已非中国的旧有物。[1]沈松侨是较早关注民国反新文化运动的学者，他的先行研究对笔者深有启发！

虽然鲜见对民国反新文学运动进行全面研究的论著，但对于其中每一股力量来说，都不断有学者进行关注。如林纾之反对新文学，林纾研究专家张俊才早在1983年的《林纾对"五四"新文学的贡献》[2]一文中，曾从林译小说、林纾的小说理论、林纾文学实践中的革新因素等方面来谈林纾对"五四"新文学的贡献。最后得出结论，虽然林纾晚年反对新文化运动犯了严重的错误，但是他对"五四"新文学是功大于过的。尽管作者仍然认为林纾反对新文化运动的铁案是永远翻不了的，但作者的研究已经是在试图改变长期以来林纾在文学史上的负面形象。随着学术研究的不断推进，2005年张俊才又发表了论文《"悠悠百年，自有能辨之者"——重评林纾及五四新旧思潮之争》。[3]在这篇论文中，张俊才为林纾翻了案。他言道，作为一个文化上的保守主义者，林纾与激进主义者之间是对立和互补的关系，他们各有其存在意义。因此，文学史上关于林纾及五四新旧思潮的评述是需要重写的。

---

[1] 参见沈松侨《五四时期章士钊的保守思想》一文（收于《"中央研究院"近代史研究所集刊》第15期下册，1986年12月出版）"结论"部分。

[2] 该文发表于《中国现代文学研究丛刊》1983年第4期。

[3] 该文见《河北师范大学学报》（哲学社会科学版）2005年第4期。

1990 年代以来，随着"国学热"的兴起，人们对"学衡派"逐渐给予了较多的关注。沈卫威相继出版了《回眸"学衡派"——文化保守主义的现代命运》[1]、《吴宓与〈学衡〉》[2]、《"学衡派"谱系——历史与叙事》[3]等研究著作。《回眸"学衡派"——文化保守主义的现代命运》一书分为五章。这五章分别是"第一章：'学衡派'的人文景观——倾斜的学术天平"、"第二章：梅光迪的文化观念和文学态度——早期书信解读"、"第三章：植物学家胡先骕的人文情怀——早期诗文解读"、"第四章：吴宓的志业理想与人生悲剧——前期日记解读"、"第五章：文化保守主义者的极端取向——自杀的文化意义"。尤在第一章，围绕《学衡》杂志，作者对"学衡派"的诸多方面情况进行了梳理。在第一章最后"文化保守主义的价值取向"一部分内容里，作者得出结论："文化保守主义借助传统，是要防止自由、激进思潮导致的文化失范。同时，以保守的姿态和偏至话语与新文化运动抗衡，是要重新确立和获得知识话语的权利，以消解对方新的权力话语的霸权性。"[4]

沈卫威的学术研究极注重史料，《吴宓与〈学衡〉》就是一本史料整理的著作。该书以吴宓为中心，用编年纪事体的形式，展示了"学衡派"成员的活动。《"学衡派"谱系——历史与叙事》出版较晚，该书分为四卷。即"第一卷：学术理路"、"第二卷：文化载体"、"第三卷：大学场域"、"第四卷：个人体验"。该书以刊物和

---

[1] 该书由人民文学出版社 1999 年出版。
[2] 该书由河南大学出版社 2000 年出版。
[3] 该书由江西教育出版社 2007 年出版。
[4] 沈卫威著：《回眸"学衡派"——文化保守主义的现代命运》，人民文学出版社 1999 年版，第 82 页。

学校为中心来解说"学衡派"的活动。在第二卷"文化载体"中，作者论述了《学衡》、《史地学报》、《大公报·文学副刊》、《国风》、《思想与时代》等几个与"学衡派"有关的刊物。"学衡派"成员主要在南京高师—东南大学—中央大学、清华学校—清华大学、浙江大学、中正大学四所大学活动。在本书的第三卷"大学场域"中，作者没有就这些大学的体制和校史的具体问题展开，而是选取了几个兴奋点，做了史论上的连接。[1]另外，在这本书的第四卷"个人体验"中，作者选择刘伯明、柳诒徵、梅光迪、郭斌龢、张其昀、陈铨、王国维等人作了个案研究。

再如郑师渠的专著《在欧化与国粹之间——学衡派文化思想研究》[2]，这是一本全面观照"学衡派"的研究著作。该书共分为八章，分别是"第一章：欧战后中国社会文化思潮的变动"、"第二章：美国的新人文主义和学衡派的兴起"、"第三章：'今古事无殊，东西迹岂两'——学衡派的文化观"、"第四章：'文学是人生的表现'——学衡派的文学思想"、"第五章：'国可亡，而史不可灭'——学衡派的史学思想"、"第六章：'教育之改造'——学衡派的教育思想"、"第七章：'道德为体，科学为用'——学衡派的道德思想"、"第八章：'澄清之日不在现今，而在四五十年后'——学衡派的历史地位"。经过系统研究，作者指出"新文化运动抓住了时代的脉搏，它代表社会主流文化，而同时学衡派却边缘化了……但是，学衡派……文化思想的本质追求，与新文化运动并无二致，都在致力于中国文化的创新与发展，二者的分歧在于取径不同……学衡派倡

---

[1] 参见沈卫威《"学衡派"谱系——历史与叙事》一书"后记"，第559页。
[2] 该书2001年由北京师范大学出版社出版。

新人文主义以与实用主义抗衡，对主流文化起到了补偏救弊与制衡的作用……学衡派的文化思想，同样属于五四新文化的范畴，学衡派是倡导新文化的一族"[1]。

《东南大学与"学衡派"》[2]是高恒文研究"学衡派"的一本力作。全书分为六部分，分别是"导论"、"第一章：一个大学的兴起"、"第二章：一个流派的出现"、"第三章：'学衡派'在东南大学"、"第四章：'学衡派'的诗学理论与创作"、"第五章：东南大学的衰落与'学衡派'的风流云散"。作者以1927年为界，将《学衡》分为前后两期。前期是"学衡派"的《学衡》，后期则是吴宓的《学衡》。作者则重点研究了聚集在前期《学衡》周围的"学衡派"，研究了其在东南大学从兴起到风流云散的历史。当然，高恒文为《学衡》所作的分期，以及他认为东南大学衰落后"学衡派"就不复存在等，这些观点还有待商榷。

杨扬也是国内"学衡派"研究的专家之一。2005年到2006年，他在哈佛大学燕京学社做访问学者期间，查阅了白璧德、吴宓、梅光迪、梁实秋等人的文档，搜集了大量资料。《哈佛所见文史资料四则》[3]一文便是他在哈佛的史料研究成果之一。这篇文章分为"陈寅恪先生不曾入集的三封信"、"哈佛所见吴宓致白璧德的英文书信"、"哈佛所见白璧德文档中与中国学人相关的几个文件"、"哈佛所见Fong F. Sec材料"四部分。前三部分都和"学衡派"有关（陈寅恪是《学衡》的作者，笔者把他也作为"学衡派"的成员）。

---

[1] 郑师渠著：《在欧化与国粹之间——学衡派文化思想研究》，北京师范大学出版社2001年版，第426—427页。

[2] 该书2002年由广西师范大学出版社出版。

[3] 该文发表在《扬子江评论》2006年创刊号上。

"陈寅恪先生不曾入集的三封信"解读的是从《"国立中央研究院"院务报告》和《清华周刊》中发现的陈寅恪领衔签名的三封信,这些信件证明了陈寅恪先生的爱国立场。"哈佛所见吴宓致白璧德的英文书信"解读了哈佛图书馆保存的吴宓致白璧德的八封英文信件。"哈佛所见白璧德文档中与中国学人相关的几个文件"解读了白璧德文档中保存的吴宓(已如前述)、梅光迪、郭斌龢写给他的信件。另外,"哈佛所见 Fong F.Sec 材料"则揭秘了"Fong F.Sec"就是商务印书馆英文部主任邝富灼。此外,杨扬还于 2010 年 3 月在哈佛大学"全球化与人文主义"国际研讨会上作了题为《中国现当代文化语境中的白璧德》[1] 的演讲。在这次演讲中,杨扬指出,西方"文化保守主义"的概念是不是适合白璧德的"新人文主义",是不是能够涵盖"学衡派"的文化主张和思想初衷,这都还需要学术求证,不要总是从一种概念滑向另一种概念。杨扬的观点对笔者也深有启发。事实上用"保守主义"来指称"学衡派"是不切合实际的,吴宓在其 1949 年后的日记中也多次对此表示了愤愤不平。

相比"学衡派",学术界对"甲寅派"的研究严重滞后。历史学者郭双林在《前后"甲寅派"考》[2] 一文中将"甲寅派"分为前后两期。前期"甲寅派"是一个政论文派别,以章士钊为领袖,李大钊、高一涵和李剑农等人为成员。后期"甲寅派"则是一个文化保守主义派别,以章士钊为统帅,以《甲寅》周刊为阵地。笔者在本论文中采纳了郭双林对前后"甲寅派"之划分的观点。无论是前期"甲寅派",还是后期"甲寅派",都与中国文学关系密切,文学

---

[1] 该文发表在《读书》2011 年第 5 期。
[2] 该文发表于《近代史研究》2008 年第 3 期。

研究界却至今没有一本研究"甲寅派"的专著，这不能不说是一个遗憾！

《章士钊社会政治思想研究（1903—1927 年）》[1]是邹小站的博士学位论文。该书除"前言"外共有五章，分别是"第一章：从旧式文人到革命青年"、"第二章：对个人自由权利的关注与对强有力政府的追求"、"第三章：共和政治的精神、价值与道路"、"第四章：思想转折"、"第五章：'全面反动'——以农立国的系统方案"。该书还附录了《章士钊生平活动大事编年》。邹小站选择章士钊生命中最为活跃的 24 年来做研究，书中以时间为序，重点分析了他 1910—1917 年作为一个温和的自由主义政论家的政治思想，以及 1917 年后他思想上发生的转折乃至到后来的走向"全面反动"。

《〈甲寅〉月刊与中国新文学的发生》[2]是赵亚宏研究《甲寅》月刊的一本专著。该书除"前言"、"结语"外，分为四章。即"第一章：《甲寅》月刊与《新青年》：对清末民初启蒙思潮的承继与超越"、"第二章：《甲寅》月刊是《新青年》的先声"、"第三章：《甲寅》月刊的文学动向"、"第四章：《甲寅》月刊与新文学"。作者通过研究，认为从政治思想到文学观念的变革，《甲寅》月刊无不影响着新文学。不过在笔者看来，赵亚宏的观点是有夸大之嫌的。陈独秀创办《青年杂志》之前，是在日本帮章士钊办《甲寅》月刊。近年来，有一些学者注意到这个问题，研究了《甲寅》月刊与《新青年》、新文学的关系。这固然是一个非常好的切入口，但是陈独秀办《青年杂志》与章士钊办《甲寅》月刊理念完全不同。《甲寅》

---

[1] 该书 2001 年由湖南教育出版社出版发行。
[2] 该书 2011 年由人民出版社出版。

月刊对《新青年》的影响主要是外在的、形式上的，而非内在的、精神上的。在正文中，笔者对此有详细的论述。

　　中国反新文学运动的各股力量是分散的，他们彼此之间观点并不完全相同，也没有真正的交集，但是他们都站在新文学阵营的对立面，都反对废除文言文。从这一点上来说，这三股力量又是一以贯之的，他们同属于一个阵营。在本书的研究过程中，笔者在对这三股反新文学运动的力量分别进行了研究后，又将这一运动置于整个世界范围内的反现代化思潮背景下进行了审视和评价。中国反新文学运动不应该被完全否定，文学史需要给予其重新的定位。

第一章 中国旧文学的大崩溃

1919 年，中国历史上爆发了"五四"运动。借助"五四"运动之力，以 1915 年 9 月 15 日《青年杂志》的创刊为肇始的新文化运动，取得了决定性胜利。在中国历史上写下浓墨重彩一笔的 1919年，也因此成为中国旧文化以及旧文学的大崩溃之年。对于中国文化来说，正是从这一年起，真正开始了其新旧交替的进程。新文化运动滚滚而来的车轮，再也无人可以抵挡。试图反抗新文化运动的旧派文化人，在历史上留下的只能是无奈的身影！

中国的反新文学运动，始于林纾等旧派文人。对站在新文学阵营对立面的旧派文人之叙述，本书即从林纾开始。

第一节 林纾与文学革命

《新青年》第 3 卷第 1 号（1917 年 3 月 1 日出版）上，钱玄同在写给陈独秀的一封信中与之谈关于《文学改良刍议》一文的"私见数端"[1]。钱玄同在信中对"桐城派"散文与选学名家的骈文进行了一番奚落。文章行将收尾时，钱玄同又用括号中的文字记道："某氏与人对译西洋小说，专用《聊斋志异》文笔，一面又欲引韩、柳以自重，此其价值，又在桐城派之下，然世固以'大文豪'目之

---

[1]《新青年》（人民出版社 1954 年影印本，下同）第 3 卷第 1 号，"通信"栏目第 1 页。

矣！[1]"这里的"某氏"即林纾无疑。文学革命以来，这是林纾第一次被新文学阵营的作者直接攻击。钱玄同之所以向林纾"开火"，是因为他们之间的"恩怨"由来已久。

一 文学革命前期林纾与章门恩怨考辨

1902年，以严复为总办的京师大学堂译书局开局。因与他人合译《巴黎茶花女遗事》而获得巨大成功的林纾，此时开始在局里任职。林纾与京师大学堂（北大）的缘分即从此开始。

（一）任职京师大学堂——与章太炎结怨

林纾和严复虽以翻译名世，但是他们都心好古文，与吴汝纶及"桐城派"渊源甚深。[2]12月17日，京师大学堂复学，吴汝纶任总教习。吴汝纶与严复、林纾三人聚首于京师大学堂，势必会在这里再壮大"桐城派"古文的声势。可惜的是，1903年春吴汝纶病逝，后严复又于1904年初辞去了译书局总办一职。译书局也于1904年7月停办。虽然这次相聚"不欢而散"，但它却为后来林纾与"桐城派"成员再聚京师大学堂奏响了先声。

1906年9至10月间，林纾接受了京师大学堂校长李家驹之聘，担任学校预科及师范馆经学教员。[3]他在这一年认识了"桐城派"古文家马其昶。林纾在文中记道："桐城马通伯至京师，其

---

[1] 《新青年》第3卷第1号，"通信"栏目第7页。
[2] 严复1898年刊行《天演论》时，吴汝纶为之作序，盛赞该书的文笔"乃骎骎与晚周诸子相上下"。这样的"奖诱拂拭"让严复终身感激！林纾1901年秋从杭州迁家至北京，在金台书院、五城学堂教书期间，即已结识吴汝纶。他将自己"三十年恒严闭不以示人"的古文示于吴汝纶，得到其"抑遏掩蔽，能伏其光气者"的赞誉。
[3] 同时，林纾还在五城学堂担任总教习。

称吾文乃过于吴先生（笔者按：即吴汝纶）也"，"余居京师十年，出面士流，咸未敢与之言文，亦以古文之系垂泯，余力不足续其危系，何为以此自任？今得通伯，则私庆续者之有人也"！[1] 又为救古文之"垂泯"，林纾乃应商务印书馆张元济、高梦旦的约请，从1907年起开始编选10卷本的《中学国文读本》。[2] 这是一个系统的中国古文选读本。林纾自选篇目，逐篇评批。其中第1、2卷选评清文，第3、4、5卷选评元明宋文，第6、7卷选评唐文，第8卷选评六朝文，第9、10卷选评周秦汉魏文。[3] 至1910年，该读本才全部出版完毕。

林纾在京师大学堂经学教员一职上任了3年，至1910年改任经文科教员。查京师大学堂当时的职教员名单，可知共有13人任学校经文科教员。其中有11人从宣统二年（即1910年）正月起任职，分别是宋发祥、桂邦杰、林纾、郭立山、饶橿龄、江瀚、陈衍、胡玉缙、马其昶、姚永朴、夏震武。另有高毓彤从宣统二年三月起任职，黄为基从宣统二年七月起任职。[4] "桐城派"的马其昶、姚永朴此前并不在京师大学堂任职，而从本年开始成为学校教员。林纾与"桐城派"成员因此再聚于京师大学堂。此时，姚永概也在

［1］ 林琴南著：《林琴南文集·畏庐续集》，北京市中国书店1985年影印版，第25页。

［2］《中学国文读本》10卷均由商务印书馆出版，出版时间分别是：1908年5—6月出版第1、2卷，1909年5—6月出版第3、4、5卷，1909年10—11月出版第6、7卷，1910年2—3月出版第8卷，1910年12月出版第9、10卷。

［3］ 参见《林纾年谱长编（1852—1924）》（张旭、车树昇编著，福建教育出版社2014年版）。

［4］ 参见《北京大学史料》第1卷（1898—1911）（北京大学校史研究室编，北京大学出版社1993年版）"职教员名单"，第342页。

北京，遂与林纾结识。[1] 马其昶、姚永朴、姚永概郎舅三人都是吴汝纶的学生。加之林纾本已与马其昶为旧友，自然也会与姚氏兄弟过从较密。姚永概庚戌年（1910年）九月十六日（10月18日）日记记："二兄（笔者按：即姚永朴）五十生日，贺寿。通伯、季平、仲崇、琴南、蕴山、星五叔子，法部纯斋、至甥及方剑华均来。"[2] 此即为一处明证。林纾有言："当世之能古文者，承方姚道脉而且见淑于吴公，今乃皆私余。"[3] 大概是受到了这种精神上的鼓舞，林纾于这一年在商务印书馆印行了《畏庐文集》。

林纾论文本"持唐宋，故亦未尝薄魏晋"，与马其昶、姚永概等人熟识后，"亦以得桐城学者之盼睐为幸；遂为桐城张目，而持韩、柳、欧、苏之说益力"。[4] 就在1910年，崇魏晋文的章太炎作了《与人论文书》一文，其中对林纾多有嘲讽。章太炎道："并世所见，王闿运能尽雅，其次吴汝纶以下，有桐城马其昶为能尽俗……下流所仰，乃在严复、林纾之徒。复辞虽饬，气体比于制举，若将所谓曳行作姿者也。纾视复又弥下，辞无涓选，精采杂污，而更浸润唐人小说之风。夫欲物其体势，视若蔽廛，笑若龋齿，行若曲肩，自以为妍，而只益其丑也。"章太炎评林纾之文，"既不能雅，又不能俗"。他将林纾与蒲松龄相提并论，说"夫蒲松龄、林纾之书，得以小说署者，亦犹大

---

[1] 姚永概在《畏庐续集》的序文中言及与林纾相识，道："光绪庚戌，余始识之于京师。"（《畏庐续集·序》）

[2] 姚永概著、沈寂等标点：《慎宜轩日记》，黄山书社2010年版，第1164页。

[3] 林琴南著：《林琴南文集·畏庐续集》，北京市中国书店1985年影印版，第25页。

[4] 钱基博著：《现代中国文学史》，商务印书馆2011年版，第232页。

全、讲义诸书，傅于六艺儒家也"。[1]章太炎与林纾的梁子至此结下！后来，北大的章门弟子借新文化运动之机攻击林纾也导源于此。

（二）从北大离职——与章门无关

1912年2月26日，袁世凯任命严复为京师大学堂总监督。严复于3月8日就职，开始掌管学校事务。1912年5月4日，京师大学堂更名为北京大学校，严复遂成为北京大学校校长。林纾及姚氏兄弟本即与严复关系亲密，此时三人均仍在学校任职。[2]严复本来兼任学校文科学长，因为太过繁忙，还请了姚永概来担任文科教务长。姚永概1912年6月25日在日记中附记了此事："四月十一日到京……次日见严幼翁。又次日接大学校文科教务长之事。"[3]

严复在北京大学校校长一职上只做了很短的时间。1912年10月7日，因为"同教育部有矛盾"[4]，严复辞去了北京大学校校长一职。严复辞职后，章士钊被任命为北京大学校校长。章士钊未到任，由马良代理。1912年12月27日，马良辞职，何燏时又被任

[1] 章太炎著、徐复点校：《章太炎全集·太炎文录初编》，上海人民出版社2014年版，第171—172页。

[2] 关于马其昶，他宣统二年正月到京师大学堂任职，宣统二年三月即离职。查《北京大学史料》第1卷（1898—1911）"职教员名单"，第342页。

[3] 姚永概著、沈寂等标点：《慎宜轩日记》，黄山书社2010年版，第1201页。

[4] 萧超然等著：《北京大学校史（1898—1949）》，上海教育出版社1981年版，第30页。具体情况可参见尚小明的论文《民元北大校长严复去职内幕》，《北京大学教育评论》第11卷第2期（2013年4月）。

命为校长。[1]何燏时 1913 年 1 月 4 日到校任职。[2]何燏时的到来影响到了林纾与姚氏兄弟在北大的去留。

1912 年 10 月 2 日，姚永概听说严复辞职一事，在日记中记"闻校长已更，往严先生处辞职，并具函寄大学校"[3]。不过，此后他仍然在学校任职。1913 年 1 月 22 日，姚永概在日记中记"赴大学校，晤何校长（笔者按：即何燏时）、汪伯吾、馨，庶务长，黟人夏浮筠"[4]。1913 年 5 月 13 日，姚永概在日记中记"赴大学校辞行"[5]。此后，姚永概离开北京，回了安徽老家一趟并走访他地。9 月 22 日，姚永概日记记"晚到京"[6]。11 月 4 日，姚永概在日记中记"大学校行毕业式，往会，午后归"[7]。次日，姚永概离京再回安徽。1 年以后，姚永概 1914 年 12 月 3 日日记记"夜八钟抵京"[8]。这次回北京他已不再在北大任职。所以，严复辞职致姚永概心生退意，但他在北京大学任职时间迟至 1913 年 11 月 4 日。

林纾与姚永朴则于"民国二年三月"从学校离职或辞职。[9]后

［1］ 王学珍等主编：《北京大学纪事（1898—1997）》，北京大学出版社 1998 年版，第 30 页。
［2］ 姚永概著、沈寂等标点：《慎宜轩日记》，黄山书社 2010 年版，前言第 16 页。
［3］ 同上，第 1212 页。
［4］ 同上，第 1224 页。
［5］ 同上，第 1236 页。
［6］ 同上，第 1248 页。
［7］ 同上，第 1251 页。
［8］ 同上，第 1286 页。
［9］ 参见《北京大学史料》第 1 卷（1898—1911）"职教员名单"，第 342 页。

姚永朴于民国二年"十一月复行来校，任文科教员"[1]，而林纾却再也没有回来过。林纾离职的原因值得细究，首要即在于新任校长何燏时。何燏时，浙江诸暨人，曾留学日本东京帝国大学学习工科。[2]宣统元年（1909年）正月至民国元年（1912年）四月，何燏时任京师大学堂大学工科监督。[3]接任北大校长之前，何燏时曾任南京临时政府工商部矿政司司长。[4]何燏时接任北大校长以后，与林纾之间过节较深。在《畏庐琐记·刍狗》一文中，林纾对此有所披露。该文如下："《庄子》：'夫刍狗之未陈也，盛以箧衍，巾以文绣，尸祝斋戒以将之。及其已陈也，行者践其首，苏者取而爨之而已。'陆德明注：'刍狗结刍为狗，巫祝用之。'犹言物之适用时，虽刍狗贵也。余为大学教习十年，李、朱、刘、严四校长，礼余甚至。及何某为校长时，忽就藏书楼取余《理学讲义》，书小笺与掌书者曰：'今之刍狗也，可取一分来。'掌书告余，余笑曰：'校长此言，殆自居为行道之人，与樵苏者耳。吾无伤也。'即辞席。已而何君为学生拳殴，受大僇辱。呜呼！此真践其首，且爨之矣。"[5]这里的李、朱、刘、严四校长分别指李家驹、朱益藩、刘廷琛、严复，他们都对林纾礼遇甚至。林纾主京师大学堂讲席时，取明代孙奇逢《理学宗传》一书中所载的诸位理学家语录来为学生诠释讲解。后林纾将授课内容编成两卷本《修身讲义》，于1916年在商务印书馆印行。这里何燏时从藏书楼中取来的《理学讲义》指的应该

[1] 参见《北京大学史料》第1卷（1898—1911）"职教员名单"，第342页。
[2][4] 王恒礼等编著：《中国地质名人录》，中国地质大学出版社1989年版，第82页。
[3] 参见《北京大学史料》第1卷（1898—1911）"职教员名单"，第333页。
[5] 王红军校注：《畏庐琐记》，漓江出版社2013年版，第157—159页。

就是林纾当时尚未出版的《修身讲义》稿。何燏时的"刍狗"之喻深深伤害了林纾，林纾"即辞席"。学生后来殴打何燏时，并非为了林纾辞职一事，而是因为他的"高压政策"[1]。在这篇"琐记"当中，林纾将"刍狗"之喻还给了何燏时，总算用文字报了一箭之仇。

何燏时缘何会对林纾有此微辞？李家骥、李茂肃、薛祥生整理的《林纾诗文选》（商务印书馆1993年版）中收录了林纾写给其第五子林璐的部分信件，名为《〈畏庐老人训子书〉二十六通》，其中第15、21、24通信中谈及了此事。[2]现摘录如下：

第15通（作于1913年4月21日之前）："大学堂校长何燏时，大不满意于余，对姚叔节老伯议余长短。余闻之失笑，以何某到校时，余无谄媚之容，亦无趋承之态，故憾我次骨，实则思用其乡人，亦非于我有仇也。然每礼拜立讲至十句钟，余年老亦不堪矣，失去此馆，亦无妨碍。前已为政法学堂延为讲师，每礼拜六点钟，月薪一百元，合《平报》社二百元，当支得去。"[3]

第21通（作于1913年3月17日）："大学堂薪水，截至阴历三月止，四月便停课不上堂，须至八月招生。至于请我与不请我，尚在未定。校长何某，目不识丁，坏至十二分，专引私人。钟点既多，余老不能堪，幸《平报》尚可支至今年，得过且过；尚有译

---

[1]　《北京大学校史（1898—1949）》，第30页。何燏时与学生之间的具体矛盾，可参见第30—31页。

[2]　编者在收录这些信件时说写作时间是1921年前后，此处有误。这里引用的几封信件，其写作时间笔者均判定为1913年。

[3]　李家骥、李茂肃、薛祥生整理：《林纾诗文选》，商务印书馆1993年版，第372页。信中未标明写作时间，因其中有"已定阴历三月十五日搬家"一句，故可知写作时间在癸丑年阴历三月十五日之前（1913年4月21日）。

书，可以添贴。"[1]

第24通（作于1913年6月6日）："刻下大学堂学生，大闹风潮，驱逐校长，何燏时系小人之尤，不知怪我何事，及对缪荔生说我品行不端，学问卑下，其实怪我不会打他马屁，做此谣言。尔父义命自安，凡事任天，即不为大学堂教习，亦有啖饭之地。不图彼糟蹋我不成，转为学生驱逐，皇天有眼一一不爽。可见为人不必奸邪。汝年轻，凡事须大量，凡小人害我，第一节置之不校，最为善着。我若与校，不惟自失身分，且招人讥笑，亦失着也。"[2]

在第15通信中林纾指出，何燏时在姚永概面前议其长短，有两点原因。一是林纾对何燏时"无谄媚之容，亦无趋承之态"，二是何燏时"思用其乡人"。在第21、24通信中，林纾直批何燏时"目不识丁，坏至十二分"、"小人"。原因还是在于何燏时"专引私人"，"怪我不会打他马屁"。依林纾之言，何燏时首先就与他气味不投，加之又欲用"乡人"、"私人"，故而才有"刍狗"之喻。

沈尹默在《我和北大》一文中，提供了另外一个说法。1913年春节，与何燏时、胡仁源[3]关系要好的许炳堃来访沈尹默。闲

[1] 李家骥、李茂肃、薛祥生整理：《林纾诗文选》，商务印书馆1993年版，第377页。信末标明写作时间是"二月十日"，判定为癸丑年阴历二月十日（1913年3月17日）。

[2] 李家骥、李茂肃、薛祥生整理：《林纾诗文选》，商务印书馆1993年版，第379页。信末标明写作时间"阴历五月二日"，判定为癸丑年阴历五月二日（1913年6月6日）。

[3] 胡仁源（1883—1942），浙江吴兴人，和何燏时系浙江同乡。时任北大预科学长，后任北大工科大学学长。1913年11月5日，何燏时校长呈请辞职。教育部发布第89号训令，"训令北京大学工科大学学长胡仁源，在北京大学与北洋大学尚未合并之前，暂行监管校中一切事务"。（《北京大学纪事（1898—1997）》，第33页。）胡仁源遂任代理校长。1914年1月4日，胡仁源任北大校长。

谈中，许炳堃谈及"何燏时和胡仁源最近都有信来，燏时对林琴南教书很不满意，说林在课堂上随便讲讲小说，也算是教课"[1]。胡先骕1908年春进入京师大学堂预科学习，他上过林纾的课，且有回忆文字。胡先骕如是回忆林纾的课堂："先生素精技击，每每在授课时述及技击故事，辄眉飞色舞，津津有味，曾著笔记小说曰《技击余闻》，皆述耳闻目睹之实事，虎虎有生气，武士之须眉，若可睹也……先生在预科所授之课为人伦道德……虽所讲授者为宋明学案，而以其丰富之人生经验以相印证；又繁征博引古今之故事以为譬解，使人时发深省，而能体认昔贤之明训，于是聆斯课之学生，咸心情奋发，不能自已。"[2]若何燏时果真对许炳堃漫议过林纾的课堂，那么从胡先骕的回忆文字来看，何燏时并非诽谤。

至于林纾提到的何燏时"思用其乡人"、"专引私人"等问题，"私人"关系不易考，"乡人"关系则可作一探究。前文谈到沈尹默《我和北大》一文，1913年何燏时致信许炳堃，告知对林纾教书不满一事。之所以这样做，我们有理由推测是想请身在浙江的许炳堃帮忙在家乡物色合适人选来北大授课。后许炳堃便将沈尹默（浙江吴兴人）推荐了过去。沈尹默在文中谈及何燏时等人请其去北大的原因。"当时，太炎先生负重名……由于我弟兼士是太炎门生，何、胡等以此推论我必然也是太炎门下……只好硬着头皮，挂了太炎先

[1] 陈平原、夏晓虹编：《北大旧事》，北京大学出版社2009年版，第130页。
[2] 胡先骕：《京师大学堂师友记》，转引自《胡先骕先生年谱长编》（胡宗刚撰，江西教育出版社2007年版）第24页。

生门生的招牌到北京去了。"[1] 由此来看，何燏时"思用其乡人"之言不虚。又因为许炳堃的关系，他们联系到了章门的冒牌弟子沈尹默。沈尹默打着章太炎的招牌，成功进入北大。沈尹默的文章当中还提到朱希祖。"同去的有太炎先生门生朱希祖，他是应吴稚晖的邀请，到北京去参加教育部召开的关于注音字母的会议。"[2] 朱希祖1913年2月6日日记记："下午至沈尹默君家，约同行至京，尹默将就北京大学预科史学教员之聘也。"[3] 可见，最迟在1913年2月6日，沈尹默去北大的事情已经确定下来。1913年3月28日，朱希祖日记记"助尹默阅大学校预科招考新生国文卷十余本"[4]。可知，在1913年3月28日之前沈尹默已到北大任职。

朱希祖时任浙江教育司第三科科长。他去北京是参加由教育部召开的"读音统一会"。朱希祖1913年2月10日到京，次日即拜访了钱玄同（此时亦在浙江教育司，任科员）同父异母的兄长钱恂。[5] 1913年2月21日，钱恂索走了朱希祖的简历，"以备荐举"[6]。1913年2月26日，朱希祖得知自己已从浙江教育司第三科科长降为一等科员。此时，因钱恂及其婿董鸿祎之"揄扬"，何燏时欲延其为北大文科大学教授。法政学校校长邵伯绸爱其才，亦

[1] 陈平原、夏晓虹编：《北大旧事》，北京大学出版社2009年版，第130页。

[2] 同上，第130页。

[3] 朱希祖：《朱希祖日记》上，中华书局2012年版，第89页。

[4] 同上，第110页。

[5] 钱恂（1854—1927），字念劬，浙江吴兴人。据曹述敬所编的《钱玄同年谱》（齐鲁书社1986年版）载，钱恂1913年在北京任大总统府顾问，但不久赋闲。

[6] 朱元曙、朱乐川撰：《朱希祖先生年谱长编》，中华书局2013年版，第57页。

欲延其为教员。朱希祖遂觉"混迹京华亦计之得者耳"。[1] 1913 年 3 月 5 日，朱希祖接钱玄同信，"知杭州教育司苛待科员，不可一朝居。乃与念劬先生商酌，拟请中季（笔者按：即钱玄同）亦来北京。盖大学校校长正有请中季任文科教员之意矣"[2]。1913 年 3 月 17 日，朱希祖得钱玄同信，知其"亦将来京"[3]。4 月 3 日，钱恂之子钱稻孙来找朱希祖，"商议电召中季为大学预科国文教员"。朱希祖在日记中记道："初尹默议与余同为大学预科国文教员，商之胡次珊学长、何锡侯校长，均已允。既而稻孙又介绍中季，锡侯乃允中季与尹默教国文，故有此电。余决计让贤，且全友谊，别谋他事矣，且拟不日回杭，以全中季之事。"[4] 不知是不是受此事影响，次日朱希祖"心绪恶劣，百感交集，懒于行动，胃病滋居，饮食锐减"[5]。4 月 10 日，朱希祖日记记"得念劬先生湖州来电，云：大预尽先遏（笔者按：朱希祖，字遏先，此处即指朱）而后德（笔者按：钱玄同，字德潜，此处即指钱）。知中季已不允就大预国文教员矣，故推余去承受也"[6]。4 月 11 日，朱希祖接到北京大学的信件，请其为预科国文教员。4 月 12 日，何燏时亲自来朱希祖住处，谈聘其为教员一事。4 月 14 日，朱希祖和沈尹默一起在北大见到胡仁源，商谈了来北大代课一事。4 月 15 日，朱希祖再赴北大见了何燏时和胡仁源。[7] 朱希祖 1913 年的日记在 4 月 15 日后留下一句

---

[1] 朱希祖：《朱希祖日记》上，中华书局 2012 年版，第 97 页。
[2] 同上，第 100 页。
[3] 同上，第 105 页。
[4][5] 同上，第 112 页。
[6] 同上，第 114 页。
[7] 同上，第 114—115 页。

"语音统一会事告终，而大学校教授事方始"[1]便终结。从朱希祖日记来看，在钱恂、沈尹默等人的帮助下，最迟在 1913 年 4 月 15 日，他来北大一事即确定下来。朱希祖是章门弟子中第一个来北大者。以上沈尹默和朱希祖的例子，已经足以证明何燏时确实"思用其乡人"。"乡人"即是"私人"中的一种，如此林纾所言"专引私人"也为实情。

沈尹默、朱希祖之后，1913 年"何燏时、胡仁源把太炎先生的弟子马裕藻（幼渔）、沈兼士、钱玄同都陆续聘请来了"[2]。1913 年 9 月 27 日，鲁迅日记记"赴广和居，稻孙招饮也，同席燮侯、中季、嫁庭、遏先、幼渔、莘士、君默、维忱，又有一人未问其名，季士不至"[3]。此宴何燏时（燮侯）亦在，"当是为钱玄同至北京接风"[4]。由此可知钱玄同进入北大的时间在 1913 年 9 月 27 日之后。现有的资料已经无法查明马裕藻和沈兼士来北大任课的具体时间，但一定是在 1913 年 4 月 15 日至 9 月 27 日之间。林纾从北大离职的时间是"民国二年三月"，即癸丑年农历三月，其对应的阳历时间为 1913 年 4 月 7 日至 5 月 5 日。这段时间里确定来到北大的章门弟子只有朱希祖 1 人，而且还脚跟未稳。即便是马裕藻和沈兼士也在 4 月 16 日至 5 月 5 日这段时间里来到了北大，他们也不可能如此神速地就展开对林纾及"桐城派"的攻击。所

---

[1] 朱希祖：《朱希祖日记》上，中华书局 2012 年版，第 115 页。

[2] 沈尹默：《我和北大》，载《北大旧事》第 132 页。经笔者查证，沈尹默的回忆无误。朱希祖之后，1913 年间先后来到北大任教的章门弟子即为马裕藻、沈兼士、钱玄同。

[3] 《鲁迅全集》（人民文学出版社 2005 年版，下同）第 15 卷，第 80 页。

[4] 朱元曙、朱乐川撰：《朱希祖先生年谱长编》，中华书局 2013 年版，第 63 页。

27

以，说林纾离开北大是因为"在北京大学与主魏晋文的章氏弟子一派不合"[1]是不确切的。上文提到《〈畏庐老人训子书〉二十六通》，在第21通信中，林纾指出"大学堂薪水，截至阴历三月止，四月便停课不上堂，须至八月招生。至于请我与不请我，尚在未定"。可见从林纾本身来说，他并不想离开北大。离开北大后，林纾又在第24通信中愤愤地指出，"尔父义命自安，凡事任天，即不为大学堂教习，亦有啖饭之地。不图彼糟蹋我不成，转为学生驱逐，皇天有眼一一不爽。可见为人不必奸邪"。其矛头所指仍为何燏时。

现在可以得出的结论是，林纾是因为与北大校长何燏时不合才被迫离开北大的。何燏时请章门弟子来北大有偶然的因素。林纾与章太炎有旧怨，但这恩怨并没有来得及与章门弟子在北大延续下来。

（三）文学革命前期的林纾与章门

林纾离开北大后，专事写作，1914年开始在徐树铮创办的正志学校任教务长。姚永概1913年11月5日离京，直到1914年12月3日才再次抵京。1914年12月4日日记记"晚同辟疆同访徐次长，名树铮，字又铮，徐州人，年三十外，极道钦迟之意，约后日居校，遂归寓"[2]。1914年12月5日日记记"访琴南，此校伊为正教长，余为之副，各兼教席"[3]。由此可知，1914年12月5日之前

[1] 张旭、车树昇编著：《林纾年谱长编（1852—1924）》，福建教育出版社2014年版，第217页。
[2] 姚永概著、沈寂等标点：《慎宜轩日记》，黄山书社2010年版，第1286页。
[3] 同上，第1287页。

林纾已在正志学校任职。[1] 姚永概这次抵京后又和林纾做了同事。

此前林纾离开北大，但姚永概仍然在北大任职。何燏时如何对待姚永概？章门弟子陆续来到北大后，他们与姚永概是否产生过矛盾？这些问题对研究林纾与章门不无关系。首先，何燏时不喜欢林纾，和林纾的好友姚永概关系却并不恶劣。何燏时北大校长任内，姚永概日记中提及何氏共有 7 次。第一次是 1913 年 1 月 22 日，姚永概晤何燏时等人，文字前文已引。日记中其余 6 次提及何氏，时间也都在 1913 年。分别摘录如下：

2 月 24 日："赴校，校长令拟文科预算，先开哲学二门及中史、中文四类。"[2]

2 月 26 日："写预算，赴校交校长。"[3]

4 月 2 日："赴校。徐生道政与校长同县，因毕业事大龃龉，为和解之，因访汪伯吾。"[4]

9 月 24 日："赴校，校长约全堂议挽回停办，其方法余不以为然。然校长与余甚淡泊，不便言也。"[5]

10 月 4 日："访芦舲，言大学校已有部令，令仍开学。但校长已辞职，须候总统令耳。"[6]

10 月 18 日："赴大学……文科生只十人，又有二人欲改学法政，其八人尚有日本一生焉。教习只二人，余门尚缺。校长既不专

［1］　张旭、车树昇编著的《林纾年谱长编（1852—1924）》等资料中将林纾执教正志学校的时间推至 1915 年 4 月，显然有误。

［2］［3］　姚永概著、沈寂等标点：《慎宜轩日记》，黄山书社 2010 年版，第1227 页。

［4］　同上，第 1231 页。

［5］　同上，第 1248 页。

［6］　同上，第 1249 页。

任之余，又不加紧办理，部中又有停办文科之说，可叹也。余归心怦怦矣。"[1]

由 2 月 24 日、26 日日记可知，姚永概此时仍掌管北大文科。所以 1913 年初，沈尹默到北大，与何燏时"略谈后，燏时就请教务长姚叔节来见面。姚叔节和我简单谈了几句，要我在预科教中国历史"[2]。查《北京大学中文系 100 年纪事（1910—2010）》，1912 年 3 月姚永概被聘为京师大学堂文科教务长，此后直至 1914 年 8 月 19 日胡仁源校长任内夏锡祺接任北大文科学长。这中间并无其他人事安排。从严复到何燏时，姚永概应该是一直掌管北大文科，直到最后离开。1913 年暑假过后，教育部提出停办北京大学分科一事。姚永概 9 月 24 日日记所记即是何燏时与同仁商议挽救办法之事。10 月 4 日、10 月 18 日的日记则表明何燏时此时已准备辞职。日记中的以上几处文字零星地勾勒出了姚永概与何燏时的交往情况。二人之间的关系——用姚永概的话来表述，比较"淡泊"。他们之间并没有大的矛盾和冲突，属于正常的上下级关系。

其次，再看章门弟子与姚永概的关系。钱玄同 1913 年"九月，任国立北京高等师范学校历史地理部及附属中学国文、经学教员。此为钱玄同执教于北京师范大学之始。不久，兼任北京大学预科文字学教员"[3]。钱玄同是 1913 年最后一个来北大任课的章门弟子。故姚永概 1913 年 11 月 4 日离开北大之前，在北大的章门弟子

---

[1] 姚永概著、沈寂等标点：《慎宜轩日记》，黄山书社 2010 年版，第 1250 页。

[2] 陈平原、夏晓虹编：《北大旧事》，北京大学出版社 2009 年版，第 130 页。

[3] 曹述敬著：《钱玄同年谱》，齐鲁书社 1986 年版，第 20 页。

有朱经农、马裕藻、沈兼士、钱玄同4人。在《与人论文书》一文中，章太炎评吴汝纶以下有桐城马其昶为能尽俗。他这里的"俗"，"谓土地所生习，婚姻丧纪，旧所行也，非猥鄙之谓"[1]。可见，章太炎并不是在批判"桐城派"。他真正批的是严复、林纾，尤其是林纾。朱、马、沈、钱集结北大后，"桐城派"的马其昶、姚永朴及林纾都不在北大，他们有必要在此时对自己的上司、"单枪匹马"的姚永概展开攻击吗？我们是无法找到相关文字上的材料的。在笔者看来，把姚永概从北大辞职的原因归结为与"魏晋文派势力不相和睦"[2]也是没有根据的。况且，如果真是这样，那么该如何解释在姚永概离开后，他的哥哥姚永朴又"复行来校，任文科教员"呢？

1913年暑假过后的9月23日—11月4日是姚永概在北大待的最后一个学期。姚永概日记中提及北大共有11次。除上文所引9月24日、10月4日、10月18日以及最后一次即11月4日赴北大参加毕业式的4处记载外，其余7处与北大有关的记载如下：

9月23日："赴校，忽闻部中议定停办分科。"[3]

10月1日："赴大学校。"[4]

10月7日："赴大学校。"[5]

[1] 章太炎著、徐复点校：《章太炎全集·太炎文录初编》，上海人民出版社2014年版，第170页。

[2] 薛绥之、张俊才编：《林纾研究资料》，福建人民出版社1983年版，第39页。

[3][4] 姚永概著、沈寂等标点：《慎宜轩日记》，黄山书社2010年版，第1248页。

[5] 同上，第1249页。

10 月 13 日："大学校开学，往行礼。"[1]

10 月 15 日："赴大学会议。"[2]

10 月 21 日："赴大学校，闻有停办文科之说。"[3]

10 月 23 日："闻部令已到校，停文科。"[4]

姚永概日记中没有记载任何与章门弟子的矛盾。从日记中这几处文字推测，教育部先是要停办北大分科，后来又要停办北大文科，姚永概"归心怦怦"，这很有可能是他最后离开北大的真正原因。当然，章门弟子也极有可能会让他感觉到某种不自在，毕竟志趣不同。这种微妙的感觉是无法形诸笔墨的。

1915 年 11 月 22 日，姚永概日记记"畏老来求作集序，为成一篇"[5]此集即林纾次年 4 月由商务印书馆出版的古文集《畏庐续集》。《畏庐续集》中收有一篇文章《与姚叔节书》。其文开篇言："仆潜蛰京师久。咫尺之地，不与足下相闻。既而足下南归，不居大学。有人言校长不直足下，寻校长亦不见直于学子，且不见直于司学之人，而校长行矣。继其事者不知为谁。"[6]据此可判断，这篇文章作于姚永概离开北大之后，再次赴京之前，即 1913 年 11 月 5 日至 1914 年 12 月 2 日之间。林纾在文中不点名地回击了章太炎。"敝在庸妄钜子，剽袭汉人余唾，以掊扡为能，以饤饾为富，补缀以古子之断句，涂垩以《说文》之奇字，意境、义法概置弗讲，侈言于众：'吾汉代之文也！'伧人入城，购搢绅残敝之冠服，袭之以耀其乡里。

---

［1］ 姚永概著、沈寂等标点：《慎宜轩日记》，黄山书社 2010 年版，第 1249 页。

［2］［3］ 同上，第 1250 页。

［4］ 同上，第 1250—1251 页。

［5］ 同上，第 1317 页。

［6］ 林琴南著：《林琴南文集·畏庐续集》，北京市中国书店 1985 年影印版，第 16 页。

人即以搢绅目之？吾弗敢信也。"[1] 此处的"庸妄钜子"必是指章太炎了。这已是林纾第二次批章太炎。1913 年 5 月，北大"文科国文门首届本科生（1910 年入学）"[2] 毕业，林纾作《送大学文科毕业诸学士序》一文以送行。在这篇文章中，林纾痛心地指出，"古文之弊久矣……今之狂谬钜子，趣怪走奇，填砌传记，如缩板擂土，务取其杳且夥者以为能，则宜乎讲意境、守义法者之益不见直也。欧风既东渐，然尚不为吾文之累。敝在俗士以古文为朽败，后生争袭其说，遂轻蔑左、马、韩、欧之作，谓之陈秽，文始辗转日趣于敝"[3]。这里的"狂谬钜子"、"俗士"即指章太炎。"后生"亦有指涉章门弟子之意。在《与姚叔节书》一文中，林纾在批章太炎之余，还着意批章门弟子为"谬种"。"近者其徒某某腾噪于京师，极力排娼姚氏，昌其师说，意可以口舌之力，挠蔑正宗，且党附于目录之家，矜其淹博，谓古文之根柢在是也。夫目录之学，书贾之帐籍也。京师买贾之老暮者叩以宋明之椠，历历然。谓文之有根柢者，必若书贾之帐籍，其可乎？贡父兄弟读书多于欧公，今日二刘遗集宁足与居士集并立？矧庸妄之谬种，又左于二刘万万也。"[4] 批章太炎为"庸妄钜子"，批章门弟子为"庸妄之谬种"，字词之间可见林纾对章太炎怀恨之深。他万没有料到，这"谬种"有一天会再流传到他这里。林纾所说的"近者其徒某某腾噪于京师"等指的就是章门弟

[1] 林琴南著：《林琴南文集·畏庐续集》，北京市中国书店 1985 年影印版，第 16 页。

[2] 《北京大学中文系 100 年纪事（1910—2010）》1913 年条目。参见温儒敏主编的《北京大学中文系百年图史（1910—2010）》，北京大学出版社 2010 年版，第 261 页。

[3] 林琴南著：《林琴南文集·畏庐续集》，北京市中国书店 1985 年影印版，第 20 页。

[4] 同上，第 16—17 页。

子纷纷进入北大一事，还是另有所指，已不可考。据笔者前文分析，姚永概乃至“桐城派”与章门本无多少瓜葛，现在林纾在《与姚叔节书》中大批章门，这篇文章收入《畏庐续集》后姚永概又为全书作序，“桐城派”势必也要卷入到这场恩怨纠纷当中去了。

1914 年，应康有为主持的孔教会之邀请，林纾发表了题为《论古文虽为艺学然纯正者乃可载道》的一场讲演。在讲演中，林纾又批章太炎。“有志之士，闻有鄙八家不为者，则高言周秦汉魏，猎采古人字句，摹仿《典引》、《封禅书》及《剧秦美新》之体，又用换字之法，避熟字而用生字，舍俗书而用《说文》，一篇乍出，望者骇栗，以为文必如此，方成作手。不知此等文，直以健步与良车驯马斗力也。”[1] 因为是公开场合，林纾这里的语气收敛很多。

至 1916 年，林纾为姚永概的《慎宜轩文集》作序，再批章门。“今庸妄钜子，饤饾过于汪伯玉，哮勃甚于祝枝山，用险句奇字以震眩俗目，鼓其赝力，斥桐城不值一钱，而无识之谬种，和者嗥声彻天。余则以为其才不能过伯玉，而其颃焰所张，又未能先枝山也”，“彼妄庸之谬种……吾亦但见其黔黑凶狞而已，不知其所言之为文也。”[2] 这里仍将章太炎称为“庸妄钜子”，章门弟子称为“无识之谬种”、“妄庸之谬种”。林纾说章太炎“斥桐城不值一钱”，未免太过。或许他是将章太炎对他的批评，不自觉地也全嫁在了“桐城派”身上，这样会让他觉得“吾道庶几不孤”[3]。林纾在批章门的同时，也总是树起“桐城派”的标杆，以与章门对比。“仆生平未

[1] 钱谷融主编、吴俊标校：《林琴南书话》，浙江人民出版社 1999 年版，第 186—187 页。

[2] 林琴南著：《林琴南文集 · 畏庐三集》，北京市中国书店 1985 年影印版，第 5 页。

[3] 同上，第 6 页。

尝言派，而服膺惜抱者，正以取径端而立言正。若弗务正而日以挦扯钉饾，震眩流俗之耳目，吾可计日而见其败离，远久不得。"[1] 其实，章太炎对林纾的批评要远过于"桐城派"。

又 1916 年 7 月，上海中华编译社特设立国文函授部，印行《文学讲义》。该《文学讲义》月出 1 期，共 12 期，林纾任编辑主任。在第 2 期的附录部分附有林纾的 3 篇文章：《与本社社长论讲义书》、《再与本社社长论讲义书》、《螺江太保七十寿文》。[2] 其中在《与本社社长论讲义书》、《再与本社社长论讲义书》两篇文章里，林纾又批了章门。如他批章太炎"狂谬骂人"[3]，"好用奇字，袭取子书断句，以震眩愚昧之目；所传谬种，以《说文》入手，于意境义法，丝毫不懂"[4]。

姚永概曾说林纾"任气而好辩"[5]。在章太炎批评了林纾之后，林纾在不同的场合予以了回击。他"庸妄钜子"、"庸妄之谬种"的称呼，可谓以牙还牙。我们很少能看到章门弟子在文学革命前期对林纾的批评文字，但他们等到了机会。文学革命的大潮狂卷而来了！

二 林纾与新文学阵营"选学妖孽，桐城谬种"口号的风向流转

1917 年 1 月 1 日，钱玄同在日记中记道"文学之文，当世哲人如陈仲甫、胡适之二君，均倡改良之论，二君邃于欧西文学，必

［1］ 林琴南著：《林琴南文集·畏庐续集》，北京市中国书店 1985 年影印版，第 17 页。

［2］ 参见《林纾年谱长编（1852—1924）》，第 263 页。

［3］ 钱谷融主编、吴俊标校：《林琴南书话》，浙江人民出版社 1999 年版，第 180 页。

［4］ 同上，第 178 页。

［5］ 林琴南著：《林琴南文集·畏庐三集》，北京市中国书店 1985 年影印版，第 5 页。

能为中国文学界开新纪元"[1]。在当日发行的《新青年》第2卷第5号上，胡适发表了《文学改良刍议》一文。钱玄同必是看到了这篇文章，故有此论。随后，在1917年2月1日发行的《新青年》第2卷第6号"通信栏目"中，钱玄同致信陈独秀言"顷见六号《新青年》胡适之先生文学刍议，极为佩服！其斥骈文不通之句，及主张白话体文学说最精辟。公前疑其所谓文法之结构为讲求Gramma，今知其为修辞学，当亦深以为然也。具此识力，而言改良文艺，其结果必佳良无疑。惟选学妖孽，桐城谬种，见此又不知若何咒骂。虽然得此辈多咒骂一声，便是价值增加一分也"[2]。新文学史上著名的革命口号"选学妖孽，桐城谬种"由此产生，并深为"桐城派人士和骈文家们所痛心疾首"[3]。

作为章门弟子的钱玄同在《新青年》上这样表态，其分量之重了然于陈独秀的回复文字当中。"以先生之声韵训诂学大家，而提倡通俗的新文学，何忧全国之不景从也。可为文学界浮一大白。"[4]"选学妖孽，桐城谬种"的口号喊得响亮，但后来革命斗争的对象却指向了既非纯正的"桐城派"亦非"选学派"的林纾身上。这中间钱玄同依然功不可没。这个口号的提出，以及风向的流转，值得学人细究。

（一）新文学阵营"选学妖孽，桐城谬种"口号的提出

胡适的《文学改良刍议》一文是文学革命的发难文章。在这篇

---

［1］ 杨天石主编：《钱玄同日记》（整理本）（上），北京大学出版社2014年版，第296页。

［2］《新青年》第2卷第6号"通信"栏目第12页。

［3］ 舒芜：《"桐城谬种"问题之回顾》，《读书》1989年第11期。

［4］《新青年》第2卷第6号"通信"栏目第13页。

文章中，胡适谈及了他关于文学改良须从"八事"入手的意见。在谈及自己的这些意见时，胡适对当时文坛不同体裁的作品多有批评。这里重点关注的是胡适对古文的批评。

在谈"不摹仿古人"一事时，胡适说"观今之'文学大家'，文则下规姚、曾，上师韩、欧，更上则取法秦汉魏晋，以为六朝以下无文学可言。此皆百步与五十步之别而已，而皆为文学下乘，即令神似古人，亦不过为博物院中添几许'逼真赝鼎'而已，文学云乎哉"[1]！这里的"下规姚、曾，上师韩、欧"显然指的是"桐城派"，至于"取法秦汉魏晋，以为六朝以下无文学可言"，其中所指则包括独尊魏晋文的章太炎。在《国故论衡·论式》一文中，章太炎曾言"今世慕古人文辞者，多论其世，唐、宋不如六代，六代不如秦汉。今谓持论以魏、晋为法，上遗秦、汉，敢问所安？曰：夫言亦各有所当矣"[2]。章太炎之所以"以魏、晋为法"，原因在于"夫雅而不核，近于诵数，汉人之短也；廉而不节，近于强钳，肆而不制，近于流荡，清而不根，近于草野，唐、宋之过也；有其利无其病者，莫若魏、晋"[3]。在"不讲对仗"一事中，胡适言"后世文学末流，言之无物，乃以文胜；文胜之极，而骈文律诗兴焉，而长律兴焉。骈文律诗之中非无佳作，然佳作终鲜……今日而言文学改良，当'先立乎其大者'，不当枉废有用之精力于微细纤巧之末。此吾所以有废骈废律之说也"。这里胡适又批评了骈文、律诗，认为其"束缚人之自由过甚"。[4]民初文坛的古文可分为三派：魏晋

[1]《新青年》第2卷第5号，《文学改良刍议》一文第3页。
[2] 章太炎：《国故论衡》，商务印书馆2010年版，第118—119页。
[3] 同上，第120页。
[4]《新青年》第2卷第5号，《文学改良刍议》一文第9页。

文、骈文、散文。其中章太炎代表魏晋文一派，刘师培代表骈文一派，"桐城派"则属散文一派之中坚。[1] 胡适在《文学改良刍议》一文中对民初文坛古文的批判，可谓剑有所指一个不漏。

钱玄同将陈、胡二人所倡的文学改良视为对文学之文的改良。在当日去访沈尹默时，他则谈到了"二君所未措意"的应用文之改革。"应用文之弊，始于韩、柳，至八比之文兴，桐城之派倡，而文章一道遂至混沌。晚唐以后，至于今日，其间能撇去此等申申夭夭之丑文字者，惟宋、明先哲之语录耳。今日欲图改良，首须与文学之文划清，不可存丝毫美术之观念，而古人文字之疵病，虽见于六艺者，亦不当效。"[2] 所谓"文学之文"与"应用文"之不同，钱玄同语焉不详，盖可从其文学性、应用性之字面意。总之，他是将唐宋八大家与"桐城派"的文章划为应用文，并指出了其危害及改良之必要。

在1917年1月之后的二十余天日记当中，钱玄同还两次提到了"桐城派"。一次是1月23日，钱玄同在日记中从应用文字之价值层面批评了吴汝纶之文。"日前独秀谓我，近人中如吴趼人、李伯元二君，其文学价值，实远在吴挚甫之上。吾谓就文学美文之价值而言，独秀此论诚当矣！吾更就应用之文字言之，则梁任公之文……吴稚晖之文……在岸然道貌、以'文以载道'之腐臭语装点门面者，必极诟……然吾谓梁、吴文之有用，断非吴挚甫所能望其项背。"他还嘲讽了"桐城派"，"搭起架子作无病呻吟之丑文，犹欲老老脸皮向人道：'我之文中某句，神似昌黎，某句脱胎六一。'

---

[1] 参见钱基博著：《现代中国文学史》目录，商务印书馆2011年版。

[2] 杨天石主编：《钱玄同日记》(整理本)(上)，北京大学出版社2014年版，第296页。

是何异东施捧心效颦……丑态百出，令人肉麻，今之桐城派人何以异是"！[1]两天后的 1 月 25 日，钱玄同又在日记中记："古今文学美文之有价值者，其体裁琢句，决无全袭前人甘为优孟衣冠者，其最为杰出者，必其全不袭前人者也……若如近世所谓桐城派之文、江西派之诗，不特无一顾之价值也，偶一见之，直欲令人作三日呕，文学云乎哉！"[2]这是继续在批"桐城派"作文之摹仿古人。

读了胡适的《文学改良刍议》一文，连续在 1917 年 1 月 1 日、1 月 23 日、1 月 25 日的日记中三次批"桐城派"后——未提及骈文派，钱玄同在 1917 年 2 月 1 日发行的《新青年》第 2 卷第 6 号上，喊出了"选学妖孽，桐城谬种"的口号。之所以把"选学妖孽"放在"桐城谬种"之前，可能是因为他最佩服胡适文中"斥骈文不通之句，及主张白话体文学说"。胡适在文中批评了当时文坛上包括章太炎在内的古文流派，而钱玄同在喊出"选学妖孽，桐城谬种"的口号时，则是将其师章太炎一派的古文有意忽略掉了。

在《新青年》第 2 卷第 6 号上，还发表了一篇陈独秀的《文学革命论》，以为胡适"声援"。陈独秀在文中也批评了当时的文坛。他将明前后七子与八家文派之归、方、刘、姚并称为"十八妖魔"。"此十八妖魔辈，尊古蔑今，咬文嚼字，称霸文坛。"他尤其批评归、方、刘、姚之文，"或希荣誉墓，或无病而呻，满纸之乎者也矣焉哉。每有长篇大作，摇头摆尾，说来说去，不知道说些甚么。此等文学，作者既非创造才，胸中又无物，其伎俩惟在仿古欺人，直无一字有存在之价值，虽著作等身，与其时之社会文明进化无丝毫关

---

[1] 杨天石主编：《钱玄同日记》（整理本）（上），北京大学出版社 2014 年版，第 304 页。

[2] 同上，第 305 页。

系"。陈独秀评今日中国文学，道"悉承前代之弊。所谓'桐城派'者，八家与八股之混合体也；所谓'骈体文'者，思绮堂与随园之四六也；所谓'西江派'者，山谷之偶像也"。[1]陈独秀的批评也道及当时文坛的"桐城派"散文与骈体文，但并没有提及崇魏晋文的章太炎一派。陈独秀应该是有意为之。不像身在国外的胡适一身轻松，他此时正在北大与章门弟子作同事，所以下笔措辞是必须注意的。

钱玄同非常得意自己喊出的这个口号，在以后的文字中还经常提起。[2]这里仅举一例，在1917年7月1日发行的《新青年》第3卷第5号"通信"栏目中，钱玄同在致陈独秀的信中即提及"惟选学妖孽所尊崇之六朝文，桐城谬种所尊崇之唐宋文，则实在不必选读。(学周秦两汉者，其人尚少。间或有之，亦尚无选学妖孽、桐城谬种之臭架子，故尚不甚讨厌)"[3]到了给胡适的《尝试集》作序时，他又将"《文选》派"和"桐城派"比作两种最反对白话文章的"文妖"。二者之所以反对白话文章，是因为"做了白话文章，则第一种文妖，便不能搬运他那些垃圾的典故，肉麻的词藻；第二种文妖，便不能卖弄他那些可笑的义法，无谓的格律。并且若用白话做文章，那么会做文章的人必定渐多，这些文妖，就失去了他那会做文章的名贵身份，这是他最不愿意的"[4]。

我们可以从几个方面来审视钱玄同喊出的"选学妖孽，桐城谬种"之口号。首先，"选学妖孽"的口号将矛头对准了刘师培。钱

---

[1]《新青年》第2卷第6号《文学革命论》一文第3页。

[2] 可参见舒芜在《"桐城谬种"问题之回顾》一文中的罗列。

[3]《新青年》第3卷第5号，"通信"栏目第12页。

[4]《新青年》第4卷第2号，《新青年》第4卷总第141页。

玄同比刘师培小三岁，二人家有"世谊"。据钱玄同自述，"刘君之伯父恭甫先生与先父笆仙公为友，恭甫先生之子张侯君又为先父之弟子"。钱玄同慕刘师培之学，"愿与订交之心甚炽"。[1] 1907年4月22日，在日本留学的钱玄同在章太炎处"初次晤刘申叔"[2]。此后至1908年秋冬间刘师培回国，钱玄同"恒与刘君谈论，获益甚多"。[3] 刘师培回国以后，钱玄同"对于申叔之学，说老实话，多半不同意，非因其晚节有亏也，实因其思想守旧，其对于国学之见解与方法，均非弟所佩服也"[4]。这里钱玄同提出"选学妖孽"的口号，即是1909年以后对刘师培之学"多半不同意"的表现之一。

1905年，刘师培在2月23日出版的《国粹学报》第1期上发表了《文章原始》一文。在这篇文章中，刘师培指出"骈文一体，实为文体之正宗"。他批评了"桐城派"，认为"惟歙县凌次仲先生，以《文选》为古文正的，与阮氏《文言说》相符……文章正

［1］　钱玄同：《钱玄同文集》4，中国人民大学出版社1999年版，第327页。

［2］　杨天石主编：《钱玄同日记》（整理本）（上），北京大学出版社2014年版，第94页。

［3］　钱玄同：《钱玄同文集》4，中国人民大学出版社1999年版，第327页。刘师培对钱玄同的具体影响，可参见刘贵福的论文《钱玄同与刘师培》（"第三届中国近代思想史国际学术研讨会"论文）。据刘贵福的研究，"辛亥时期，刘师培在国粹主义、无政府主义等方面给钱玄同以极大影响，但在今、古文经学取向，在对无政府主义与民主主义关系的认识上，二人又有较大差别。这一差别是影响二人后来道路选择不同的因素之一。'五四'时期……钱玄同在文字学、文学等方面，都与刘师培观点相反。但钱玄同此时倡导的白话文、拼音字、简化字及其激进的反传统态度，又有刘师培早年给他的影响寓其中"（见论文《钱玄同与刘师培》"内容提要"）。

［4］　钱玄同：《钱玄同文集》6，中国人民大学出版社2001年版，第299页。

轨，赖此仅存"。[1] 章太炎后来在《国故论衡·文学总略》一文中，指责"前之昭明，后之阮氏，持论偏颇，诚不足辩"[2]，则意在批评刘师培。钱玄同"选学妖孽"的口号正承袭了其师之意。喊出"选学妖孽，桐城谬种"的口号之后，钱玄同在他的文章当中曾几次不点名地批评刘师培。如1917年3月1日发行的《新青年》第3卷第1号"通信"栏目，钱玄同在致陈独秀的信中言"阮元以孔子《文言》为骈文之祖，因谓文必骈俪。（近人仪征某君即笃信其说，行文必取骈俪。尝见其所撰经解，乃似墓志。又某君之文，专务改去常用之字，以同训诂之隐僻字代之，大有'夜梦不祥，开门大吉'改为'宵寐匪祯，辟札洪庥'之风，此又与用僻典同病。）则当诘之曰：然则《春秋》一万八千字之经文，亦孔子所作，何缘不作骈俪？岂文才既竭，有所谢短乎"[3]！这里的"仪征某君"即指刘师培。又如在为《尝试集》作序时，钱玄同有言"还有一种妄人说'文章应该照这样做'，'《文选》文章为千古文章之正宗'"[4]，这里的"妄人"显然也指刘师培。

其次，"桐城谬种"的口号是违背了其师章太炎之意的。章太炎虽与"桐城派"师法不同，但他只是批评林纾，并没有批评过"桐城派"。在1910年见刊于《学林》第2册的《与人论文书》一文中，章太炎言及"桐城派"，道"仆重汪中，未尝薄姚鼐、张惠言。姚、张所法，上不过唐、宋，然视吴、蜀六士为谨。仆视此，虽不与宋祁、司马光等，要之，文能循俗，后生以是为法，犹有坛宇，

[1]《刘师培全集》第3册，中共中央党校出版社1997年版，第450页。
[2] 章太炎：《国故论衡》，商务印书馆2010年版，第79页。
[3]《新青年》第3卷第1号，"通信"栏目第3—4页。
[4]《新青年》第4卷第2号，《新青年》第4卷总第140页。

不下堕于猥言酿辞，兹所以无废也"[1]。1922年4—6月，章太炎在上海讲授国学，其中谈到"文学之派别"。他有言曰："我们平心论之，文实在不可分派；言其形式，原有不同，以言性情才力，各各都不相同，派别从何分起呢？我们所以推重桐城派，也因为学习他们的气度格律，明白他们的公式禁忌，或者免除那'台阁派'和'七子派'的习气罢了。"[2]这已经是在"五四"之后，章太炎仍如是言，可见他内心从未真正指责过"桐城派"。作为章太炎的弟子，钱玄同不可能不了解其师的喜好。他在这时提出"桐城谬种"的口号是明显背离了章师之意的。

第三，作为古文成一派的章太炎之弟子，钱玄同"选学妖孽，桐城谬种"的口号用背叛古文的方式壮大了文学革命的声威。钱玄同曾在日记中记他在1914—1915年间，"时而想学《文选》的骈文，时而拿什么桐城'义法'的鬼话去教中学校学生"[3]。到了1916年，"因为袁世凯造反做皇帝，并且议甚么郊庙的制度，于是复古思想为之大变。起初对于衣冠礼制反对复古，夏秋间见《新青年》杂志及陈颂平、彭清鹏诸公改国文为国语的议论，于是渐渐主张白话作文，而于孔氏经典尚不知其为不适用共和时代也"[4]。有了这样的思想转变，于是在读到胡适的文章之后，钱玄同随即就在下一期的《新青年》上表示了对胡适的"极为佩服"，并喊出"选

---

[1] 章太炎著、徐复点校：《章太炎全集·太炎文录初编》，上海人民出版社2014年版，第171页。

[2] 章太炎讲演、曹聚仁整理：《国学概论》，中华书局2009年版，第64页。

[3] 杨天石主编：《钱玄同日记》（整理本）（上），北京大学出版社2014年版，第336页。

[4] 同上，第336—337页。

学妖孽，桐城谬种”的口号。钱玄同的口号不光背叛了他曾经学习过的“《文选》的骈文”、“桐城‘义法’”，同时也背叛了古文，间接触及章太炎。在北大任教，又是章太炎的弟子，钱玄同“背叛式”地公开表态大大壮大了文学革命的声威。陈独秀在回复文字中说“何忧国之不景从也”，背后是难掩的欣喜之情。要知道，钱玄同与他不过在其出任北大文科学长后刚刚认识，而钱与胡适还素未谋面。

值得一提的是，就在钱玄同喊出“选学妖孽，桐城谬种”的口号不久，1917年3月，“桐城派”的姚永朴黯然地从北大离职了。这大概可以证明这一口号的杀伤力有多大。1917年秋，刘师培应蔡元培之聘来北大任教，但已到人生暮年的他从未和钱玄同以及新文学阵营争执过（详见下文分析）。

（二）林纾与“选学妖孽，桐城谬种”批判口号的风向流转

钱玄同提出“选学妖孽，桐城谬种”的口号时，其中有几分是针对林纾，很难明确指出。尽管由于章太炎对林纾的贬斥，林纾与章门在文学革命之前就埋下了积怨，林纾在此前曾称章太炎为“庸妄钜子”、章门弟子为“庸妄之谬种”，但没有证据可以表明钱玄同“选学妖孽，桐城谬种”口号中的“谬种”就是从林纾那里而来。

1913年11月5日至1914年12月2日之间，林纾在《与姚叔节书》一文中首次出现“庸妄钜子”、“庸妄之谬种”的称呼。查《钱玄同日记》，我们会发现钱玄同本人也非常喜欢使用“谬妄”、“妄庸”、“庸妄”、“谬种”等词。如1912年10月12日，钱玄同日记记“上海商务印书馆有陆炜士者，编一字书，名《新字典》。此等书删节《康熙字典》，去古字，增俗字，必无价值无疑。且以书之方分，必更下《康熙字典》无疑。余有志作此，故虽极谬妄之书

亦在必看之列"[1]。此处出现"谬妄"一词。1912 年 10 月 26 日,
钱玄同日记记"干支廿二字,古本借用以纪旬,不过一种标帜。昔
人迷信此中有神怪之理,固非,今之妄庸子以改用阳历,又谓欲废
之,亦不通,可笑也"[2]。此处出现"妄庸"一词。同样是在 1912
年 10 月 26 日,钱玄同日记中还记"册行则卷之称谓当废,章实
斋已言之。然自来仍计卷,而册数又任书贾率订,无有一定,故卷
册当并标。汉后史乘数倍于经,故不用刘向、王俭经史合并之例
也。四部之分太陋,不足为训。张之洞、徐仲凡所分更庸妄,不足
道矣"[3]。此处出现"庸妄"一词。1913 年 3 月 10 日,钱玄同日记
记"幼渔来信,知彼与杜亚泉,而翁与王照均大冲突。盖杜亚泉力
主多数音之说,王照则因其官话字母北方有用之者,欲传播其谬种
计,主张废汉字,用切音文字"[4]。此处出现"谬种"一词。此外,
钱玄同日记中还经常出现"妄"、"谬"、"荒谬"等字词。钱玄同日
记中的这些字词都出现在林纾《与姚叔节书》一文问世之前,所以
钱玄同提出"选学妖孽,桐城谬种"的口号不一定是从林纾的"庸
妄之谬种"而来。[5]

　　"选学妖孽,桐城谬种"的口号之提出未必有太多针对林纾的
成分,可是文学革命的风向很快流转,林纾成了"众矢之的"。为

[1] 杨天石主编:《钱玄同日记》(整理本)(上),北京大学出版社 2014 年
　　版,第 228 页。
[2][3] 同上,第 231 页。
[4] 同上,第 261 页。
[5] 潘务正在论文《"桐城谬种"考辨》[《安徽师范大学学报》(人文社会
　　科学版)2008 年第 1 期]中指出"我们有理由相信,钱玄同所使用
　　的'谬种',直接来源是林纾的文章和言论。而且,通过'咒骂'这
　　个词能揣摩出其笔锋所指,实在林纾,不在桐城派"。潘务正显然没
　　有注意到钱玄同的日记,笔者在这里指出以作订正。

林纾惹祸的是他发表在 1917 年 2 月 1 日《大公报》上的一篇文章，即《论古文之不宜废》。林纾在文中言道："文无所谓古也……马、班、韩、柳……唯是此四家矣……然而一代之兴，必有数文家捣拄于其间，是或一代之元气盘礴郁积发泄而成……有清往矣，论文者独数方、姚……方今新学始昌，即文如方、姚，亦复何济于用？然而天下讲艺术者仍留古文一门，凡所谓载道者皆属空言，亦特如欧人之不废腊丁耳。知腊丁之不可废，则马、班、韩、柳亦自有其不宜废者。吾识其理，乃不能道其所以然。此则嗜古者之痼也！民国新立，士皆剿窃新学，行文亦泽之以新名词。夫学不新而唯词之新，匪特不得新且举其故者而尽亡之。吾甚虞古系之绝也……夫马、班、韩、柳之文，虽不协于时用，固文字之祖也。嗜者学之，用其浅者以课人，转转相乘，必有一二钜子出肩其统，则中国之元气尚有存者。若弃掷践唾而不之惜，吾恐国未亡而文字已先之，几何不为东人之所笑也？"[1] 林纾将马、班、韩、柳之文视为文字之祖，在他看来这些古文即使不济于用，也不应该被废除。

"古文之不宜废"，林纾此前已经多次表达过这样的意见。如收录于在《畏庐续集》的《文科大辞典序》一文中，林纾就曾言"新学既昌，旧学日就淹没，孰于故纸堆中觅取生活？然名为中国人，断无抛弃其国故而仍称国民者。仆承乏大学文科讲席，犹兢兢然日取左、国、庄、骚、史、汉、八家之文，条分缕析，与同学言之。

---

[1] 林琴南：《论古文之不宜废》，见 1917 年 2 月 1 日的《大公报》。江中柱在《文献》2006 年第 4 期发表的《〈大公报〉中林纾集外文三篇》一文中披露了该文的全貌。笔者这里据《大公报》原文录入，标点断句参考了江中柱的论文，但有修改。

明知其不适于用，然亦所以存国故耳"[1]。同样收录于《畏庐续集》的《送大学文科毕业诸学士序》一文中，林纾指出古文之弊在于"大老之自信而不惑者，立格树表，俾学者望表赴格而求其合度，往往病拘挛而痿于盛年。其尚恢复者，则又矜多务博，舍意境废义法，其去古乃愈远"。他在文末寄予学生勉励之言，道"世变方滋，文字固无济于实用。苟天心厌乱，终有清平之一日，则诸君力延古文之一线，使不至于颠坠，未始非吾华之幸也"。[2] 在这两篇文章当中，林纾都表达了古文虽不济实用但仍有保存的必要之意。由此可见，林纾是继续自己之前关于古文的倡言，在《大公报》上发表了《论古文之不宜废》一文。他很有可能根本就没看过《新青年》，也谈不上是因胡适此前在《新青年》上发表的《文学改良刍议》一文而发。[3]

年轻气盛的胡适是在美国"与友人讨论文学，颇受攻击"[4]的情况下，给《新青年》投稿来阐述自己文学改良之意的。陈独秀、钱玄同等人的赞同意见并不能让他完全满意，他还期待听到的是反对的声音。他注意到了林纾的这篇文章，"喜而读之，以为足供吾辈攻击古文者之研究，不意乃大失所望"[5]。一个"喜"字最能透露出胡适当时的迫切心情。1917 年 4 月 9 日，胡适在致陈独秀的信

[1] 林琴南著：《林琴南文集·畏庐续集》，北京市中国书店 1985 年影印版，第 10 页。

[2] 同上，第 20 页。

[3] 《林纾年谱长编（1852—1924）》（张旭、车树昇编著，福建教育出版社 2014 年版）中认为林纾此文"批驳陈独秀、胡适的观点"（第 272页），在笔者看来，林纾并非意在指责陈独秀、胡适。

[4] 《新青年》第 3 卷第 3 号，"通信栏目"第 5 页。

[5] 同上，第 4 页。

（发表在 1917 年 5 月 1 日发行的《新青年》第 3 卷第 3 号"通信"栏目上）中抓住林纾文中"而方、姚卒不之踣"一句文法上的错误进行了一番奚落，且将林纾所谓的"乃不能道其所以然"视作古文当废的明证。

再看钱玄同，1917 年 2 月 25 日，钱玄同在致陈独秀的信（发表在 1917 年 3 月 1 日发行的《新青年》第 3 卷第 1 号"通信"栏目上）末用"某人"的称呼指出林纾之文价值实在"桐城派"之下。言下之意，林纾的文章连"桐城谬种"都不如。钱玄同早年也曾迷恋过林译小说。1905 年，18 岁的钱玄同在从上海去日本的船上翻看了林纾的《巴黎茶花女遗事》、《美州童子万里寻亲记》，觉得"饶有趣味"[1]。到了日本后，钱玄同又陆续看了林纾的《埃及金塔剖尸记》、《迦茵小传》、《英孝子火山报仇录》等翻译小说。他在日记中记道："小说总以白话章回体为宜，若欲以文笔行之，殊难讨巧。今之能此者仅林畏庐一人耳。林能以高雅洁净之文笔达种种曲折之情，此其所以为佳也。"[2]现在，立场不同，钱玄同批判起林纾来毫不留情面。况且，钱玄同与林纾之间还夹杂着一层师门之外的私怨。林纾民国初年在北大任教时曾与董鸿祎有矛盾。林纾 1913 年 6 月起曾在《平报》上开设"践卓翁短篇小说"专栏，之所以署"践卓翁"，即是将董鸿祎比作董卓而为报复。[3]董鸿祎乃是钱玄同同父异母的哥哥钱恂的女婿，林纾与董有怨，自然会结怨钱玄同。

---

[1] 杨天石主编：《钱玄同日记》（整理本）（上），北京大学出版社 2014 年版，第 9 页。

[2] 同上，第 26 页。

[3] 参见《林纾年谱长编（1852—1924）》第 223—224 页。

又有 1916 年从中华书局辞职后，便一直寓居在上海明厚里一号[1]的刘半农，在《新青年》第 3 卷 3 号上发表了《我之文学改良观》一文。此前，他已有译作等文字发表在《新青年》的第 2 卷第 2—6 号、第 3 卷第 2 号上。在《我之文学改良观》一文里，刘半农用"某氏"来指称林纾，并予以了批评。"近人某氏译西文小说，有'其女珠，其母下之'之句。以珠字代'胞珠'，转作'孕'字解。以下字作'堕胎'解。吾恐无论何人，必不能不观上下文而能明白其意者。是此种不通文字，较诸'附骥'、'续貂'、'借箸'、'越俎'等通用之典，尤为费解"。[2]在 1918 年 1 月 15 日发行的《新青年》第 4 卷第 1 号"通信"栏目中，刊出了 1917 年 11 月 21 日钱玄同致刘半农的信。钱玄同在信中提及刘半农所引林纾这句话时写道："至某氏'其女珠，其母下之'之妙文，则去不通尚有二十年。此公之文，本来连盖酱缸都不配，只有用先生的法子，把他抛入垃圾桶罢了"。[3]钱玄同与刘半农的这次呼应为他们随后演"双簧戏"做好了铺垫。

文学革命以来，新文学阵营"始终不曾遇到过一个有力的敌人们。他们'目桐城为谬种，选学为妖孽'。而所谓'桐城，选学'也者却始终置之不理。因之，有许多见解他们便不能发挥尽致。旧文人们的反抗言论既然竟是寂寂无闻，他们便好像是尽在空中挥拳，不能

---

[1] 徐瑞岳编著：《刘半农年谱》，中国矿业大学出版社 1989 年版，第 34 页。

[2] 《新青年》第 3 卷第 3 号，《我之文学改良观》一文第 7 页。据钱钟书的考证，"某氏"即林纾。不过，"其女珠，其母下之"是个"被引错而传作笑谈的句子"。原文为"女接所欢，嬲，而其母下之，遂病"，出自林译小说《巴黎茶花女遗事》。其中的"嬲"，即怀孕之意，引自《尚书·梓材》。参见钱钟书《林纾的翻译》一文。

[3] 《新青年》第 4 卷第 1 号，《新青年》第 4 卷总第 82 页。

不有寂寞之感"[1]。于是，在1918年3月15日发行的《新青年》第4卷第3号上，以《文学革命之反响》为总名发表了钱玄同化名王敬轩致《新青年》同仁的信及刘半农的回复。二人信中多有谈及林纾，刘半农直批评林译小说"半点儿文学的意味也没有"[2]。后来，罗家伦在1919年1月1日创刊的《新潮》杂志上发表了《今日中国之小说界》一文，再次批评了林纾的翻译。林纾终于被触怒了，他在上海《新申报》为其特辟的"蠡叟丛谈"专栏发表了2篇攻击新文学阵营的文言短篇小说。此即《荆生》（载1919年2月17—18日《新申报》）、《妖梦》（载1919年3月19—23日《新申报》）。至此，文学革命批判的对象从"选学妖孽，桐城谬种"完全转至林纾。

林纾写《荆生》、《妖梦》来反对新文化运动，此举正中新文学阵营的下怀。关于新文学阵营此后对林纾的轮番批判，笔者无意在此赘述。[3]这里仅就林纾反对新文化运动的观点略作总结与评述。

林纾反对新文化运动的观点总结起来有两点：一是不可覆孔孟、铲伦常；一是不可尽弃古文。关于不可覆孔孟、铲伦常，1919年3月18日林纾在《公言报》上发表《答大学堂校长蔡鹤卿太史书》一文，其中有言"晚清之末造，慨世之论者恒曰：去科举、停资格、废八股、斩豚尾、复天足、逐满人、扑专制、整军备，则中国必强。今百凡皆遂矣，强又安在？于是更进一解，必覆孔孟，铲伦常为快……外国不知孔孟，然崇仁、仗义、矢信、尚智、守礼五常之道，未尝悖也，而又济之以勇……何时贤乃有此叛亲蔑伦之

---

[1] 郑振铎编选：《中国新文学大系·文学论争集》（影印本），上海文艺出版社2003年版，导言第6页。

[2] 《新青年》第4卷第3号，《新青年》第4卷总第273页。

[3] 可参见《林纾年谱长编（1852—1924）》。

论"[1]！1919 年 3 月 25 日，林纾在《大公报》上又发表了《林琴南再答蔡鹤卿书》一文，更声明"弟所求者，存孔子之道统也"，"彼叛圣逆伦者，容之即足梗治而蠹化，拼我残年，极力卫道，必使反舌无声、瘈狗不吠然后已"[2]。直至 1923 年，林纾作《续辨奸论》，仍言"所患伦纪为斯人所斁，行将侪于禽兽，滋可忧也"[3]。关于不可尽弃古文，在《答大学堂校长蔡鹤卿太史书》一文中，林纾指出"若云《水浒》、《红楼》皆白话之圣，并足为教科之书。不知《水浒》中辞吻，多采岳珂之《金陀萃篇》，《红楼》亦不止为一人手笔，作者均博极群书之人。总之，非读破万卷书不能为古文，亦并不能为白话"[4]。在林纾看来，"古文者，白话之根柢"[5]也。

对于林纾这样一个长期浸淫在传统文化中的文人来说，他对新文学阵营的批评，是他确实看到了其猛烈与激进的一面，也无法理解他们用这种决绝的方式摧垒开路的立场。作为前清的"遗老"，林纾的思想一直还停留在戊戌维新时期。他虽不排斥新学，但那"以儒学为本位来建设现代中国文化"[6]的主张与新文学阵营"建设现代中国文化必须以西方的启蒙文化为本位"[7]的认识是根本冲突，无法调和的。

---

［1］ 林琴南著:《林琴南文集·畏庐三集》，北京市中国书店 1985 年影印版，第 26 页。

［2］ 1919 年 3 月 25 日《大公报》。江中柱在《文献》2006 年第 4 期发表的《〈大公报〉中林纾集外文三篇》一文中披露了该文的全貌。笔者此处据《大公报》原文录入。

［3］ 转引自《林纾年谱长编》第 405 页。

［4］ 林琴南著:《林琴南文集·畏庐三集》，北京市中国书店 1985 年影印版，第 27 页。

［5］ 许桂亭选注:《林纾文选》，百花文艺出版社 2006 年版，第 95 页。

［6］ 张俊才著:《林纾评传》，中华书局 2007 年版，第 233 页。

［7］ 同上，第 232 页。

第二节　其他反对派的意见

胡适后来反思文学革命的成功，首先指出的一点即是"那时的反对派实在太差了。在 1918 和 1919 年间，这一反对派的主要领导人便是那位著名的翻译大师林纾（琴南）。林氏本人不懂一句西文，但是他竟能以文言翻译了 200 多种西洋小说（实为 180 种，281卷）。他说：'吾固知古文之不当废，然吾不知其所以然。'对这样一个不堪一击的反对派，我们的声势便益发强大了"[1]。正如胡适所说，当时旧派文人中正面与新文学阵营论战的主要就是林纾。在前面的内容中，笔者对此作了重点梳理。作为林纾来说，他也是迫不得已。新文学阵营的一再挑战，使他不得不"出洞"！在本部分内容中，笔者有意探讨一下其他旧派文人对新文化运动与文学革命的态度。重点以严复、章太炎、刘师培为主。

一　严复：听其自鸣自止可耳

文学革命发难期，严复亦在被攻击之列。在钱玄同托名王敬轩写给《新青年》的那封信中涉及严复的文字如下：

> 若严先生者，不特能以周秦诸子之文笔，达西人发明之新理，且能以中国古训，补西说之未备。如论理学译为名学，不特可证西人论理，即公孙龙惠施之术，且名教名分名节之义，非西人论理学所有，译以名学，则诸义皆备矣。中性译为罔两，

---

[1]　唐德刚译注：《胡适口述自传》，华东师范大学出版社 1993 年版，第165 页。

假异兽之名，以明无二之义。理想国译为乌托邦，则乌有与寄托二义皆大显明。其尤妙者，译音之字，亦复兼义。如名学曰逻辑，逻盖指演绎法，辑盖指归纳法。银行曰板克，大板谓之业，克，胜也，板克者，言营业操胜算也。精妙如此，信非他人所能几及。与贵报诸子之技穷不译，径以西字嵌入华文中者相较，其优劣何如？望平心思之。[1]

此段言严复译法之精妙。在刘半农的回应文字中，针对上文提及的译名，尤其是王敬轩的解释作了一番调侃。如将"中性"译为"罔两"一说，刘半农道："严先生译'中性'为'罔两'，是以'罔'字作'无'字解，'两'字指'阴阳两性'，意义甚显；先生说他'假异兽之名，以明无二之义'，是一切'中性的名词'，都变做了畜生了！先生如此附会，严先生知道了，定要从鸦片铺上一跃而起，大骂'该死'！"[2] 严复晚年吸食鸦片烟而得哮喘，最后亦因哮喘而死。这里刘半农说严复"从鸦片铺上一跃而起"，自有讽刺之意。

不似林纾的强烈反对，严复并未正面攻击过新文学阵营。这大概与他的病已严重有关。再说，1918年的严复已经66岁，他或许也已经不屑于再与这些年轻辈争论。1919年夏，在致熊纯如的信中，严复谈及文学革命。录如下：

北京大学陈、胡诸教员主张文白合一，在京久已闻之，彼之为此，意谓西国然也。不知西国为此，乃以语言合之文字，而彼则反是，以文字合之语言。今夫文字语言之所以为优美

[1]《新青年》第4卷第3号，《新青年》第4卷总第267页。
[2] 同上，总第282页。

者，以其名辞富有，著之手口，有以导达要妙精深之理想，状写奇艺美丽之物态耳。如刘勰云："情在词外曰隐，状溢目前曰秀"；梅圣俞云："含不尽之意，见于言外，状难写之景，如在目前"；又沈隐侯云："相如工为形似之言，二班长于情理之说。"今试问欲为此者，将于文言求之乎？抑于白话求之乎？诗之善述情者，无若杜子美之《北征》；能状物者，无若韩吏部之《南山》。设用白话，则高者不过《水浒》、《红楼》；下者将同戏曲中簧皮之脚本。就令以此教育，易于普及，而斡弃周鼎，宝此康瓠，正无如退化何耳。须知此事，全属天演，革命时代，学说万千，然而施之人间，优者自存，劣者自败，虽千陈独秀，万胡适、钱玄同，岂能劫持其柄，则亦如春鸟秋虫，听其自鸣自止可耳。林琴南辈与之较论，亦可笑也。[1]

严复对于文言的钟爱溢于字里行间。他将"文言"比作"周鼎"，"白话"比作"康瓠"，且对文言有充分的自信，认为其"优者自存"，而白话则"劣者自败"。林纾与新文学阵营之间的论争在他看来竟为可笑。这段文字可看做是严复私下对林纾的一种回应与支持。

侯外庐在《严复思想批判》一文中这样勾勒严复思想演变的轨迹，"自光绪二十一年到二十五年止，论者谓是其思想全盘西化时期，其后到清末民初乃渐趋于中西折衷，民国以后则更趋于复古"[2]。细查其晚年（严复1921年去世，在民国生活十年）的言论，的确有非常浓重的复古倾向。以1917年为例，1月24日，在

---

[1] 王栻主编：《严复集》第3册，中华书局1986年版，第699页。

[2] 商务印书馆编辑部编：《论严复与严译名著》，商务印书馆1982年版，第46页。

54

致熊纯如的信中，严复指出，"即他日中国果存，其所以存，亦恃数千年旧有之教化，决不在今日之新机，此言日后可印证也"[1]。1917年4月，在致熊纯如的信中，严复指出，"鄙人行年将近古稀，窃尝究观哲理，以为耐久无弊，尚是孔子之书。四子五经，固是最富矿藏，惟须改用新式机器发掘淘炼而已；其次则莫如读史，当留心细查古今社会异同之点"[2]。这里的"新式机器"指什么，如何"发掘淘炼"，严复并未指出。11月7日，陈宝琛70岁生日。严复在《太保陈公七十寿序》一文中指出，"乃洎于今举悉废之，而大用西人之学说，此真天下之大变也。夫徒以学说言，则杨墨之为我兼爱，黄老之清静无为，申商之名实，与夫佛之戒定慈悲而不为外物侵乱，设倡而施之，岂遂无一切之美利？而古之圣贤人所必辞而辟之者，道不本于中庸，要于其终，利也且不偿其害故也。今所云西人之学说，其广者，曰平等，曰自由；其狭者，曰权利，曰爱国。之四者，岂必无幸福之可言？顾使由之趋于极端，其祸过于为我兼爱与一切古所辟者，殆可决也。欧罗巴之战，仅三年矣，利民肝脑涂地、身葬海鱼以亿兆计，而犹未已。横暴残酷，于古无闻。兹非孟子所谓率土地以食人肉者欤！则尚武爱国，各奋其私，不本忠恕之效也"[3]。看来，第一次世界大战促使了严复对中西文化进行反思，从而更多地看到了中国传统文化的优良之处。当严复为当时社会"大用西人之学说，此真天下之大变也"而不满时，他好像忘了他自己正是那传播西洋近世思想的第一人！在1917年末所作的《题李一山汝谦所藏唐拓武梁祠画像》一文中，严复更指出"吾国美

[1] 王栻主编：《严复集》第3册，中华书局1986年版，第662页。
[2] 同上，第668页。
[3] 王栻主编：《严复集》第2册，中华书局1986年版，第350—351页。

术，自建筑、雕塑、绘画、音乐之伦，虽与雅典发源不同，而先代教化之崇深，精神托寄之优美，析而观之，皆有以裨补西人所不及者"[1]。

以上材料均说明严复晚年思想上向传统的回归。1918年8月，严复长女严璸与熊纯如之侄熊洛生订婚。在致熊纯如的信中，严复指出"不佞垂老，亲见脂那七年之民国与欧罗巴四年亘古未有之血战，觉彼族三百年之进化，只做到'利己杀人，寡廉鲜耻'八个字。回观孔孟之道，真量同天地，泽被寰区。此不独吾言为然，即泰西有思想人亦渐觉其为如此矣"[2]。可见这时的严复思想上已经开始贬西扬中了。此时正是新文化运动如火如荼地进展之际，严复与其背道而驰。不过我们也不能说严复的思想是完全落伍了。相反，对于第一次世界大战中所暴露出来的西方文明的弊端，他看得比新文学阵营一辈的年轻人要真切得多。这也是他比林纾高明之处。

严复早年曾批判过洋务派，认为"彼之所精，不外象数形下之末；彼之所务，不越功利之间。逞臆为谈，不咨其实"[3]；"汽机兵械之伦，皆其（西人）形下之粗迹，即所谓天算格致之最精，亦其能事之见端，而非命脉之所在"[4]。而严复所认定的"命脉之所在"，"苟拨要而谈，不外于学术则黜伪而崇真，于刑政则屈私以为公"[5]，故严复开始介绍西方的自然科学、社会政治学说以及民主制度。严复还明确地批评过洋务派"中学为体，西学为用"的主张，"体用者，即一物而言之也。有牛之体，则有负重之用；有马

［1］ 王栻主编：《严复集》第2册，中华书局1986年版，第399页。
［2］ 王栻主编：《严复集》第3册，中华书局1986年版，第692页。
［3］ 王栻主编：《严复集》第5册，中华书局1986年版，第1321页。
［4］［5］ 王栻主编：《严复集》第1册，中华书局1986年版，第2页。

之体，则有致远之用。未闻以牛为体，以马为用者也。中西学之为异也，如其种人之面目然，不可强谓似也。故中学有中学之体用，西学有西学之体用，分之则并立，合之则两亡。议者必欲合之而以为一物。且一体而一用之，斯其文义违舛，固已名之不可言矣，乌望言之而可行乎"[1]？这篇文章发表于1902年《外交报》第9、10期，此时的严复思想上已从"全盘西化"转至"中西折衷"。而到了晚年，严复的思想则在某种程度上又回到了"中学为体，西学为用"这条路上。上文提到的1918年8月严复致熊纯如的那封信中，严复对其女婿熊洛生的期待是"今日出洋，学得一宗科学，回来正及壮年，正好为国兴业。然甚愿其勿沾太重之洋气，而将中国旧有教化文明概行抹杀也"[2]，这期待中含有严复晚年对中国传统文化的深深眷恋。

通过上文的分析，我们即可以明了严复对新文化运动、文学革命的反感心理了。值得一提的是，严复对"五四"运动亦不赞成。他的四子严璿当时在唐山工业学校，参加了"五四"运动且捐款五元支援被捕学生。严复知道后将其斥责了一番。严复反对"五四"运动的理由是"咄咄学生，救国良苦，顾中国之可救与否不可知，而他日决非此种学生所能济事者，则可决也"[3]，"学生须劝其心勿向外为主，从古学生干预国政，自东汉太学，南宋陈东，皆无良好效果"[4]。对于蔡元培，严复也颇有微辞。"蔡子民人格甚高，然

［1］　商务印书馆编辑部编：《论严复与严译名著》，商务印书馆1982年版，第83页。
［2］　王栻主编：《严复集》第3册，中华书局1986年版，第692页。
［3］　同上，第695页。
［4］　同上，第696页。

于世事，往往如庄生所云：'知其过，而不知其所以过。'偏喜新理，而不识其时之未至，则人虽良士，亦与汪精卫、李石曾、王儒堂、章枚叔诸公同归于神经病一流而已，于世事不但无补，且有害也。"[1]严复之所以这样痛骂蔡元培，是因为蔡元培任校长的北京大学在"五四"运动中发挥了重要作用。"五四"运动迫使参加巴黎和会的代表拒绝在和约上签字，而在严复看来，"和约不签字，恐是有害无利。盖拒绝后，于胶济除排阁日货外，羌无办法，而和约中可得利益，从而抛弃，所伤实多"[2]。显然严复持的是错误立场。

二 章太炎：甄明学术，发扬国光

1906 年 6 月，因"苏报案"入狱的章太炎刑满出狱。孙中山派人将其迎接至日本，任《民报》主编。同年 9 月，主要为章太炎"临席宣讲"[3]而设的国学讲习会成立。后来迟至 1908 年即《民报》被禁的这一年，章太炎才开始为青年讲学。

章太炎讲国学本来是在一所中学的大教室里，因与许寿裳、周氏兄弟等人的在校上课时间冲突，章氏又特意在自己的寓所里为他们另设了一班。许寿裳这样回忆那时的场景："民元前四年（1908），我始偕朱蓬仙（宗莱）、龚未生（宝铨）、朱逖先（希祖）、钱中季（夏，今更名玄同）、周豫才（树人）、启明（作人）昆仲、钱均夫（家治）前往受业。每星期日清晨，步往牛込区小川町二丁目八番地先师寓所，在一间陋室之内，师弟席地而坐，环一小几。

[1] 王栻主编：《严复集》第 3 册，中华书局 1986 年版，第 696—697 页。
[2] 同上，第 697 页。
[3] 汤志钧编：《章太炎年谱长编（增订本）》（上册），中华书局 2013 年版，第 125 页。

先师讲段氏《说文解字注》、郝氏《尔雅义疏》等，精力过人，逐字讲解，滔滔不绝，或则阐明语原，或则推见本字，或则旁证以各处方言，以故新义创见，层出不穷。即有时随便谈天，亦复诙谐间作，妙语解颐，自八时至中午，历四小时毫无休息，真所谓默而识之，学而不厌，诲人不倦。"[1] 周作人亦有回忆性文字："一间八席的房子，当中放了一张矮桌子，先生坐在一面，学生围着三面听，用的书是《说文解字》，一个字一个字的讲下去……太炎对于阔人要发脾气，可是对学生却极好，随便谈笑，同家人朋友一样，夏天盘膝坐在席上，光着膀子，只穿一件长背心，留着一点泥鳅须，笑嘻嘻的讲书，庄谐杂出。"[2] 章太炎的暴躁脾气是出了名的，却能对学生如此和善，至为难得！

　　章太炎是近代学术史上的压阵大将，同时又是提倡魏晋文的古文学家。由于他和新文学阵营众多主将的这层师生关系，当文学革命大肆挞伐"桐城谬种"、"选学妖孽"时，我们发现章太炎的名字似乎是有意地被忽略掉了。后 1922 年胡适作《五十年来中国之文学》一文时，特意留了一节来论章太炎。且看胡适的评价，"他的《国故论衡》、《检讨》，都是古文学的上等作品……他的古文学工夫很深，他又是很富于思想与组织力的，故他的著作在内容与形式两方面都能'成一家言'"[3]；"但他究竟是一个复古的文家。他的复古主义虽能'言之成理'，究竟是一种反背时事的运动。他论文

[1] 章念驰编：《章太炎生平与思想研究文选》，浙江人民出版社 1986 年版，第 31 页。
[2] 周作人：《鲁迅的故家》，北京十月文艺出版社 2013 年版，第 285—286 页。
[3] 胡适：《胡适文存》第 2 集，黄山书社 1996 年版，第 208—209 页。

辞，知道文辞始于表谱簿录，是应用的；但他的文章应用的成绩比较最少"[1]；"章炳麟的古文学是五十年来的第一作家，这是无可疑的。但他的成绩只够替古文学做一个很光荣的下场，仍旧不能救古文学的必死之症，仍旧不能做到那'取千年朽蠹之余，反之正则'的盛业。他的弟子也不少，但他的文章却没有传人"[2]。总之，胡适是把章氏的古文与"桐城谬种"、"选学妖孽"一并否定掉了，这是自然。

那么，章太炎是如何看待新文化运动的呢？李泽厚在《章太炎剖析》一文中将章太炎的一生分为四个阶段，即1894—1900年；1900—1908年；1908—1913年；1913—1936年。[3] 最后一个阶段以1913年8月章太炎被袁世凯软禁为界，到其晚年这段时间是章太炎"实际日益离开政治、思想舞台，成为虽声名颇大门徒众多，但已和时代脱节的'国学大师'的时期"[4]，用鲁迅的话说是"脱离民众，渐入颓唐"[5]时期。新文化运动即发生在章太炎生命的"颓唐"期。查《章太炎年谱长编》，我们会发现，对于新文化运动他并未给予过多关注，似乎显得有些隔膜。

当然，章太炎定然是不会赞同新文化运动的。1916年7月15日，在一次茶话会的演说中，章太炎道："国家之所以能成立于世界，不仅武力，有立国之元气也。元气维何？曰文化。不特中国然，即他国亦无不然。希腊，屡国也，然至今未亡。列强曾何爱于

[1] 胡适：《胡适文存》第2集，黄山书社1996年版，第210页。
[2] 同上，第211页。
[3] 李泽厚著：《中国近代思想史论》，人民出版社1979年版，第390页。
[4] 同上，第391页。
[5] 《鲁迅全集》6，第566页。

此弹丸之地，而必欲保存之，以其为欧洲文化之祖耳。欧人恒言曰，野蛮国可灭，文明国不可灭，可知文化所在，为世界人类之所同爱，必不忍灭亡之。然吾国自比年以来，文化之落，一日万丈，是则所望于国民力继绝运，以培吾国本者耳。"[1]这显然是有感于新文化运动对于传统文化的破坏而发。

蔡尚思记录下晚年章太炎的思想，从中可知他对于新文化运动之反感。"我老来经验多了，觉得孔学最适用。孔子以经书培养人才，经书等于孔子常用的教科书，所以后人一讲到孔学，就很自然地把二者联想起来"；"我在清末对孔子有所指责，那主要是因为不满康梁之徒热心于利禄。'五四'新文化运动反孔反礼教反旧道德以至反文言文，实在太胡闹、太无知了！现在青年还喜欢这一套，不知现在社会根本就比不上盛行儒学的东汉，东汉以后再也没有那种好习尚了。大受孔子之赐，还要反孔，这说得过去么"；"中国至今被称'文明古国'、'礼义之邦'。'五四'流毒至今还在，青年人大反旧礼教旧道德，实在是无比荒唐的一件大事。不知中国正是靠它立国的，中国人正是靠它成为文明人的"；"白话文不是文学"。[2]

1935年4月，章太炎在苏州开办章氏星期讲演会。章太炎共作九讲，其中一讲为"白话与文言之关系"。在这篇演讲中，章氏称"白话意义不全，有时仍不得不用文言"[3]，且欲作白话文，需要"识字"、"小学"之功。演讲的最后，章氏特意指出，"余自揣小学之功，尚未及颜氏祖孙，故不敢贸然为之。今有人误读

[1] 汤志钧编：《章太炎年谱长编》（增订本）（上册），中华书局2013年版，第310页。
[2] 傅杰编：《章太炎》，上海三联书店1997年版，第175—176页。
[3] 马勇编：《章太炎讲演集》，河北人民出版社2004年版，第218页。

为绨为绤作为希为谷，而悍然敢提倡白话文者，盖亦忘其颜之厚矣"[1]。

章氏晚年办过两个杂志，一为《华国月刊》，一为《制言》。《华国月刊》1923年9月15日在上海创刊，以"甄明学术、发扬国光为恉"[2]，章氏任会长。《制言》杂志为章氏1935年9月在苏州第三次办国学讲习会时所发行，章氏任主编。其《发刊宣言》称，"今国学所以不振者三：一曰毗陵之学反对古文传记也，二曰南海康氏之徒以史书为帐簿也，三曰新学之徒以一切旧籍为不足观也。有是三者，祸几于秦皇焚书矣"[3]。其宗旨是"研究中国固有文化，造就国学人才"[4]。1906年7月15日，章太炎刑满出狱至东京后参加留学生欢迎会。作为当时"国粹派"的主帅，章太炎在会上指出，近日办事方法最紧要的是，"第一，是用宗教发起信心，增进国民的道德；第二，是用国粹激动种性，增进爱国的热肠"[5]。从章氏晚年所办的两个杂志来看，在其生命的"颓唐"期，他是将弘扬国粹这一志向坚持到底的。这两个杂志的创办都对新文化运动是一种抵制，但收效甚微。

三 刘师培：保存国粹，昌明国学

新文学阵营对于"桐城谬种"的攻击不遗余力，而相比之下对

[1] 马勇编：《章太炎讲演集》，河北人民出版社2004年版，第221—222页。
[2] 汤志钧编：《章太炎年谱长编》(增订本)(上册)，中华书局2013年版，第420页。
[3] 同上，第553—554页。
[4] 华强著：《章太炎大传》，上海交通大学出版社2011年版，第385页。
[5] 汤志钧编：《章太炎年谱长编》(增订本)(上册)，中华书局2013年版，第123页。

于以刘师培为代表的"选学妖孽"的批判则仅是"虚晃一枪"[1]。陈平原分析其原因，在于"发明此口号的钱氏，与刘、黄（按：指黄侃）二位'选学名家'，关系非同寻常。至于周氏兄弟，对刘、黄也无恶感。这就使得新文化人之批桐城是实，攻选学则虚"[2]。钱玄同、黄侃、周氏兄弟与刘师培的关系缘于他们的老师章太炎。1903年春，刘师培赴河南开封参加会试，落榜后随即来到上海。章太炎当时也在上海，"因为推重他（按：指刘师培）的家传经学，折节与他订交"[3]。同为"国粹派"的代表人物，二人一度非常亲密。1907年2月，刘师培携妻何震东渡日本，也是应章太炎之邀。后来章、刘交恶，刘师培叛变革命，投靠端方。章氏依然"深爱其学，时萦思念"，"并劝其归隐"。[4]直至刘师培投靠袁世凯，列名筹安会，章氏才决心与其划清界限。这样，钱玄同等人与刘师培关系自然非同寻常。尤其黄侃，后来还拜刘师培为师。

刘师培对于新文化运动是有抵制的。1917年秋应蔡元培之聘，刘氏任北京大学文科中国文学门教授，年底又兼任文科研究所国文门指导教师。1918年春，刘氏应聘为北京大学国史编纂处纂辑员。是年夏天，刘氏"慨然于国学沦夷"[5]，有意恢复之前停刊的《国粹学报》与《国学荟编》。此举遭到鲁迅的大加挞伐。在1918年7月

[1] 陈平原著：《中国现代学术之建立——以章太炎、胡适之为中心》，北京大学出版社2010年版，第327页。
[2] 同上，第326页。
[3] 方光华著：《刘师培评传》，百花洲文艺出版社2010年版，第19页。
[4] 钱玄同：《章太炎黄季刚二君关于刘申叔君之文十首按语》。转引自郑师渠著：《思潮与学派：中国近代思想文化研究》，北京师范大学出版社2005年版，第346页。
[5] 万仕国编著：《刘师培年谱》，广陵书社2003年版，第266页。

5日致钱玄同的信中，鲁迅言："中国国粹，虽然等于放屁，而一群坏种，要刊丛编，却也毫不足怪。该坏种等，不过还想吃人，而竟奉卖过人肉的侦心探龙做祭酒，大有自觉之意。即此一层、已足令敝人刮目相看，而猗欤羞哉，尚在其次也。敝人当袁朝时，曾戴了冕帽出无名氏语录，献爵于至圣先师的老太爷之前。阅历已多，无论如何复古，如何国粹，都已不怕。但该坏种等之创刊屁志，系专对《新青年》而发，则略以为异，初不料《新青年》之于他们，竟如此其难过也。然既将刊之，则听其刊之，且看其刊之，看其如何国法，如何粹法，如何发昏，如何放屁，如何做梦，如何探龙，亦一大快事也。国粹丛编万岁！老小昏虫万岁！！"[1]这里的"卖过人肉的侦心探龙"指的就是刘师培。鲁迅骂起刘师培来毫不客气，看来前引陈平原文说周氏兄弟对刘、黄并无恶感，此处可再商榷。

刘师培的计划未能实现。1919年1月26日，刘师培又与黄侃、陈汉章及北大学生陈钟凡、张煊等人发起成立《国故》月刊社，刘师培、黄侃同被推为总编辑。该刊以"昌明中国固有之学术为宗旨"[2]，3月20日出版创刊号，9月20日出完第4期后停刊。3月18日，就在《国故》月刊出版创刊号的前两天，《公言报》登了一篇名为《请看北京学界思潮变迁之近状》的文章。文中称北京大学内分成了新、旧文学两派，"旧派中以刘师培氏为之首。其他如黄侃、马叙伦等，则于刘氏结合，互为声援者也。加以国史馆之耆老先生，如屠敬山、张相文之流，亦复而深表同情于刘、黄……顷者

[1]《鲁迅全集》第11卷，第363—364页。

[2] 见《〈国故〉月刊社成立会纪事》一文，刊于《北京大学日刊》第298期，第4版。

刘、黄诸氏，以陈、胡等与学生结合，有种种印刷物发行也，乃亦组织一种杂志，曰《国故》"[1]，以与新派的《新青年》、《新潮》、《每周评论》等杂志对抗。

3月24日，《北京大学日刊》"附张"同时发表了《刘师培致〈公言报〉函》和《〈国故〉月刊社致〈公言报〉函》。刘师培在函中指出，"贵报《北京学界思潮变迁》一则，多与事实不符。鄙人虽主大学讲席，然抱疾岁余，闭关谢客，于校中教员素鲜接洽，安有结合之事？又《国故》月刊由文科赏发起，虽以保存国粹为宗旨，亦非与《新潮》诸杂志互相争辩也"[2]。《〈国故〉月刊社致〈公言报〉函》表达之意与刘师培同，亦指出这篇文章与"真象不符"。函中特意点明，"本社成立之初，同人尝立一规律，以研究学术，实事求是，不得肆击他人，亦不得妄涉讪骂，至今恪守，罔敢逾越。盖以学术大同，百科并重，各尊所闻，各行所是，只求学理之是非，而无意见之争执"，"同人组织《国故》，其宗旨在昌明国学，而以发挥新义、刮垢磨光为急务，并非抱残守缺、姝姝奉一先生之言，亦非故步自封、驳难新说。时至今日，学无新旧，唯其真之为是"[3]。刘师培与《国故》月刊社同人否认了与新文学阵营之对立，也不认同被冠以"旧"之名目。《国故》月刊仅办了4期即停刊。1919年11月20日，刘师培在北京病逝，结束了他短暂而坎坷的一生。

我们把目光拉回到1904年。1904年，刘师培是《中国白话报》和《警钟日报》的主要撰稿人。《中国白话报》是中国"较早提倡

---

［1］ 万仕国编著：《刘师培年谱》，广陵书社2003年版，第270—271页。
［2］［3］《北京大学日刊》第340期，第6版。

白话并且运用白话写作的一个刊物"[1]，1903 年 12 月在上海创刊，1904 年 10 月终刊。《警钟日报》由《俄事警闻》更名而来，1904年 2 月 26 日出版创刊号，1905 年 1 月停刊。在《警钟日报》1904年 4 月 25—26 日的"社说"栏内，刘师培发表了一篇文章《论白话报与中国前途之关系》。文中刘师培开篇即指出，"近岁以来，中国之热心教育者，渐知言文不合一之弊，乃创为白话报之体，以启发愚蒙。自吾观之，白话报者，文明普及之本也。白话报推行既广，则中国文明之进步固可推矣；中国文明愈进步，则白话报前途之发达，又可推矣"[2]。以刘师培的远见和早期行白话的尝试，如今面对新文化运动的兴起，心里不知作何感想！

　　1915 年兴起的新文化运动，到 1917 年找到了"文学革命"这个突破口，从而有机会进一步走向深入。在新文学阵营面前，旧派文人大多已处于人生的暮年，不愿亦不屑再与陈独秀、胡适之辈争辩。从心底里，他们甚至也不相信它会取得什么样的成绩。如严复所说，"听其自鸣自止可耳"。新文学阵营的自弹自唱无法博得旧派文人的"回眸"。为此，他们自导自演了一出"双簧戏"。钱玄同与刘半农天衣无缝的配合为他们在功劳簿上记了一大笔，他们终于钓出了林纾这条大鱼。对于林纾来说，从头到尾他都是被动应战，有心无力。又本来刘师培等人创办《国故》月刊，也极有可能卷入这场争论的，但他们主动退出了。又有章太炎，此时无暇"教训"他的这班学生。加之旧派文人本身矛盾重重，无法形成统一战线，这

---

［1］　丁守和等主编：《辛亥革命时期期刊介绍》第 1 集，人民出版社 1982
　　　　年版，第 441 页。
［2］　李妙根编选：《国粹与西化——刘师培文选》，上海远东出版社 1996
　　　　年版，第 119 页。

样旧文学阵营便显得势单力薄，不堪一击。旧文化、旧文学的根基深厚，本来大树仍然是难以撼动的，但1919年"五四"运动的兴起恰当其时，助了这些年轻人一臂之力。可以说，是"五四"运动的东风壮大了新文学阵营的声威，使其得以稳操胜券。1919年，也因此成为中国历史上旧文化、旧文学大崩溃之始。

第二章 "学衡派"的聚合

　　1915 年夏至 1916 年间，胡适与梅光迪、任鸿隽等人在美国关于"文学革命"发生了一场激烈的争论。[1] 其中，梅光迪反对胡适最为坚决和有力。胡适回国以后，与陈独秀等人一起开展新文化运动，"声势煊赫，不可一世"。梅光迪则在美国"'招兵买马'，到处搜求人才，联合同志，拟回国对胡适作一全盘之大战"[2]。吴宓与梅光迪相识恰在此时，时间是 1918 年。当时梅光迪正在哈佛大学研究生院学习，师从美国新人文主义大师欧文·白璧德（以下简称白璧德）。吴宓于 1917 年 9 月到达美国后，先在弗吉尼亚大学学习。1918 年夏，完成了一年的学业之后，他报名参加了哈佛大学暑期学校。在读暑期学校的过程中，由吴宓清华同班同学施济元介绍，吴宓与梅光迪结下了朋友之缘。

　　吴宓在《吴宓自编年谱》中记下了与梅光迪初识时畅谈的场景："梅君慷慨流涕，极言我中国文化之可宝贵，历代圣贤、儒者思想之高深，中国旧礼俗、旧制度之优点，今彼胡适等所言所行之可痛恨。昔伍员自诩'我能覆楚'，申包胥曰'我必复之'。我辈今日但当勉为中国文化之申包胥而已，云云。"吴宓听其言，非常感动，当即表示"宓当勉力追随，愿效驰驱，如诸葛武侯之对刘先主'鞠

---

[1]　参见拙文《论胡适与梅光迪、任鸿隽等人的文学革命争论》，发表于《社会科学》2013 年第 8 期。

[2]　吴宓著、吴学昭整理：《吴宓自编年谱》，北京三联书店 1995 年版，第 177 页。

躬尽瘁，死而后已'"。[1] 1918 年 9 月，吴宓转入哈佛大学。在梅光迪的导谒下，他拜见了白璧德，开始"受其教，读其书，明其学，传其业"，及至后来专注于"《学衡》杂志之编辑与出版"。[2]

1921 年 5 月，吴宓回国归期临近。此前，他已经接受了北京高等师范学校的聘约，决定回国以后任职于此。这时他接到了已先期回国的梅光迪的来信。梅光迪在南开大学任教一年后，于 1920 年秋赴南京改就南京高等师范学校。1921 年 5 月的南京高等师范学校正在本校的基础上积极筹建东南大学（1921 年 6 月 6 日成立），梅光迪希望吴宓能够辞去北京高等师范学校之聘，同来南京聚首，一起编撰《学衡》杂志。"兄（宓）素能为理想与道德，作勇敢之牺牲，此其时矣"，"今后决以此校为聚集同志知友，发展理想事业之地"。[3] 吴宓果然不负其望，辞掉了北京高等师范学校 300 元月薪的工作，而就南京高等师范学校——东南大学（以下简称南高——东大）校长郭秉文 160 元月薪之聘。

吴宓 1921 年 9 月任职。这一年的 11 月初，梅光迪以吴宓寓宅为"《学衡》杂志社办公及社员同人会集之所"[4]，邀来刘伯明、马承堃、胡先骕、萧纯锦、邵祖平、徐则陵、柳诒徵等人召开同人第一次会议。大家约定，"凡有文章登载于《学衡》杂志中者，其人即是社员；原是社员而久不作文者，则亦不复为社员矣"[5]。1921

---

[1] 吴宓著、吴学昭整理：《吴宓自编年谱》，北京三联书店 1995 年版，第 177 页。

[2] 同上，第 176 页。

[3] 同上，第 214 页。

[4] 同上，第 228 页。

[5] 同上，第 229 页。

年 11 月底，吴宓将《学衡》杂志第 1 期全稿寄出。1922 年 1 月，以"昌明国粹，融化新知"著称的《学衡》杂志第 1 期由中华书局正式出版了。"学衡派"同人由此刊物得以聚合。

"学衡派"同人能够在 1920 年代的南京聚合，掀起反对新文化运动的浪潮，是因为他们得了地利与人和之便。所谓地利，是指他们选对了在发展上正处于蒸蒸日上时期甚至一度堪与北大抗衡的东南大学作为成就事业的平台。所谓人和，是指梅光迪、吴宓、胡先骕等核心成员都信奉白璧德的新人文主义思想，并致力于在中国继承和发扬。

第一节　地利：由三（两）江师范学堂发展而来的南高——东大

梅光迪来南京高等师范学校任教之前，曾在南开大学工作一年。关于梅光迪在南开大学任教的史料无从可考，梅光迪自己对这一年经历的评价是"无善可述"[1]。梅光迪之所以会去南高任职，原因之一在于南高副校长为刘伯明。刘伯明是美国西北大学的哲学博士，梅光迪曾与其同时期在西北大学学习。二人为"同学知友"，"志同道合"。[2] 不过在笔者看来，这只是梅光迪选择去南高的一方面原因，另一方面重要的原因则应该是梅光迪看中了南高这个平台之重要。如果离开了南高——东大这个平台，"学衡派"未必会产生如此大的影响。

我们有必要了解一下南高、东大的历史。当年在南高（1915—

---

[1][2]　吴宓著、吴学昭整理：《吴宓自编年谱》，北京三联书店 1995 年版，第 214 页。

70

1923）最辉煌的时期，学界有"北有北大，南有南高"[1]之说，而东南大学（1921—1927）"当时为长江以南唯一的国立大学，与北大南北并峙，同为中国高等教育的两大支柱"[2]，曾被美国教育家孟禄博士称赞为"中国政府设立的第一所有希望的现代高等学府"[3]。遗憾的是，无论是南高，还是东大，历史都太短暂了，曾经的辉煌被淹没在了历史的尘埃里，以至于人们对其知之甚少。高恒文是较早注意到东南大学与"学衡派"之关系的学者。他在专著《东南大学与"学衡派"》的"导论"中指出他的研究困境，"东南大学在历史上只存在了短短的几年时间，人们知道得更多的，是1949年以后的南京大学的前身——中央大学，而作为中央大学前身的东南大学，知道的人很少、很少……比如对东南大学有创建和领导之首功的郭秉文，主持东南大学实际工作而付出巨大心血乃至生命的刘伯明，关于他们的资料竟然是难以置信的稀少"[4]。确如其所言，人们对历史上曾经存在过的东南大学太陌生了。对于高恒文未提及的东南大学的前身南京高等师范学校，南京高等师范学校的前身三（两）江师范学堂，人们更是几乎一无所知。事实上，我们只有知道了这所学校的历史沿革，才会对蕴育于其中的文化（学）流派有更深的了解。

---

[1] 朱斐主编：《东南大学史》（第一卷）（第2版），东南大学出版社2012年版，第23页。

[2] 中大八十年校庆特刊编辑委员会编：《中大八十年》，1995年，第14页。转引自王德滋主编：《南京大学百年史》，南京大学出版社2002年版，第73页。

[3] 王德滋主编：《南京大学百年史》，南京大学出版社2002年版，第73页。

[4] 高恒文著：《东南大学与"学衡派"》，广西师范大学出版社2002年版，导论第7页。

一 南高的前身：三（两）江师范学堂

三江师范学堂的创建与清末兴学堂、废科举的热潮有关。1902年11月8日至1903年3月20日短暂署理两江总督的张之洞是其创建的"运筹设计者"[1]。三江师范学堂于1904年11月开始正式招生入学，1906年更名为"两江优级师范学堂"。更名后，学校的学制、课程也做了相应的调整。

（一）三江师范学堂

我们从张之洞《创办三江师范学堂奏折》、《三江师范学堂章程》两份文件中来了解一下三江师范学堂的历史。

1　1903：《创办三江师范学堂奏折》

张之洞的前任是刘坤一，1879—1881年、1890—1902年刘坤一曾两度出任两江总督。甲午战争期间，刘坤一奉命北上指挥对日作战，张之洞曾代为署理两江一年多。1902年10月，刘坤一病逝于两江总督任上，张之洞奉命再次署理两江。三江师范学堂开始筹建是在张之洞再次署理两江之后，但在张之洞之前刘坤一即已提出创办高等师范学堂的倡议。1902年2月，在致张之洞的信中，刘坤一指出"应从师范学堂入手"、"办高等师范学堂更可为办高等学堂经费减省一半"[2]，这正是看到了兴办学堂过程中"师资匮乏和资金短绌"[3]的困难而想到的明智之举。而清政府在本年颁布《钦定学

---

[1]　王德滋主编：《南京大学百年史》，南京大学出版社2002年版，第7页。

[2]　南京大学校庆办公室校史资料编辑组、学报编辑部编：《南京大学校史资料选辑》，1982年，第1页。

[3]　王德滋主编：《南京大学百年史》，南京大学出版社2002年版，第5页。

堂章程》时，还只是将师范教育正式列入了其规程，未将其作为独立的系统，至1903年颁布《奏定学堂章程》时，才将师范教育单列为一个独立系统。

1902年，张謇率先在通州创办通州师范学堂，可谓开风气之先。张之洞在再次署理两江之前，任湖广总督。他认识到师范教育的重要性，利用在湖北创设一系列新式学堂之机，亦于1902年在武昌创立了湖北师范学堂。张之洞原计划再在武昌创设两湖师范学堂，但因奉调两江，遂将计划于两江实施，此即后来的三江师范学堂。在1903年2月5日的《创办三江师范学堂奏折》中，张之洞奏道："查各国中小学堂教员，咸取材于师范学堂，是师范学堂为教育造端之地，关系尤为重要。两江总督兼辖江苏、安徽、江西三省。此三省各府州县应设中小学堂，为数浩繁，需用教员何可胜计，若未经肄业师范学堂，延访外国良师，研究教育之理，讲求教授之法及管理之法，遽任以中小学堂教员，必致疏漏凌躐，枝节补救，徒劳鲜功，且详略参差，各学堂学派学程终难划一。经督臣同司道详加筹度，惟有专力大举，先办一大师范学堂，以为学务全局之纲领。则目前之力甚约，而日后之发生甚广，兹于江宁省城北极阁前，勘定地址，创建三江师范学堂一所，凡江苏、安徽、江西三省士人皆得入堂受学。"[1] 这里将师范学堂誉为"教育造端之地"，可见对其重视程度。

接下来，在这封长奏折中，张之洞阐述了三江师范学堂的各方面情况。如拟招生情况，"拟江苏省宁属定额二百五十名，苏属定

---

[1] 南京大学校庆办公室校史资料编辑组、学报编辑部编：《南京大学校史资料选辑》，1982年，第4页。

73

额二百五十名，安徽省定额二百名，江西省定额二百名，共定额为九百名。其附属小学堂一所，定学额为二百名"，而所有师范生及附属小学生"均由地方官出具印结，取具本生族邻甘结，保送考选入学"；又学制及培养目标等情况，"开学第一年，先招师范生六百名，三年后，再行续招足额，前三年教小学堂之师范生，约分三级：一年速成科、二年速成科、三年本科。以便陆续派赴各州县，充小学堂教员。第四年，即派置高等师范本科，精研教育学理，以教中学之师范生，备各属中学堂教员之选"；又师资及培训情况，"现已延聘日本高等师范教习十二人，专司讲授教育学及理化学、图画学各科，并选派举贡廪增出身之中学教习五十人，分授修身、历史、地理、文学、算学、体操各科"，"本年先行开办练习教员之法，令东教习就华教习学中国语文及中国经学，华教习就东教习学日本语文及理化学、图画学"，"俟一年后，学堂造成，中国教习东文、东语、理化、图画等学，通知大略，东教习亦能参用华语以教授诸生"，此时再行考选；又经费情况，购地建堂经费，已由江宁藩司筹拨应用。每年需款甚巨的学堂经费，已议定"由江宁藩司于本年先拨银一万两，以后每年协筹银四万余两，拟令安徽、江西两省，各按学生额数，每名年协助龙银一百元不过，稍资津贴"。如此，"不敷尚多"。"所有全堂三省学生学费，自应专筹的款济用。查江宁银元局铸造铜元，最便民要政，行纳颇畅，甚有盈余。现已由该司详请添购机器，增建厂屋，大加扩充。即以岁获盈余，专供该学堂经费之用"；又学校建设及课程情况，张之洞调湖北师范学堂长胡钧"来宁精绘图式，详定章程，总期学制，悉臻完备合法"。胡钧是张之洞在湖广总督任上创办的两湖书院的学生，曾奉张之洞之命两赴日本考察日本的教育情况。张之洞任两广总督后调胡钧来协力筹办三江师范学堂，正得心应手。另外，张之洞还奏请设立了两江学务处，以"会同综理"，"督促兴办"。[1]

学堂尚未建成，1903年3月三江师范学堂在江宁府署先行开办。在开学仪式上，张之洞还与相关人员合影留念。但紧接着，张之洞即于3月20日"卸署两江督篆"，并于次日"启程赴鄂，由汉口取道北上"。[2] 张之洞这一次在两江总督任上只呆了4个多月，但却对三江师范学堂的创建倾注了全副心血。"三江师范学堂的创立，是他第二次署理两江期间最大的政绩。"[3] 由于张之洞已经立下了创办三江师范学堂的大政方针，所以在他走后，他的继任者魏光焘仍可以按部就班地组织实施。

2 1904：《三江师范学堂章程》

在70名中国教习和11名日本教习均已到达南京以后，1903年6月25日，三江师范学堂开学。这里所谓的开学，并非真正意义上的上课，因为本年度学校还未招收学生。如张之洞在奏折中所言，此处的开学指的是学堂"先行开办练习教员"，即中日教习之间互换知识，为期一年。

1904年7月，三江师范学堂开始筹备招生事宜。在此之前，由胡钧负责，学校草拟了《三江师范学堂章程》(以下简称《章程》)。由于台湾学者苏云峰的努力，我们得以在其专著

[1] 参见南京大学校庆办公室校史资料编辑组、学报编辑部编：《南京大学校史资料选辑》，1982年，第4—5页。

[2] 张之洞：《恭报卸署两江督篆日期折》。转引自王德滋主编：《南京大学百年史》，南京大学出版社2002年版，第13页。

[3] 王德滋主编：《南京大学百年史》，南京大学出版社2002年版，第8页。

《三（两）江师范学堂：南京大学的前身，1903—1911》的附录中窥见此章程的全貌，也对三江师范学堂有一个更全面、直观的了解。

《章程》共分"立学总义"、"考试规则"、"学科课程"、"各员职务"、"讲堂规条"、"斋舍规条"、"操场规条"、"礼仪规条"、"各室规条"、"放假规条"、"赏罚规条"、"毕业服务规条"、"学堂禁令"、"接待外客规条"、"杂役规条"计十五章。其中"立学总义"、"考试规则"、"学科课程"三章的内容在张之洞创办学校的奏折中已经有所提及，《章程》中做了扩充，显得更为详尽和具体。如第三章"学科课程"列出了学堂开设的十七科课程名目，分别是"一修身（经学）二历史三教育四文学五舆地六算学七物理八化学九生理十博物十一图画十二农学十三法制经济十四手工十五体操十六英文十七东文"。其中"农学"、"法制经济"属于随意科科目，其余十五科为公共科目。学校第一年招收最速成（一年毕业）、速成（二年毕业）、初级师范本科（三年毕业）三科学生。第一科学生仅学习公共科目里除"物理"、"化学"、"英文"以外的十二科，后两科学生则需要全部学习。《章程》列出了每一科目的具体教授内容，如"文学"科的具体教授内容为"历代文章源流义法、练习各体文"。由于各科学生学习时间不同，所以某一科目如果需要学生学习，其后面所列的讲授内容也并非全部都要上完。再以"文学"科为例，最速成科的学生只学习历代文章源流义法，而练习各体文并不用学习。《章程》列出了三科学生每一学年的课程表，这里仅抄录最速成科学生课程表如下，以便了解：

最速成科课程表

课目＼学期	第一学期	每周时数	第二学期	每周时数
修身	人伦道德之要旨	二	同上	二
教育	教育学　心理学大要	三	学校管理法 教育令　实地练习	三
文学	讲历代文学源流义法	一	同上	一
历史	中国史	二	外国史	二
舆地	总论　中国舆地	二	外国舆地	二
数学	整数　小数　分数　比例	五	开方　百分 几何初步比例	五
理科	博物概说　生理卫生大意	五	理化概说	五
图画	自在画　用器画	三	同上	三
手工	总论　纸细工　黏土细工	三	木竹工	三
日文	发音　习字　诵读	四	诵读　文法　翻译	四
体操	普通体操　兵式体操	六	同上	六
合计		三六		三六

《章程》第四章"各员职务"详列了总办、提调、监学及检查、文案、收支、管理礼堂讲堂、管理斋舍、稽查、管理食堂、管理图书仪器、管理器具、官医、中日教习、教员、翻译等不同职员的职务。其中，总办"主持全学教育及一切事宜"，相当于校长。先后出任三江师范学堂总办的有杨觐圭、刘世珩、李光业、徐乃昌。

除第十五章"杂役规条"外，《章程》第五至第十四章规定了学生在校应遵守的各种规矩。这些"规条"有些读起来让人觉得很呆板和教条。如第九章"各室规条"第一节"食堂"项下共列八条，第三条规定"食堂内各有一定位次每桌按名次悬各人名牌"，第六条规定"逢例假日期如有事出外不回堂午饭者须于当日将食堂所悬自己之名牌除去回堂后再挂于原处"，这样的规定不能不说太死板了。[1]

有了如此完备的章程，在招完一年制最速成科学生81人、二年制速成科学生187人、三年制初级师范本科学生32人、公共科学生74人，共计374人后，三江师范学堂于1904年11月26日正式开学上课。

（二）两江优级师范学堂

三江师范学堂之所以得此名，原因在于两江总督辖下江苏、安徽、江西三省均处于长江中下游，古称"三江之地"。也有人认为得名原因在于安徽历史上曾属江南省，"三江"即江苏、江南、江西三省之简称。三江师范学堂正式开学后，学生因省界、经费、学校用人等问题而时常发生纠纷。后来在两江总督周馥任上，学校于1906年5月易名为"两江优级师范学堂"。

《三江师范学堂章程》第四章"各员职务"第一节中将总稽查与总办并列，但在随后详列各员职务时却未提及总稽查一职。缪荃孙、方履中、陈三立于1904年底奉时任江苏巡抚端方之命专司三江师范学堂"整顿课程之责"，"近似教务"，[2]后转变为总稽查，但不明三人具体职责范围为何。由此也可见及三江师范学堂的"不健全组织和人事"[3]。学校更名后，总办改为监督，下设教务长、庶务长、斋务长三职。教务长分管教学，庶务长分管学堂总务，斋务长

---

[1] 该章程参见苏云峰著：《三（两）江师范学堂：南京大学的前身，1903—1911》，南京大学出版社2002年版，第165—191页。

[2] 苏云峰著：《三（两）江师范学堂：南京大学的前身，1903—1911》，南京大学出版社2002年版，第97页。

[3] 同上，第91页。

则负责对学生操行和日常生活的管理。又根据《奏定学堂章程》所定编制，学校将提调一职取消，保留总稽查一职至 1907 年。两江优级师范学堂由李瑞清任监督，雷恒任教务长，二人精诚合作，直至 1911 年底学校停办。[1]

三江师范学堂创办之初，目的在于培养学生，"以备他日中小学堂教员之任"[2]。学校第一年招收的最速成、速成、初级师范本科三科学生，毕业后均得为"寻常小学堂高等小学堂之教员"，而待这三科学生毕业之后，第四年学校再"添置高等师模板科，以备中学堂教员之用"。[3] 学校更名之后，在日本总教习松本孝次郎的支持下，李瑞清决心停办初级师范本科，发展优级师范，专门培养中学堂师资，将两江优级师范学堂发展成"华中、华南地区规模最大、程度最高的一所师范学堂"[4]。

那么，李瑞清具体是如何发展两江优级师范学堂的呢？这里需要先了解一下 1903 年政府颁布的《奏定学堂章程·优级师范学堂章程》。此章程规定优级师范学堂学科分为公共科、分类科、加习科三节。公共科者，课程限一年毕业，于第一年未分类以前公同习之。分类科者，课程限三年毕业。学科分为四类，第一类以中国文学、外国语为主，第二类以地理、历史为主，第三类以算学、物理学、化学为主，第四类以植物、动物、矿物、生理学为主。分类科

---

[1] 参见王德滋主编：《南京大学百年史》，南京大学出版社 2002 年版，第 23—24 页。

[2] 苏云峰著：《三（两）江师范学堂：南京大学的前身，1903—1911》，南京大学出版社 2002 年版，第 166 页。

[3] 同上，第 167 页。

[4] 王德滋主编：《南京大学百年史》，南京大学出版社 2002 年版，第 32 页。

毕业之后，学生若自愿，可入加习科。加习科课程定以一年毕业。此外，还可仿效外国高等师范学堂，设专修科及选科。专修科为各地中等学堂最缺乏某种学科之教员而设，学生专修后可补其缺。选科则为欲选习分类科中之一科目或数科目者而设。[1] 1906 年，清政府又颁布了《学部订定优级师范选科简章》。此简章之公布意在缓解优级师范学堂合格生源不足之困难。优级师范学堂在合格生源难得的情况下，可招选科学生。学生入学后，先入预科，再入本科。预科一年毕业，本科二年毕业。[2]

三江师范学堂时期学校招收公共科学生 74 人，这些学生后来全部升入两江的分类科。两江优级师范学堂于 1906 年秋招收补习科学生 27 人，1906 年冬招收各选科之预科学生 172 人。此处的补习科乃两江自设，学生后来入公共科，各选科之预科学生后来入分类科。1907 年春学校招农学博物分类科学生 46 人，此乃学校招收的第一批分类科学生。1907 年秋学校再招收公共科学生 56 人。1907 年冬学校招理化数学选科学生 33 人，农学博物选科学生 40 人，历史地理选科学生 33 人，图画手工选科学生 34 人，图画手工选科预科学生 108 人。1908 年春学校招收补习科五班学生 224 人。1910 年春，学校招收数理化分类科、农学博物分类科、国文外国语分类科、地理历史分类科四科学生共计 251 人，招收公共科补额学生 32 人，理化数学选科补额学生 1 人，农学博物选科补额学生 86 人。1911 年春，学校又招收公共科学生 53 人，补习科学生 54 人，单级教授班学生 28 人，单级教授普通班学生 4 人。据苏云峰的统

[1] 参见舒新城编:《中国近代教育史资料》(中)，人民教育出版社 1961 年版，第 690—705 页。
[2] 同上，第 705—708 页。

计，学校历年招生总数约为 1600 人，两江时期招生约 1300 人。至 1911 年时，分类科已成为学校的主要学科。两江优级师范学堂终成规模。[1]

两江优级师范学堂的毕业生受到社会好评。1910 年初，上海《时报》上的一则报道可以间接地说明这个问题。"两江师范学堂本科学生已满五年二级者共有三百余人，将举行毕业，提学李文宗久以各州县学堂堂长教习等席，均须曾受教育者为合格。现在拟实行其事，决于该班卒业后，将省内外学堂堂长、监学、教习等人，察看学问陋劣，不堪胜任者，即行撤换，以该班学生主任。惟各学堂在事人员，多系从前速成学生，该班一出，定行压倒侪辈，故刻下旧日之师范生，异常惶恐云。"[2] 以两江优级师范学堂之地位，旧辈学生在其毕业生面前感到惶恐不难理解！

（三）三（两）江师范学堂所受日本教育之影响

中国近代高等教育兴起，本来是受欧美影响为多的。在洋务派设立的一系列新式学堂之中，聘请的外国教习主要即来自欧美。甲午中日战争以后，"从 1894 年到 1914 年，日本成为对中国教育影响最大的国家"[3]。清政府 1903 年颁布的《学务纲要》中明确规定，"各直省亟宜于官绅中推择品学兼优、性情肫挚、而平日又能留心教育者，陆续资派出洋，员数以多为贵，久或一年，少或数

[1] 参见苏云峰著：《三（两）江师范学堂：南京大学的前身，1903—1911》，南京大学出版社 2002 年版，第 64—66 页。

[2] 《时报》，宣统元年十一月二十四日。转引自苏云峰著：《三（两）江师范学堂：南京大学的前身，1903—1911》，南京大学出版社 2002 年版，第 86 页。

[3] 霍益萍著：《近代中国的高等教育》，华东师范大学出版社 1999 年版，第 89 页。

月，使之考察外国各学堂规模制度，及一切管理教授之法，详加询访体验……欧美各国道远费重，即不能多往，而日本则断不可不到。此事为办学堂入门之法，费用万不可省。即边瘠省份，至少亦必派两员"[1]。三江师范学堂正是在此时代背景下创建的。我们需要考察一下三（两）江师范学堂受到的日本教育之影响，以和随后的南京高等师范学校作一比较。

1 张之洞派员赴日考察

张之洞任湖广总督期间，1902 年 5 月曾选派两湖书院毕业生黄兴等 31 人赴日本学习师范。此事足以见出张之洞对学习日本教育经验的重视。前文提及的《学务纲要》乃由张百熙、荣庆、张之洞共同完成，其中把向日本学习说得如此迫切和重要，这之间也一定掺杂有张之洞的意见。

张之洞署理两江总督之后，专调时任湖北师范学堂长的胡钧来南京参与筹建三江师范学堂。胡钧亦从两湖书院毕业，曾奉张之洞之命两赴日本考察教育。他以日本东京帝国大学为蓝本，拟定了三江师范学堂建筑计划。三江师范学堂于 1903 年 6 月 19 日在南京北极阁一带开工。1904 年 3 月，工程尚未完工，当月 11 日创刊的《东方杂志》上已报导其"校舍俱系洋式，壮丽宽广，不亚日本帝国大学"[2]。苏云峰将三江师范学堂与日本东京帝国大学同一时期的建筑物作比较，认为胡钧模仿的"并非帝大之全校建筑配置模式，而是个别的建筑形式"，但"就个别建筑物的特色而言，三江师范

[1] 舒新城编：《中国近代教育史资料》（上），人民教育出版社 1961 年版，第 201 页。
[2] 《东方杂志》第 1 卷第 1 期，第 151 页。

并不逊色"。[1] 至 1911 年，学校面积已由当初的数十亩扩充至 200 亩，校舍有约 200 间。这为后来南京高等师范学校的辉煌奠定了坚实的基础。在学校的建设过程中，胡钧功不可没。另外，他还负责草拟了《三江师范学堂章程》，内容已如前述，其中必定也参照了日本经验。

除胡钧之外，张之洞于 1902 年底，也就是他署理两江总督后不久，即命缪荃孙、徐乃昌、柳诒徵等八人赴日考察教育，以"汲取日本师范教育成功经验而用于三江师范学堂的建设发展"[2]。他们回国之后，也都对学校的建设作出了自己的贡献。

2　聘任日本教习

这里要从日本东亚同文会说起。东亚同文会成立于 1898 年，会长近卫笃麿。该协会名义上以"保全支那"，"启发中国人，挽救东亚局势为宗旨"，实际上则帮助政府蚕食中国，称霸亚洲。[3] 张之洞与东亚同文会早在 1898 年即已建立了联系。[4] 在筹办三江师范学堂的过程中，1903 年 2 月 26 日，俞明震以"江苏候补道江南陆师学堂总办兼学务处"身份，杨觐奎、刘世珩以"江苏候补道三江师范学堂总办兼学务处"身份，与时在上海的东亚同文会总董事根津共同签订了《三江师范学堂拟聘日本教习约章》(以下简称

[1]　苏云峰著：《三（两）江师范学堂：南京大学的前身，1903—1911》，南京大学出版社 2002 年版，第 144 页。

[2]　王德滋主编：《南京大学百年史》，南京大学出版社 2002 年版，第 11 页。

[3]　苏云峰著：《三（两）江师范学堂：南京大学的前身，1903—1911》，南京大学出版社 2002 年版，第 16 页注释 2。

[4]　参见苏云峰著：《三（两）江师范学堂：南京大学的前身，1903—1911》，南京大学出版社 2002 年版，第 16 页。

《约章》)。

《约章》议定三江师范学堂拟聘日本教习 11 名，聘期 3 年。除总教习 1 名外，其他 10 名分别任教于伦理及教育科、物理及化学科、农学科、理财兼商业科、博物科、工业科、医科、日语兼翻译科、图画科。其中，日语兼翻译科需要 2 名日本教习，其余各 1 名。《约章》让我们看到了日本教习在三江师范学堂可以享受到的优厚待遇。如第三款规定了各教习的薪水金额，总教习月薪高达鹰银 400 元。这一数目约等于 620 日元，而当时东京帝国大学毕业生之月薪也不过在 450 至 600 日元之间。相比之下，中国教员的薪金多数为 60 元，仅为日本教习的 1/5。[1]《约章》第五款还规定由学堂报销各位教习来华及返国的川资各 300 元洋银，教习期满回国时加发两个月薪水，以为酬劳。第十款更规定若教习合同期间患病回国，路费及加发薪水亦照给不误。[2]

1903 年 6 月 10 日，由东亚同文会推荐给三江师范学堂的日本教习 11 人全部到达南京。6 月 25 日开学后，日本教习开始与中国教习互相学习，交换知识。日本教习的 3 年聘期也由此开始。菊池谦二郎在这批教习中资格最老，任日本总教习。他是日本东京帝国大学文学士，曾任日本第二高等学校校长。菅沼虎雄资历仅次于菊池谦二郎。他是菊池在帝国大学读书时的好朋友，曾任日本第一高等学校教授。1904 年 11 月 26 日，三江师范学堂正式开学。日本

[1] 参见苏云峰著：《三（两）江师范学堂：南京大学的前身，1903—1911》，南京大学出版社 2002 年版，第 132 页正文及注释 3。
[2]《三江师范学堂拟聘日本教习约章》参见南京大学校庆办公室校史资料编辑组、学报编辑部编：《南京大学校史资料选辑》，1982 年，第 8—10 页。

教习的上课方式是首先课前自编讲义——编译讲义员将日文讲义译印成中文讲义，发给学生参考，然后上课时用日语讲解，译员在一旁口译，学生笔录。开始时工作进展得还算顺利，但随后以菅沼虎雄为首的日本教习与总教习菊池谦二郎之间爆发了尖锐的冲突。他们不同意菊池谦二郎的课程安排应该统筹规划之要求，而更愿意自由发挥。1905年11月，10名教习联名函告东亚同文会，要求解除菊池谦二郎的总教习职务。中日双方调停未果，最后的结果是菊池谦二郎辞职，其余教习除手工科的杉田稔和图画科的亘理宽之助外聘期满后全部解雇。[1]

这次事件之后，学校修改了聘约章程，以加强对日本教习的监管。后李瑞清于1906年3月亲赴日本，在东京高等师范学校校长嘉纳治五郎的帮助下，聘请到东京高等师范学校松本孝次郎教授与其他4名日本教习。任总教习的松本孝次郎到校后又聘请了3名日本教习，加上此前留任的2名教习，这次学校共有10名日本教习。松本孝次郎帮助李瑞清完成了学堂改制，深得李瑞清之尊敬。可后来日本教习指责松本孝次郎独断专权，又一次引发了冲突。1907年6、7月间，松本孝次郎在李瑞清的支持下，一次性解聘了反对他的6名日本教习，后又再聘日本教习7人。日本教习之间风波不断，有来有走。据苏云峰统计，至辛亥革命前夕，两江优级师范学堂仍有至少8名日本教习。[2]

从1903年至1911年，三（两）江师范学堂共聘请日本教习

32 人次。[1] 在三江师范学堂时期，日本教习负责教育、物理、化学、博物、生理、图画、手工、东文、农业土壤、法制经济学等共 17 门课程的 10 门科目，撑起大半壁江山。至两江优级师范学堂时期，松本孝次郎"课程理念比较重视理化、农学博物和手工等实科"。他筹设了"桑田、蚕室、农事试验场及手工（金工、木工）实习室"，"有实质的表现"。[2] 两江优级师范学堂参加 1910 年 6 月 5 日在南京开幕的第一次南洋劝业会，所展出之物理器械、化学药品、标本、美术作品等，博得好评并获奖。[3] 这其中不乏日本教习的功劳。

（四）两江优级师范学堂的停办

1911 年的辛亥革命，光复了南京，却给予两江优级师范学堂致命的打击。李瑞清离校而去，隐居上海，以"清道人"自居。雷恒返回江西老家。其他中日教习及 500 余名未毕业的学生作鸟兽散。造成这种情况的原因是学校被军队占用。"三江师范学堂，驻兵，寄宿舍百余间被毁。所余书籍、操衣、帐子等件，本部封存。陆军部军医院，亦设其内。"[4] 当然，对于部队来说，两江优级师范学堂只是当时被占领的众多学堂中的一所。可对于这所"于江南教育界首屈一指，从前用款达二百万"的学堂来说，经此"风潮变幻，竟成

［1］ 参见王德滋主编：《南京大学百年史》，南京大学出版社 2002 年版，第 28 页。
［2］ 参见苏云峰著：《三（两）江师范学堂：南京大学的前身，1903—1911》，南京大学出版社 2002 年版，第 31 页。
［3］ 同上，第 35 页。
［4］ 《教育杂志》第 3 卷第 11 期，1911 年二月初十日发行，"记事"栏第 78 页。

废墟"[1]，不能不让人心痛！

收入《南京大学校史资料选辑》中的《校具为军队所借呈报都督文》作于1912年8月31日，由两江优级师范学堂呈报给时任江苏都督的程德全。这份文件向我们展示了军队借用两江校具的情况：前沪军司令部（后改编为第七师司令部）借用学校课桌82张，但只归还了39张，仍有43张至呈文前还未归还；现归第七师管辖的卫戍军队一团共借校具1700余件，迄呈文前一件未还。[2]后这些校具归还与否不得而知。

1913年2月10日，江苏省行政公署下达了查封两江优级师范学堂的指令。该指令命李承颐为保管员，从曾于1912年7月短暂复开两江师范附属中小学的校长余恒处接收两江的校舍、校具以及仪器等件。行政公署令李承颐接收清楚后，造册呈报。因实在太过混乱，2月23日李承颐在呈报接管学堂情形时，并未完成造册任务。[3]

二次革命时期，学校再遭洗劫。"兵士日日往来，络绎不绝，乱兵土匪混杂其间，无由辨识，所有全堂校具顿成瓦砾，见封锁之室，即横加捣撬，纷纷攘夺，户限几穿，未及三朝，抢毁殆尽。"[4]1913年10月25日，江苏省行政公署下达了饬驻军迁出学堂的训令。1914年1月15日，江苏民政长韩国钧下令再次封锁了

［1］《时报》，1913年2月13日。转引自苏云峰著：《三（两）江师范学堂：南京大学的前身，1903—1911》，南京大学出版社2002年版，第148—149页。
［2］参见南京大学校庆办公室校史资料编辑组、学报编辑部编：《南京大学校史资料选辑》，1982年，第19—20页。
［3］同上，第20—21页。
［4］同上，第22页。

学校。

　　这所被日本东亚同文会认为是"南中国的模范，可与京师大学堂媲美"[1]的著名学府就这样黯然关闭了大门，等到再次开启时，已经更名为南京高等师范学校了。

二　南高与南高的归并东大

　　1912年9月，民国政府教育部公布了《师范教育令》，将师范教育机构分为师范学校、女子师范学校、高等师范学校、女子高等师范学校4种。其中，高等师范学校以造就中学校、师范学校教员为目的。[2]1913年2月，教育部又公布了《高等师范学校规程》，规定高等师范学校分预科、本科、研究科三科，另外还可设专修科、选科。修业年限分别为预科一年、本科三年、研究科一年或二年、专修科二年或三年、选科二年以上三年以下。作为其中核心的本科分为国文部、英语部、历史地理部、数学物理部、物理化学部、博物部6部。[3]1913年3月，教育部公布了《高等师范学校课程标准》，用7张表格分别公布了高等师范学校预科及本科各部之课程标准。[4]这些都为南京高等师范学校的成立提供了契机。

　　（一）江谦与前期南高（1914—1918）

　　1914年，江苏省第二师范学校校长贾丰臻等人，上书教育部

---

[1]　苏云峰著：《三（两）江师范学堂：南京大学的前身，1903—1911》，南京大学出版社2002年版，第158页。

[2]　舒新城编：《中国近代教育史资料》（中），人民教育出版社1961年版，第708—710页。

[3]　同上，第726—730页。

[4]　同上，第737—749页。

和江苏省公署，鉴于苏省中等学校教员大为缺乏，请求设立高等师范学校。1914 年 8 月 30 日，江苏巡按使韩国钧委任江谦为校长，命其在两江优级师范学堂基础上筹办南京高等师范学校。[1]江谦（1872—1942），安徽婺源人，曾任通州师范学堂堂长，江苏省教育司司长等职。韩国钧在委任江谦为南高校长时，命其在一学年之内完成筹备工作，以定期开学。随即韩国钧调赴安徽，由齐耀琳接任。半年之后，1915 年 1 月 6 日，江谦上书齐耀琳报告了南高筹备成立的情形。

　　1　江谦:《关于南京高等师范学校筹备成立情形的报告》

　　韩国钧调安徽以后，江谦也去了安徽。他给齐耀琳的这份报告发于齐耀琳发文饬其筹备开学之前。从这份报告中，我们可以了解以下一些情况:

　　第一，南高定于 1915 年 8 月开学，本年度所需的开办费用 5 万余元省财政厅已定于本年 2、4、6 三个月分期拨放应用。在 1914 年 8 月 30 日韩国钧委任江谦为校长筹办南高的发文中，曾提及"本年缮造三年度国家预算表册，并将该校经费撙节开列，咨请财政部察核在案[2]"。这笔经费大概有十几万，1914 年并未动用。现在省财政厅"勉力筹借"的五万余元系将 1914 年预算所列该校经费"暂照减半数目支给"，以便校长江谦由皖赴苏筹备开学事宜。可见，学校在筹办过程中所需的经费是严重不足的。

　　第二，江谦定于 1 月 17 日到达南京，已约同留美教育博士郭秉文、留美教育学士陈容、前教育部视学袁希涛一起在南京商榷办

　　[1][2]　参见南京大学校庆办公室校史资料编辑组、学报编辑部编:《南京大学校史资料选辑》，1982 年，第 25 页。

学事项。届时，因河海工程专门学校事在南京规划的江苏省教育会会长沈恩孚、副会长黄炎培也将与他们一同筹议。

第三，现时前两江优级师范学堂的校舍情况是"各室窗户十毁八九，地板楼板破坏亦多"，"局中大楼及西首教员室等处房屋亦半损坏"，只有学校东南角的音乐手工教室，因借设雷电练习所，略经过修理，情形稍好。居中大楼及西首教员室现仍驻有陆军第十九师七十四团之兵队。筹备处决定设于校内东首旧时教室内，选择数间进行修葺于28日完工后29日迁入。[1]

在江谦报告了南高筹备成立情形之后，1月8日齐耀琳发文饬江谦筹备开学。1月17日，江谦到达南京后，南高正式进入筹备阶段。2月15日，齐耀琳再发文饬校内驻军迁出学校，"以便该校长从事规划，早日观成"[2]。5月6日清晨，七十四团团长张金瓯率部队开发移驻他处，并将所借用的校中各种器具归还。筹备处办事员逐项点检，计有664件。之前，筹备委员胡昌涛与保管员李承颐曾遵饬分别点检学校校舍、校具。李承颐于4月24日将房屋器具等项已经接收者、未经接收者已分别造册。现两相比照，各种校具以及零星各种，共计728件。5月13日，胡昌涛向齐耀琳报告了接收两江优级师范学堂的情况，并附送一本清册。[3]

2　江谦：《关于南京高等师范学校开办状况报告书》

1915年夏，南高相继发布了《南京高等师范学校简章》、《南

[1]　参见南京大学校庆办公室校史资料编辑组、学报编辑部编：《南京大学校史资料选辑》，1982年，第26—27页。
[2]　同上，第28页。
[3]　同上，第28—29页。

京高等师范学校招考简章》。《南京高等师范学校简章》分为宗旨、组织、学科、学额及修业期限、学年学期及休业日、入学退学休学及惩戒、试验升级留级及毕业、学费、服务、附则等共 10 章，基本上遵照《师范教育令》、《高等师范学校规程》、《高等师范学校课程标准》而订。其中规定本校以养成师范学校、中学校职教员为宗旨，除设预科、本科、研究科外，增设专修科及选科，并附设中学校及小学校等。由《南京高等师范学校招考简章》可知，南高第一年预计招收国文、理化两部预科各一班，国文专修科一班，每班 40人。国文、理化两部预科修业期限为 1 年，国文专修科修业期限为 2 年。学校报名日期为 7 月 1 日至 11 日，投考日期为 8 月 1 日至 14 日，9 月 10 日开学。

1915 年 8 月，学校招生结束后，江谦发布了《关于南京高等师范学校开办状况报告书》。这份报告书分为筹备处成立缘起、校舍毁坏及修理设备情形、录取学生资格之状况、开校后师生接见之旨趣、训育之主旨、教授之主张、注意体育之目的等 7 部分。关于筹备处成立缘起，已如前述。其余各部分情况，摘录如下，以便了解：

第一，关于校舍毁坏及修理设备情形。原两江优级师范学堂校址宽广，面积至 200 亩，校舍有约百间，校具、图书、仪器等其他设备购置亦甚丰富。经两次兵事以后，各种校具损失殆尽，图书仅剩残帙，校舍除焚毁洋楼 192 间外，"余皆户牖毁尽，不蔽风雨，至于墙倾壁圮，栋折榱崩者所在皆是"。因经济能力所限，这次学校仅就东南口字形教室、正屋之办事各室、西偏之教员室进行了修葺，以应目前所需。校具中损坏未甚之物，尽量修理应用。此外，所有教室课桌、自修室桌均采用"近今东西洋应用之式"。其他一切置备则均以适用为目的，不失坚固朴实之宗旨。

第二，关于录取学生资格之状况。此次招考共有534人报名，江苏省籍考生最多，安徽、浙江、江西次之，另外还有广东、四川、贵州等省的考生。考试共录取126人，实到110人。其中以毕业于中学者为多数，毕业于师范学校者次之，在中学以上之学校修业者再次。考试中考生如各科程度合格，仍需受口试及体格检查，尤以体格为最重。凡体弱者，一律淘汰，以此警觉学生注重体育之心。

第三，关于开校后师生接见之旨趣。学校开学后，先让学生逐日分班与教师见面。在与学生谈话的过程中，教师了解学生过去的情况与将来的自我期许，对学生的管理培养即从此开始。每个学生的品性不同，培养方针亦不相同。每周规定学生与老师必有两次见面谈话的机会。师生之情意于此相通，学生乃能起信仰之心，教师乃能行指导之法。

第四，关于训育之主旨。简言之，即期望学生以信心为体，以信力为用。"有信心，乃知非教育不足以救国；有信力，乃知非实行教育不足以救国。"

第五，关于教授之主张。教授之主张有二，一关系学生，一关系教师。关系学生者，因学生毕业程度高下深浅不同，特将学生对于某科之程度过浅者专组一班以为补救，以期学生在升入本科时，不致有参差不齐之弊；关系教师者，教师要以养成学生自力研究之习惯为主要目的，平时要多备参考书籍以为学生自力研究之辅助。

第六，关于注意体育之目的。为使学生毕业后能以强健的身体行教育之事业，学校规定学生除上体操课外，还要在每日晨起洗漱后，一律练习米勒氏之呼吸运动法，养成终身晨起运动的习惯。另外，学校还设各种体育会，使学生在自修之暇可以行不同的运动。[1]

3 《南京高等师范学校调查表》(1917年7月至1918年6月)

1915年8月23日，南高发布了《开校时对各学生临时布告》，告知学生于9月6日至10日到校报到。临时布告（三）"简明规约"规定，学生入校后的作息时间为"每日5时半起，7时早膳，12时午膳，6时晚膳，9时睡"[2]。9月10日以后，"与北京高师、成都高师、武昌高师和广州高师一起，成为我国最早创办的高等师范学校"[3]之一的南高正式开学。

江谦以"诚"字作为学校的校训。他亲自创作校歌，首句即"大哉一诚天下动"。在江谦的推动下，南高校内"诚实，俭朴，勤学，勤劳"之风渐成。[4]1918年3月，江谦病休，由教务主任郭秉文代行校长职务，后郭又充任校长。这样，江谦在南高任职时间即至1918年3月。1918年6月以后公布的一份《南京高等师范学校调查表（1917年7月至1918年6月）》，大致可以让我们知悉江谦在任时期学校所达到的规模。现抄录如下：

［1］ 参见南京大学校庆办公室校史资料编辑组、学报编辑部编：《南京大学校史资料选辑》，1982年，第34—37页。

［2］《南大百年实录》编辑组编：《南大百年实录》(上卷)，南京大学出版社2002年版，第48页。

［3］ 王德滋主编：《南京大学百年史》，南京大学出版社2002年版，第49页。

［4］ 参见朱斐主编：《东南大学史》(第一卷)(第2版)，东南大学出版社2012年版，第51页。

南京高等师范学校调查表 [1]

（1917 年 7 月至 1918 年 6 月）

国立南京高等师范学校调查表 校址 南京城内北极阁前 4 年 1 月筹办 9 月开校			
编制	职员	管理员 30 人		
		教员 36 人		
	学生	学级及人数	国文部一年级 36 人 国文部二年级 30 人	总计278人
			理化部一年级 25 人 理化部二年级 36 人	
			体育科二年级 32 人	
			工艺科一年级 16 人 工艺科二年级 21 人	
			农业科一年级 29 人	
			商业科一年级 30 人	
			英文科一年级 22 人	
		年龄	自 19 岁至 31 岁	
		学费	学膳费均不收	
		寄宿或通学	全体寄宿	
		历年毕业人数	上学年国文科毕业 36 人 本学年体育科毕业 32 人	
		校役人数	42 人	
设备	建筑	新旧建筑费 56379.168 元		
	教室	各种教室十、特别教室四、各种实验室四		
	操场	大运动场二、雨中操场二		
	宿舍	十八斋每斋六间、共 108 间		
	图书	新旧购置费 6276.236 元		
	器械标本	新旧购置费 20194.25 元		
	校具	新旧购置费 19847.619 元		

---

[1]《南大百年实录》编辑组编:《南大百年实录》(上卷)，南京大学出版社 2002 年版，第 49 页。该调查表中的附属中学、附属小学情况，此处略去。

国立南京高等师范学校调查表		校址 南京城内北极阁前 4年1月筹办9月开校
经费	由来	由部指令江苏省库支拨
	岁入	预算经常费149028元，实领到145578元，欠发3450元
	岁出	本校支出121612元，中学部16766元，小学部7200元

由上表可知，第一，至1918年6月，学校在校学生（含本学年毕业生）共计278人，毕业学生（含本学年）共计68人。学校有管理员30人，教员36人，校役42人。

第二，学校此时已由开校时的两部预科一专修科发展至现在的两部六科，即国文部、理化部；国文科、体育科、工艺科、农业科、商业科、英文科。国文部、理化部、工艺科有一、二年级学生，体育科有本学年毕业的二年级学生，农业科、商业科、英文科只有一年级学生。

第三，学校建设已成规模。现拥有各种教室10间、特别教室4间、各种实验室4间；大运动场2个、雨中操场2个；每斋6间的宿舍18斋，共108间。本学年学校在建筑、图书、器械标本、校具等方面共用去费用102697.273元。其中建筑费用最高，为56379.168元；图书费用最低，为6276.236元。

第四，本学年学校预算经常费149028元，江苏省库支拨145578元，仅欠发3450元，基本上达到了学校的预算额度。与学校筹备成立时的"暂照减半数目支给"相比，这一点弥为难得。

（二）郭秉文与后期南高（1918—1923）

1919年9月3日，郭秉文任南高代理校长已有一年半的时间，江苏省长公署此时签发了《训令郭秉文充任校长》一文，正式任命郭秉文为南高校长。"查该校长江谦，因病离校，其校长职务，虽经委任教务主任郭秉文兼代，究以责任未专于校务进行，恐有窒碍。兹经正式委任郭秉文为该校校长，自系为慎重校务起见，除咨复并令江校长外，合行训令该校长遵照，所有教务主任一职，并即由该校长另行聘任，以专责成。"[1] 郭秉文接任南高校长，直至 1923 年南高归并东大。

1 郭秉文的教育经历

郭秉文（1880—1969），字鸿声，祖籍江苏江浦。郭秉文的父亲是一位医生，兼任上海长老会教堂的长老。由于这个缘故，他从少年时起便在上海长老会创办的清心书院学习。这种经历使他"较早地受到了西方近代科学、文化精神的熏陶"，也为他"进一步接受现代西方大学教育奠定了基础"。[2] 1896 年，郭秉文从清心书院毕业。他留下来教了 1 年的书，之后相继在海关、邮政及浙东产金局等处任职。

1908 年，郭秉文入美国俄亥俄州伍斯特学院学习。在这里，他曾担任《中国学生月刊》总编辑、《伍斯特之声》主笔和中国赴美留学生会会长。"这为他后来得以延聘大量留学生到南高——东大任教提供了人际关系上的优越条件。"[3] 在伍斯特学院读书期间，由于辩论才华突出，郭秉文还曾被选为学院 1908—1909 年度的辩手。[4] 1911 年，郭秉文在伍斯特学院学习 3 年后获得理学学士学位。离开伍斯特学院后，郭秉文随即赴哥伦比亚大学师范学院学习

[1] 南京大学校庆办公室校史资料编辑组、学报编辑部编：《南京大学校史资料选辑》，1982 年，第 62 页。
[2] 冒荣著：《至平至善　鸿声东南——东南大学校长郭秉文》，山东教育出版社 2004 年版，第 9 页。
[3] 同上，第 15 页。
[4] 同上，第 16 页。

教育学。1912 年，郭秉文获得教育学硕士学位。1914 年，他又以论文《中国教育制度沿革史》获得哲学博士学位，"成为中国最早在教育学领域获得博士学位者"[1]。

郭秉文的博士论文《中国教育制度沿革史》1915 年由哥伦比亚大学师范学院出版英文本。哥伦比亚大学著名的教育家孟禄教授为之作序，称"郭博士之著是书，不独表扬己国之事绩，且俾西人恍然有悟于中邦维新之变革。是变革也，利之所及，端在两方"[2]。1916 年上海商务印书馆出版了由周槃译述的该书中译本，黄炎培为之作序，称其为"空前之作也"[3]。这本书除"绪言"、"附录"外，分为"上古教育制度之起原"、"上古教育制度及其退化"、"汉以后各朝教育之沿革"、"新旧教育之过渡时代"、"新教育制度之设立"、"民国时代所建之新教育"、"现今国民教育之重要问题"、"撮要与结论"等共八编。如其题目所述，文章细述了中国教育制度沿革的历史，并提出了关乎现今国民教育的问题及解决之方。第八编"撮要与结论"中最后一节"教育之概观"最能体现作者的教育观。作者言道，将我国"今日之教育制度与欧美相较，其幼稚而待改良之处甚夥。然欧美之教育制度，屡经变革，殆数百年，时至今日，未尝无不满人意者。吾国之忽改新教育制度，而所改者较旧制所差极远，则学校之瑕疵，非出乎意料之外者……搜集前清至今日兴新教育之经验，再参用欧美制度之所长，以及保存吾国自古教育之所宜是也。简言之，当求四境之新状况，以改革教育制度，于

---

[1] 上海财经大学校史研究室编：《郭秉文与上海商科大学》，上海财经大学出版社 2010 年版，前言第 1 页。

[2] 同上，第 7 页。

[3] 同上，第 4 页。

国家之前途，庶有豸乎"[1]！关于教育问题，作者在文中还曾引用孟禄在江苏省教育会演说时说过的一段话，"中国教育家之所当保持者，古代文化之所长与其精英，而非其糟粕也；所当取法者，西方文化之所长与其精英，而非其糟粕也；采西方文化时，融会而非变置，以渐进而非以骤几"[2]。这些观点都与后来"学衡派"的文化观深相契合。应该说，"学衡派"可以在南高——东大风生水起，他们与校长郭秉文在文化观点上有一致之处也是非常重要的原因。

2 郭秉文：《关于本校概况报告书》

1918 年 10 月，郭秉文任南高代理校长半年后，发布了《关于本校概况报告书》。与江谦 1915 年 8 月所发布的《关于南京高等师范学校开办状况报告书》相对照，我们可以看到南高在 3 年时间里所发生的变化。郭秉文的报告书分为"南京高等师范学校概况"、"本校校友会概况"、"本校附属中学校概况"、"本校附属小学概况"四部分。其中"南京高等师范学校概况"一部分所述最为翔实，分为"沿革"、"设备概况"、"组织概况"、"教育概况"、"职工教员概况"、"学生概况"、"毕业概况"、"经费概况"等八部分。这里要重点关注的是"设备概况"、"组织概况"、"教育概况"、"职工教员概况"等部分内容。[3]

关于学校设备概况，根据报告书所述，可列表如下：

---

[1] 上海财经大学校史研究室编：《郭秉文与上海商科大学》，上海财经大学出版社 2010 年版，第 98 页。

[2] 同上，第 96 页。

[3] 以下与报告书有关内容参见《南京大学校史资料选辑》，第 45—55 页。

设　备	概　　　况	支　银
校舍	师范及中小学 3 部新建者，平房 30 余间，楼房 1 所，余均就旧舍修葺或间有改移之处，共计有 810 余间	65000 余元
器具	各项 2800 余件	19800 余元
图书	中国文参考书 860 余部，外国文参考书 730 余部，中西文各杂志 100 余种	6200 余元
其他	理化仪器标本零具 2300 余件，工艺机械大小工具 260 余件（零件不计）	46000 余元
共计	/	137000 余元

此外，报告中还有校舍之扩充、校具之添置等方面情况之交代。与开办初的"标本仪器荡然无存"，"书笈尚留一二，均系残帙"，"各种校具亦损失殆尽，存者皆窳败不堪使用"，"墙倾壁圮，栋折榱崩者所在皆是"[1] 等情形相比，学校设备状况已大大改观。

关于学校组织概况，校内行政组织采合议与分任兼重之制。学校设总务处以总揽全校行政事务。总务处下设教务处、斋务处、庶务处三处，各设立主任一人，分负其责。凡事不专属于教务、斋务、庶务各处者，或专属于某处而事关重大者，须经校务会议定夺再分别施行。学校校务会议，由校长及各处主任组成。有关附属中小学者，中小学主任亦须列席。此外，学校还有各部、各科教员会议，由各主任教员主持召开。

关于学校教育概况，分为训育、智育、体育三部分来说明。这

---

[1] 南京大学校庆办公室校史资料编辑组、学报编辑部编：《南京大学校史资料选辑》，1982 年，第 35 页。

三部分恰就是江谦《关于南京高等师范学校开办状况报告书》中"训育之主旨"、"教授之主张"、"注意体育之目的"三部分内容之扩充。每一部分均从标准、方法、实施等方面来叙述，其中尤以智育部分扩充内容最多。智育的实施分为六种：设科、教授、实验、研究、实习、参观。在设科部分，报告书详细地说明了学校的设科情况。"本校……以适应社会需要，为设科主旨"，"鉴于国文、理化教法之宜改良，首设国文、理化两部，并设国文专修科……鉴于社会体育不振，而任体操教师者又多不明体育之原理，故于五年春季设体育专修科……鉴于人民生产力薄弱，而一般毕业学子又多乏职业之智识技能，解决之法惟有提倡职业教育。本校……五年秋季除续招国文、理化两部外，增设工艺专修科，六年秋季又续招工艺专修科，并增设农业商业专修科，以应中等职业学校之需求……又设英文专修科，以改良英文教授法为宗旨。鉴于教育一科之缺乏专才，因于今年续招农商体育三专修科外，添设教育专修科。"此外，"又拟将国文部改为国文史地部，其理化部改为数学理化部……以期适合中等学校教科之情形"。

"以适应社会需要"设科是南高学科设置的特色。学校开校时设国文、理化2部，国文专修科1科。1916年春又设体育专修科，秋又设工艺专修科，1917年秋又设农业、商业、英文专修科，加上1918年新设的教育专修科，学校此时已从开校时的2部1科发展到2部7科。1919年春，国文部与理化部正式改名。1920年两部又合并为文理部，下设国文系、英文系、哲学系、历史系、数学系、物理系、化学系和地学系8系。加上又新设了文理专修科，学校设科情况发展至1部（含8系）8科。这样的设置"突破了师范界线，寓师范教育、基础教育、实科教育于一体，已具综合大学雏形"[1]。

关于学校的职工教员概况，我们注意到南高选派了 2 名教员赴美留学。1917 年选送英文教员张谔以江苏省费赴美学习教育学和语言学，1918 年选送体育教员卢颂恩以部定专额官费赴美学习体育。学校此时有职员 41 人，教员 53 人，除重复者外，共计 92 人。其中外籍教师 3 人，全是美国人。本国教师 89 人，从外国专门大学毕业、肄业者 32 人，占本国教师总数的 36%。

这里虽然无法逐一列出本国教师所毕业或肄业的外国专门大学之校名，但可以确知的是他们多留学于美国。与三（两）江师范学堂时期学校深受日本教育影响不同，南高时期学校开始受美国教育影响。1915 年 1 月，江谦约同郭秉文、陈容、袁希涛、黄炎培、沈恩孚一起在南京商议筹备成立南高事宜。这里的郭秉文和陈容均留学美国。1917 年 9 月，时任校长江谦与教务主任郭秉文专门聘请美国人，前文提到的 3 名外籍教师之一祁屋克为校体育主任，并与其订立合同。1918 年，郭秉文还促成由数百名留美学生组成的"中国科学社"迁入南高，大大扩充了学校的师资力量。霍益萍在其专著《近代中国的高等教育》中指出，五四前后，"中国教育有个很重大的变化，即从模仿日本转向模仿美国"[2]。南高正是中国教育从模仿日本转向模仿美国过程中的典型一例。另外，在中国教育发生重大转变的过程中，"留美学生群体的崛起，对中国教育的进一步近代化和全面模仿美国起了重要的、积极的促进

---

［1］ 冒荣著:《至平至善　鸿声东南——东南大学校长郭秉文》，山东教育出版社 2004 年版，第 43 页。

［2］ 霍益萍著:《近代中国的高等教育》，华东师范大学出版社 1999 年版，第 134 页。

作用"[1]。下文我们将会关注郭秉文作为校长在南高实行的一系列改革。从中我们可以发见作为留美学生群体之一份子的郭秉文，对推动中国教育的这种转变所作出的努力。

3 郭秉文在南高的改革

郭秉文正式接任南高校长后，很快于1919年10月4日聘任陶行知为教务主任。陶行知为哥伦比亚大学师范学院政治学博士，和郭秉文有校友之谊。11月1日，学校学监主任辞职。郭秉文聘刘伯明继任。刘伯明同样留学美国，在西北大学获哲学博士学位。在陶行知和刘伯明的协助下，郭秉文在南高进行了一系列的改革。

1919年，南高下发了《南京高等师范学校各委员会通则》，规定为商榷校务便利起见，在学校设立各种由校内知名教授组成的委员会。南高的委员会有两类，常设委员会与临时委员会。常设委员会各委员任期以一年为满，临时委员会各委员任期则以该会事务结束为满。南高设立的常设委员会有学校组织系统委员会、学生自治委员会、运动委员会、游艺委员会、图书委员会、出版委员会、办事方法研究委员会、校舍建筑委员会、校景布置委员会，临时委员会有暑期学校研究委员会、工读协助研究委员会、教课限度研究委员会、招收女生研究委员会、改良考试委员会、校内给水改良委员会、电灯改良委员会、制定校徽委员会、一览编制委员会、编制学历委员会、议事简则起草委员会、经济委员会。各种委员会的设立，可以"让教职工参与学校管理，更好地体现分层负责和分工管理原则"[2]。郭秉文在南高设立各种委员会的做法显然是在模仿哥伦比亚大学。"哥伦比亚

---

[1] 霍益萍著：《近代中国的高等教育》，华东师范大学出版社1999年版，第136页。

[2] 冒荣著：《至平至善 鸿声东南——东南大学校长郭秉文》，山东教育出版社2004年版，第55页。

大学……管理权属学校董事会。同时，设有大学参议院，作为学校立法机构。为民主决策，董事会通过 10 个常设委员会实施各项工作。这些常设委员会包括：执行委员会、教育政策委员会、房屋和土地委员会、发展委员会、校友事务委员会、财务委员会、法律事务委员会、社区事务委员会、健康科学委员会、补偿委员会。大学参议院的主要事务由 12 个常设委员会承担：执行委员会、教师事务委员会、教育委员会、物质发展委员会、预算审查委员会、学生事务委员会、外部关系委员会、大学行为准则委员会、校友关系委员会、荣誉和奖励委员会、图书馆委员会、参议院结构和运作委员会。"[1] 南高所设立的委员会与哥伦比亚大学虽名称有异，但性质相同。

1919 年，南高全体教务会议提议通过了《改良课程案》，率先在全国高校改学年制为学分制，即选科制。学年制"把修学时间和全部课程捆死"[2]，对教师和学生都有诸多束缚。现在采用选科制后，则学生"可依据兴趣发展其天赋之特长"，教师亦"有伸缩之余地"。[3] 南高的实施办法要点是将学生所学课程分为必修与任选两类；学生成绩按学分来计算，每位学生每学期以 15 学分为标准，遇特殊情况少可减至 12 学分，多可增至 20 学分，满 120 学分者可毕业；一科之学生可以选修他科之课程；选修课人数的多寡，视教员经济设备与课程性质而定等。[4]

---

[1] 冒荣著：《至平至善　鸿声东南——东南大学校长郭秉文》，山东教育出版社 2004 年版，第 18—19 页。

[2] 朱斐主编：《东南大学史》（第一卷）（第 2 版），东南大学出版社 2012 年版，第 45 页。

[3] 同上，第 46 页。

[4] 参见南京大学校庆办公室校史资料编辑组、学报编辑部编：《南京大学校史资料选辑》，1982 年，第 77—78 页。

1920 年 6 月 1 日，南高呈教育部《关于校内试行简章》，拟对学校内部组织进行一些调整。学校行政组织原有教务、学监、庶务三处。除教务处仍遵规程办理，无变更之需要外，学监处因"既有全校教职员分其责，复有学生自治委员会代其任"，学校拟去学监名目。学监处所掌管方面，"似宜归并庶务处办理"。至于庶务处，"似宜添置副主任一人，而改名为事务处"。再者拟置校长办公处，由校长主任，另设副主任一人，辅助校长执行校务。如校长因公外出时，即由副主任代理。[1] 6 月 26 日，南高发布了《南京高等师范学校内部组织试行简章》，分为"校长及校长办公处"、"校务会议及各委员会"、"行政"、"教务"、"事务"、"各部各科"六章。[2] 6 月 28 日，教育部批复到达学校，"查该校所拟内部组织试行简章大致尚妥，应准备案，仰即知照"[3]。

郭秉文在博士论文《中国教育制度沿革史》中曾指出"凡教员研究会、夏季学校补习科、函授读书、地方教育会、参考书籍以及欧美盛行之循环读书法，于教员之养成，裨益匪浅"，可惜我国"皆缺焉而不备"。[4] 郭秉文任南高校长以后，学校借鉴欧美高校"夏季学校补习科"的做法，于 1920 年夏率先面向全国开办了暑期学校。1921 年东大成立后，学校继续举办了第 2 期。直至 1923 年，共举办 4 期。南高——东大的暑期学校，教师以本校教授为主，还

[1] 参见南京大学校庆办公室校史资料编辑组、学报编辑部编：《南京大学校史资料选辑》，1982 年，第 66—67 页。
[2] 同上，第 67—69 页。
[3] 同上，第 69 页。
[4] 上海财经大学校史研究室编：《郭秉文与上海商科大学》，上海财经大学出版社 2010 年版，第 98 页。

邀请过外地、外籍专家、知名人士，在当时产生很大影响。

除此之外，陶行知在学校校务会议上提出改"教授法"为"教学法"，后又提出《规定女子旁听办法案》。在重重阻力面前，郭秉文均给予了大力支持，使学校得以开风气之先。在郭秉文与同仁的努力下，短短的几年时间里南高迅速崛起，与北大并称"北有北大，南有南高"。

（三）东大的成立与南高的归并

"学衡派"主将之一胡先骕1918年9月应南高农科主任邹秉文之聘从南昌来到南京，任该校农林专修科教授。当时郭秉文还在任学校的代理校长。两年以后，1920年秋，当梅光迪从南开大学来到南高时，正式校长郭秉文已经开始积极酝酿以南高为基础来筹建东南大学了。

五四以后，改高师为大学之事曾在全国教育联合会会议上被数次提起。郭秉文亦力持此议。在他看来，若欲办好高师，必须有上乘之师资；欲获上乘之师资，必须"寓师范于大学"。在一个单科性的师范院校内，培养出卓越师资是很难的。故此，他主张将南高改办为大学。[1]

1 《国立东南大学缘起》

《国立东南大学缘起》是由王正廷、蔡元培、张謇、江谦、袁希涛、沈恩孚、蒋梦麟、穆湘玥、郭秉文、黄炎培等10人联合署名的一份宣言，具体发布时间不确知。这10人是东南大学的10位发起人。

---

[1]　参见朱斐主编：《东南大学史》（第一卷）（第2版），东南大学出版社2012年版，第74—75页。

宣言首先阐述了在南京设立一所大学的迫切性。教育界曾经提议在全国设立5所大学，南京是供选择的地点之一，已草预算，但迄今未见实行。"东起河济，南迄海徽，其方里不下五百万，其人口不下2万万，其学者不下数十百万，而数十年来，数千里中无一完备之大学。"东南学子求学之路艰辛万分，要么入外国人所设立的大学，要么远赴京津之地，再者则东走日本、美国，西诣俄、英、法、德。待他们学成归来，又无法在"桑梓钩游之地"觅得可一展才华的最高学府，此乃东南人士之耻。教育部之所以迟迟未能在南京设立一所大学，"殆以绌于经济为主因"。鉴于此，东南人士议得一兼顾之法，即在南京设立一所大学，以南高之专修科并入，名之曰国立东南大学。

接下来，宣言从地理、历史、校址、设科、师资、学生、经济、学术、国际、民治等共十个方面来阐述在南京设立国立东南大学之利。以南京之地利，地理、历史、学术、国际之利不难理解；校址之利在于已得地主同意，可在城北南洋劝业会场基础上兴建校舍，地权归学校所有；设科、师资之利则得益于南高原有之基础；学生之利在于可补南高每年招生时遗珠之憾；经济之利在于可得海内外热心教育之富家之捐助；民治之利在于在南京设立国立东南大学后，各方必继之以行，此对民有利。

因有此十利，故"拟就南京高师地址及劝业会场建设东南大学，而以南高诸专科并入其中"。东南大学之设立，实乃"我东南诸省百十亿民兄子弟"之心声也。[1]

[1] 参见《南大百年实录》编辑组编：《南大百年实录》(上卷)，南京大学出版社2002年版，第99—101页。

由 10 位发起人联合署名的宣言有力地推动了东南大学的成立。《南京建设国立大学计划》于 1920 年秋冬之际订立，并在随后照教育部意见作了修改。此计划分为"大纲"、"进行顺序"、"名称"、"地址"、"组织"、"学制、毕业证书、学位"、"经费"等七部分。内容择要如下：第一，拟以南高之教育、农业、工艺、商业各专修科分别归并东大并扩充成为教育、农、工、商四科；第二，从 1921 年起，南高各专修科停止招生，改招大学预科生 300 人，各本科则照常进行；第三，校址以南高之一部分及南洋劝业会场为根基，另在上海建商科大学；第四，设董事会；第五，预科修业年限约 2 年，本科则 3 到 4 年；第六，开办及筹备费计 81000 元，由南高 1920 年度预算临时项下撙节移充。[1]

1920 年 12 月 6 日，教育总长范源廉签发了《委派郭秉文为东南大学筹备员令》，派令南高校长郭秉文兼充国立东南大学筹备员。

2 《筹备东南大学之经过》

《筹备东南大学之经过》为郭秉文于 1920 年 12 月 15 日所作的一次报告，由冯泽芳记录。收入《南京大学校史资料选辑》中的这份材料仅为报告之一部分内容。

在郭秉文看来，促成东大成立的原因有三。第一，1920 年 4 月 7 日，南高校务会议提出筹备国立大学议案，通过后即组织了东南大学筹备委员会。这是促成东大成立的首要原因。东大筹委会成立后，原只限于校内研究。后经郭秉文到上海与各方面接洽，联合其他 9 位社会名流同为东大发起人，筹委会力量大大增加。第二，南

---

[1] 参见南京大学校庆办公室校史资料编辑组、学报编辑部编：《南京大学校史资料选辑》，1982 年，第 106—108 页。

洋劝业会地皮之捐赠。南洋劝业会之地皮为南洋华侨张步青之父于宣统年间以20万元价银所购。本来张父承诺在地皮款外另要报效政府10万元，但于交清20万元地价及2万元报效款后，余8万元一直未交。政府催索未果，便以没收地皮相恐吓。张父大愤，愈不愿将余款交清，政府亦不敢没收土地。1918年，教育部拟为调停此事，劝张家将地皮捐出开办大学，政府亦不再催款。时任江苏省教育会会长的黄炎培恰好此时有事去南洋，教育部便委托黄炎培与张步青商洽此事。张步青应允，但要求政府为其父立铜像，为其母立传，为其颁勋位，为其兄弟颁勋章。黄回应说勋位勋章之事要回去与政府商酌，至于立铜像事则政府从未有过此例。不过，若除地皮之外再有经济上之援助，则受捐助之大学可为张父立铜像。张步青乃"首肯"。又因张之叔父亦在南洋极有声望，黄便请其亦在经济上对大学予以赞助，张之叔父亦同意。第三方面则在于教育总长范源廉对高等教育的提倡。此三方面都对东南大学的成立有促成作用。

另外，这份报告还披露了郭秉文赴京促政府同意东大成立过程中遇到的波折。1920年9月底，郭秉文约同黄炎培、蒋梦麟一同赴京，与蔡元培同去谒见教育部总长范源廉。后大家又拜访了教育部次长、司长、参事等人。在讨论东大建校事宜的过程中，谈及三个问题：学制问题，即南高是否还要存在，是改南高为大学还是南高之外另办大学；地址问题，即政府是否愿意颁给张步青勋位；经费问题。郭秉文与同仁办校心切，认为即使以上问题不能解决，大学仍要开办。他们对以上三个问题给出的解释如下：关于学制问题，为免其他高师亦效仿改建大学，造成政府财政不支，可保存南高名义，一面改办为东大；关于地址问题，若不得南洋劝业会地址，可仍在南高旧址建校;关于经费问题,如果大学预算在国务会议上不通过,只要将南高 1920 年度新预算通过就可以用以筹备成立东大。

因新教育共进会在上海召开,郭秉文在京三日后即匆促南下。后来接到北京方面的消息:政府不能颁给勋位;南高各本科仍需保存,各专修科可改为大学,而大学中设文理科与否政府不加干涉;教育提议案在国务会议上因经费增加太大之故,惹议论纷纷,范源廉不得已当即将议案撤回,准备另备公文向财政部说明理由。3 星期后,郭秉文接到教育部公文,言财政部因今年经费增加太大之故,东大建校一事"碍难照准"。郭秉文随即再次进京,将在南京建设大学的重要性,南高增加预算的理由一一向出席国务会议的各总长说明。这回,包括财政部总长在内的各总长皆表示赞同。12 月 7 日,国务会议上终于通过南高筹建大学的议案,定名为国立东南大学。此时,距离南高组织东大筹委会已近 8 个月时间。

因为学校已接到教育部关于筹备东南大学的正式公文,故定于 12 月 16 日成立东南大学筹备处。筹备处分为组织系统股、经济股、校地推广股、建筑股、校章编定股、公布股、招考学生股、购置股等 8 股进行分别筹备,期 3 个月内办就大纲。[1]

东大筹建工作开始后,根据《南京建设国立大学计划》,东大成立了校董会。1921 年 6 月 6 日东大在上海召开董事会,拟定了校董会章程,通过了《东南大学组织大纲》。会上还一致推荐郭秉文为东大校长,由董事会报教育部审批。7 月 13 日,教育部核准《东南大学组织大纲》。8 月,东大预科开始招生。8 月 27 日,教育部核

---

[1] 参见南京大学校庆办公室校史资料编辑组、学报编辑部编:《南京大学校史资料选辑》,1982 年,第 108—112 页。

准南高校长郭秉文兼任东大校长。9月，东大正式开学。[1] 南高从1921年起不再招生，待学生全部毕业后即归并东大。1922年12月6日，南高评议会、东大教授会联席会议通过了《南京高等师范归并东南大学办法》。1923年7月3日，南高校牌取消，所属附属中小学亦改名为东大附属中小学。南高正式归并东大。

"学衡派"主将吴宓1921年9月任职南高——东大。此时的东大刚刚开始招收预科新生，南高还与东大并存。关于东大后来继续与北大南北并峙的辉煌历史已有诸多学者进行过研究，笔者无意在此赘述。从三（两）江师范学堂到南高——东大，通过对这段校史的研究，我们发现无论是在哪个时期，无论是学习日本还是美国，这所学校都创造了卓越的成绩，都不逊色于当时的京师大学堂——北大。当梅光迪毅然辞职决定从南开来到南高时，当吴宓听从梅光迪之劝，放弃北京高师的高薪来到南高——东大时，他们一定是都看中了这所学校无比耀目的历史。事实证明，他们的选择是正确的。普天之下，只有南高——东大可以为他们提供对抗北大胡适之流的平台。当他们做出这个选择时，他们已经成功一半了。

第二节　人和：在白璧德新人文主义思想的旗帜下

在美国留学期间，梅光迪、吴宓先后服膺于白璧德的新人文主义。白璧德学说是梅光迪、吴宓等"学衡派"同人最初得以集聚的

---

[1] 参见王德滋主编：《南京大学百年史》，南京大学出版社2002年版，第68—69页。

重要因素。笔者称之为人和因素。

何谓新人文主义? 郭斌龢在写梅光迪传略时对此有过言简意赅的介绍:"白璧德先生以新人文主义倡于哈佛,其说远承古希腊苏格拉底、柏拉图、亚里士多德之精义微言,近接文艺复兴诸贤及英国约翰生、安诺德等之遗绪,撷西方文化之菁英,考镜源流,辨章学术,卓然自成一家言。于东方学说,独近孔子。"[1] 相比之下,后来的林丽月则作出了更详细具体的阐释。白璧德深受英国批评家马修·阿诺德的影响。如林丽月所述,马修·阿诺德对19世纪中叶西方物质文明导致的宗教式微、轻义重利、贫富不均等现象深感忧虑,对于中产阶级安于现实,旧式贵族耽于享乐,下层群众质鲁无文尤感忧心。他主张以文化为道德准绳,以文学为载道之器,使文学达到"人生的批评"之功能,促进人类社会的和谐融洽。白璧德接受了马修·阿诺德的文化见解。在白璧德看来,当代所有的混乱现象,都是自然主义作祟所致。所谓自然主义,"一面是以培根为始的科学主义,以征服自然,追求人类的舒适为职志,另一面是以卢骚为首的感情主义 (Sentimentalism),以绝圣弃智,追求自然为理想。流风所及,前者造成了急功近利的功利主义,后者助长了放纵自我的浪漫主义,此为十六世纪以降西方文明发展的两大特点"。白璧德对此深为忧虑,认为要拨乱反正,必须遏止自然主义的扩张,而以"克己复礼"为手段,亦即兼顾内省功夫及文化传统,以期在培根和卢骚所代表的功利主义、浪漫主义及极端墨守旧章的古典主义之间,求得一条中庸之道。此一中庸之道,即白氏的

---

[1] 罗岗、陈春艳编:《梅光迪文录》,辽宁教育出版社2001年版,第242页。白璧德对于东方学说并非独近孔子,还近佛陀等。

新人文主义。[1]

梅光迪是留美中国学生中"最早发现白璧德及其学说的现代价值的人"[2]。1914至1915年间，梅光迪在美国西北大学就读时，听到 R.S. 克莱恩教授的一次报告。教授向同学们推荐了白璧德的《法国现代批评大师》这本书。这本书出版于1912年，在此之前，白璧德已出版了《文学与美国的大学》（1908年出版）、《新拉奥孔》（1910年出版）两本书。梅光迪说他"几乎是带着一种顶礼膜拜的热忱一遍又一遍地"读着这三本书，说这是"一个全新的世界"，一个"被赋予了全新意义的旧世界"。[3]为什么面对白璧德的著作，梅光迪会有这样激动的情绪？梅光迪自述当时正"渴望在现代西方文学当中找寻到更具阳刚之气，更为冷静、理智的因素，能与古老的儒家传统辉映成趣"[4]，白璧德的出现适逢其时。

一 梅光迪与白璧德的相遇

梅光迪是安徽宣城人。在宣城，梅氏家族属名门望族，时人有"上江人文之盛首宣城，宣之旧族首梅氏。匪特仕科名甲于遐迩，而文章经济理学名儒，自有宋以来，彬彬郁郁绵亘辉映"[5]之赞誉。

[1] 林丽月：《梅光迪与新文化运动》，载汪荣祖编：《五四研究论文集》，（台湾）联经出版事业公司1979年5月初版、1980年5月第2次印行，第386—387页。

[2] 段怀清著：《白璧德与中国文化》，首都师范大学出版社2006年版，第173页。

[3][4] 中华梅氏文化研究会编：《梅光迪文存》，华中师范大学出版社2011年版，第237页。

[5] 同上，前言第2页。

梅光迪于 1945 年去世，他这一年的日记有幸保存了下来。在这一年的 3 月 3 日，梅光迪翻阅《明史》、《宣城县志》及祖上梅尧臣的诗集，慨叹"宣城梅氏在中国族姓中实为最光荣之一也"[1]。据梅光迪所考，"宣城梅氏所产人物有两种，一为文艺家，一为数学家。文艺家自圣俞公，以至瞿山，雪坪，伯言，数学家定九先生一家相传百余年。而高官厚禄者，除宋之昌言公，清之尔止，及文穆公外，乃不可多得。可知梅氏以学术相传之家风矣。圣俞、定九、伯言三老在中国文化史上堪称第一流人物……梅氏家风，合文学与科学而为一，在吾国尤绝无仅有。为子孙者，当如何时时仰止而知所自勉乎"[2]。出生于这样一个千年文化世家，我们可以想见梅光迪身上的荣誉感与使命感有多么强烈！

梅光迪一生惜墨如金，留下的著述甚少。好在收于《梅光迪文录》中的《梅先生尊翁教子书》及《致胡适信四十六通》为我们了解梅光迪的家教及早期思想提供了帮助。下面笔者分别从这两份材料入手来考察梅光迪早期的思想倾向。

（一）梅光迪的家教

梅光迪 1911 年考取庚款留美资格，赴美后先是在威斯康星大学就读，后于 1913 年夏转入芝加哥西北大学文理学院。《梅先生尊翁教子书》是梅光迪的父亲梅藻写给他的家书，时间从 1911 年到 1912 年，即梅光迪赴美之后在威斯康星大学就读的这段时间。梅藻，字赓鱼，号漱卿。关于梅藻，可供查阅的资料极少。夏朝中在一篇写梅光迪的文章中曾提及梅藻办私塾一事，"父亲（笔者

---

[1] 罗岗、陈春艳编：《梅光迪文录》，辽宁教育出版社 2001 年版，第 94 页。
[2] 同上，第 94—95 页。

按：指梅藻）在家乡办私塾时，年幼的梅光迪在亲父的教馆里"读书。梅光迪利用此便利条件，用三年时间，读完了"四书"、"五经"，后"十二岁参加了童子试，中秀才"，成为当时该地"获取功名年龄最小的人"。[1] 除此之外，几乎再查不到关于梅藻的任何资料。

这里的梅藻致梅光迪家书共有 13 封。第 1 封写于宣统三年（1911）七月初五，大概是梅光迪留美后梅藻写给儿子的第一封信。信中满怀殷殷期望之情，并在学业上给予了儿子具体的指导。择要录之如下：

> "……来函决定习政治（闻学政治不给官费，可有此章程否？祈即一查），往威斯康新大学，嗣后再往东美一二年，与予意正相吻合。予查外国大学毕业可得学士，再至通儒院一年得硕士，二年得博士，予之意见亦望汝能得博士回里也……汝在外凡事宜谨慎，宜练习办事手段，而尤以卫生为第一要义。予从前日嘱尔敦品励学两层，此后予俱不提及，亦无须予之唠唠不休也……闻外国大学四年毕业，若学生能于每假期内将各项功课赶向前，亦可三年毕业。汝若在威斯康新三年毕业，再至哈佛或耶鲁等著名之校再学二年得一博士，将来亦不想做官，亦不想多获金钱，即使一丘半壑穷老著书，使千载后知有某文学家某政治家或且得其学说奉为金科玉律，风行全国，此余生平之志愿也。小子其有意乎？

[1] 夏朝中：《宣城籍学者梅光迪》，载宣城地区文联、《宣州报》社编：《历代名人与宣州》(续集)，《宣州报》社印刷厂 1988 年印，第 130 页。

……予以为十三经可置之高阁，全史惟《史记》、《汉书》两种尚有研究之价值。汝在外可重加温习，以其文字甚佳也。此外各史即在中国时有余暇可以细阅，亦祇与文料诗料等耳。子书可看三数种加以研究，如庄子、荀子、墨子、管子、晏子、老子等书皆可看，因各书中皆各有道理，不屑屑寄人篱下，均不失为豪杰之材，非若人云亦云，多假装门面语也……文集亦止可研究三五种，诗一二种，如此足矣。身在数万里之外，求不急之学问，那有此等闲工夫？读书贵精不贵多，即回国后博极群书，此乃顺流而下之势。若兼营并蓄，不但无此精力，即有此精力，所学已嫌其不专矣。

大楷学颜学柳或学他家均可，无论神似形似，只须站得住可矣（用腕力）。何子贞字万不可学，此字须写成一家后，有规矩方可临摹以极其变，骤学之适足以坏事。小楷洛神赋亦可。予以为宜学其银钩铁画，其支配处宜分别观之。宣纸及新昌纸，予随后寄来。大约小楷全在运指，亦宜先求站得住。俟稍规模即须多写，在熟之而已。熟则生巧，起伏照应应自然合拍。此须迟至二三年后，或用一二月之力，每日二三小时，每时须能作小楷千字以上，当不患其不进功。常见衙门书手字不佳而能匀净，此即熟之之效也。予字病在站不住，此系毫未临习之故，予亦不责。望尔写好字，只要过得去，恐将来或成一文学家、政治家，而书法恶劣，岂非笑话乎？"[1]

---

[1] 罗岗、陈春艳编：《梅光迪文录》，辽宁教育出版社2001年版，第187—188页。

由此信可知，梅藻对儿子的期望是在美国名牌大学读一个博士学位，回国后成为一个著书立说的文学家或政治家。此乃梅藻"生平之志愿"，他希望儿子可以帮他实现。梅藻在信中专门用了一段文字谈及书法，大楷、小楷均有"指示"。他并不期待儿子成为书法家，只要说得过去，与他将来文学家、政治家的身份相称即可。梅光迪的书法如何暂不评价。他后来去哈佛是只读了硕士学位，回国以后也没有用心著书立说成为文学家或政治家。他大概是让父亲梅藻失望了。另外，梅藻在信中还不忘提醒远在海外的梅光迪学习虽为"不急之学问"之国学，此实属难得。

剩下的 12 封信除叙家事、人事、国事外，谈及学业多有对第一封信的重复。如第 2 封信写于同年阴历的八月十三日，梅藻写道："前日晤袁澄浦谈及尔事，亦以专攻西学为言，谓中学俟回国后再研究亦不迟。我前已再三叮咛，必不得以亦必于四五之内只须研究三经或《诗》、《书》、《易》或三礼或三传及《春秋》，听尔自择。此外如欲研究小学，可兼及《尔雅》，至多亦不得过四五经。大约每年一经毕业，如此做去，工夫亦可谓猛进矣，不必求其博览空费脑力也。曾文正亦言专经须专一经，纯求义理考据均可从略。予言《诗》、《书》、《易》为一类，三礼为一类，三传及《春秋》为一类，《尔雅》系小学工夫，为识字之阶梯，研究经史者尤不可不致力于小学。予所分之类，朱子尝主此说，亦即曾公专一经之意也。海外那有许多工夫遍阅群经，任择一类为之，将来有暇再治群经，仍当专主一经，则工夫亦易于着手。史学只看《史记》、《汉书》两种，子书先看《庄》、《荀》、《墨》，此外则《阳明集》及他集三数种而已。我仔细思量，此当为不易之论也。学问宜进之以渐，持之以恒，果能如此则为有本之学，他日即可以无书不读矣。"[1]梅藻在这封信中再次强调让梅光迪"专攻西学"，但由于对中学有"不易之论"，所以忍不住又对治中学唠叨了几句。

民国成立后，梅藻至南京崇正学校（高等小学）任教。第 5 封信即作于南京，信末落款时间为"中历十八日"，具体写作时间不详。梅藻在信中叮嘱道："期于学问有成，将来有学问即能做事。若见异思迁、东奔西驰，非但于个人无补，究之社会受其利益能有几何？人须有定见，朝三暮四之人我极不赞成。尔向来颇有见识，主意尚拿得定，求学之志持之以坚忍，要紧要紧！"[2]谆谆之情溢于字里行间。

第 6 封信写于 1912 年 4 月 13 日。梅藻在信中再次提及练习书法一事，"尔在外求学，暇时甚少。既临小楷，大楷可不必兼习。但小楷纯以圆匀为主，其功在一熟字，曾见会写字者并不吃力也。小楷须用紫毫，水毫亦可，如此则易于入手，羊毫极难进步，多有画虎不成者。平日妄慕大家，遂至贻误终身。吕镜老之字即前车之鉴。又用笔须提得起，尔字多苟且，落笔即为笔毫所累，东倒西歪以致左右不能相顾，钩点撇捺无一是处，长此不改终身决无长进。此其弊在制笔不佳。因制笔不佳，遂不用心流为一种习惯。须知写羊毫如悬崖勒马，步步控驭，需要笔笔提得住，最忌顺拖，所谓用暗劲者也。究之，羊毫总不及紫毫之事半功倍。尔如愿改用紫毫，可函知。予由内地购寄亦可。予生平于书法一道素在门外，此虽小

[1] 罗岗、陈春艳编：《梅光迪文录》，辽宁教育出版社 2001 年版，第 189—190 页。
[2] 同上，第 192 页。

道，亦须得名师传授，同学中能写字者当不乏人尔，择能写字者，随时恳其指导，久之当有门径"[1]。虽然自己的书法"素在门外"，但梅藻却特别重视儿子的书法练习。他批评儿子"字多苟且"，又分析原因在于"制笔不佳"，并建议梅光迪弃羊毫而改用紫毫。为此，他甚至还可以专门从国内购寄，可见其重视程度。在第6封信的末尾，梅藻附记道："又尔在外须仍作日记，将来一生阅历及学问之进步亦使有所考也。"[2]梅光迪留美期间曾在致胡适的一封信中提到，"迪不作日记，自今年西正月朔日起，重张旗鼓，并仿先辈之法加意省身克己之功，勉力行之，务期于寡过而进道"[3]。从此处可知，梅光迪在美国是写过日记的，大概是听了他父亲的劝告而这样做，惜这些文字已丢失不可查。

第8、9、10、11封信均推测写于1912年，其中第9、10、11封信写作时间分别是7月7日、8月10日及9月20日，第8封信落款时间为"五月三十一号"，阴历还是阳历不详。在这四封信中，梅藻一再要求梅光迪在学业上要"始终如一"。如他在第8封信中写道："尔在外总要始终如一，无论何科必须学有专长，万不可今日欲学此，明日又改学彼，游学多年终身无一技之长，真弃材也。汝切戒之！"[4]在第9封信中写道："学科须专一，万不可见异思迁也。学有专长，要紧要紧！浅尝辄止，终身无成。"[5]在第10封信中写道："尔在外须以保养身体为第一要义，其次则须学有专长，

[1] 罗岗、陈春艳编：《梅光迪文录》，辽宁教育出版社2001年版，第193—194页。
[2] 同上，第194页。
[3] 同上，第142页。
[4][5] 同上，第196页。

万不可见异思迁，卒致终身无成。下期仍须到原校。"[1] 第 11 封信中写道："尔在外须以卫生为第一义，其次则在敦品励学，仍不外吾向者之所嘱政治文学两科。汝既喜习之，无论何科总以有心得为主，必须贯彻始终有本有原，万不可浅尝辄止致贻通人之笑，如此亦何贵乎远涉重洋，孺子其勉之。"[2] 梅光迪初入美国，就读于威斯康星大学，所学专业不详。从第 10 封信中"下期仍须到原校"一句推测，梅光迪此时可能已有转学换专业的打算。故梅藻在信中一再嘱其专一，不要见异思迁。

第 8 封信中有"先将白折格式两张寄尔收存"的字样，第 9 封信中又有"外谱纸及白折共一包望查收"一句，第 10 封信中又有"紫毫崔步云店不甚佳，拟向他处购买，否则即将当地笔购寄也"之类的话，这显然是在给梅光迪邮寄练习书法用的纸和笔。至第 11 封信末，梅藻又开始大谈书法之道："谱纸一刀分作两起邮寄，前因小轮未通，是以迟迟至今。第一次白折十个，每日可写半页或一页。惟写字一道不独在知用笔，尤贵知用墨。尔向来写字不讲究用笔，至用墨一道更不讲求。大凡写字须先磨厚墨，将笔毫灌饱然后停顿起落，方能指挥如意，否则仅恃干毫与纸相擦，非枯槁即站不住矣。盖毫干，则人不能制笔推送。吃力钩点，即不能中款式。此古人论字之大概也。然写小字又与大楷有别。大楷须骨力遒劲，小字则第要圆匀而已（不外一个熟字）。汝其知之。"[3] 这里梅藻是在提醒梅光迪书法要讲求用墨之道。另外在第 11 封信中，梅藻还再

[1] 罗岗、陈春艳编：《梅光迪文录》，辽宁教育出版社 2001 年版，第 197—198 页。
[2] 同上，第 199 页。
[3] 同上，第 199—200 页。

次指出"中学重西学当尤重也"[1]。

第 12 封信推测写于 1912 年 9 月 15 日。梅藻在信中提及经学："经学一道自汉以来注疏家支离穿凿害人不浅，来函所陈极中肯綮，非具有特别眼光魄力终不免为古人之奴隶。古称经生无用，正坐此弊耳。予前数年在中学上经学一科，开言即发此议。惜无此暇岁月遍研群经，胸中又无根柢，徒心知其意已耳。学问之事由尔自主，予一切不能遥度。前信言不必汲汲经学者，亦祈尔斟酌行之。"[2] 看来梅光迪在致梅藻的信中批评了经学，梅藻在这封回信中对儿子的观点予以了支持。这里可窥见梅光迪对于国学的意见之一斑，后文还将论及。信中梅藻还与梅光迪讨论了作息时间问题，极尽细致。"然据予之意，每日须得数小时休息，此当为不易之论。今以每日昼夜作二十四小时分计之，当以八小时睡眠，三餐连寝膳时间计算及寝时起来休息四小时或五小时，下午课后休息两小时或三小时，其余读书上课统以八小时为率。此为用心时间，至用心每日不得过九。时间如此，行之有常，工夫不患其不猛进，于卫生上亦不无裨益。"[3] 在这封信里，梅藻又谈到了书法，"此次来信字尚去得。大概得力于柳，似此则羊毫亦可用，不必定要紫毫水毫矣。自后信件或半用行书，亦须用心写，有规矩有法度，万不可潦草任笔乱涂，致流为习惯便终身无入门之日也。总而言之，波澜意度皆有帖，意其入手之始（无论正楷行草），日一笔不苟范我驰驱而已"[4]。这是就梅光迪的字而论，勉励有加。

梅光迪的父亲梅藻办过私塾，教过小学、中学，对国学、书法

[1] 罗岗、陈春艳编：《梅光迪文录》，辽宁教育出版社 2001 年版，第 199 页。
[2][3][4] 同上，第 200 页。

都有研究。这无疑会对梅光迪一生产生深刻的影响。通过对这13封家书的解读，我们可以真切地感受到作为文化世家"宣城梅家"一员的梅光迪之家学渊源。理解了这一点，也就不难理解他那传统文化情怀了。

（二）梅光迪早期的思想苦闷

收于《梅光迪文录》中的《致胡适信四十六通》大致可分为三部分。第1、2封信为梅光迪留美之前所写，第3至第40封信为梅光迪留美期间所写，第41至第46封信则为梅光迪回国之后所写。从第31封信开始（作于1916年1月25日），梅光迪与胡适在来往信函中关于"文学革命"进行了激烈的争论。此时的梅光迪已经就读于哈佛大学研究生院，师从白璧德。在第36封信（作于1916年7月24日）中，梅光迪写道："欧美近百年来食卢梭与Romantic movement之报，个人主义已趋极端，其流弊乃众流争长，毫无真伪美恶之别，而一般凡民尤任情使性，无省克与内修之功以为之防范，其势如失舵之舟，无登彼岸之望，故宗教界有所谓Billy Sunday Bahaism, Shakerism, Christian Science, Free Thought, Church of Social Revolution, etc, etc. 人生哲学界有Philosophy of Force, Intuitionism, Humanistarianism, New Morality, Woman Suffrage及各种之社会主义、各种之'乌托邦'，而经济、政治、法律各界之分派也不胜数焉，其结果也真伪无分，美恶相淆，入主出奴，互相毁诋，而于是怨气之积，恶感之结，一旦横决乃成战争，而人道更苦矣。"[1] 这显然已是在向胡

---

[1] 罗岗、陈春艳编：《梅光迪文录》，辽宁教育出版社2001年版，第167—168页。

适"贩卖"新人文主义思想学说了。梅光迪致胡适信记录下了梅光迪早年关于中国文化的思考，极具史料价值。这里即以第3到第30封信为研究对象，来考察梅光迪的早期思想。

《胡适留学日记》1911年10月3日记道，"得觐庄所寄《颜习斋年谱》，读之亦无大好处"[1]，10月4日记"得觐庄一书，亦二千字，以一书报之，论宋儒之功，亦近二千言"[2]，10月11日记"得觐庄书，攻击我十月四日之书甚力"[3]。这封攻击胡适"论宋儒之功"一书甚力的信件即收于《致胡适信四十六通》中的第3封信，写作时间为1911年10月8日。针对胡适在信中"回护程朱与诋毁习斋处"，梅光迪认为"皆强词夺理，不能道其所以然"。梅光迪批判道："足下谓朱注为千古第一伟著，足下徒排斥汉儒说经而推尊晦庵。迪以为晦庵说经之谬误与汉儒兄弟耳。足下何独薄于汉儒而厚于朱子乎？吾今敢大声疾呼，晦庵实为千古叛圣第一罪魁，其《纲目》尤刺谬不可思议，其知人论世尤荒谬绝伦。吾谓自有晦庵而儒学范围愈狭，如晦庵之于管仲、晏子、张子房、孔明等，皆以杂霸之说或申韩之学抹杀之，不得与于儒者之列。吾人论古当问其人之有功德于吾民与否，不当问其学术之纯驳；其有功德于吾民者，皆圣人之徒也。故孔子亦极尊管晏。晦庵与介甫不合，非但痛诋介甫，并丑诋其妻其子，造谣污蔑，使介甫蒙奇冤……晦庵之言行如此，非鄙陋而何？介甫蒙奇冤三百年，后人以晦庵故不敢为之白，习斋独毅然推崇介甫，至今而介甫之学益明，非习斋之功乎！""晦庵"是朱熹的号，"介甫"是王安石的字。梅光迪在信中旗

[1][2] 胡适著：《胡适留学日记》(上)，安徽教育出版社2006年版，第36页。

[3] 同上，第37页。

帜鲜明地抑程朱挺颜李。下文又道："习斋固博极群书，著作等身者也。其与所往还者，如孙夏峰、王五公、李刚主、王昆绳皆名儒奇士。特以当时信其学者少，故传授不广。门第中能光大其学者，惟刚主，而刚主学力尤伟，著述尤富，当时如方望溪、毛西河皆极推重之。迪观二先生真能直接孔孟，高出程朱万倍。吾辈日日言复古，以为二千年来学者不得古学之用，宋有理学，宋乃亡于异族；有明有理学，有明亦如之。果使瞑目静坐之学有用者，其结果当不至如今日。幸有颜李两先生者，推翻伪学以复古为学。今欲以古学救国，舍两先生之学其谁学耶？"文中的"刚主"系"颜李"中李塨的字，他是颜元（习斋）的弟子。颜李二人均反对宋明道学，"推翻伪学以复古为学"。梅光迪相信以古学救国，在他看来今天应该推重颜李二人之学，因为他们"真能直接孔孟"。[1]

　　梅光迪对于中国传统文化的信心在第4封信中表露无遗。这封信的写作时间标明是"西感谢节后二日"，具体日期不详。与其他留美学生相比，梅光迪的想法确实与众不同。他在信中道："我辈莫大责任在传播祖国学术于海外，能使白人直接读我之书，知我有如此伟大灿烂之学术，其轻我之心当一变而为重我之心，而我数千年来之圣哲亦当与彼皙种名人并著于世，祖国之大光荣莫过于是。迪意欲俟三五年后大学卒业，得有博士、硕士等学位，西学足以取重于彼，又能以西文著书，当要求此邦著名之校添设中文一科，而我辈为其讲师，务使彼人能直接读我之书。"[2]在如此强势的西方文化面前，梅光迪能够保有这份自信，可钦可佩！这自然得益于他深

---

[1]　罗岗、陈春艳编：《梅光迪文录》，辽宁教育出版社2001年版，第113—116页。
[2]　同上，第117页。

厚的家学。同时，这也为他日后与白璧德相遇做好了铺垫。又后来1924 至 1936 年间，梅光迪在哈佛大学任教，为学生讲授中文，可以说是实现了他求学时的愿望。

第 5 封信作于 1911 年 11 月 23 日（信末标明写作时间为十月初三日），这封信依然是挺颜李贬程朱的。梅光迪在信中指出，"迪以为平天下不徒在政治，如工人制器利民，商贾通有无，农人植五谷，皆平天下之道也。如程朱空谈性命，瞑目静坐，是真天下废物耳。颜李学说独得先圣精髓而与西人合，其所常称道者，如视思明、听思聪等语，今日西人之所以强盛者，岂有外乎此哉"[1]? 梅光迪看重颜李学派，不光在于其"独得先圣精髓"，还在于其"与西人合"。在梅光迪眼中，西人所赖以强盛的，也正是颜李所常称道的"视思明、听思聪"等而已。

第 6 封信作于 1912 年 3 月 5 日（信末标明写作时间为正月十七日），梅光迪在信中点明了自己的中西学术观。他言道："吾人生于今日之中国，学问之责独重：于国学则当洗尽二千年来之谬说；于欧学则当探其文化之原与所以致盛之由，能合中西于一，乃吾人之第一快事。"梅光迪还提出了用读西书之法读中国古籍的观点，"彼意读中国古籍，当以读西书之法读之而后有用，如《左传》可当公法及外交学读，春秋列国名卿大夫多善外交，其辞令之妙，千古独绝，未有善读《左传》而不善办外交者也"。信末梅光迪又满怀文化自信地记道："其实吾国言修己之书，汗牛充栋，远过西人，独吾人多知之而不能行，反令西人以道德教我（此间亦有

---

[1] 罗岗、陈春艳编：《梅光迪文录》，辽宁教育出版社 2001 年版，第119 页。

Bible Class），似若吾国哲人许多道德之书，不如一神鬼荒诞腐烂鄙俚之《圣书》，殊可耻也。"[1]

第 7 封信作于 1912 年 3 月 7 日（信末标明写作时间为正月十九日），梅光迪在信中为"复兴古学"而摇旗呐喊。"近年来此辈（笔者按：指出身教会的买办人才）之势大昌，日以推倒祖国学术与名誉为事（如欢迎外教，鄙弃国教，亦最可痛心者），幸而光复事成，国赖以不亡，否则，此辈得志，恐不但尽祖国学术而亡之，并且将其文字而亡之（此辈多不识汉文，故最恨汉文），而国亦因之亡矣。故迪对于国学常抱杞忧，深望如足下者为吾国复兴古学之伟人，并使祖国学术传播异域，为吾先民吐气。足下其勉之。迪当执鞭以从其后焉。"[2] 不料后来胡适大倡"文学革命"，与陈独秀等人一起兴新文化运动，梅光迪的失望痛心之情可想而知。

署日期为"二月十六日"的第 8 封信是一封长函。梅光迪对孔子极为推崇，他言道："孔子之学无所不有，程朱仅得修己一面，于政治伦理各方面似多误会……迪今日稍读哲学之书，以孔子与他人较，益信孔子之大，以为此老实古今中外第一人。"对于中国社会情形，如迷信祭祀、家族制、结婚制等，梅光迪亦认为急须改良，但"试推古人立法之意，实有极深哲理在"，"吾国风俗其原始皆好，惟二千年来学校之制亡，民无教育，遂至误会太甚，流弊太深"，"吾辈改良之法，尚须求其原意"。梅光迪提出"复兴孔教"之说，"吾人处孔教衰颓之日，须以复兴之责加诸身，善读善解尤须善行"。梅光迪还指出了复兴孔教的三大要事，即"new

---

[1] 罗岗、陈春艳编：《梅光迪文录》，辽宁教育出版社 2001 年版，第 120—121 页。
[2] 同上，第 122 页。

interpretation, leadership and organization 是也"。对于国内的孔教会，梅光迪亦持支持意见，"此亦未始非孔教复兴之见端也"。在中西文明的比较中，梅光迪认为"彼物质文明固尚矣，其道德文明实有不如我之处"，"吾人试留心其社会情形，其黑暗且甚于吾"。梅光迪且举西方社会中"政以贿成"，"无告之民居全国人口廿分之一"，"杀人劫夺之案无数，卖淫业数十万，离婚案满于法庭"等情形为例说明。[1]

第 10 封信署日期为"四月三十日"，梅光迪在信中主要向胡适陈述了与同学陆徐二人交恶的原委。信末梅光迪提及先秦诸子之学，认为极有研究价值，"吾辈归去后，当设会研究，刊行书报，此吾国学术上之大题目而无人提及"。梅光迪甚愿为美国的外国同学函购中国书籍，"此间外国学生颇有悦华英四书者，有数人托迪向沪函购，情极恳切，以为东方哲学之高尚，非西方宗教以神道设教者所可及。迪思此为输入吾国学术之绝好机缘，拟采办多部，以应人需"。另外对于西方人所著论述中国之书，梅光迪以为"不过有几张吾国下等社会人相片，以为足代表吾人，岂不可耻"！[2]

第 12 封信署日期为"六月廿五日"。因为参加"青年会大会"，梅光迪对于耶教之精神有了更多的了解，"始知耶教之真可贵，始知耶教与孔教真是一家"。梅光迪将当今"腐儒"分为两种：一种是不读孔子之书，见耶教盛行于欧美，便以为耶教有胜于孔教，于是主张废孔教崇耶教；一种是妄自尊大，以为孔教之外皆是邪教。这两种"腐儒"皆为"孔教之大蠹"，造成了耶教与孔教的冲突。

---

[1]　罗岗、陈春艳编：《梅光迪文录》，辽宁教育出版社 2001 年版，第 122—126 页。

[2]　同上，第 130—131 页。

梅光迪认为中国当前亟待解决的问题即宗教问题。他明言，"吾辈今日之责，在昌明真孔教，在昌明孔、耶相同之说，一面使本国人消除仇视耶教之见，一面使外国人消除仇视孔教之见，两教合一，而后吾国之宗教问题解决矣"。为此梅光迪还欲与友人一起发起成立"孔教研究会"，誓将毕生之力奉献于此。[1]

第16封信署日期为"西九月卅日"，因信中有"今奉上《习斋先生年谱》"的字样，而前文所引《胡适留学日记》中所记胡适收到《颜习斋年谱》的时间是1911年10月3日，故可知这封信的写作时间应在1911年9月30日，比写于1911年10月8日的第三封信还早几天。与第三封信中表达之意相同，梅光迪在这封信中批判了汉儒宋儒。"吾辈将来救国，以推倒汉宋学说入手；不推倒汉宋学说，则孔孟真学说不出，而国必亡。"此外，梅光迪在这封信中即已批判了食汉宋儒者之毒的腐学究与食腐学究之毒的通西文之人，将这两种人视为生平最恨者。这也正是梅光迪在第12封信中所指的两种"腐儒"。梅光迪向胡适报告了自己来美时携带的一批中文书籍名目，告知"拟于此数年内专攻经书、子书、《史记》、《汉书》、《文选》、《说文》，以立定脚根"。梅藻在致梅光迪的家书中虽一再强调以治西学为主，但仍忍不住要教给儿子治中学之方。梅光迪在美国治中学的决心大概不辜负梅老先生的期望了吧！梅光迪说他"治中学，欲合经、史、子、词章为一炉，治西学合文学、哲学、政治为一炉"，好大的气魄也！[2]

1913年大约1至2月间，胡适在美国作过一次关于"孔教"的

---

[1] 罗岗、陈春艳编：《梅光迪文录》，辽宁教育出版社2001年版，第132—135页。
[2] 同上，第138—141页。

讲演。[1] 这里的第 19、21 封信中对于此事均有提及。第 19 封信署日期为"(正)月廿四",信中提及"足下演说孔教之稿何不寄下"。[2] 第 21 封信则作于读完此讲稿之后,署日期为"五号",梅光迪在信中谈到"读孔教演稿,倾倒之至……足下所见与吾不约而同之点甚多……今后当多读哲学之书,以探此邦文明真相"。[3] 这是梅光迪对胡适关于"孔教"讲演的积极回应,因《胡适留学日记》中这段时间的记载缺失,所以未知胡适如何作答。

梅光迪融化中西的文化观在第 23 封信中有明确的表述。这封信署日期为"二日",具体不详。梅光迪在信中指出,"惟此邦(欧洲亦然)道德退化已为其本国有心人所公认,彼辈方在大声疾呼,冀醒迷梦,非迪之过激也……我辈决不能满意于所谓 modernization civilization,必求远胜于此者,以增世界人类之福,故我辈急欲复兴孔教,使东西两文明融化,而后世界和平可期,人道始有进化之望"[4]。在梅光迪看来,"复兴孔教,使东西两文明融化"正是"我辈"当务之急,此时梅光迪的文化观已渐趋成熟。

在第 25 封信中,梅光迪言及自己"生平之大愿,在以文学改造社会",至第 26 封信则对此有具体阐述,梅光迪道"吾愿为能言能行、文以载道之文学家,不愿为吟风弄月、修辞缀句之文学

---

[1] 参见耿云志编:《胡适年谱》(修订本),福建教育出版社 2012 年版,第 27 页。

[2] 罗岗、陈春艳编:《梅光迪文录》,辽宁教育出版社 2001 年版,第 144 页。

[3] 同上,第 145 页。

[4] 同上,第 146 页。

家"[1]。第 26 封信作于 1914 年 7 月 1 日，此时的梅光迪已从威斯康星大学转入芝加哥西北大学文理学院。在这封信中，梅光迪还谈了自己对耶教之于中国的看法。"迪意宗教之于一国，当使宗教因地制宜，以迎合于人民之习惯风俗，不当使人民变易其习惯风俗，以迎合于宗教。如吾国之敬祖、家族制，皆有数千年之历史与哲学为之根，岂可以儿戏视之，随意改置乎！历观世界宗教史，皆有一定不移之阶级，往往无文化之民族则迎新教易……故吾人吸收耶教之精神可，欲使吾人全弃其旧者而专奉耶教，使之喧宾夺主，岂非作梦乎！"[2]

第 27 封信作于 1914 年的 7 月 3 日，在这封信中梅光迪谈了自己一新思想，即对积极悲观的人生哲学观之推崇。在梅光迪看来，古往今来之为人类造福者皆积极悲观哲学家，因为"彼皆不满意于其所处之世界，寻出种种缺点，诋之不遗余力，而立新说以改造之。孔、老、墨、佛、耶、路得、卢骚、托尔斯泰及今之社会党、无政府党人皆此一流"。此外，"尚有一种消极悲观哲学家，以人世为痛苦场，为逆旅，而以嬉笑怒骂或逍遥快乐了之。如杨朱、Epicurus 及吾国之文人皆属此流。此种人于世无用，吾辈所深恶"。梅光迪以为，西洋人见人生有种种痛苦，思所以排除之，故与专制战，与教会战；见人生之疾病死亡，遂专力于医学；见火山之爆裂，遂究地质；见天灾之流行，遂研天学及理化，此皆积极悲观，固有今日之进化。相反，吾国数千年来将人生之种种痛苦，归之于天，徒知叹息愁困而不思所以克之，此纯属消极悲观，所以无

[1] 罗岗、陈春艳编：《梅光迪文录》，辽宁教育出版社 2001 年版，第 149 页。
[2] 同上，第 150 页。

进化也。"同一悲观，一为积极，一为消极，收效相反至于如是。明于此即可知中西文明与人生哲学之区别矣。今人多谓西洋人生哲学为乐观，东洋人生哲学为悲观，而不知皆为悲观，特有积极消极之不同。"[1]梅光迪推崇积极悲观的西洋人生哲学。不过，他这段话并不严谨，因为前文他还将"孔、老、墨、佛、耶、路得、卢骚、托尔斯泰及今之社会党、无政府党人"皆归为"积极悲观哲学家"一类。可见，按照他的定义，东洋哲学也并非都消极悲观。卢梭的名字在这批信件中第一次出现，梅光迪竟对其欣赏有加，这说明此时的梅光迪还未受到白璧德的影响或受其影响还不深。

　　第29封信署日期为"十月廿"，梅光迪在信中再次表达了对外国人著有关中国之书的不屑。"今人外人真知吾国情形者，弟敢谓实无一人。彼辈居吾国数十年，豪称 authority，其所著之书，亦生吞活剥，附会穿凿，不值吾人一笑"，而遗憾的是"吾人又不能执笔与之辩"，"间有执笔之徒，又实不谙其本国情形"。梅光迪心系国内时局，言道"吾国在此吃紧之时，尤当遣派重要人物为外人所信仰者，至各国演说，以疏通彼此之情，外交方有进步，承认始可有望，乃政府不知方，日日坐在家中骂外国人不讲公道，不早日承认，岂不冤哉"！连日本人都要为我作文，刊登于 North American Review 等杂志，"语语如吾人口中所欲出"，而吾所作之文却"多远不如日本人"，梅光迪叹道此"真吾人之奇辱也"！[2]

　　第30封信署日期为"十三号"，亦作于梅光迪离开威斯康星大学转学芝加哥西北大学文理学院之后。在这封信中，梅光迪认为

［1］　罗岗、陈春艳编：《梅光迪文录》，辽宁教育出版社 2001 年版，第154页。

［2］　同上，第 156—157 页。

留学界的希望在私费生，他呼吁停止官费留学。"官费生……归国后……官高矣，禄厚矣。然试问五十年来如此辈者不下千数百人，有几人曾为吾民办一事稍可称述者乎？革命之前，颂扬虏廷，及至共和告成，又附和同盟会，博得大官或议员，真无耻之尤者。至于讲学术，输入西洋文明，则不但无一本著作，且无一本翻译……故此辈实行不能，著述又不能，要之何用！"而对于私费生，梅光迪则褒扬有加。"迪近来于私费生中颇遇有心人，留学界稍有希望者，实在此班人而已。"此外，在这封信中，梅光迪再次申明了要"以全副精神修语学与文字"，因为"文字好，则他种学问皆迎刃而解，至易易也"。[1] 以文学为志，乃梅光迪之愿，亦其父梅藻之愿也！

通过对梅藻致梅光迪家书及梅光迪致胡适部分信件的解读，现在我们可以对梅光迪的早期思想作一总结了。这里的早期指的是梅光迪留美之后前往哈佛就读之前，时间从1911年到1915年。[2] 梅光迪出生于安徽宣城文化世家梅家，有着良好的家学渊源。这份家学渊源给了他高度的文化自信。他是带着这份自信去美国留学的。梅光迪致胡适第16封信中梅光迪列了一个书单，书单上是他从中国带到美国的书籍名目，抄录如下："迪此次经学携有《十三经注疏》、《经籍纂诂》、《经义述闻》、段氏《说文》，史学有四史、《九朝纪事本末》、《国语》、《国策》、《文献通考》，详节《十七史商榷》，诗文集有昌黎、临川、少陵、香山、太白、温飞卿、李长吉、吴梅村及归、方、姚、施愚山、梅伯言诸家，又有子书廿八种。此

[1] 罗岗、陈春艳编：《梅光迪文录》，辽宁教育出版社2001年版，第157—159页。

[2] 梅藻致梅光迪家书及笔者所着重分析的梅光迪致胡适信件虽未标明具体时间，但大致可判定均作于此时间段内。

外，又有陆宣公及象山、阳明、黎洲诸家。总集有《文选》、《乐府诗集》、《十八家诗抄》、《古文辞类纂》，词类有《历代名人词选》、《花间集》，理学书有《理学宗传》、《明儒学案》，余尚有杂书十余种。"[1] 这批带到美国的书籍正是梅光迪身上那种文化自信的充分体现。梅光迪在美国留学界特立独行，被同学嘲笑为"书痴"、"老学究"也不以为然。他心中有着比别人更强烈的使命感。他崇信颜李学派，以复兴古学（孔教）为己任。他意欲在海外传播中国文化，使中西哲人并著于世。在中西文明的对比中，梅光迪一度有着中国文明的优越感。在一次青年会大会之后，他逐渐对西方文明有了更深刻的认识，"始知耶教之真可贵，始知耶教与孔教真是一家"。这更增加了他昌明孔教的信心。随着认识的加深，梅光迪在致胡适信中明确提出了"复兴孔教，使东西两文明融化"的文化观。这时梅光迪的思考已经更加客观，也达到了一个新的高度。恰在此时，身在哈佛大学的白璧德也正在思考关于复兴古典文化的问题，他们不期而遇了。

（三）梅光迪师从白璧德

1865 年，白璧德生于美国俄亥俄州。他的母亲在他 11 岁时便过世了。之后，他的父亲将他和兄弟姐妹们寄养在了亲戚家。20 岁时，白璧德在叔叔的资助下去了啥佛大学念书。白璧德虽然学了法语、德语和意大利语，但希腊语和拉丁语等古代语言才是他真正的兴趣所在。大学期间，他开始对东方文化，尤其是佛教和儒教产生兴趣。毕业以后，他去了蒙太拿州，在一所大学教希腊语和拉

---

[1] 罗岗、陈春艳编：《梅光迪文录》，辽宁教育出版社 2001 年版，第 140—141 页。

丁语。后来，他得到机会去了巴黎，随列维学习梵文和巴利文。之后，他又回到哈佛，跟随蓝曼继续学梵文和巴利文。1893 年，在他28 岁时，他在哈佛获得了硕士学位。硕士毕业以后，他去威廉斯大学教了一年法语。1894 年，因为哈佛法语系的一位教授学术休假，他临时顶替，开始了其在哈佛的教书生涯。[1]

从 1894 年开始，到 1912 年在哈佛拿到终身职晋升为教授，18 年间白璧德共出了三本书：《文学与美国的大学》(1908)、《新拉奥孔》(1910)、《法国现代批评大师》(1912)。这之后，直到 1919 年，他才出了他的第四本书《卢梭与浪漫主义》。那让心高气傲的梅光迪在 1914 到 1915 年间"带着一种顶礼膜拜的热忱"多次诵读的正是这里列出的前三本书。在这三本书中，《文学与美国的大学》一书为新人文主义的奠基之作，是新人文主义思想关注教育领域的一部力作。《新拉奥孔》与《法国现代批评大师》则分别关注了艺术与文学。这里以《文学与美国的大学》一书为例，来对新人文主义及其吸引梅光迪的原因一探究竟。

白璧德在本书中首先厘清了"人文主义"与"人道主义"的概念。"一个人如果对全人类富有同情心、对全世界未来的进步充满信心，也亟欲为未来的进步这一伟大事业贡献力量，那么他就不应被称作人文主义者，而应被称作人道主义者，同时他所信奉的即是人道主义。"人道主义者"几乎只看重学识的宽广和同情心的博大"，而人文主义者所关怀的对象则"更具选择性"，"感兴趣的是个体的完善，而不是全人类都得到提高那种伟大蓝图"。虽然人文主义者

---

[1] 参见王晴佳论文《白璧德与"学衡派"——一个学术文化史的比较研究》，《"中央研究院"近代史研究所集刊》第 37 期。

也"在很大程度上考虑到了同情"，但他"坚持同情必须用判断来加以制约和调节"。[1]白璧德批判了两种类型的人道主义者：培根与卢梭。培根是科学的人道主义者，卢梭是情感的人道主义者。他们代表了"目前正在瓦解传统规约——不论是人文方面、还是宗教方面——的主要趋势"[2]。白璧德批评了目前社会的道德败坏，"有了这些伟大的成就，我们为什么还要为不断增多的谋杀、自杀、发疯、离异而焦虑，担忧所有成倍增长的、我们文明中的严重甚或致命的偏差所暴露出的症状？现在我们已经为此受到了应有的惩罚"[3]。当今"所有人面临的困境都是缺乏纪律与自制"，"那些情感的人道主义者与科学的人道主义者所能制定出的最佳方案仍仅是为了服务与力量进行训练"，而"在这个危急时刻，我们急需的是人文的约束性原则"。[4]

接下来，白璧德批评了大学中的选修课制度。这与他的现实境遇有关。白璧德对古典语言感兴趣，但由于哈佛大学实行了选修课制度，古典语言非必修课，需求很少，白璧德便只能在罗马语言系教法语。这对他来说，无异于是一种折磨。[5]白璧德在书中写道："情感的人道主义者渴望建立一种纯粹的、不受限制的自由，在这一愿望的鼓励下，大学中的选修制度便力图要使选择完全个人化"，"建立无限制自由的那种企图不仅是在破坏大学建立的基础，而且

---

[1] 欧文·白璧德著、张沛、张源译：《文学与美国的大学》，北京大学出版社 2011 年版，第 6 页。

[2] 同上，第 26 页。

[3] 同上，第 42 页。

[4] 同上，第 44 页。

[5] 参见王晴佳论文《白璧德与"学衡派"——一个学术文化史的比较研究》，《"中央研究院"近代史研究所集刊》，第 37 期，第 48—49 页。

就某些方面而言也是对常识的一种公然蔑视。"[1]在白璧德看来，我们应该把力量集中在"几门标准科目上面"，"这样可以充分考虑并体现无数人长期以来所积累的判断与经验"。[2]古典语言显然应该在这"几门标准科目"里面。白璧德还批评了现行博士学位制度对文学乃至人文学科的"摧残"，"正是由于承认博士学位即可证明某人适于担任文学教习，文学的人性更进一步被摧残，而我们的大学亦因此陷入了文献学的独裁统治之下。现行学位制度对博览群书、思考深刻者并无促进作用，而是鼓励了在研究中展示出娴熟技能的人。通过这种方式，它怂恿学者在他仍需广泛阅读和思考的时候便为时过早地勉强追求'创新'（originality）。因此，任何人文学科整顿方案的关键似乎都在于找到现行博士制度的替代物"。[3]白璧德为此提出了他的建议："如果我们像在英国和法国一样采用适当的学位制度来引导、激励学生，那么我们落后的文学研究兴许会得到改观。诸如牛津名牌学院的一等奖学金或法国的优等毕业证书本身并不一定适合我们的需要，但它们至少证明了主要代表阅读与消化知识程度的学位怎样可以和主要代表研究水平的学位一样具有严肃性和广泛性。"[4]白璧德倡议在哈佛"设立奖掖本科生和研究生文学研究的总体方案"[5]，以便"有希望在文献学家和浅薄涉猎者之外拥有人文主义学者"[6]。

[1] 欧文·白璧德著、张沛、张源译：《文学与美国的大学》，北京大学出版社 2011 年版，第 48—49 页。
[2] 同上，第 54 页。
[3] 同上，第 83 页。
[4][5] 同上，第 87 页。
[6] 同上，第 92 页。

在这本书的最后，白璧德关注了古与今、传统与创新的问题。白璧德认为美国今天的失误就在于"过分地沉迷于当下了"，"他们（笔者按：指普通美国人）几乎是出于本能地相信目前的十年比前一个十年要好，而每一个世纪都比上一个世纪有进步"，但是"在文化积累的过程中……运动未必都意味着进步"，"衡量文明程度的标准不在于新建摩天大厦的数量"。在这种情况下，古典文学研究恰可以帮助人们"摆脱对于当下的奴从状态"。[1] 面对古与今，白璧德指出"古典以现代为前景就不会产生枯燥呆滞的弊端；现代以古典为依托则能免除浅薄和印象主义的命运"[2]。关于传统与创新，白璧德写道"大学的主要目标不是鼓励人们常常所说的创新和独立思想"[3]，"教育不应该像今天这样通过大力卖弄学识的办法来追求创新"，"教育应当体现出我们民族生活中的保守与团结的因素"。[4]

在《文学与美国的大学》这本书的扉页上有一首爱默生的诗，录之于下：

存在着两种法则，

彼此分立而无法调和：

人类法则与事物法则；

后者建起城池船舰，

但它肆行无度，

僭据了人的王座。

---

［1］ 欧文·白璧德著、张沛、张源译：《文学与美国的大学》，北京大学出版社 2011 年版，第 102—103 页。

［2］ 同上，第 125 页。

［3］ 同上，第 148 页。

［4］ 同上，第 147 页。

白璧德的新人文主义正是要提倡一种人类法则，一种"适度的法则"[1]之约束。这种法则显然不在当今社会，而要向古代社会去寻找。在这本书中，白璧德喊出了新人文主义思想的一句口号："我们从来没有像今天这样需要古希腊的精神。"[2]白璧德就是这样一位"以复兴古典文化为己任"[3]的新人文主义者——之所以称"新"，乃是与文艺复兴时期的人文主义相对而言。在美国留学的梅光迪此时也正在谋求着复兴中国的古典文化，他怎么会不被白璧德吸引呢？

梅光迪与白璧德相遇时已经形成了融合东西文明的文化观。白璧德在这一时期的著作中虽然还未有提及，却从大学时期开始就一直在关注东方文化。梅光迪忆及白璧德，说"我们首次相遇时，他已对儒家及早期道家的思想有了全面的了解，尽管当时他还没有在其出版物上谈及这些"[4]。就这样，1915 年秋，梅光迪在芝加哥西北大学文理学院毕业后转往哈佛大学研究生院，开始跟随白璧德攻读硕士学位。

二　吴宓等人与白璧德的交往

梅光迪是留美中国学生中发现白璧德学说价值的第一人。随后，在他的导谒下，吴宓亦拜白璧德为师。多年后，想起这段经历，吴

[1]　欧文·白璧德著、张沛、张源译：《文学与美的大学》，北京大学出版社 2011 年版，第 16 页。

[2]　同上，第 110 页。

[3]　参见王晴佳论文《白璧德与"学衡派"——一个学术文化史的比较研究》，《"中央研究院"近代史研究所集刊》，第 37 期，第 48 页。

[4]　中华梅氏文化研究会编：《梅光迪文存》，华中师范大学出版社 2011 年版，第 242 页。

宓感叹道:"宓若在1918—1919学年,仍留勿吉尼亚大学(笔者按:吴宓1917年夏赴美留学,初入弗吉尼亚大学,1918年夏转入哈佛大学),而不来到波士顿转入哈佛大学,则与梅光迪君在美国未由相识,无从接受其反对陈独秀、胡适新诗、白话文学、新文化运动之主张,并不获由梅君导谒白璧德先生,受其教,读其书,明其学,传其业,则后来必无《学衡》杂志之编辑与出版。而宓一生之事业、声名、成败、苦乐,亦必大异,而不知如何。总之,一切非人为,皆天命也!"[1]吴宓之后,白璧德的中国学生渐渐多了起来。吴宓1921年日记记:"渠(笔者按:指白璧德)于中国学生在此者,如张、汤、楼、陈及宓等,期望至殷。"[2]这里的张、汤、楼、陈及宓分别指张鑫海、汤用彤、楼光来、陈寅恪及吴宓,他们都曾受教于白璧德。这里以吴宓为中心,来考察一下他们与白璧德的交往。

(一)吴宓等人与白璧德

吴宓1917年夏赴美留学之前,长期在北京清华学校就读。1914年,吴宓在学校听到Smith先生的一次伦理演讲,名为《美国伦理标准及其趋势》。演讲之后,吴宓在日记中记道:"至于重实利而轻理想,结果必至人骛功利而德败俗衰将不可问,亦颇以演讲中语为然也。"[3]这位Smith先生的思想与白璧德有相通之处,吴宓当时就颇以为然。在这之后,1914年3月13日,他在与同学

---

[1] 吴宓著、吴学昭整理:《吴宓自编年谱》,北京三联书店1995年版,第176页。

[2] 吴宓著、吴学昭整理注释:《吴宓日记》2,北京三联书店1998年版,第213页。

[3] 吴宓著、吴学昭整理注释:《吴宓日记》1,北京三联书店1998年版,第305页。

汤用彤的谈话中计划"联络同志诸人，开一学社，造成一种学说"，"专以提倡道德、扶持社会为旨呼号"。[1] 吴宓有此志向，不知道是不是因为受了 Smith 先生演讲的影响。

吴宓是 1911 年 3 月来到清华学校就读的。期间因为辛亥革命而中断，1912 年 1—5 月吴宓曾短期就读于上海圣约翰大学。查《吴宓日记》，1914、1915 年以后，吴宓日记中关于中西文化问题的思考逐渐增多。以 1915 年为例，1 月 5 日，吴宓在日记中记道："文艺复兴之大变，极似我国近数十年欧化输入情形。然我之收效，尚难明睹。至于神州古学，发挥而光大之，蔚成千古不磨、赫奕彪炳之国性，为此者尚无其人。"[2] 2 月 15 日，吴宓日记记："晚近学者，于中国古者圣贤言论，以及种种事理，多好下新解说，而旧学深邃之士，则诋斥之不遗余力。新旧对峙，无从判决。窃谓时至今日，学说理解，非适合世界现势，不足促国民之进步；尽弃旧物，又失其国性之凭依。唯一两全调和之法，即于旧学说另下新理解，以期有裨实是。然此等事业，非能洞悉世界趋势，与中国学术思潮之本源者，不可妄为。他日有是人者，吾将拭目俟之、橐笔随之。"[3] 吴宓后来在美国遇到白璧德、梅光迪、陈寅恪等人，可以说就是这里要寻觅的能洞悉世界趋势或中国学术思潮之本源者。2月 24 日，吴宓与汤用彤谈话，日记中记："与锡予（笔者按：汤用彤，字锡予）谈他日行事，拟以印刷杂志业，为入手之举。而后造成一是学说，发挥国有文明，沟通东西事理，以熔铸风俗、改进

[1] 吴宓著、吴学昭整理注释：《吴宓日记》1，北京三联书店 1998 年版，第 312 页。
[2] 同上，第 381 页。
[3] 同上，第 404 页。

道德、引导社会。虽成功不敢期，窃愿常自勉也。"[1]这里的"发挥国有文明，沟通东西事理"，与梅光迪所说的"复兴孔教，使东西两文明融化"意义相近。5月18至19日，吴宓日记记："读History of Ancient Philosophy（W.W.Benn 著）一书，完。知希腊哲学，重德而轻利，乐道而忘忧，知命而无鬼。多合我先儒之旨，异近世西方学说，盖不可以道里计矣。"[2]这种感悟亦类似于梅光迪在美国参加完青年会大会后"始知耶教之真可贵，始知耶教与孔教真是一家"之感慨。5月20日、21日，吴宓读英国散文作家、历史学家托马斯·卡莱尔（1795—1881）的书。5月21日日记记："续读 Carlyle 文集。其论世变始末，谓今世为机械时代，Age of Mechanicism 凡政治、学问，甚至宗教、文章，以及人之思想、行事、交际，莫不取一机械的趋向。精神的科学，与形而上之观感，几于泯灭。是不可不急图恢复，以求内美之充实，与真理之发达。凡此云云，均合于余近数年来，日益警觉之感触，特言之不能如氏之明显。所谓 The Chains of Mechanicism now lies heavy upon us（机械论的锁链沉重地加诸我们身上）者，切肤棘荆，渐增繁剧。又岂特是非利害之颠倒，为足致人之失望哉？虽然，Carlyle 亦非尽悲观派，其结论之言，深足启发壮志，愿与有心人共究之。"[3]这些思考无疑都为其日后师从白璧德做好了思想上的准备。

1918 年夏，吴宓在哈佛大学暑期学校上课。在这期间，他认识了梅光迪，并表示要勉力追随。暑假过后，吴宓便从弗吉尼亚大

[1] 吴宓著、吴学昭整理注释：《吴宓日记》1，北京三联书店 1998 年版，第 410 页。

[2] 同上，第 440 页。

[3] 同上，第 441 页。

学转学至哈佛。1918 年 9 月 20 日，吴宓收到旧日清华同学吴芳吉的来信。复信后吴宓在日记中记道："又碧柳来函，其中狂骚之情、郁激之感，颇与卢梭等相类，予殊为惊扰，即致书规劝。予深爱碧柳之才，而悯其遇，故为'赙款'之事，常责望诸友过深，实属非当。然若碧柳误入魔障，则不惟碧柳一人之损，亦吾侪之大失。深望其能改进也。"[1] 吴宓此时在日记中提到卢梭，显然是已因梅光迪而受到白璧德的影响。9 月 23 日，哈佛开学，吴宓完成注册。9 月 24 日，吴宓日记记："校中派 Prof.I.Babbitt（笔者按：即白璧德）为予之 Adviser，从予之请也。"[2] 在梅光迪的导谒下，吴宓正式拜师白璧德。到了 1919 年的 3 月 27 日，吴宓在日记中忧患当今世界乱势，提到"独自卢骚之徒，妄倡邪说，于是人心思动，潮流所被，世无宁日"[3]。此时的吴宓显然已深受白璧德学说之影响。

1919 年 7 月 14 日，吴宓偕陈寅恪、汤用彤一起去拜见白璧德。当日日记记："晚八时，偕陈寅恪君及锡予同往，巴师与其夫人陪坐。谈至十一时半始归。巴师述其往日为学之阅历，又与陈君究论佛理。夫人则以葡萄露及糕点进，以助清谈云。"[4] 三人一起去见白璧德，吴宓日记中仅此一次记载。这里要先介绍一下陈寅恪、汤用彤与吴宓的交往。

陈寅恪与吴宓交往缘于俞大维，吴宓在《吴宓自编年谱》中对此有过清晰的说明。吴宓来到哈佛以后认识了自费留学生俞大维。"俞大维君，毕业圣约翰大学，短小精干，治学极聪明。其来美国，

［1］ 吴宓著、吴学昭整理注释：《吴宓日记》2，北京三联书店 1998 年版，第 13 页。
［2］ 同上，第 14 页。
［3］ 同上，第 22 页。
［4］ 同上，第 37 页。

为专习哲学。然到哈佛研究生院不两月，已尽通当时哲学最新颖而为时趋（fashionable）之部门曰数理逻辑学。Lewis 教授极称许之。然于哲学其他部门，亦精熟，考试成绩均优。故不久即得哈佛大学哲学博士（Ph.D.in Philosophy），并由哈佛大学给予公费（Scholarship）送往德国留学，进修。哈佛大学本有梵文、印度哲学及佛学一系，且有卓出之教授 Lanman 先生等，然众多不知，中国留学生自俞大维君始探寻、发见，而往受学焉。其后陈寅恪与汤用彤继之。"[1] 俞大维和陈寅恪是亲戚，他经常在吴宓面前称道陈寅恪的学问。如吴宓曾在其自编年谱中记道："俞大维君又多称道其姑表兄义宁……陈寅恪君之博学与通识，并述其经历。……宓深为佩仰。"[2] 陈寅恪 1919 年 1 月底 2 月初由上海来到美国，经俞大维介绍与吴宓相识。吴宓评价陈寅恪，说其"不但学问渊博，且深悉中西政治、社会之内幕……其历年在中国文学、史学及诗之一道，所启迪、指教宓者，更多不胜记也"[3]。另外，陈寅恪与梅光迪为旧友，他们是在上海复旦读书的同学。这更拉近了陈吴二人的关系。

汤用彤与吴宓是清华读书时的同学。翻阅吴宓清华读书时期的日记，可以找到许多他与汤用彤谈话的记录，可知二人是知交。1914 年 4 月 6 日，吴宓日记记："晚，与锡予谈，言国亡则吾辈将何作？余曰：上则杀身成仁，轰轰烈烈为节义死，下则削发空门遁迹山林，以诗味禅理了此余生。如是而已。锡予则谓，国亡之后不必死，而有二事可为：其小者，则以武力图恢复；创出一种极有势力

---

[1] 吴宓著、吴学昭整理：《吴宓自编年谱》，北京三联书店 1995 年版，第 187 页。
[2] 同上，第 188 页。
[3] 同上，第 188—189 页。

之新宗教或新学派，使中国之形式虽亡，而中国之精神、其大者，则肆力学问，以绝大之魄力，用我国五千年之精神文明，创出一种极有势力之新宗教或新学说，使中国之形式虽亡，而中国之精神、之灵魂永久长存宇宙，则中国不幸后之大幸也。"[1]汤用彤身上的那份拳拳热爱中国文化之心在这段对话中尽显无遗。吴宓来到哈佛以后，汤用彤亦来到美国，进入 Hamline 大学，与吴宓保持通信来往。

陈寅恪来美国之前原是打算返德国入柏林大学继续深造的，考虑到一战后的德国元气大伤，尚须时间恢复，这才改变了行程，于 1919 年初来到了美国，入哈佛大学从名师蓝曼（笔者按：即 Lanman）教授学习。[2]此蓝曼教授亦即白璧德在哈佛学习梵文和巴利文时的老师。汤用彤 1919 年夏完成了在 Hamline 大学一年的学业后，亦来到哈佛大学，欲升入研究生院。吴宓日记 1919 年 6 月 18 日记："是晚得电，知锡予到此，特即驰至南车站接候，未至。十九日晨及午，又赴站二次，均未接得。"[3]6 月 19 日记："宓匆匆一饭，即复赴南站。而锡予至，住梅君寓中。"[4]二十多天后，7 月 14 日，吴宓便带陈寅恪与汤用彤去拜见了白璧德。汤用彤后以白璧德为师，主攻哲学以及梵文、巴利文。

吴宓在哈佛大学收益颇丰。如 1919 年 7 月 24 日，吴宓读完了与白璧德志同道合且齐名的穆尔之《谢尔本论文集》。这套书共有 9

[1] 吴宓著、吴学昭整理注释：《吴宓日记》1，北京三联书店 1998 年版，第 331 页。
[2] 参见吴学昭著：《吴宓与陈寅恪》（增补本），北京三联书店 2014 年版，第 3—4 页注释 4。
[3] 吴宓著、吴学昭整理注释：《吴宓日记》2，北京三联书店 1998 年版，第 31 页。
[4] 同上，第 32 页。

册，吴宓评价"其书卷卷皆至理名言，精思藻采"[1]。这一日的日记行文将结束时，吴宓记道："吾年来受学于巴师，读西国名贤之书，又与陈、梅诸君追从请益，乃于学问稍窥门径，方知中西古今，皆可一贯。天理人情，更无异样也。"[2] 9月5日，吴宓又读穆尔的《柏拉图哲学》一书，"获益至深"[3]。

1919年9月18日，吴宓日记记："上午，张君鑫海来，宓等导示一切，并为觅定寓所。清华后来诸级游美学生，其研习文学者，仅有楼君光来及张君鑫海二人。今春正月以来，二君屡来函，究问文学一道，宓告以种种。二君得读巴师等之书，极道向慕，遂转学哈佛。楼君以尚未毕业，须留原校，故张君独先至。"[4] 张鑫海（后改名歆海）与楼光来均于1918年清华学校毕业后留美。按照当时清华的规定，"清华派定之学校及专科，只限于到美国后之第一学年。第二年，则每人皆可自由改变矣"[5]。吴宓与汤用彤之转学哈佛便系如此。吴宓日记此时所记乃张鑫海留美一年后转学哈佛之事。吴宓日记1920年1月30日记："张君鑫海年少美才，学富志洁，极堪敬爱。此间除陈寅恪君外，如锡予及张君鑫海，及日内将到此之楼君光来，均具实学，又极用功；在今已为中国学生中之麟凤，其将来之造诣，定可预知。"[6] 由此可知，楼光来之转学哈佛已

[1] 吴宓著、吴学昭整理注释：《吴宓日记》2，北京三联书店1998年版，第38页。
[2] 同上，第45—46页。
[3] 同上，第62页。
[4] 同上，第73页。
[5] 吴宓著、吴学昭整理：《吴宓自编年谱》，北京三联书店1995年版，第184页。
[6] 吴宓著、吴学昭整理注释：《吴宓日记》2，北京三联书店1998年版，第125页。

迟至 1920 年初。张、楼二人亦是白璧德中意的中国学生，张鑫海还跟随白璧德攻读了博士学位。

白璧德特别关心中国时事。吴宓日记 1919 年 9 月 23 日记："晨谒巴师，商定功课。巴师谈及国事，谓'以目前情势，英、法、日三国，实行瓜分中国，迫不及待。不知中国士大夫 the Educated Class 将何以自处。岂皆先家而后国，营私而忘公，懵然而坐听之耶?'"[1] 而在吴宓之后的日记中，也经常出现与白璧德谈论中国时事的记载。如 1920 年 2 月 18 日日记记："昨接梅、张诸君函，述国中邪说风靡之情形。晨，与巴师略谈及之。"[2] 1920 年 3 月 4 日日记记："午，谒巴师，告以已就事，拟明年即返国等情。巴师谈及国事，以诸多大义重责见勖。又有云，'吾恐君返国就职之日，薪资将需由日本人手中领取矣'。谓中国实际已亡，凡百皆由他人主政。呜呼，吾应如何行事，乃可免于罪戾乎?"[3] 其他还有许多，不能全记于此。

吴宓日记中还记有听白璧德演讲及白璧德与中国学生聚会等事。1920 年 1 月 19 日，吴宓日记记："晚，听巴师在 Modern Languages Association 演讲。题为 Literature & the Discipline of Ideas。"[4] 1920 年 4 月 30 日日记记："是晚哈佛大学中国学生，开大会，邀请所识美国人士欢叙。八时开会，十一时散。到会者宾主共三百余人。巴师及夫人亦莅止。一时极盛。"[5] 白璧德参加哈佛

---

[1] 吴宓著、吴学昭整理注释:《吴宓日记》2，北京三联书店 1998 年版，第 77 页。
[2] 同上，第 130 页。
[3] 同上，第 135 页。
[4] 同上，第 123 页。
[5] 同上，第 160 页。

大学中国学生的聚会，可见其与一部分中国学生关系之融洽。

关于白璧德，吴宓日记中还有两处值得一记。1920 年 11 月 21 日吴宓日记记："午后阅报。法国某报'Le Correspondant'于巴师及 Paul E.More 先生等，颂扬备至。然中国学生，在美国者二千余，在哈佛者亦五六十人，受学于巴师者，仅四五人耳，曷胜叹哉！"[1] 这是吴宓在为留美中国学生中受学于白璧德者太少而痛心。又白璧德则始终对吴宓等人寄之以厚望。1920 年 11 月 30 日吴宓日记记："夕，谒白师，谈时许。巴师命宓作文，述中国之文章教育等，以登载美国上好之报章。宓遵允之。巴师谓中国圣贤之哲理，以及文艺美术等，西人尚未得知涯略；是非中国人之自为研究，而以英文著述之不可。今中国国粹日益沦亡，此后求通知中国文章哲理之人，在中国亦不可得。是非乘时发大愿力，专研究中国之学，俾译述以行远传后，无他道。此其功，实较之精通西学为尤巨。巴师甚以此望之宓等焉。宓归国后，无论处何境界，必日以一定之时，研究国学，以成斯志也。"[2] 白璧德此处的真知灼见似针对中国的新文化运动而发。

吴宓 1921 年 7 月底启程回国，回国后即与梅光迪等人一起创办《学衡》杂志。《学衡》出版后，每一期杂志吴宓都会寄给远在美国的白璧德，可谓不辜负恩师的期望。汤用彤 1922 年回国，在吴宓等人的推荐下，任东南大学哲学系教授，后即开始为《学衡》撰稿。陈寅恪从《学衡》第 20 期（1923 年 8 月出版）开始，亦有文字见刊。笔者未曾在《学衡》上找到张鑫海与楼光来的文字。吴宓

---

[1] 吴宓著、吴学昭整理注释：《吴宓日记》2，北京三联书店 1998 年版，第 194 页。

[2] 同上，第 196 页。

日记 1920 年 3 月 28 日记："幼涵来书，慨伤国中现况，劝宓等早归，捐钱自办一报，以树风声而遏横流。宓他年回国之日，必成此志。此间习文学诸君，学深而品粹者，均莫不痛恨胡、陈之流毒祸世。张君鑫海谓羽翼未成，不可轻飞。他年学问成，同志集，定必与若辈鏖战一番。"[1] 张鑫海显然失约了，楼光来亦然。

关于"学衡派"的主将之一，同样留学美国的胡先骕与白璧德的交往情况，这里稍作说明。胡先骕 1923 年 9 月再度赴美，入哈佛大学攻读植物分类学博士学位。1923 年 7 月 6 日，吴宓在致白璧德的信中向白氏介绍胡先骕，"虽然他不曾见过您，我敢说他相当于您的弟子。他读过所有您写的书，还有穆尔先生和薛尔曼先生的书。他精通中国文学，并粗通西方文学"[2]。由此可知，胡先骕此前与白璧德没有交往过。吴宓信中提及胡先骕赴美后将向白璧德表示敬意等，但此后胡先骕与白璧德的交往情况笔者未查阅到相关资料。

另外值得一提的是，白璧德后来中意的中国学生还有梁实秋、郭斌和。梁实秋 1926 年回国后曾大力宣传新人文主义，但他始终未曾为《学衡》撰稿，也不是"学衡派"的成员。郭斌和系香港大学沃姆先生的高足。1923 年 8 月时任香港大学副校长的沃姆曾到南京拜访吴宓。9 月他写信将当时在南京第一中学任教的郭斌和推荐给了吴宓。郭与吴认识后，极热心《学衡》事。他后来亦去了哈佛留学。郭多有文章见于《学衡》。

（二）白璧德的一次演讲

1921 年 9 月，留美中国学生会开年会时特邀请白璧德莅会做了

---

[1] 吴宓著、吴学昭整理注释：《吴宓日记》2，北京三联书店 1998 年版，第 144 页。

[2] 吴学昭编：《吴宓书信集》，北京三联书店 2011 年版，第 19 页。

一次演讲。后来这篇演讲稿刊登于《中国留美学生月报》第 17 卷第 2 期（1921 年 12 月出版）。胡先骕虽然不是白璧德的学生，但是亦崇信白璧德。《学衡》创刊后，他将这篇文章译为《白璧德中西人文教育谈》，刊于《学衡》第 3 期（1922 年 3 月出版）。这篇文章系专门为中国学生而讲，故极具针对性，堪称是"学衡派"的指导纲领。

白璧德在这篇文章当中首先指出，"今日中国文艺复兴之运动，完全以西方文化之压迫为动机。故就其已发展者而言，亦仅就西方文化而发展，与东方固有之文化无预也"[1]。白璧德批评了 16 世纪以来西方以培根和卢梭为代表的极端扩张运动，认为"十九世纪之人，每以为科学发明，且同情心扩张，人类将日进于丁尼孙所言之圣神光明之域，然实则向大战场而行，结果乃渐有厌恶之者"，而"今日西方思想中最有趣之发展，即为对于前二百年来所谓进步思想之形质，渐有怀疑之倾向"。在白璧德看来，西方今日之所争，并非进步与反动之争，而是文明与野蛮之争。

针对中国的新旧之争，白璧德赞成进步派之目标，认同中国必须有组织、有能力、有机械，才能免于被侵略，但他不同意他们完全抛弃中国古籍而趋向易卜生、萧伯纳等西方极端卢梭派作者之流的主张。他说"中国在力求进步时，万不宜效欧西之将盆中小儿随浴水而倾弃之"，"虽可力攻形式主义之非，同时必须审慎保存其伟大之旧文明之精魂也"。在白璧德眼中，此伟大之旧文明与欧西古代之旧文明，"每深契合焉"。故他将西方的亚里士多德、耶稣与东方的孔子、释迦牟尼相提并论，赞成将"合亚里士多德与基督之

---

[1] 本文见《学衡》杂志第 3 期"通论"栏目，下文引文不再单独作注。

说"的亚昆那与"并取孔子与释迦之说"的朱熹相提并论。

白璧德推崇中国文化，认为中国立国之根基乃在道德也。"其道德观念，非如今日欧洲之为自然主义的，亦非如古今印度之为宗教的。中国人所重视者，为人生斯世，人与人间之道德关系。"今日中国的新文化运动，将此旧文化与旧道德唾弃，其亦正如西人抛弃"固有之宗教及人文的道德观念"。白璧德在文中引用了一位英国批评家 John Middleton Murry 所著 *Evolution of an Intellectual* 一书中的话来说明问题，"今日之文化，舍繁复之物质发明外，别无他物。质言之，即非文化，仅为一种物质形态，具有精神之名而僭充者也"。为此，白璧德提倡"今当效苏格拉底与孔子之正名，而审察今日流行之各种学说，究与生人本性之实事符合与否，验之于古而可知也"。

白璧德极崇拜孔子，说"孔子之学说，不宜仅以其生后二千余年之影响而判断之，须知其学说实为孔子生前数千年道德经验之反影也"。白璧德提倡用孔子的学说来解决今日问题，即如何使人类精神统一。他推崇孔子所看重的"人能所以自制之礼"，认为此与西方自亚里士多德以下人文主义之哲人所见均相契合。白璧德提出了自己新人文主义的重要主张，"若人诚欲为人，则不能顺其天性，自由胡乱扩张，必于此天性加以制裁，使为有节制之平均发展"。在白璧德看来，"东西之人文主义者，皆主以少数贤哲维持世道，而不倚赖群众，取下愚之平均点为标准也。凡愿为人文主义之自制工夫者，则成为孔子所谓之君子，与亚里士多德所谓之甚沉毅之人"。这也正是白璧德新人文主义思想中之理想的"人"！

白璧德批评了中国"伪古学派之形式主义"。他再次提醒国人注意在改革时"毋将盆中小儿随浴水而倾弃"。他举中国古代的科举制度为例，赞赏其本着"平民主义"的选择办法，而此"实为欧西所未有"。关于中国当今社会之变革，白璧德对中国人提出了三点意见：第一，切记保存"中国旧学中根本之正义"。白璧德甚至认为孔子之道优于西方之人文主义者，因其能"认明中庸之道，必先之以克己及知命也"；第二，发明佛教。白璧德根据自己研究佛教之经验，"每觉本来之佛教，比之中国通行之大乘佛教，实较合于近日精确批评之精神"。故此，白璧德倡议中国学生学习巴利文，以求知"中国佛教之往史"，发明佛教中"尚有何精义，可为今日社会之纲维"；第三，应潜心研究西洋文化之渊源。白璧德一方面提醒中国人决不可忘却固有文化而盲从欧西今日流行之学说，另一方面又建议中国人尤其是留美学生研究西洋自希腊以来真正之文化。在他看来，中西两种文化"均主人文，不谋而有合，可总称为邃古以来所积累之智慧也"。

白璧德建议在中国大学开设孔子之《论语》与亚里士多德之伦理学的比较课程，同时在美国大学聘任中国教员讲授中国历史及道德哲学等，这样东西学问家便可联为一体。这即是白璧德心目中"人文的君子的国际主义"。他期待着此国际主义运动之兴起，更期待中国由此兴起一场"新孔教之运动"。这场运动可以使其"摆脱昔日一切学究虚文之积习，而为精神之建设"。

白璧德在发表这场演说时，他的学生梅光迪、吴宓等人已经开始在中国酝酿《学衡》杂志的出版。这一定让他倍感欣慰。对于这些学生们来说，共同信奉白璧德的新人文主义，这使他们在国内集结时具备人和之利。享地利而又有人和，他们差的，似乎只是天时！

第三章 《学衡》与"学衡派"的新文化理想及新文学实践

1921 年 11 月初，梅光迪将吴宓在南京的寓宅作为了《学衡》杂志社办公及社员同人集会之场所。随后，学衡派成员在此召开了第一次会议。参加会议的成员除梅、吴 2 人外，还有刘伯明、马承堃、胡先骕、萧纯锦、邵祖平、徐则陵、柳诒徵等，共计 9 人。其中马承堃为暨南大学教授，邵祖平为东南大学附属中学国文教员，其余则均为东南大学教授。这次会议公举吴宓为《学衡》杂志集稿员，派定梅光迪为"通讯"栏目编辑，马承堃为"述学"栏目编辑，胡先骕为"文苑"栏目编辑，邵祖平为"杂俎"栏目编辑。1921 年 11 月 30 日，吴宓将《学衡》杂志第 1 期的稿件挂号邮寄给了上海中华书局"新文化书籍部"主管人左舜生。1922 年 1 月，《学衡》杂志第 1 期由中华书局出版。

第一节 《学衡》杂志

虽然在学衡派成员第一次集会时，梅光迪认为《学衡》杂志（以下简称《学衡》）应不染俗氛，不立社长、总编辑、撰述员等名目，但这一提议遭到了吴宓的反对。吴宓坚持认为总编辑一职必须设置，并于后来在刊物中的《学衡杂志简章》之末行自上"总编辑兼干事"尊号。1924 年 8 月，吴宓赴东北大学任教，《学衡》增设柳诒徵、汤用彤为干事。1930 年 8 月，吴宓赴欧游学之前仍然编完了《学衡》第 69 至 74 期之稿。《学衡》最后 5 期即第 75 至第 79 期之稿，则改由胡稷贤续编。

关于《学衡》的出版情况，《学衡》本为月刊，但自第 39 期（本应于 1925 年 3 月出版，刊物后来标明出版时间亦为 1925 年 3 月，但与具体出版时间不符）开始，刊物出现拖期情况，此后《学衡》具体出版时间多无法判定。1926 年 11 月 16 日，吴宓接到中华书局来函，言《学衡》第 60 期以后不愿续办。后吴宓多方奔走，于 1927 年 10 月 12 日致函中华书局，提出改为两月一期，年出六期，每期津贴百元的办法，中华书局才答应续办。《学衡》第 78 期登出"《学衡》杂志社启事"："本社自民国十一年发行《学衡》杂志以来，现已出至七十八期。概由吴宓君负责编辑，上海中华书局印售。七十九期亦同。自第八十期起，则改由南京钟山书局印行，编辑职务亦改由缪凤林君担任。每年出版六期。"[1] 第 79 期竟成为《学衡》最后一期。也因为此，《学衡》与中华书局的合作从第 1 期开始，直至第 79 期终刊结束。

《学衡》第 1 期卷首有柳诒徵撰作的"弁言"，其中指出，"出版之始，谨矢四义：一　诵述中西先哲之精言以翼学；二　解析世宙名著之共性以邮思；三　籀译之作必趋雅音以崇文；四　平心而言不事嫚骂以培俗"[2]。第 3 期卷首则刊出由吴宓编写的《学衡杂志简章》，态度更为鲜明，如指出《学衡》办刊宗旨为"论究学术，阐求真理，昌明国粹，融化新知。以中正之眼光，行批评之职事，无偏无党，不激不随"；体裁及办法为"（甲）本杂志于国学则主以

［1］《学衡》第 78 期，《〈学衡〉杂志社启事》。
［2］《学衡》第 1 期，《弁言》。

切实之功夫，为精确之研究，然后整理而条析之。明其源流，著其旨要，以见吾国文化有可与日月争光之价值，而后来学者得有研究之津梁，探索之正轨，不至望洋兴叹，劳而无功，或盲肆攻击，专图毁弃，而自以为得也。（乙）本杂志于西学则主博极群书，深窥底奥，然后明白辨析，审慎取择。庶使吾国学子潜心研究，兼收并览，不至道听途说，呼号标榜，限于一偏而昧于大体也。（丙）本杂志行文则力求明畅雅洁。既不敢堆积饾饤，古字连篇，甘为学究，尤不敢故尚奇诡，妄矜创造。总期以吾国文字表西来之思想，既达且雅，以见文字之效用，实系于作者之才力，苟能运用得宜，则吾国文字自可适时达意，更无须更张其一定之文法，摧残其优美之形质也"。[1] 这里指出的"庶使吾国学子潜心研究，兼收并览，不至道听途说，呼号标榜，限于一偏而昧于大体也"等显然系针对新文学阵营而发。

　　关于《学衡》的具体内容，已有诸多学者进行过总结研究。笔者这里简要介绍一下王泉根与沈卫威的观点。王泉根指出，《学衡》除反对五四新文化运动外，还有三方面的内容：研究中国古代文化与古代文学；引介西方文化与西方文学；进行中西比较文化的研究。[2] 沈卫威则从内容上归纳出刊物四个方面的主要特色：第一、反对新文化运动——新文学运动；第二、译介、张扬白璧德的新人文主义；第三、展开中国文化史、文学史以及专门的"国学"中经、史、子、集的专题研究，刊登西洋哲学、印度哲学、佛学研究的专题论文；第四、开设文苑专栏，登载旧体诗词文赋。在沈卫威

---

[1]《学衡》第 3 期，《〈学衡〉杂志简章》。
[2]　参见王泉根论文《吴宓主编〈学衡〉杂志的初步考察》，《西南师范大学学报》（哲学社会科学版）1990 年第 4 期。

看来，第一、四项为刊物的外攻，第二、三项为刊物的内守。前者是"学衡派"思想观念的外在发散，为他们带来了守旧、保守、反动的恶名，后者则是"学衡派"文化守成的立身之本和学业基点，为他们展示了学识、学理上的事功。[1]

《学衡》的栏目主要有"插画"、"通论"、"述学"、"文苑"、"杂缀"、"书评"、"附录"等。这里以刊物第1期为例作各栏目介绍说明，以便对刊物有一个直观的了解。《学衡》第1期共有7个栏目："插画"、"弁言"、"通论"、"述学"、"文苑"、"杂缀"、"书评"。"插画"栏为孔子像、苏格拉底像。此栏目以后每期皆有；"弁言"栏中的"弁言"如前所述，系柳诒徵撰作。此栏目仅在第1期出现；"通论"栏收文章3篇，分别是刘伯明的《学者之精神》、梅光迪的《评提倡新文化者》、萧纯锦的《中国提倡社会主义之商榷》。"学衡派"评时事、论新知及反对新文学阵营的文章多见于此栏；"述学"栏收文章5篇，分别是马承堃的《国学摭谭》、张文澍的《论艺文部署》、柳诒徵的《汉官议史》、钟歆的《老子旧说》、徐则陵的《近今西洋史学之发展》。沈卫威所总结的《学衡》内容之第3点即主要见于此栏；"文苑"栏分为"文录"、"诗录"两项。其中"文录"部分收邵祖平文4篇，即《自莲花洞登黄龙寺记》、《记黄龙寺双宝树》、《嘲黄龙寺僧》、《记白鹿洞谈虎》，吴宓译作1篇，即英国沙克雷的小说《钮康氏家传》第1回。"诗录"部分收华焯诗5首，汪国垣诗2首，王易诗4首，王浩诗4首，胡先骕诗4首，邵祖平诗1首。此栏即上文沈卫威所总结的《学衡》内容之第4点；"杂缀"栏收胡先骕《浙江采集植物游记》文1篇。此栏

---

[1] 沈卫威：《吴宓与〈学衡〉》，《史学月刊》2000年第1期。

主要刊登游记、诗话等，不多见；"书评"栏收胡先骕《评尝试集》文1篇。此栏目后亦间或有之；另外，《学衡》从第14期起还开始有"附录"栏目，当期收《文坛消息》（四则）。此栏目仅出现过5期，内容不固定。《学衡》的栏目及内容情况大致如此。

关于《学衡》，笔者在这里要重点关注的是刊物的作者群、插画栏目及翻译。

一 《学衡》的作者群

《学衡》是同人杂志。在吴宓寓所召开社员同人第一次集会时，梅光迪曾宣称"凡有文章登载于《学衡》杂志中者，其人即是社员；原是社员而久不作文者，则亦不复为社员矣"[1]。这样看来，凡有文章见刊于《学衡》者，均可以视作"学衡派"的成员。

据笔者统计，共有250人在《学衡》上发表过文字（"插画"栏目里的文字作者不计；外籍作者不计，译者计入）。凡作者有文字见刊于某期，不论多少，均记作1次，这样我们可以统计出每位作者在刊物上的见刊次数。按照从多到少及见刊先后顺序排列，情况如下：59次1人，即柳诒徵（1—14，16—18，21—30，33—34，36—37，39—40，42—58，61—64，67，70，72—73，75）（第1期简记作1，下同）；50次1人，即王易（1—5，7—15，17—20，22—31，34，36，39—46，48—58，73）；49次1人，即吴宓（1—4，6—9，11—16，19，22—23，28—30，32，36—39，41—43，46，48—49，53—56，58—59，62—64，66，70—

---

[1] 吴宓著、吴学昭整理：《吴宓自编年谱》，北京三联书店1995年版，第229页。

74，77—79）；46次1人，即胡先骕（1—22，25，27—31，33—34，36—39，41，43—44，48—51，53，56—58，66）；37次1人，即庞俊（16—17，19—31，33—34，36—40，42—46，48—53，55，58，70，73）；35次1人，即邵祖平（1—18，20—25，27—31，33—34，36—38，74）；31次1人，即刘永济（5，6，9—11，15—17，20，22，25，28—29，31，36，38—41，43，45—46，48—49，56—57，65，68，71，77，79）；29次1人，即吴芳吉（3，4，21，26，28，31，34，40—46，48—54，57，59，62—63，66—67，70，74）；28次1人，即李思纯（9，13—16，19，21—22，24，26，28，37，39，42—43，46—47，49—50，52—56，58，60，65—66）；27次1人，即黄节（26—27，30—31，33，39—46，51—58，60—61，69—71，76）；24次1人，即景昌极（3，5—6，8，10，13，18，20，25，29，31，33，35，38，47，54，57—58，62—63，67，69，75，78）；22次2人，分别是缪凤林（2—4，7—8，10—11，14—16，19，21，23，25—26，28，32，35，37，46，60，67）；张尔田（23—24，26—28，33，39—40，43，45，49，52，54，56—58，60，64，66，71，74，79）；20次1人，即王浩（1—18，20—21）；18次1人，即陈寂（17—18，21—22，24—27，33，36—37，39，40，42—46）；17次1人，即张荫麟（21，39—40，42，44，49，56，58，61—62，64—67，69—70，74）；15次1人，即赵熙（13，15，17—22，25，29，41—44，46）；13次3人，分别是徐震堮（18，21，23，27，34，44—46，49—51，73—74）；徐桢立（23—26，31，33，36—39，41—42，44）；王国维（40，41，43—47，49，53，57—58，60，66）；12次1人，即林损（45—55，57）；11次

1人，即林思进（19—20, 29, 34, 40—44, 48—49）；10次1人，即姚华（40—42, 48, 52, 54, 58, 62—63, 67）；9次3人，分别是周岸登（3—4, 7, 10—12, 14—15, 17）；严复（7—8, 10, 12—13, 15—16, 18, 20）；刘朴（11, 24, 32, 41, 44, 46, 54—55, 57）；8次7人，分别是汪国垣（1, 2, 6, 7, 8, 10, 45, 50）；陈钧（9, 18, 22, 25, 28, 34, 43, 60）；孙德谦（11, 23—27, 30, 39）；汤用彤（12, 17, 19, 24, 26, 30, 39, 75）；方守敦（17, 23—24, 26, 28, 48—49, 51）；郭斌和（27, 43, 48, 55, 69, 76—77, 79）；瞿方梅（40, 42—45, 55, 57—58）；7次2人，分别是刘伯明（1—3, 5—6, 10, 16）；向达（13, 16, 20, 32, 50, 54, 59）；6次6人，分别是向迪琮（10—12, 15, 27, 36）；郭延（10—12, 15, 19, 27）；陈衡恪（14, 19—21, 24, 27）；方守彝（17, 21—24, 29）；陈寅恪（20, 60, 64, 71, 74, 79）；叶玉森（21, 24, 29—31, 33）；5次11人，分别是梅光迪（1, 2, 4, 8, 14）；马承堃（1—3, 6, 10）；华焯（1, 7, 24, 41, 43）；杨增荦（5—6, 9, 13, 24）；梁公约（6—8, 11, 75）；毛乃庸（6—8, 22, 37）；周正权（8, 11, 16, 19, 25）；廉泉（24—25, 28, 31, 33）；朱祖谋（30, 53, 55, 57—58）；陈铨（39, 48—49, 54, 57）；缪钺（59, 69—70, 73, 74）；4次14人，分别是王瀣（2, 12, 20, 48）；熊家璧（5, 8, 15, 20）；覃寿堃（6, 8, 73—74）；夏崇璞（9, 14, 20, 30）；杨赫坤（5, 9, 16, 18）；陈三立（19, 71, 73—74）；胡稷咸（23—24, 40, 75）；况周颐（24, 27, 30—31）；庄羲（27, 29—31）；曾广钧（30, 32—33, 35）；郑鹤声（33—36）；曾朴（36—39）；姜忠奎（43, 45, 52, 60）；胡士莹（46, 49,

51，53)；3次20人，分别是萧纯锦（1，2，5)；张鹏一（4，8，17)；林学衡（6，9，19)；王焕镳（8，19，33)；熊冰（8，12，54)；刘麟生（10，13，15)；刘善泽（12，54，60)；陈柱（12，17，56)；姚锡钧（14—15，18)；王恩洋（17，23，26)；李赓（24—26)；杨成能（27，50，52)；夏敬观（30—31，33)；邵森（37—38，44)；顾谦吉（39，41，45)；贺麟（39，49，64)；陆懋德（41，43，55)；赵万里（46，49，64)；陈曾寿（57—58，73)；叶恭绰（70—71，74)；2次36人，分别是张文澍（1—2)；陈涛（3，6)；汪懋祖（4，22)；张其昀（5，41)；蔡可权（5，24)；邱逢甲（5—6)；徐天闵（7，31)；陈延杰（14—15)；黄元直（14，19)；刘泗英（17，42)；董镇藩（19，26)；方孝彻（23，26)；杨铨（23，28)；马浮（25，58)；李翘（26，58)；何雯（26—27)；唐大圆（29，33)；吴梅（32—33)；刘堪（38—39)；谷家儒（39，54)；李惟果（39，41)；杨葆昌（39，68)；杨昌龄（39，49)；钱稻孙（39，72)；朱还（41，45)；梁启超（42，59)；鲍鼎（44，46)；诸宗元（45，57)；陆维钊（46，50)；刘盼遂（49，64)；黄建中（51，54)；浦江清（57，64)；胡步川（59，64)；傅举丰（68—69)；郭倬莹（72，74)；李景堃（73—74)；1次128人，分别是钟歆（1)；徐则陵（1)；张铣（3)；华桂馨（4)；陈训慈（6)；一苇（6)；陈茹玄（6)；李佳（7)；周燮煊（7)；曹经沅（8)；吴著（9)；胡元轼（9)；龙植三（9)；吴恭亨（10)；张捄（10)；陶世杰（10)；王庸（11)；吴之英（11)；邹卓立（12)；程俊英（12)；陈涛伯（13)；桂赤（14)；王闻涛（14)；钱堃新（15)；向楚（15)；吴家镇（16)；姚永概（17)；缪篆（19)；黄懋谦（19)；邹树文

（19）；俞之柏（19）；陈宝琛（20）；李笠（21）；吴其昌（22）；李详（22）；方令孺（22）；罗骏声（22）；常惺（23）；陈澹然（24）；程时煃（24）；汪兆铭（25）；谭毅（25）；袁同礼（26）；黎养正（26）；郭秉文（26）；朱复（27）；胡远濬（27）；向绍轩（29）；范祎（29）；刘离明（30）；王桐龄（30）；释太虚（32）；曹慕管（32）；叶瑛（33）；赵祥瑗（33）；黄乃秋（38）；张正仁（39）；方竑（39）；方乘（39）；罗运贤（39）；赵炳麟（39）；张敷荣（39）；董承显（39）；郭筠仙（40）；姚永朴（40）；王闿运（41）；沈曾植（41）；邓翊（41）；程颂万（42）；邢琮（43）；汪荣宝（43）；陆祖鼎（44）；陈黻宸（45）；洪深（45）；张志超（45）；邱仲（45）；方亮（48）；陈敬第（49）；郭大痴（49）；方世立（50）；聂其杰（52）；陈阌慧（52）；钱萼孙（52）；刘复礼（56）；王典章（56）；钱基博（56）；郭文珍（56）；崔钟秀（56）；曾习经（58）；胡文豹（59）；黄遵宪（60）；胡徵（60）；谢宗陶（62）；柯劭忞（64）；赵景生（68）；梁敬钊（69）；吴光韶（69）；水天同（69）；林纾（70）；李岳瑞（70）；陈光焘（70）；张友栋（70）；顾随（70）；萧涤非（70）；瞿宣颖（71）；王式通（71）；徐英（71）；钱理（73）；冯承钧（73）；康有为（73）；宗威（73）；俞士镇（73）；闵尔昌（73）；朱自清（73）；乔友忠（74）；唐迪风（76）；李翊灼（76）；潘式（76）；曾运乾（77）；彭举（77）；王越（77）；何春才（77）；琴慧女士（78）；易峻（79）；杨宽（79）；蒙文通（79）；王荫南（79）；邓之诚（79）。

我们发现，在吴宓寓所参加第一次集会的 9 位《学衡》创办人按见刊次数从多到少及见刊先后顺序排列如下：柳诒徵 59 次，吴宓 49 次，胡先骕 46 次，邵祖平 35 次，刘伯明 7 次，梅光迪 5 次，马承堃 5 次，萧纯锦 3 次，徐则陵 1 次。徐则陵曾留学美国，获硕士学位，时任东南大学历史系主任。吴宓对他的评价是"实无学，故恒沉默寡言"[1]。徐则陵只在《学衡》第 1 期"述学"栏目发表了 1 篇文章，即《近今西洋史学之发展》。萧纯锦亦留学美国，获经济学硕士学位，时任东南大学经济系主任。他只在《学衡》上发表了 3 篇文章，即《中国提倡社会主义之商榷》（第 1 期）、《马克思学说及其批评》（第 2 期）、《平等真诠》（第 5 期）。马承堃时任暨南大学教授。他在《学衡》的第 1、2、3、6、10 期发表了总名为《国学摭谈》的《序》、《易》、《书》、《诗》、《礼》等系列文章，此后未有作品见刊。梅光迪虽倡议发起《学衡》，但他在刊物上只发表了 5 篇文章，即《评提倡新文化者》（第 1 期）、《评今人提倡学术之方法》（第 2 期）、《论今日吾国学术界之需要》（第 4 期）、《现今西洋人文主义》（第一章：绪言）（第 8 期）、《安诺德之文化论》（第 14 期）。从第 14 期起，梅光迪便不再为《学衡》撰稿，且声称"《学衡》内容愈来愈坏。我与此杂志早无关系矣"！吴宓对他的评价是"好为高论，而无工作能力"，是"一极端个人主义与享乐主义者"。[2]刘伯明时任东南大学副校长，他对"学衡派"成员在南高——东大的集聚起到了至关重要的作用。可惜 1923 年 11 月 24 日，刘伯明因病英年早逝。他在《学衡》上共发表了 7 篇文章，分别是《学者之精神》（第 1 期）、《再论学者之精神》（第 2 期）、《评梁漱溟著〈东西文化及其哲学〉》（第 3 期）、《杜威论中国思想》

---

[1] 吴宓著、吴学昭整理：《吴宓自编年谱》，北京三联书店 1995 年版，第 228 页。
[2] 同上，第 235 页。

（第 5 期）、《非宗教运动评议》（第 6 期）、《共和国民之精神》（第 10 期）、《论学风》（第 16 期）。邵祖平时任东南大学附属中学国文教员，是 9 位成员中唯一一位未曾留学且非大学教授者。因为众人以此轻视之，邵反变得"极端骄傲，认为彼实高出全体社员舍胡先骕君不论之上"。他与胡先骕是江西同乡，深为胡所欣赏。邵祖平开始时在《学衡》保持了较高的见刊率，但第 38 期以后却很少登载作品，仅在第 74 期刊有《〈培风楼诗存〉自序》1 篇文章。吴宓对他和他的作品评价不高，说其"性逼隘而浮躁。胡先骕极崇奖而拥护之。甚至以其所作古文、诗、词，登入《学衡》第一期，为世人之模范，实属谬妄"！[1] 除以上 6 位外，柳诒徵、吴宓、胡先骕 3 位创办成员对《学衡》的热情保持始终。事实上，《学衡》形成了以柳诒徵、吴宓、胡先骕分别为中心的 3 个作者群。

柳诒徵原是南高的文史地系主任，后改任东南大学历史系教授。吴宓对其评价甚高："南京高师之成绩、学风、声誉，全由柳先生一人多年培植之功。论现时在东南大学之教授人才，亦以柳先生博雅宏通，为第一人。而乃取消柳先生多年连任之史地部主任及历史系主任，使屈居徐则陵之下，此刘伯明之过，而东南大学之羞也！"[2] 柳诒徵的《中国文化史》在《学衡》第 46、48—56、58、61—64、67、70、72 期连载共 18 期才结束。在《学衡》上发表文章的景昌极、缪凤林、徐震堮、向达、郑鹤声、胡士莹、王焕镳、赵万里、陆维钊、张其昀等都是他的学生。缪凤林在《学衡》第 2 期发表《四书所启示之人生观》一文，"作为学生第一个进入《学

---

[1][2] 吴宓著、吴学昭整理：《吴宓自编年谱》，北京三联书店 1995 年版，第 228 页。

衡》作者群"。沈卫威如是评价："他和他的同学，风华正茂，是一个群星灿烂的开始。在随后的岁月里，他们支撑起近半个《学衡》杂志。"[1] 此乃柳诒徵之功也!

胡先骕是《学衡》另一个作者群的中心。《学衡》创刊后，胡先骕任"文苑"栏目编辑。吴宓对他颇有微辞，原因是他"专登江西省人所作之江西诗派之诗，实则限于（1）胡先骕（2）邵祖平（3）汪国垣（4）王易（5）王浩五人而已。友、生及来稿，皆不选入一首"。[2] 吴宓气愤不过，乃于《学衡》第3期起将胡先骕编辑之"诗录"改为"诗录一"，另辟"诗录二"，以登他人之诗。这也引起了胡先骕的责斥。以上笔者对于《学衡》作者见刊次数所作的统计可以见出，邵祖平、汪国垣、王易、王浩等人均有较多期为《学衡》撰稿，最少的汪国垣也有8期。王易最多，达50期。其弟王浩若非1923年早逝，应该也不会比他逊色。以胡先骕为首的这一批"同光体"诗派"江西派"成员可谓在《学衡》大放异彩。同时，同属"同光体"诗派"江西派"的陈三立、陈衡恪、夏敬观等人也有诗作在《学衡》发表。另外，"同光体"诗派"浙派"代表人物沈曾植、重要成员诸宗元也发表了少量诗作。"同光体"诗派"闽派"代表人物之一陈宝琛则在《学衡》第20期发表过一篇墓志铭。不过，陈三立等"同光体"诗派成员在《学衡》发表作品，谈不上以胡先骕为中心了。

吴宓作为《学衡》的总编辑兼干事，自然成为一个中心。聚集在吴宓周围的《学衡》作者与吴宓的关系无法一一陈述完尽，只能

---

[1] 沈卫威著：《吴宓与〈学衡〉》，河南大学出版社2000年版，第25页。

[2] 吴宓著、吴学昭整理：《吴宓自编年谱》，北京三联书店1995年版，第234页。

举例说明。比如陈涛是吴宓的姑父，胡文豹是吴宓的表兄；比如姚华是吴宓在清华学校读书时的老师；比如刘永济、吴芳吉、刘朴、汤用彤、瞿方梅、洪深等人是吴宓在清华学校读书时的同学（汤用彤、洪深后来亦与吴宓是哈佛大学同学）；比如陈寅恪是吴宓在哈佛大学读书时的同学；比如王国维、陆懋德、梁启超、朱自清等人是吴宓任职清华时的同事；比如陈铨、顾谦吉、贺麟、李惟果、杨葆昌、刘盼遂、水天同等人是吴宓在清华教书时的学生；比如郭斌和、胡稷咸等人是吴宓的朋友，等等。正是在这一群作者的努力下，吴宓才得以坚持将《学衡》办至第 79 期。

除了以柳诒徵、胡先骕、吴宓为中心形成 3 个作者群外，《学衡》作者中还值得关注的一点就是属于"桐城派"、"常州词派"、"同光体"诗派、"国粹派"、"南社"等不同派别的旧派文人都有作品在这里发表。[1] 可以说，《学衡》为他们提供了在此时重新集合、亮相的平台。

二 《学衡》的插画

《学衡》体例系仿《庸言》，但又不尽相同。与《庸言》相比，《学衡》增设了"插画"栏目。吴宓相当重视"插画"栏目。1926年底到 1927 年，因为中华书局不愿续办《学衡》，吴宓一年多的时间都在为此事奔走忙碌。这过程中有一个关于"插画"栏目的插曲即可说明此事。1927 年 3 月 21 日，吴宓日记载："旋吴其昌持示中华复梁任公第二函，略谓《学衡》续办之条件，修改如下：

---

[1] 参见沈卫威在《吴宓与〈学衡〉》一书中对各旧派文人派别所作的统计，第 19—20 页。

（一）每月津贴中华六十元。（二）纸版归中华。（三）赠送150册取消。（四）不得逾120页。（五）插画取消。又谓最好该社即交大东承办云云。中华之无望，于此决矣。"[1] 5月19日，吴宓日记载："是夕，吴其昌来。谈次，宓即决定月给中华书局津贴印费六十元，由61期起。但150本仍旧赠送本社。铜板插画亦不取消。即请吴君转达任公先生再函中华说项，劝其遵从如此办法，续印《学衡》云。"[2] 可见，在谈判过程中，"插画"栏目是有被取消的危险的。几经周折，双方谈妥后，"插画"栏目最终被保留了下来，并坚持至第79期终刊。《学衡》共有插画202幅，笔者将其分为8类在以下内容中予以论述。

（一）圣人像

《学衡》共刊出8位东西圣人的画像，其中4位属于东方，4位属于西方。他们分别是孔子与苏格拉底（第1期）、释迦牟尼佛与耶稣基督（第6期）、柏拉图（第10期）、亚里士多德（第14期）、老子（第54期）、孟子（第76期）。这里将孔子与苏格拉底、释迦牟尼佛与耶稣基督在"插画"栏目中并列显示，充分显示了《学衡》的视野与气魄。

从第3期刊出《苏格拉底自辨篇》开始，《学衡》第5期刊出《克利陀篇》、第10、20期刊出《斐都篇》、第43、48期刊出《筵话篇》、第69、76期刊出《斐德罗》篇，共计刊出了5篇"柏拉图语录"。其中前3篇译者为景昌极，后2篇译者为郭斌和。景昌极在《苏格拉底自辨篇》的"译序"中如是介绍苏格拉底及柏拉图、

---

［1］ 吴宓著、吴学昭整理注释：《吴宓日记》3，北京三联书店1998年版，第324页。

［2］ 同上，第340页。

亚里士多德："苏氏者，希腊之雅典人。生于西纪元前五世纪之中叶。时雅典战胜波斯，国力民智相与俱进，乃有辩者乘机蜂起，邪说横流，人自为法。氏生其际，禀天赋之资，发求真之志，顺天悯人，起而辟之，一归于正。栖栖遑遑七十有余岁，颓风稍振而怨已深，大功未成而身为戮，信可痛也！其后柏拉图、亚里士多德等从而光大之，遂成希腊文明之中坚！中古之世，亚柏二氏递为学术准绳，绵延至今。其感化西人之力，隐然犹在。"[1] 这段话可谓抓住了西方文明的根脉。又关于亚里士多德，《学衡》在第 13 期刊出了他的《伦理学》卷一，第 14 期刊出卷二，第 16 期刊出卷三，第 20 期刊出卷四、卷五，第 30 期刊出卷六，第 32 期刊出卷七，第 50 期刊出卷八，第 59 期刊出卷九、卷十。其中除卷二、卷四、卷六译者为夏崇璞外，其余译者均为向达。此外，关于古希腊 3 位圣人《学衡》中还有一些介绍论述性质的文章，这里无法一一陈述完尽。

中国的老子、孔子、孟子，《学衡》中多有论及。如第 1 期就登载有钟歆的文章《老子旧说》。钟歆在"序"中如是介绍老子："老子清静玄虚，变化无际，识宇宙之原始，阐道德之渊源。宣尼称其犹龙，庄生谓之真人。圣哲所论，千古不易。其著书五千言，凡帝王经世之术、士庶修身之方、刚柔强弱之端、消长存亡之理，靡不必载。洵为百家之冠冕，万世之宗匠也。自周迄汉，其学不衰，传授源流，斑然可稽。"[2] 此与上述介绍苏格拉底、柏拉图及亚里士多德之文正相对照，尽显刊物中西胸怀。关于孟子，《学衡》第 76 期用刊物一半的篇幅刊登了唐迪风的遗著《孟子大义》。

［1］《学衡》第 3 期，《苏格拉底自辨篇》一文第 1 页。
［2］《学衡》第 1 期，《老子旧说》一文第 1 页。

除这些介绍论述性质的文章外,《学衡》第54期还刊出了吴宓译自德国雷赫完《十八世纪中国与欧洲文化交通史略》一书"绪论"的文章《孔子老子学说对于德国青年之影响》。在"编者识"中吴宓道:"篇中论中国哲学之精华为孔子礼治之教,而非老子无为之论,有为卓见……孔子近于西洋上古希腊亚里士多德之学说,老子则近于近世浪漫主义之卢梭、托尔斯泰等,美国白璧德先生已论之详矣……今欧洲青年承机械生活自然主义之极弊,渴望清凉散以消炎毒,其欢迎老子之说亦固其所。然须知此种态度仍不免为浪漫主义之余波,以此而求精神之安乐,殊非正轨。不如研究孔子之学说,得其精义,身体而力行之,则可有平和中正之人生观,而又不悖于文明之基础与进步之趋向。转言之,即彼欧洲青年如能讲明希腊哲学及耶教中之人生道德之精义,琢磨发挥而实用之,则所得结果与受我国孔子之感化相同……我国之青年与彼欧西之青年其道德精神问题实为一而非二,而中西真正之文化在今实有共休戚同存亡之形势者矣!"[1] 这是深受白璧德新人文主义思想影响的吴宓对东西方文化思考的结果。

《学衡》第6期的插画选用了释迦牟尼佛像和耶稣基督像。这一期的正文中有几篇针对当时的非宗教运动而发的文章,其实插画的选用已经表明了刊物的立场。这里的耶稣基督像系刊物"插画"栏目"泰西名画"系列之五(后文将有论述)。除第6期外,刊物还刊有一些关于宗教的研究文章。如缪凤林的《中国人之佛教耶教观》,在第14—16、21、23期连载。具体内容此处不再赘述。

---

[1]《学衡》第54期,《孔子老子学说对于德国青年之影响》一文第1—2页。

（二）"泰西名画"系列

《学衡》"插画"栏目"泰西名画"系列共有插画 14 幅，分别是 Leonardo Da Vinci（廖那多，今译列奥纳多·达·芬奇）的 *Mona Lisa*（《蒙娜丽莎》，刊第 2 期）、*The Last Supper*（《最后的晚餐》，刊第 5 期），Raphael（拉飞叶，今译拉斐尔）的 *School of Athens*（《雅典学院》，刊第 2 期）、*La Disputà*（《圣礼之争》，刊第 5 期），Giorgione（乔觉那，今译乔尔乔内）的 *Christ Bearing the Cross*（《耶稣基督像》，刊第 6 期），François Pascal Gérard（弗朗索瓦·热拉尔）的 *Homer*（《荷马像》，刊第 13 期），Maignan（今译不详）的 *The Parting of Hector and Andromache*（《海克多别妻出战图》，刊第 13 期），Millet（米勒）的 *Des glaneuses*（《拾谷图》，刊第 21 期），Ingres（安格，今译安格尔）的 *Madame Rivière*（《李维亚夫人像》，刊第 21 期），Giovanni Bellini（伯里尼，今译贝利尼）的 *Madonna of the Trees*（《双树圣母像》，刊第 30 期），Perugino（贝鲁忌诺，今译佩鲁基诺）的 *Christ Delivering the Keys to Peter*（《耶稣以钥授彼得图》，刊第 30 期），Palma Vecchio（巴马维雀，今译帕尔马·委齐奥）的 *Three Sisters*（《三姊妹像》，刊第 35 期），Tintoretto（丁脱雷脱，今译丁托列托）的 *Bacchus and Ariadne*（《酒神与阿里阿德涅成婚之图》，刊第 35 期），Albrecht Dürer（杜雷尔，今译丢勒）的 *Melencolia*（《忧郁图》，刊第 36 期）。

这 14 幅画出自 12 位画家之手，其中 Maignan 生平事迹不详，其余 11 位画家的国籍及生卒年份[1]情况如下：达·芬奇（1452—

---

[1] 刊物所提供的画家、文学家生卒年份有误者，笔者均已作改正。

1519)、拉斐尔（1483—1520）、乔尔乔内（1477—1510）、贝利尼（1430—1516）、佩鲁基诺（1446—1524）、帕尔马·委齐奥（1480—1528）、丁托列托（1518—1594）等7位画家属意大利籍；弗朗索瓦·热拉尔（1770—1837）、米勒（1814—1875）、安格尔（1780—1867）等3位画家属法国籍；丢勒（1471—1528）属德国籍。7位意大利画家都活跃于文艺复兴时期。他们的画作都附录了详细的说明文字。如拉斐尔的画作《圣礼之争》后附说明："拉氏融合欧西文明之二大源泉。前图（笔者按：指《雅典学院》）示希腊文化之精神，此图则示耶教之规模及信仰，故均极重要。"[1]乔尔乔内的《耶稣基督像》附吴宓之说明如下："此像中耶稣基督负十字架而趋。绘之者乔觉那……亦泰西古今名画家之一。文艺复兴全盛时代……意大利之绘画以地为别分为四派，其中最晚出而影响近世画术最巨者为威尼斯派……乔觉那即属之。此派特以着色浓艳见长。Colorists（笔者译：善用色彩者）所绘多示人生之乐趣，骀荡之感情，沉溺酒色之中，放浪形骸之外，铺陈富丽，藻采缤纷。其短处亦即在此。丰而多肌，柔若无骨，婀娜有余，刚健不足，易流于妖冶靡曼、涂抹渲染之病，遂致衰落……此派不常绘宗教之题目，故兹所录之耶稣基督像尚不足为威尼斯派及乔觉那画术之代表也。"[2]吴宓的美术修养在这些评论文字中尽已展现。丢勒是德国文艺复兴时期最伟大的画家。《学衡》所选之《忧郁》系丢勒的铜版画。另外，弗朗索瓦·热拉尔、米勒及安格尔3位法国画家的画被选入《学衡》，原因则在于他们的画富于"古学"之精神。

---

［1］《学衡》第5期，插画《圣礼之争》之附识。
［2］《学衡》第6期，插画《耶稣基督像》之附识。

弗朗索瓦·热拉尔与安格尔都是 19 世纪法国新古典主义美术代表画家大卫的学生。弗朗索瓦·热拉尔的《荷马像》未附说明。安格尔的《李维亚夫人像》附说明如下："安格……为法国十九世纪纯粹古学派之名画家。其作画崇理法而抑情感，重描画而轻彩色，以为人图像（Portraits）为最著称。此图李维亚夫人像乃其杰作之一。富丽而幽雅，美艳而静肃，以及图之作卵圆形皆足显示希腊美术之要旨，而此图之尤长处在结构（布局），细审自明，可谓之精巧美备矣！"[1] 米勒是 19 世纪法国现实主义画家。《学衡》选录其《拾穗者》，附说明如下："米勒者……专绘农家风物而富于古学之精神……古希腊美术之要旨曰'高尚而简朴，凝静而伟大'……米勒以极寻常琐细之题，寓深远精美之意。其写田间生活，既真切而又庄严，盖有得于斯旨矣……此图之结构（布局）最佳……简单至极，平衡至极，无一可省之物，而各线各区皆配合匀整，得和谐之美。试去其一人，或移其位置，易其长短，改其姿势，以资比较，则立觉其不完整矣。故曰深得于希腊美术之旨也。"[2] 新人文主义者崇尚古典，强调一种"适度的法则"。《学衡》"插画"栏目"泰西名画"系列在选取画作时，即体现了这一点。也正因为如此，以"现代派"为主流的西方 20 世纪美术作品一幅也没被选入。

（三）文学家、文艺理论家

《学衡》中"文学家、文艺理论家"类的画像插画最多，共有 75 幅（寿像、遗像类插画单独统计，见后文）。这 75 幅插画共涉及 9 个国家，计有 69 位文学家、文艺理论家。其中英国 25 人，法

---

[1]《学衡》第 21 期，插画《李维亚夫人像》之附识。
[2]《学衡》第 21 期，插画《拾谷图》之附识。

国 23 人，美国 9 人，德国 7 人，古希腊 1 人，中国 1 人，意大利 1 人，比利时 1 人，俄国 1 人。与"泰西名画"系列插画相比，《学衡》"文学家、文艺理论家"一类插画视野无比开阔。

25 位英国文学家、文艺理论家按作品体裁类别[1]及出生年月排列（下同），分别是诗人乔塞（即乔叟，1343—1400，见第 32 期插画，简称 32，下同）、斯宾塞（1552—1599，32）、弥尔顿（1608—1674，3）、彭士（即彭斯，1759—1796，57）、威至威斯（即华兹华斯，1770—1850，7）、辜律己（即柯勒律治，1772—1834，7）、摆伦（即拜伦，1788—1824，9、68）、薛雷（即雪莱，1792—1822，9）、丁尼生（1809—1892，11）、白朗宁（即罗伯特·勃朗宁，1812—1889，11）、安诺德（即马修·阿诺德，1822—1888，12）、罗色蒂（1828—1882，65）、梅丝斐尔（即约翰·梅斯菲尔德，1878—1967，71）；剧作家莎士比亚（1564—1616，3）、杜莱登（即约翰·德莱顿，1631—1700，15）、品纳罗（1855—1934，44）、萧伯纳（1856—1950，46）；小说家沙克雷（即萨克雷，1811—1863，4）、狄更斯（1812—1870，4）、哈第（即哈代，1840—1928，61）、柯南·道尔（1859—1930，74）、洛克（1863—1930，71）、班乃德（1867—1931，76）、劳伦斯（1885—1930，74）；诗人评传作家、文学批评家约翰生（1709—1784，12）。我们可以发现，中世纪时期、文艺复兴时期、17 世纪、18 世纪、浪漫主义时期、维多利亚时代，直至 20 世纪上半叶，英国文学发展的每一时期上述名单中都有作家在列。同时，这些插

---

[1]　很多作家从事不同体裁的文学创作，或者亦从事文学批评、文艺理论研究工作，这里只能以作家取得成就最大的一类体裁作品约略为其定位。文学批评家、文艺理论家亦然。

画选取的作家又涵盖了诗歌、戏剧、小说、文学批评等不同的体裁门类。另外，像劳伦斯这样作品具有现代主义特色，与新人文主义者的审美标准明显不符的作家，在他去世后，《学衡》也在第 74 期选取了一张他的照片作为插画，以示纪念。可以说，《学衡》是以宽广的胸怀来海纳西方文学的。

23 位法国文学家、文艺理论家分别是诗人马勒尔白（1555—1628，50）、拉封旦（即拉·封丹，1621—1695，23）、拉马丁（1790—1869，48）、费尼（即维尼，1797—1863，47）、弥瑟（即缪塞，1810—1857，47）、黎留（即勒贡特·德利尔，1818—1894，48）、蒲鲁东（即苏利·普吕多姆，1839—1907，49）、赫累帝亚（即埃雷迪亚，1842—1905，49）；剧作家康乃（即高乃依，1606—1684，22）、莫里哀（1622—1673，22）、拉辛（1639—1699，23）、福禄特尔（即伏尔泰，1694—1778，18、28、34）、罗斯当（即罗斯唐，1868—1918，44）；小说家卢梭（1772—1778，18）、夏土布良（即夏多布里昂，1768—1848，33）、嚣俄（即雨果，1802—1885，33、50）、高迪耶（1811—1872，31）、都德（1840—1897，42）、法朗士（1844—1924，36）、毛柏桑（即莫泊桑，1850—1893，31）；文艺理论家巴鲁（即布瓦洛，1636—1711，15）、白芬（1707—1788，24）、狄德罗（1713—1784，24）。从古典主义文学到启蒙时期、19 世纪、20 世纪文学，从诗人到剧作家、小说家，从文学家到文艺理论家，上述名单跨度之大、范围之广，同样让人惊叹！

除英国、法国外，《学衡》"插画"栏目还刊登了美国文学家、文艺理论家的图片，分别是白璧德（1865—1933，19）、喀伯尔（生卒年不详，63）、安德生（即舍伍德·安德森，1876—1941，

63）、罗威尔女士（即艾米·洛威尔，1874—1925，63）、多巴索（即约翰·多斯·帕索斯，1896—1970）、胡礼德（1872—1944，63）、杜来色（即西奥多·德莱赛，1871—1945，63）、华顿夫人（即伊迪丝·华顿，1862—1937，63）、路易斯（即辛克莱·刘易斯，1885—1951，63）；刊登了德国文学家、文艺理论家的图片，分别是雷兴（即莱辛，1729—1781，53）、葛德（即歌德，1749—1832，53、78）、许雷（即席勒，1759—1805，42）、威廉希雷格尔（即奥古斯特·威廉·施莱格尔，1767—1845，67）、弗列得力希雷格尔（即弗里德里希·冯·施莱格尔，1772—1829，67）、苏德曼（1857—1928，52）、霍特曼（即豪普特曼，1862—1946，52）；刊登了古希腊剧作家苏封克里的图片（即索福克勒斯，约前496——前406，10）；刊登了中国诗人屈原的图片（约前342—前278，25）；刊登了意大利诗人但丁的图片（1265—1321，25、39、41、72、73）；刊登了比利时作家梅特林的图片（即梅特林克，1862—1949，46）；刊登了俄国作家托尔斯泰的图片（1828—1910，54）。

需要指出的是，《学衡》第63期在"现今美国文人滑稽画像"一幅插画中登出了8位美国作家的画像。之所以选用这幅画，是因为正文中吴宓的一篇译文里提到他们。这篇译文即原作者为穆尔的《论现今美国之新文学》。穆尔在这篇文章中对今日文坛喀伯尔、罗威尔女士等人所属的审美派及安德生、多巴索、杜来色、路易斯等人所属的写实派两类美国新派文人进行了批评，评价他们的创作"缺陷重重，殊为可憾"[1]！这是用新人文主义者的眼光来观照他们

---

[1]《学衡》第63期，《穆尔论现今美国之新文学》一文第21页。

的创作之必然结果。不过，《学衡》在插画中刊出他们的图片毕竟也是一种宣传。另外，《学衡》第25期刊出的插画是屈原与但丁。屈原与但丁在人生经历和创作风格上有相似之处，《学衡》有意将二人并置，显示了比较文学的视野。

吴宓在《学衡》第6、7、11期刊出《西洋文学精要书目》，分成"总部"、"希腊文学"、"罗马文学"三部，共列书目248种；在22期刊出《西洋文学入门必读书目》，列"世界文学史"、"各国文学史"、"汇选读本"、"希腊文学名著"、"罗马文学名著"、"中世文学名著"、"意大利文学名著"、"西班牙文学名著"、"法国文学名著"、"德国文学名著"、"英国文学名著"、"美国文学名著"、"俄国文学名著"、"各体文学之艺术"、"普通参考书"计15类60种书目；在第28、29、30期刊出译（补）文《世界文学史》（原为美国李查生、渥温二人合著的 *Literature of the World*），介绍"东方各国文学"、"圣经之文学"。以上可见出《学衡》正文介绍外国文学的大致情况。我们可以发现，《学衡》正文在介绍外国文学时虽偏重西洋，但同时还力求面面俱到。与正文相比，《学衡》的"文学家、文艺理论家"类插画选取的外国作家尽属西洋（含俄国）。这些插画有些虽然只是一张图片，没有过多文字，但已经起到了补充刊物正文对西洋文学的介绍之作用。

（四）希腊之建筑、雕刻、美术

《学衡》第2期插画《雅典学院》的"附识"中指出，"泰西文明之二大源泉，一曰希腊之学艺文章，一曰耶稣教"[1]，后第23期译文《希腊对于世界将来之价值》的"编者识"中又指出，"古希

---

[1]《学衡》第2期，插画《雅典学院》之附识。

腊之哲理文章艺术等为西洋文化之中坚。源流所溯，菁华所在，而为吾国人研究西洋文化所首应注重者"[1]，故《学衡》对希腊文化艺术进行了较多的介绍。如英国李文斯敦编《希腊之留传》一书，"内集今时英国硕学名士所为文。凡十二篇。各就其生平之所专精，分论希腊哲理、文章、艺术、科学之大要，并其及于后世之影响。陈义述学，引古证今，异常精湛"[2]。《学衡》在第 23 期刊出了这本书第 1 篇的译文，即上文提到的《希腊对于世界将来之价值》（英国穆莱撰，吴宓译）；第 24 期刊出了这本书第 2 篇的译文《希腊之宗教》（英国尹吉撰，汤用彤译）、第 3 篇的译文《希腊之哲学》（英国庞乃德撰，胡稷咸译）；第 27 期刊出了这本书第 9 篇的译文《希腊之历史》（英国童璧撰，郭斌和译）、第 11 篇的译文《希腊美术之特色》（英国嘉德纳撰，朱复译）。此外，《学衡》还在第 8 期刊出了缪凤林的《希腊之精神》一文，在第 13、14 期分别刊出了吴宓编著的《希腊文学史》之第一章、第二章，等等。这些都是《学衡》正文介绍希腊文化艺术的篇章。

　　《学衡》共有 2 期刊出与希腊文化艺术有关的插画，即第 8 期与第 27 期。这两期的插画均对应本期中的相关正文。第 8 期刊出的插画是希腊著名建筑"圣女祠"及希腊著名雕刻"僧人遇蛇像"（即"拉奥孔"）。缪凤林在这期的《希腊之精神》一文中提到了这两幅画。他将希腊精神分为四端：入世、谐合、中节、理智。"插画"栏中的这两幅画则分别代表了他所指出的希腊之"入世"精神与"中节"精神。缪凤林认为希腊人之所以会有"圣女祠"这样的建筑，正在于他们有入世精神。而"僧人遇蛇像"，"大蛇围绕僧人

_____

[1][2]《学衡》第 23 期，《希腊对于世界将来之价值》一文第 1 页。

父子三人。方当蛇首昂昂势欲加害之际，倏然而止。而僧人之容虽呈哀戚之色，仍有安闲之态。盖希腊人于人世之痛苦亦多能感动，非如北方之强者，熟视无睹，又非受名分之拘束，强为矫饰，惟虽受感动仍保厥中和，略现忧虑嗟怨而已足，初非抢地呼天，一泻无余蕴也"，此乃"最足启示此中节精神者"。[1]这两幅插画吴宓均作了附识说明。在"僧人遇蛇像"的附识说明中，吴宓引申道："十八世纪复古派诗人以画为诗，所作诗毫无情意，只取描绘渲染。德国大文学家 Lessing 著书攻辟之，谓诗与画与乐，其道各别，未可以此之法施之于彼。因就僧人遇蛇像推论艺术之原理，故以像名其书曰 Laocoön。迨十九世纪之末，浪漫派文人又多以乐及画之法为诗为文，故美国白璧德先生复著书攻辟之。重申 Lessing 之意，以有彼书在前，故冠以新字而自名其书曰 The New Laocoön，其实二人之书皆非以僧人遇蛇像为主题，特偶然及之耳。"[2]"拉奥孔"像的"中节"精神正是新人文主义者的追求，二者之间之关联，这段话中已经点明。

《学衡》第 27 期插画为"希腊美术之特色篇附图"，共 13 图。其所对应之正文系本期朱复译自英国嘉德纳的《希腊美术之特色》一文。如前文所述，这篇文章属《希腊之留传》一书的第 11 篇。这 13 幅图并非全是希腊美术品，有一些如第 3 幅图"罗丹所作之女身石柱"是为了和前 2 幅图对比而附的。作者以这些图为例来说明希腊美术的特色，人文主义、纯简、均平与合度、自然主义、理想力、忍耐力、欢喜、协和精神等。《学衡》中关于希腊文化艺术的

---

[1]《学衡》第 8 期，《希腊之精神》一文第 17 页。
[2] 同上，插画《僧人遇蛇像》之附识。

插画虽然不多，但却非常重要，前文还提到苏格拉底、柏拉图、亚里士多德等圣人像，他们都和相关正文一起，体现了"学衡派"同人从源头上介绍西方文化的努力。

（五）寿像、遗像

《学衡》寿像、遗像类插画共有 7 幅，分别是"社员刘伯明遗像"（第 26 期）、"王静庵先生（国维）遗像"（第 60 期）、"梁任公先生（启超）遗像"（第 67 期）、"曾文正公（国藩）遗像"（第 77 期）、"诗人陈伯严先生（三立）八十寿像"（第 77 期）、"本社社员白屋诗人吴芳吉君遗像"（第 79 期）、"廖季平先生遗像"（第 79 期）。

刘伯明和吴芳吉的名字前有"社员"字样。刘伯明事已如前述。在第 26 期《学衡》的"附录"栏中刊有郭秉文述的《刘伯明先生事略》一文，指出其"力持人文主义，以救今之倡实用主义者之弊"[1]。他的英年早逝，是"学衡派"的一大损失。吴芳吉是吴宓清华学校读书时的同学（后被开除），和吴宓保持了终生的友谊。他在《学衡》多次发表作品，见刊次数达 29 次之多。《学衡》在刊出其遗像时，下附有刘永济的《哭碧柳》长诗，慨其"欲吟三万字，大声作棒喝。凭恃文章力，更教国命活"之志，惜其"生平怀万端，一一遭抑阏"[2]之遇。

王国维和梁启超都是吴宓所主持的清华国学研究院的导师。1927 年 6 月 2 日，王国维自尽。吴宓日记载："知王先生已于今日上午十时至十一时之间，投颐和园之昆明湖中自尽。痛哉"，"今王

---

[1]《学衡》第 26 期，《刘伯明先生事略》一文第 2 页。

[2] 见刘永济：《哭碧柳》诗，附于《学衡》第 79 期插画《本社社员白屋诗人吴芳吉君遗像》之下。

先生既尽节矣，悠悠之口，讥诋责难，或妄相推测，亦只可任之而已，若夫我辈素主维持中国礼教，对于王先生之弃世，只有敬服哀悼已耳！"[1] 次日日记载："然宓固愿以维持中国文化道德礼教之精神为己任者，今敢誓于王先生之灵，他年苟不能实行所志，而淟忍以没；或为中国文化道德礼教之敌所逼迫，义无苟全者，则必当效王先生之行事，从容就死。惟王先生实冥鉴之。"[2] 王国维之死在文化界引起很大震动。《学衡》第 60 期刊出"王静庵先生（国维）遗像"及"颐和园鱼藻轩（王静安先生自沉处）"两幅插画。在这一期"文苑"栏目之"诗录"中，亦刊出张尔田、黄节、陈寅恪、刘善泽等人的悼诗。王国维逝世一周年之际，《学衡》还将吴宓主编的《大公报·文学副刊》中几篇纪念王国维的文章集在一起于第 64 期刊出，以之作为"王静安先生逝世周年纪念"。梁启超 1929 年去世。吴宓 1926 年至 1927 年与中华书局交涉续出《学衡》一事时，梁启超曾出面帮了吴宓大忙。《学衡》在第 67 期刊出"梁任公先生（启超）遗像"插画时，下附有籍忠寅的挽诗一首。这一期的"通论"栏目中有录自《大公报·文学副刊》的素痴（张荫麟）文《近代中国学术史之梁任公先生》及录自《史学杂志》的缪凤林文《悼梁卓如先生》，以为悼念。

　　1932 年，曾国藩逝世六十周年。同时，本年 10 月 20 日又是陈三立八十岁寿诞。该年出版的《学衡》第 77 期插画中刊出了曾国藩的遗像与陈三立的八十寿像。曾国藩遗像旁的说明文字如下："按曾文正公（国藩）（1811—1872）生于清嘉庆十六年辛未阴历

---

［1］　吴宓著、吴学昭整理注释：《吴宓日记》3，北京三联书店 1998 年版，第 344—345 页。

［2］　同上，第 346 页。

十月十一日。殁于同治十一年壬申阴历二月十四日。时在两江总督任。本年为公逝世六十年纪念。谨登遗像，以志敬仰。"[1]陈三立八十寿像旁亦有一段说明文字，部分摘录如下："先生硕德耆年，海内企仰。其诗为世宗风，无待颂赞。先生现居庐山，以国难世屯，不令称觞，并谢绝馈仪。惟艺术家徐悲鸿君及智识界同人等，特尊先生为东方大诗人，延淮阴滑田友君及元和江小鹣君赴庐山为先生塑像，铸赠为寿。此图即是滑田友所塑之像。"[2]另外，《学衡》第79期还刊出了"廖季平先生遗像"与"廖季平先生墨迹"插画。廖季平是我国著名经学家，未有文字在《学衡》发表。

《学衡》"寿像、遗像"类插画是在为中国传统文化唱赞歌和挽歌，流露的是"学衡派"同人心中的传统文化情怀。

《学衡》插画除以上5类外，还有"哲学家、儒者、思想家"、"风景"及"其他"3类。每一类均太过庞杂，不再一一陈述。《学衡》插画是了解《学衡》的一扇窗口，它们和正文一道，践行了《学衡》"昌明国粹、融化新知"的宗旨。

三 《学衡》的翻译

《学衡》的翻译涉及文、史、哲等多方面。这里主要谈的是刊物的文学作品翻译，多见于"文苑"栏目。《学衡》翻译的文学作品情况大致如下：小说类作品翻译了英国作家沙克雷（即萨克雷）的《钮康氏家传》前六回（吴宓译，第1、2、3、4、7、8期连载），《名利场》楔子、第一回（吴宓译，第55期），法国作家福禄

［1］《学衡》第77期，插画《曾文正公（国藩）遗像》之附识。
［2］ 同上，插画《诗人陈伯严先生（三立）八十寿像》之附识。

特尔（即伏尔泰）的《福禄特尔记阮讷与柯兰事》（陈钧译，第18期）、《坦白少年》（陈钧译，第22、25、28期连载）、《查德熙传》（陈钧译，第34、60期连载）；文类作品翻译了英国作家蓝姆（即查尔斯·兰姆）的《梦中儿女》（陈钧译，第9期）、《古磁篇》（陈钧译，第43期）；戏剧类作品翻译了法国作家嚣俄（即雨果）的《吕伯兰》（曾朴译，第36、37连载）；诗歌类作品翻译最多，译自英、美、法、德、意、爱尔兰等国（地）作家，作者姓名无法一一例举，见于第19、39、41、45、47、48、49、54、56、57、64、68、72、73、74等期。下文笔者将对以上内容择要进行论述。

（一）《学衡》的翻译观

《学衡》第9期译文《梦中儿女》的"编者附识"里明确提出了《学衡》的翻译观，共有五点。第一，选材方面，"所译者或文或诗或哲理或小说，要必为泰西古今之名著，久已为世所推重者"，"甄取从严，决不滥收无足重轻之作"；第二，校勘方面，"凡译者必其于所译原作研究有素，精熟至极，毫无扞格含糊之处"，"更由编者悉心覆校，与原文对照，务求句句精确，字字无讹"；第三，加注方面，"凡原文之义理词句，以及所引史事故实等有难解之处，则由译者（或编者）加以精确简短之注解，俾读者完全了悟，不留疑义"；第四，修辞方面，"译文首贵明显，再求典雅，总以能达出原作之精神而使读者不觉其由翻译而来为的"；第五，择体方面，"文必译为文，诗必译为诗，小说戏曲等类推"，"必求吾国文中与原文相当之文体而用之"，"又译文或用文言或用白话或文理有浅深，词句有精粗，凡此均视原文之雅俗浅深如何而定，译文必与相当而力摹之，并非任意自择"。以上五点，乃《学衡》之翻译观。"附识"最后指出，"深望国中操翻译之业者咸用此为法"，如此则

"吾国翻译界之前途必辉煌灿烂矣"！[1]

（二）《学衡》的文学翻译：小说、文、戏剧

在小说方面，《学衡》翻译了萨克雷和伏尔泰的作品。吴宓译萨克雷的小说，是因为"英国十九世纪之大小说家常以沙克雷William Makepeace Thackeray 与迭更司 Charles Dickens 并称，林琴南先生译迭更司之书甚多，吾国人遂多知有迭更司而未尝闻沙克雷之名"，而"迭更司实暗袭李查生之衣钵"，属感情派之小说家，"沙克雷则继承费尔丁之遗绪"，属写实派之小说家，二人乃"分执十九世纪英国小说界之牛耳"。吴宓将萨克雷之书与《红楼梦》作比，"《石头记》一书异常宏大而精到，以小说之法程衡之，西洋小说中实罕见其匹。若必欲于英文小说中求其最肖而差近者，则惟沙克雷之《钮康氏家传》*The Newcomes* 一书足以当之"[2]，故译之。《钮康氏家传》原书共八十章，吴宓"效《石头记》之白话"[3]将每章译为一回，每一回加八言二句之题目，在《学衡》刊出前六回。在第六回后的"译者谨识"中，吴宓指出了其翻译《钮康氏家传》之法，"昔英国翻译大家 Jowett 尝言翻译之法，在不能两全之中强求其折衷而无失。The soul of translation is compromise 盖谓既须密合原文之意，又须遵此国文字之定例，明畅自然，使人读之不知其由翻译来者，亦即严又陵所谓信、达、雅是也"，"今译此稿，首求密合原文之词意。非大得已，决不增损一字"，"至于加评加注，乃为解释原文之意义。俾明显至极，盖非详知英国历史及当时风俗制度等断难了解句中之意，故为之注，又

---

[1][3]《学衡》第 9 期，《梦中儿女》一文第 1 页。
[2]《学衡》第 1 期，小说《钮康氏家传》之第 1—3 页。

非领悟对谈中之机锋及语句中之含蓄，则读之味同嚼蜡，故为之评"。[1]可见，吴宓的翻译法乃袭严、林一路而来。虽然吴宓一再强调"密合原文之词意"，但事实上这样"遵此国文字之定例"的翻译已经完全中国化了，远无法做到周氏兄弟在晚清时针对翻译提出的"文以移情"[2]。以《钮康氏家传》第一回为例，此回标题为"鸟萃鳞集寓言讽世，涤腥荡秽壮士叱奸"。小说以"话说"开题，中间加评加注，回末以"欲知书中本事，且听下回分解"结束，这完全是在用中国文学的旧形式来装西方文学的新材料，是一种改头换面的作风。《学衡》第 55 期刊出的吴宓译自萨克雷的小说《名利场》之楔子与第一回，同样采用了这种旧形式装新材料之翻译法。

另外，吴宓译萨克雷的小说还体现了他对"创造一新文体"的思考。在吴宓看来，"今日吾国文学界最急要之事即为创造一新文体"，因为"强以固有之文字表西来之思想，以旧形式入新材料，融合之后完美无疵，此本极难之事"，而"时人竞尚语体而欲铲除文言，未免有误"。吴宓认为，"无论文言白话皆必有其文心文律，皆必出以凝炼陶冶之工夫而致于简洁明通之域"，"大凡文言首须求其明显以避艰涩饲饤，白话则首须求其雅洁以免冗沓粗鄙。文言白话各有其用，分野殊途，本可并存，然无论文言白话皆须精心结撰，凝炼修饰如法方有可观"。吴宓引约翰生博士 Dr.Johnson 赞阿狄生 Addison 之文章语"familiar but not coarse, elegant but not ostentations"，说"其上半句可用作吾国今日白话之模

[1]《学衡》第 8 期，小说《钮康氏家传》之第 16 页。

[2] 参见拙文《论周氏兄弟的早期翻译》，刊于《杭州师范大学学报》(社会科学版) 2014 年第 6 期。

范，下半句可用作吾国今日文言之模范"。吴宓译萨克雷的小说，"亦惟兢兢焉求尽一分子之责，以图白话之创造之改良而已"。[1] 这是吴宓为创造新文体而在白话方面做出的努力。

　　陈钧翻译了伏尔泰的《坦白少年》、《查德熙传》两部哲理小说。除此之外，《学衡》第 18 期"述学"栏目另还收有 1 篇陈钧翻译的伏尔泰小说，即《福禄特尔记阮讷与柯兰事》。这 3 种小说系"福禄特尔所撰小说最重要者"[2]。《学衡》选择翻译伏尔泰的小说，是因为"欲究近世学术思想变迁之迹者，首当于法国文学史中求之"[3]，而略究法国"百年中新陈代谢之迹之见于文学者"[4]，可知法国"百年中思想变迁之大势及新陈代谢交争之迹，其所以推移至此，无论向善向恶、为祸为福，综而论之，半出天运半由人力，而人力之最巨者厥推福禄特尔及卢梭二人"[5]，亦即"造成法国大革命最有力之二人"。又"吾国人闻福禄特尔与卢梭之名亦均近三十年，然卢梭之《民约论》早经译出，为吾国昔年之革命家所甚称道，其《爱米儿》一书近数年新文化家之言教育者亦靳靳言之，独福禄特尔之著述从无片词只字译成中文，而福禄特尔之生平及其为人吾国人犹鲜知之者"[6]，故译其小说于此。这里要说一下陈钧翻译的两部哲理小说。在内容上，译者对部分作了删改。"《坦白少年》书中猥亵之处甚多，此乃福禄特尔之惯技。今译时于其极不堪者，略加

---

[1]《学衡》第 8 期，小说《钮康氏家传》之第 16 页。

[2]《学衡》第 34 期，小说《查德熙传》之第 1 页。

[3]《学衡》第 18 期，小说《福禄特尔记阮讷与柯兰事》之第 1 页。

[4] 同上，第 2 页。

[5] 同上，第 4 页。

[6] 同上，第 10 页。

删改讳饰，余均仍旧。读者应知此书为哲理小说，故以说理为主，观其如何而能辞达理举则足矣！"[1] 伏尔泰的思想言论"概括言之，则皆破坏之工夫，攻击摧陷旧宗教、旧礼俗、旧制度、旧学术、旧思想之利器耳，此可为福禄特尔最终之评断而确切不易者也"[2]，此与新文学阵营立场接近。《学衡》在译其小说时特意评判道，"存此亦可见历来所谓革新先导痛攻旧宗教、旧礼俗、旧制度、旧学术、旧思想者，常流于轻薄猥亵。在昔名贤如福禄特尔已然，则在今更不足异矣"[3]！另外，在形式上，译者并未像吴宓那样将小说译成严格的章回体。

《学衡》的文类翻译有陈钧译自查尔斯·兰姆的《梦中儿女》、《古磁篇》两篇文章。《梦中儿女》的"译者识"中这样评价查尔斯·兰姆之文："其所为文，明净简雅，淡而弥永，在散文中别开一径。英文中 Charming 一字最足以为之赞。读其文，如与良朋腻友晤言一室，又如家人父子共话一堂。盖蓝姆之文多为性情之作，感情中又益之以想像，故能卓然为一代文宗。至其文章派别，则属于 Familiar Essay 云。"蓝姆有一姐，名玛丽。因自幼即患疯癫之症，乃与其兄约翰同居，终身未嫁。蓝姆怜念其姐需要照顾，亦终身未娶。蓝姆作《梦中儿女》一文，起因于其兄约翰病发而卒。"既痛其兄之死，又悯其姊之伶仃，故作为是篇，悬想膝前二子女，以写其苦况，其悲怀怅憀为何如也！"、"译者识"小字中评价此文之妙处："全在无中生有，其结构颇类《聊斋志异》中《黄粱梦》一篇，而情韵则殊似归有光之《项脊轩记》等也！"提起蓝姆与其姐

［1］《学衡》第 22 期，小说《坦白少年》之第 2—3 页。

［2］《学衡》第 18 期，小说《福禄特尔记阮讷与柯兰事》之第 8 页。

［3］《学衡》第 22 期，小说《坦白少年》之第 3 页。

玛丽,《梦中儿女》"译者识"中又有小字云:"今吾国学校通用为英国教科书之 Tales from Shakespeare 林琴南所译为《吟边燕语》者,即蓝姆与其姊玛丽合撰者也!"[1]另一篇文《古磁篇》,系蓝姆"假古磁为题,记与其姊玛丽之谈话也"。这篇文章的"译者附识"中评价此文:"所论如因贫思富、因富思贫,本人类心理中常态,特蓝姆能将蕴于胸者一一曲折以达之。其文笔之精英,思想之冥妙,与夫感情之真挚动人,能使读者称赏不已,信乎其为名作也!"[2]陈钧的这两篇译文均译成了文言古文,与吴宓译萨克雷之小说一样,此亦为用旧形式装新材料也。

《学衡》中还有曾朴译自雨果的"名家戏剧"一出,即《吕伯兰》。译者文言作序,白话译正文,这里不再赘述。

(三)《学衡》的文学翻译:诗歌

在《学衡》第 47 期"文苑"栏目《仙河集》的"编者识"中,编者谈及译西诗之难,"译事之难,莫难于译诗。昔杜来登 Dryden 著论谓凡译诗者,必当精通两国文字,且己身亦为诗人,能将各家作者特具之神色韵味及其所习用之辞藻句法,均一一表现出之,方为称职。西国论翻译之专书如 A.F.Tytler(1747—1814)之《翻译原理论》等为译事标立义法,而皆以论译诗为主。顾欧西古今各国文字相去尚不远,则以西文之诗译成吾国之诗,其繁难更可想见"[3]。不过,《学衡》的翻译作品中占数量最多的仍属诗歌。

吴宓在《诗学总论》(第 9 期)、《英诗浅释》(第 9、12、14 期)

[1]《学衡》第 9 期,《梦中儿女》一文第 2 页。
[2]《学衡》第 43 期,《古磁篇》一文第 1 页。
[3]《学衡》第 47 期,《仙河集》第 1 页。

等文中谈及中西诗之不同并教人研读英文诗。在《诗学总论》一文中，吴宓指出了中西诗音律之不同，"一、希腊拉丁诗之音律以长音及短音之部分相重相间而成（物理学上无关系）。二、英国诗之音律以重读及轻读之部分相重相间而成，以音波波幅之宽狭定之。三、吾国诗之音律以仄（高）声及平（低）声字相重相间而成，以音波振动数之多寡定之"[1]。关于英文诗之音律，吴宓介绍了"以符号简单表示"之新法，即"以 X 表读重之部分，以 A 表读轻之部分，故 AX 即 Iambus 也，XA 即 Trochee 也，AAX 即 Anapest 也，XAA 即 Dactyl 也，XX 即 Spondee 也，然 后 再加数目字于前以表该句中共有若干节以代希腊数目字。例如 5AX 即 Iambic pentametre 也，6XAA 即 Dactyllic hexametre 也。余类推"[2]之法。在随后的《英诗浅释》一文中，吴宓便运用了此法。

《英诗浅释》一文"实教人研读英文诗之妙法"，"系取英文诗之最精美而为世所熟赏者若干首加以诠释，逐字逐句，不厌繁琐，力求精详，务使读者能豁然贯通，胸中不留疑义"，"至二三十首之后，读者则可举一反三，用此篇诠释之法自行研读其他之英文诗"。[3]以《牛津尖塔》为例来做说明，且看吴宓是如何诠释的。该诗西文及中文翻译如下：

I saw the spires of Oxford	牛津古尖塔
As I was passing by，	我行认崔嵬。
The gray spires of Oxford	黝黝古尖塔

［1］《学衡》第 9 期，《诗学总论》一文第 18 页。
［2］ 同上，第 17 页。
［3］《学衡》第 9 期，《英诗浅释》一文第 1 页。

Against a pearl—gray sky.	矗立青天隈。
My heart was with the Oxford men	忽念行役人
Who went abroad to die.	忠骨异国埋。
The years go fast in Oxford,	岁月去何疾
The golden years and gay,	韶华不少待。
The hoary Colleges look down	广场恣跳掷
On careless boys at play.	人间绝忧痗。
But when bugles sounded war	一旦胡笳鸣
They put their games away.	从征无留怠。
They left the peaceful river,	浅草供蹴鞠
The cricket—field, the quad,	清流容艇櫂。
The shaven lawns of Oxford	舍此安乐窝
To seek a bloody sod—	趋彼血泥淖。
They gave their merry youth away	事急不顾身
For country and for God.	为国为神效。
God bless you, happy gentlemen,	神兮能福汝
Who laid your good lives down,	就义何慨慷。
Who took the khaki and the gun	戎衣荷戈去,
Instead of cap and gown.	不用儒冠裳。
God bring you to a fairer place	永生极乐国,
Than even Oxford town.	勿念牛津乡。

这首诗之后，吴宓作了详细的注解。如关于这首诗的音律，吴

宓用上文提到之新方法分析道："此诗之音律至为简单，各首皆同。每首之第一、第三、第五句皆为4AX，即Iambic tetrametre也。第二、第四、第六句皆为3AX，即Iambic trimetre也。惟如第一首及第二首之第一句，则仅有七个Syllables。其音律之图式为⌣—∣⌣—∣⌣—∣⌣（笔者按：'⌣'表读轻之处，相当于'A'；'—'表读重之处，相当于'X'）。不足4AX之数，顾何以仍谓之4AX？曰无误也。盖句末所缺之一重音部分，乃表示文义之停顿，语气之间歇，在诗中名为Cesura（Pause）。读诗者读至此处，应停息少顷。俟已过读一重音之时间之后乃复读下。故此之所缺亦有深意，非偶然也！此停歇之处本应在一句之中段，然今之多在句末者，则以若将本句与下句合为一句视之，则本句之末适当全句之中也！何以知其然？盖此诗之第二、第四、第六句押韵，故知其视第一、第二共为一句，第三、第四共为一句，第五、第六共为一句也。"[1] 吴宓在译此诗时，"译文力求密合原诗之意，非至大不得已处，皆以译文之一句当原诗之一句。原诗句简短而意明晰，且每句只三四节，故今译为五言古，摹其格并传其神也！原诗每首之第二、第四、第六句押韵，今亦同。且译文韵字之声音亦求逼肖原诗，故第一首用平声九佳韵，第二首用上声十贿韵，第三首用去声十九效韵，第四首用平声七阳韵。且不惟求声音之相同，更摹其高低长短起落之神致"[2]。这正体现了吴宓译西诗用心之深、用力之至。

《学衡》用五言或七言或杂言或骚体等不同的旧体诗形式翻

---

[1]《学衡》第9期，《英诗浅释》一文第7页。
[2] 同上，第8页。

187

译了英国罗伯特、骚塞、马修·阿诺德、华兹华斯、罗伯特、赫里克、约翰·班扬、丁尼生、雪莱、罗色蒂女士、济慈、彭斯、拜伦、莎士比亚，美国爱伦·坡，德国歌德，意大利但丁，爱尔兰托马斯·莫尔以及法国多位诗人（见下文）的诗歌作品。[1]

这里要提的是《学衡》第47期"文苑"栏目里的《仙河集》。《仙河集》系李思纯"法兰西诗选译之小集"，共收查尔奥里昂等自中古时代至今24位诗人的69篇作品[2]。这些作品"以时代为序，每诗人各系短评，每篇又缀小序"[3]。在《仙河集》之"编者识"中，编者批评了新派译者之翻译，"皆以行无韵之白话体，逐字逐句直译而意思晦昧不清。其事无异传钞，虽多曾何足贵"[4]。译者在"自序"中指出，"译者须求所以两全兼顾，一方面不能抛弃原义而纵笔自作汉诗，一方面复不能拘牵墨守以拙劣之方法行之，如法语所谓之逐字译（mot a mot），使译文割裂不成句读。故矫此两失，实为译诗者之应有责任"[5]。为"矫此两失"，译者在《仙河集》中采用了"苏玄瑛式以格律较疏之古体"进行翻译的方式。因为"译诗格律较疏则原作之辞义皆达，五七成体则汉诗之形貌不失"[6]，

---

[1] 《学衡》第48期"文苑"栏目第12—14页有吴宓译自 Tickell 的诗作《死别》，但 Tickell 国籍不详。

[2] 《学衡》第68期《王孙哈鲁纪游诗》第三集的"编者识"中，述《仙河集》"译法国古今著名之诗凡六十四篇三百七十八首"（《学衡》第68期《王孙哈鲁纪游诗》第三集之第1页），这里以笔者的统计数字为准。

[3] 《学衡》第68期，《王孙哈鲁纪游诗》第三集之第1页。

[4] 《学衡》第47期，《仙河集》第1页。

[5] 同上，第5页。

[6] 同上，第3页。

此为译者"心目中认为较合于理之形式"[1]。如波德莱尔《破钟》，诗被译成了五言体，录之如下，以供欣赏。《破钟》："冬夜鸣凄美，近炉火熊熊。片念徐徐升，悠扬暝黑中。钟老声犹宏，不懈亦不止。如白头老兵，警夜守帐底。钟响夜寒加，余魂亦龟裂。郁郁屡听之，其声渐微弱。有如死尸丛，战士负伤重。独喘血泊旁，力尽不能动"。[2]《仙河集》标题中的"仙河"即赛因河，法国水名，"斯集选译法兰西诗，题曰仙河，虽标举微端而象征全体"[3]。在译者看来，"中国今日英美文化之浸淫濡染较法德文化为多……彼拉丁区中仙河岸侧之光辉乃未能朗烛于东方"，故译此集，"意在以一脔之奉引起老饕之大嚼"。[4]这是译者乃至"学衡派"同人的苦心所在。

《学衡》第1期，柳诒徵在其撰写的《弁言》中指出对于刊物的期望，"揭橥真理，不趋众好，自勉勉人，期于是而已。庄生有言，瞽者无以与乎文章之观，聋者无以与乎钟鼓之声。岂惟形骸有聋盲哉？夫知亦有之。同人不敏，求知不敢懈，第祝斯志之出，不聋盲吾国人，则幸矣"[5]！通过以上对刊物作者群、插画、翻译的研究，我们可以看到刊物以中西文化为基石为"不聋盲吾国人"而作出的不懈努力。

---

[1]《学衡》第47期，《仙河集》第5页。
[2] 同上，第51页。
[3] 同上，第3页。
[4] 同上，第4页。
[5]《学衡》第1期，《弁言》。

第二节 "学衡派"的新文化理想与新文学实践

关于"学衡派"的文化或文学观，学术界已有诸多梳理研究，笔者无意在此重复。[1] 本节内容将以梅光迪、吴宓为例，来论述"学衡派"的新文化理想与新文学实践活动。

一 梅光迪的新文化理想

1915 年夏至 1916 年，当胡适在美国酝酿他关于"文学革命"的观点时，作为同窗好友的梅光迪给予了他最多的批判。这批判一度让胡适灰心丧气！但天纵英才，当胡适转身在 1917 年 1 月出版的《新青年》第 2 卷第 5 号上发表《文学改良刍议》一文后，不成想竟一炮走红，赢得信心爆棚！就在胡适发表《文学改良刍议》一文的同时，1917 年 1 月，坚决反对胡适"文学革命"观点的梅光迪也在《留美学生月报》第 12 卷第 3 号上用英文发表了 *The task of our generation*（《我们这一代的任务》）一文。随后，1917 年 2 月，梅光迪又在《留美学生月报》第 12 卷第 4 号上发表了 *Our need of interest in national affairs*（《我们对于国家事务应有的态度》）一文。1917 年 5 月，梅光迪又在《留美学生月报》第 12 卷第 7 号上发表

---

[1] 可参见孙尚扬为《国故新知论——学衡派文化论著辑要》(孙尚扬、郭兰芳编，中国广播电视出版社 1995 年版)一书所作的代序，名为《在启蒙与学术之间：重估〈学衡〉》；郑师渠的专著《在欧化与国粹之间——学衡派文化思想研究》(北京师范大学出版社 2001 年版)第三、四章；王存奎发表在《徐州师范大学学报》(哲学社会科学版)2009 年第 5 期上的论文《学衡派与新文化派文化论争的历史考察——兼评学衡派的文化观》等。

了 *The new Chinese scholar*（《新的中国学者》）一文。

在梅光迪一生留下的极有限的文字当中，这3篇英文论文的分量举足轻重。它们是梅光迪在很短的时间内相继完成的，对国内正如火如荼开展但还影响有限的新文化运动与文学革命有不点名的批评。同时，梅光迪又在这3篇文章中分别从文化、政治、人员等层面阐述了自己的新文化理想。以下文字试图通过对这3篇文章的解读，对这一问题作一探讨。

（一）梅光迪新文化理想的文化层面——"harmonization"（融合）

The task of our generation（《我们这一代的任务》）一文，是梅光迪从文化层面谈及自己的新文化理想。他给出了与国内新文化阵营迥然不同的意见。

在这篇文章当中有一个关键词，即"harmonization"（融合）。这个词共出现2次，第1次出现的情况摘录并翻译如下（以下引用英文文字中"harmonization"一词加粗，下同）：

> The supreme task we are called to perform in this generation is，therefore，to find a way out of this unprecedented national crisis; that is，to readjust the existing and rising conditions in such a manner as to harvest the best fruits of both the old and the new through a process of **harmonization**.[1]（因此，我们这一代所要完成的最重要的任务就是去找到一条解决这个史无前例的民族危机的道路。这条道路就是，在目前的情况下通过新旧的调和来进行一个重新的调整。）

---

［1］ 中华梅氏文化研究会编：《梅光迪文存》，华中师范大学出版社2011年版，第18页。

第 2 次出现的情况摘录并翻译如下：

While the evils and abuses of the old regime are to be ruthlessly banished, many of our cherished ideas and ideals will resist the onslaught of revolutionary missiles and emerge with resurgent strength and magnified splendor, as a result of the infusion into them of fresh energy and blood from Western culture. Our desideratum at present is then a process of harmonization, not of antagonism. [1]

（当旧政权的罪恶和弊端被无情地驱逐时，很多我们所珍视的思想和理念，由于注入了西方文化中的新鲜能量和血液，它们将抵抗住革命导弹的猛攻，呈现出复兴的力量并绽放出其光彩。目前，我们迫切需要的是一个融合的过程，而不是对立的过程。"

1911 年，梅光迪到美国留学后，他的思想发生过显著的变化。这些变化在梅光迪致胡适的信件中清晰地体现出来。为方便理解梅光迪的"harmonization"思想，笔者于此对其前期思想的变化稍作简述。与其他留美学生不同，梅光迪当初去美国留学是为了将中国文化传播到海外。他对中国文明抱有坚定的信念，当时就希望有朝一日可以在康奈尔大学设中文一科，在其图书馆添设中文一部。[2] 这个时候的梅光迪对西方文明还缺少了解。他忧心中国文化的存亡，以复兴古学为己任。关于中西文明，他在致胡适信中有言道："吾人道德文明本不让人，乃以无物质文明，不远三万里而

---

[1] 中华梅氏文化研究会编：《梅光迪文存》，华中师范大学出版社 2011 年版，第 19 页。

[2] 参见罗岗、陈春艳编：《梅光迪文录》，辽宁教育出版社 2001 年版，第 117 页。

来卑辞厚颜以请教于彼，无聊极矣。"[1] 又言，"希腊罗马人之书，闻者惊佩，读者乐道，而自己家中更有高于此者，乃将使之湮没不彰，冤矣。"[2] 随着对西方文化学习的深入，梅光迪渐渐认识到西方文明的可贵之处，始知中西方文明之相通。在致胡适信中，他言道："迪颇信孔、耶一家，孔教兴则耶教自兴；且孔、耶亦各有缺点，必互相比较，截长补短而后能美满无憾。将来孔、耶两教合一，通行世界，非徒吾国之福，亦各国之福也。"[3] 此后至1915年秋，梅光迪往哈佛大学研究生院跟随对东方文化有浓厚兴趣的白璧德学习，这更坚定了他复兴孔学、融化东西文明的信念。

正因为此，当梅光迪一向钦佩看好的胡适向其亮出惊天骇俗的"文学革命"观点时，他表现出了极强烈的愤慨。梅光迪那一颗热爱中国文化的拳拳之心被胡适伤害了！梅光迪无法让胡适放弃他那"大逆不道"的想法，但胡适也不可能说服梅光迪。于是在胡适开始向国人兜售他那《文学改良刍议》中"八事"观点的同时，梅光迪也适时地发表了 *The task of our generation*（《我们这一代的任务》）一文。梅光迪在这篇文章当中倡举的便是他关于中西文化融合的观点。这是他留学美国之后经过观察思考得出的结论。终其一生，他都在践行自己的这一理念。

梅光迪在文章当中指出，我们这个时代确实需要一种破坏性的力量，但是不能因此就忽略了那种适度节制的美德。他言道："Much of our contemporary Voltairianism is unavoidable

---

[1] 罗岗、陈春艳编：《梅光迪文录》，辽宁教育出版社2001年版，第124页。
[2] 同上，第130页。
[3] 同上，第134页。

and necessary in this period of renaissance. The grip of custom has been too tenacious upon us, and to shake it off requires an explosion of volcanic force and brilliancy. But the virtue of moderation is easily lost sight of, especially in the midst of turmoil and excitement; we act on the impulse of the moment and are liable to oscillate from the extreme of servile imitation of the past to the extreme of iconoclasm."[1] (在这样一个文艺复兴的时期，不可避免会出现许多当代的伏尔泰。要想摆脱掉周围顽强惯性的束缚，我们需要一个猛烈的摧毁力量，需要一种光辉的照耀。但是尤其是在这种混乱和兴奋当中，那种适度节制的美德容易被忽略掉。在冲动的时刻，我们易于从过去一味奴性模仿的极端摇摆到破坏旧习的另一极端。）梅光迪对适度节制的美德之提倡，正是拜白璧德新人文主义所赐。对从奴性模仿摇摆到破坏旧习的另一极端的人的批判，显然是针对像新文化运动中的这些"破坏者"一样的人们而言。胡适应该也在此批判之列。

因为没有节制，我们这个这个国家正在变得越来越文盲化，梅光迪对此提出了批评。他发问道："is it sane to insist that the genuine Confucianism and Buddhism that constitute all that is good, true, and beautiful in our national life should go?"[2] (坚持让那些在国民生活中构成真、善、美等品德的真正的孔子学说和佛教思想被遗弃难道是理智的吗?）紧接着，

---

[1] 中华梅氏文化研究会编:《梅光迪文存》，华中师范大学出版社 2011 年版，第 16 页。
[2] 同上，第 17 页。

他又发问道："Nor does the age of science and rationalism, which tolerates no medieval humbugs such as astrology and witchcraft, need wage war upon thouse national myths and beliefs which have inspired some of our best art and literature and which long sustained our yearnings and imagination for the infinite and the eternal."[1]（在无法忍受中世纪诸如占星术、巫术之类谎言的科学和理性主义时代，对那些曾经鼓舞了我们一部分优秀文艺作品的创作，并长久地保持了我们对无限和永恒的怀念与想象的民族神话、信仰开战，这样是理智的吗？）答案都是否定的。虽然梅光迪也承认这个时代需要一些破坏，但他要强调的是我们在破坏的同时，要有所保留。

受白璧德新人文主义的影响，梅光迪在这篇文章当中批评了卢梭以及托尔斯泰迷、华兹华斯迷等狂热的人道主义信徒。如关于卢梭，他言道："Rousseau cast out of doors the periwigged nobles and painted ladies of the court and drawing room; but the substitute he offered was no other than himself, a barbarian and lunatic rather than a reformer, who swung human life from the extreme of artificiality to the extreme of naturalism."[2]（卢梭把戴假发的贵族以及法院和客厅里描眉画眼的女士们驱逐出门，但替代者却是他自己——一个把人类的生活从非自然的极端推到自然的极端的野蛮、疯狂的人，而非一个改革者。）他说总有人控诉中国人，说我们太讲究礼仪，但是"should

---

[1][2] 中华梅氏文化研究会编：《梅光迪文存》，华中师范大学出版社2011年版，第17页。

we then 'return to nature', as the Rousseauist demands, and cultivate our egotism instead of suppressing it in our conduct of life?"[1]（是否因此我们就应该像卢梭主义者要求的那样回到自然，然后培养我们的自我中心意识，而不是在生活准则中去抑制？）显然，梅光迪是希望我们中国人能像白璧德新人文主义学说所倡导的那样，在日常行为当中记着去遵循一种法则。

梅光迪批评了中国的顽固保守分子和极端激进分子，说他们都不值得信任，因为他们都没能把生活看成一个整体。前者"is asleep amid his Arcadian dreams of the past"（沉睡在过去的田园梦中），后者则"is drunk with his Utopias of the future"[2]（醉心于未来的乌托邦）。在他看来，"What we most need today is universal-mindedness, a capacity for identifying ourselves not only with the spirit of any one age, but with the spirit of all ages"[3]。（我们今天最需要的是一种普世性思想，一种不仅与任一时代而且与所有时代精神相合的一种能力。）为了拥有这种思想和能力，为了得到某一种衡量和判断的标准，我们需要做的是"The good, the true, and the beautiful that have survived the test of all times we must seek to understand and possess before we are able to deal with life either of the present or of the future"[4]。（在我们有能力去处理目前或将来的生活之前，我们必须努力去理解和拥有一切世代经过检验幸存下来的真、善、美的经验。）

---

[1] 中华梅氏文化研究会编：《梅光迪文存》，华中师范大学出版社 2011年版，第 17—18 页。

[2][3][4] 同上，第 18 页。

梅光迪在文章中声明中西文明相通之理。他说如果我们不置身于西方历史中去考察，而只是一味地移植密尔、斯宾塞和赫胥黎等人的学说到中国来，是不可能真正了解西方社会的思想的。一旦我们真正做了这样的研究，我们很快就会发现"after all humanity is essentially alike in all places and all ages"[1]。（归根结底，不同时空的人们在本质上是相同的。）而那些所谓的东西方文明之不同，只不过是"pure fiction invented by the biased and superficial missionaries or by our own hawkers of the 'New Learning'"[2]。（被有偏见的无知传教士或我们国家号称"新知"者的小贩们虚构出来的。）所以，他坚决主张中西文化的融合。这是梅光迪从文化层面为他的新文化理想立言。

另外，在这篇文章中，梅光迪还引用了古希腊亚里士多德的一句名言，那是古希腊人不懈的追求，即"Nothing too much"（中道即为美）。在他看来，与之相比，儒家思想则应是中国人永远要去追求的一种至高典范。

（二）梅光迪新文化理想的政治层面——"democracy"（民主）

陈独秀在《青年杂志》的发刊辞《敬告青年》中有这样的话语："等一人也，各有自主之权，绝无奴隶他人之权利，亦绝无以奴自处之义务。奴隶云者，古之昏若对于强暴之横夺而失其自由权利者之称也。自人权平等之说兴，奴隶之名，非血气所忍受。"[3]新文化运动以提倡"民主"和"科学"闻名于世，但在刊物的"社告"及发刊辞中却只能找到"科学"一词，而无"民主"的字样。其实，

---

[1][2] 中华梅氏文化研究会编：《梅光迪文存》，华中师范大学出版社2011年版，第19页。

[3] 《青年杂志》第1卷第1号，《敬告青年》一文第2页。

这里引文中的"人权平等"之说即是陈独秀早期对"民主"概念的理解。梅光迪的英文论文 *Our need of interest in national affairs*（《我们对于国家事务应有的态度》）并非完全针对新文化运动而发。他谈的是在民国共和政体时代，人们尤其是知识分子应该如何做好一个民主公民。如果说陈独秀是在呼吁民主的话，那么梅光迪则是在探讨如何做到民主的问题。

在这篇英文论文中，"democracy"（民主）一词共出现 8 次，"democratic"（民主的）一词出现 2 次，"democrat"（民主主义者）一词出现 1 次。这里部分摘录并翻译如下，以便了解梅光迪对"democracy"（民主）概念的理解或其他：

1. The essence of **democracy** consists in the frank recognition of the imperfectness and frailty of human nature and in the avowed distrust of our fellow-men. [1]（民主的本质在于老实地承认人性的缺点与不足，承认我们对他人的不信任。）

2. In a **democratic** state we have the press，the electoral system，and other devices，all intended to safeguard ourselves against the lust and whim of the governing class. [2]（在 一 个民主国家，我们有出版物、选举体系或其他制度。这些都是为了防止公民权益受到统治阶级的欲望或一时异想的侵害而设的。）

3. In our modern age the perversities and abuses of **democracy** are such as would lead us to doubt the merits and

---

[1]　中华梅氏文化研究会编：《梅光迪文存》，华中师范大学出版社 2011年版，第 21—22 页。

[2]　同上，第 22 页。

feasibility of **democracy** itself. [1]（在现在这个时代，民主制度的一些恶习会让我们怀疑它本身的价值与可行性。）

4. **Democracy**, like all other things human, is liable to misuse and corruption in untried hands. [2]（像人类所有其他事情一样，民主易于导致滥用权力和腐败。）

5. Now judging from all human experience, it is patent that the success of a **democracy** must necessarily depends upon active and enlightened citizenship. [3]（现在从所有的人类经验判断，民主的成功显然必须必要地依赖积极和开明的公民权。）

6. Particularly we students in America should prepare ourselves for **democratic** citizenship. [4]（我们留学美国的这些学生，尤其应该准备好做一个民主公民。）

7. Imperfect as American **democracy** is, no one would go so far as to deny its remarkable achievements. [5]（虽然美国的民主制还不够完美，但是到目前为止没有人可以否认它所取得的伟大成就。）

8. If we are able to keep intact, or, better still, to develop to a higher degree, the inherent practical genius of our intellectual class, there is no reason why we can not make ourselves good citizens and work out a successful **democracy** after our return. [6]（如果我们能够把知识分子固有的务实天分保持完好，或者发展

---

［1］［2］　中华梅氏文化研究会编：《梅光迪文存》，华中师范大学出版社2011年版，第22页。

［3］　同上，第23页。

［4］［5］［6］　同上，第24页。

到一个更高的程度，我们没有理由不让我们在回国后成为一个好的公民，去实现一个成功的民主政治。)

梅光迪在论文开篇引曾国藩镇压太平天国运动的例子，来证明中国知识分子有务实的传统。他说："From times immemorial our philosophers and men of letters have been the governors and the soldiers of the nation."[1]（自古以来，我们的哲学家和文人墨客一直就是这个国家的管理者和士兵。）他言道，现在在共和政体时代，情况与过去不一样了。如果说过去旧知识分子要研究的是治国方略的话，那么在新时代知识分子要研究的则是"citizenship"（公民资格）。

与新文化阵营对"民主"和"科学"的强烈呼唤不同，梅光迪指出了民主制度的诸多弊端。"The politician knows no limit in the use of artifices and juggleries in plying his trade. The plain citizen is forever a victim of his mechanical smiles, his pompous oratory, his finely worded programs of reform, his sophistry, and his appeals to popular sentiments and prejudices."[2]（那些政客们知道如何无节制地使用诡计来变戏法。普通的市民永远只是他们那花言巧语的受害者。）所以，正如上述第3句引文所述，这些恶习会让我们怀疑民主制度本身的价值。

梅光迪举了美国知识分子的例子。他们从不会使用自己的选举权，因为对那些政客他们压根就不抱希望。梅光迪显然并不赞

---

[1] 中华梅氏文化研究会编：《梅光迪文存》，华中师范大学出版社2011年版，第21页。

[2] 同上，第22页。

同这样做。如上述第 5 句引文所述，民主社会需要积极和开明的公民权。在他看来，我们需要做的是，"regard our national affairs with the passion and jealousy of a lover and watch our public officials with the alertness and vigilance of a night sentinel"[1]。（对国家事务保有热情和戒备心，像一个夜晚的哨兵一样时刻对其进行监视。）梅光迪又举了孔子的例子，认为他是中国人行使公民权利的最好例子。因为他始终保有对他访问的国家公共事务的热心，努力让自己在时代的重大问题中享有发言权。无疑，今天我们应该去效仿他的行为。梅光迪希望中国知识分子，尤其是像他这样留学美国的中国知识分子，都应该准备好回国做一个民主社会的公民。他倡议大家去研究美国的民主制度，并去 "understand the causes of the failure of American intellectuals to influence the political life of their nation in order to prevent similar shortcomings when we go home"[2]。（懂得美国知识分子不愿意参与到政治生活中去的原因，以便在我们回到国内的时候不让相似的情景发生。）换句话说，梅光迪希望的是中国知识分子在民主社会秉承儒家的入世精神，积极参与到社会事务中去。

总之，这篇文章是梅光迪从政治层面为他的新文化理想立言。他着重谈了他对民主制度的一些理解，并倡议中国知识分子在共和政体时代关心国家事务。如其所言，梅光迪后来也是这样做的。《梅光迪文存》中收有梅光迪 1944 年在抗战时期作为国民参政会议员

---

[1]　中华梅氏文化研究会编：《梅光迪文存》，华中师范大学出版社 2011 年版，第 23 页。

[2]　同上，第 24 页。

提交的《国民参政会提案二件》。这两件提案分别是：第一，国立各大学应增设东方语文学系以加强东方各民族在政治经济文化上之联系而维持世界永久和平案；第二，大学教育在遵行国家教育方针之下应给予相当自由以利进展案。以第一件提案为例，梅光迪提议在国立各大学增设东方语文学系。他陈述理由道，"吾人五十年来醉心欧化，由其语言文字以上溯其立国治群之大法，学术思想之精粹，童而习之，白首不懈，举国成为风尚，而于比邻诸国之情况，反茫无所知"，"今者同盟诸国既以实现全人类之自由平等为其作战之最高目标，则当轴心侵略者崩溃以后，东方古老民族必将奋然兴起以恢复其历史上之固有地位，甚且进而与西方诸国争衡，其与吾国在政治经济文化上之联系亦将日益密切"，故不可再故步自封。我们需要做的是，在国立各大学增设包括梵文、印度、斯坦尼、缅甸、波斯、亚拉伯、土耳其、巴比伦、埃及诸语文的东方语文学系，以造就专门人才，增进对邻邦的了解，最后共同实现复兴亚洲、全人类自由平等。他也给出了这件提案的具体实施办法，如在国立各大学文学院中成立东方语文学系，与各国交换大学教授，改外国语文学系为西方语文学系等。[1]

这里要先说一下梅光迪与西洋文学系。1922 年 9 月，东南大学从英语系里分出西洋文学系，梅光迪做主任。他是我国第一个西洋文学系的主任。这个西洋文学系并没有坚持太久，在东南大学复杂的人事纠葛当中，它很快面临被合并的危机。吴宓曾在《吴宓自编年谱》中痛心地记道："全国各大学中，惟独国立东南大学

---

[1] 中华梅氏文化研究会编：《梅光迪文存》，华中师范大学出版社 2011 年版，第 254—256 页。

设有西洋文学系。1921年秋，因梅光迪君告宓，本校即将成立西洋文学系，招邀宓来此……宓之来，乃为西洋文学系而来。为此五个字之招牌与名称而来。故若'西洋文学系'之名称取消，则无论合并办法如何，对宓之待遇如何，宓亦决定引去，决不留此。"[1] 1924年上半年，东南大学西洋文学系与英语系合并，西洋文学系"灭亡"。梅光迪后远走美国，赴哈佛大学任教。虽然历史短暂，但无论如何，梅光迪与"学衡派"同人创办西洋文学系的功绩是不可磨灭的。如前文所述，到了1944年，梅光迪又提议在国立各大学设立东方语文学系，是乃长远之见。1946年，从德国留学归来的季羡林担任北大东语系系主任。季羡林是我国第一个东方语文学系的主任。这件事情得以成行不应该抹掉梅光迪的功劳。

（三）梅光迪新文化理想的人员层面——"scholar"（学者）

梅光迪1917年在《留美学生月报》上发表的第3篇英文论文 *The new Chinese scholar*（《新的中国学者》）是一篇长文，但只完成了第一部分，即"The scholar as a Man"（作为一个人的学者）。在这篇文章中，"scholar"（或"scholars"）作为关键词，共出现37次。其中与"scholar"有关的一个词组即"the Confucian idea of the scholar"（文人的儒家思想），在文中共出现了3次。前2次出现在开篇，后1次出现在文末。我们只将这个词组摘录并翻译如下，以便说明问题：

1. And we should indeed never mention but with the profoundest reverence those illustrious historical names which

[1] 吴宓：《吴宓自编年谱》，北京三联书店1995年版，第253页。

suggest to us at once all that is beautiful and noble and worthy in the character of our race. They are the exemplars of **the Confucian idea of the scholar**.[1](我们确实很少提名表扬，但是只要一提起，我们马上会想起我们这个民族当中那些美好的、高尚的、值得尊敬的历史人物的名字。他们是儒家学者的典范。)

2. But **the Confucian idea of the scholar** has been realized only by a very few periods of our national life and by a very few persons in those periods. The majority of scholars at any time has attained to that idea only in a limited sense.[2](但是在我们的民族历史上，儒家的思想只在极少数时期被极少数人实现过。多数学者只能在有限的意义上达到它的标准。)

3. For as I have remarked **the Confucian idea of the scholar** has been realized only by a few periods of our national life，and by a few persons in those periods.[3](就像我已经谈过的那样，儒家的思想只在我们历史上少数时期被少数人实现过。)

梅光迪在这篇英文论文的开篇，引用了《礼记·儒行》中记录的鲁哀公在听完孔子关于儒者品行的言论后说的一句话："终没吾世，不敢以儒为戏。"虽然封建王国的大王未必真的尊敬孔子，但如上文第 1 处引文所述，梅光迪意在开篇表明的是，那些真正的儒者会被我们这个民族永远铭记和尊敬。但是，如上述第 2 处引文所述，这样的儒者在中国历史上很少出现，他们的理想学说也很少被

［1］［2］　中华梅氏文化研究会编：《梅光迪文存》，华中师范大学出版社2011 年版，第 25 页。
［3］　同上，第 35 页。

真正的实现。

梅光迪批评了知识分子（不仅仅指中国知识分子）身上的坏毛病。由于从小就被视为天才，他们被"宠坏"了！他们的性情不适于和其他人交往，他们是"solitary"（孤独的）。他们患有夸大狂病症，常会大声叫嚷并怒斥人类。他们把目空一切的态度视为人生的信条。梅光迪指出，对于这些学者来说，他们需要的是"the least capable of a tranquil spiritual life"[1]（平静生活的基本能力）。梅光迪批评了在知识界流行的那种做作的悲伤。作品是伤痛的结晶，本来类似这样的观点是伟大的文学家真实思想的表达。现在它却变成了一种文学上的"cant"（假话）。梅光迪批评了知识分子阶层的堕落，且指出社会秩序要在很大程度上对这种堕落负责。就像他说的那样，"A fossilized educational system which discouraged contact with the living world; an ill-managed and obsolete civil service under which chance rather than merit was the cause of success; and the dependence of literary men on patronage-all these have contributed to bring about the rotten conditions of our intellectual class"[2]。（妨碍个体与活生生的世界联系的僵化的教育体系；一个靠机会而非成绩来取胜的管理不善且过时的公民服务体系；文人对别人赞助的依赖，所有这些都有可能引起我们知识分子阶层的堕落。）

虽然以上梅光迪对知识分子的批评不仅仅针对中国，但这篇

---

[1] 中华梅氏文化研究会编:《梅光迪文存》, 华中师范大学出版社 2011年版, 第 27 页。

[2] 同上, 第 31 页。

文章的落脚点仍然是在中国知识分子。梅光迪指出，在如今的民主制度下，中国知识分子不能也不会再像以前那样了。我们应该再次把目光投向过去历史上那些如孔子一样的伟大人物。他们 "have lived truly and fought bravely in this, our world, a world where much can be done and enjoyed, though full perfection according to our own will there can never be"[1]。（在这个永远不会像我们所希望的那样完美但还是会被喜欢的世界上，真实地生活过，勇敢地战斗过。）梅光迪还在这篇文章中指出了教化新的知识分子的方法——即通过提升妇女的影响力，来改变社会及知识圈的风气。十七、十八世纪的法国学者正是有了与客厅里有文化的女士的接触，才转变成了世界上的绅士。而在美国社会中，妇女在保证男人长期持有一种高尚的标准方面也发挥了很大的作用。故梅光迪认为，我们完全可以效法他们来做到这一点。

梅光迪在文末复述了他在开篇时说过的话——如上述第3处引文，即儒家学说只在历史上少数时期闪现过光彩。那些杰出的儒生们，"so much discussed from Confucius to the present time, but so little realized in actual life"[2]。（我们多次谈论到他们，但是在现实生活中却很少能变成那样。）当今这个时代难得的是，我们不光有自己的文化遗产，还有来自西方的新鲜文化血液，所以梅光迪召唤新的儒生快点出现，以迎接一个更加多样和辉煌的新儒学时代的到来。

---

[1] 中华梅氏文化研究会编：《梅光迪文存》，华中师范大学出版社 2011 年版，第 32 页。

[2] 同上，第 35 页。

梅光迪在 *The task of our generation* 一文中指出的是中西文化融合的迫切性，而在这篇文章中他则是在探讨可以承担起这伟大使命的"新的中国学者"本身的问题。此乃梅氏从人员的层面为他的新文化理想立言。

《学衡》创刊后，梅光迪在刊物上发表了《评提倡新文化者》、《评今人提倡学术之方法》、《评今日吾国学术界之需要》等文章。这些文章有些言辞很犀利，尽作者批评嘲讽之能事，带有批评新文化阵营的意气。与后来的这些文章相比，梅光迪在 1917 年《留美学生月报》上发表的这 3 篇英文论文态度要平和很多。他当时未必不知道胡适《文学改良刍议》一文在《新青年》上的发表，但他定料不到这篇文章会产生这么大的影响。也正因为如此，他才有心情从容地阐述自己心目中的新文化理想。梅光迪信奉儒家学说，又信奉新人文主义，这 3 篇文章淋漓尽致地体现了这一点。梅光迪心目中期待的新文化，是海纳百川、包容万象、强势复兴的中国儒家文化。对于当时水深火热的国情现实来说，这种思想也许不合时宜，但它不会过时，在今天依然熠熠生辉。

二 吴宓的新文学实践

1923 年 3 月出版的《学衡》第 15 期上，吴宓在《论今日文学创造之正法》一文中批评新文学家们的创作，说其作品"察其外形，则莫不用诘屈聱牙、散漫冗沓之白话文，新造而国人之大多数皆不能识之奇字，英文之标点符号。更察其内质，则无非提倡男女社交公开，婚姻自决，自由恋爱，纵欲寻乐，活动交际，社会服务诸大义。再不然，则马克思学说，过激派主张，及劳工神圣等标帜。其所攻击者，则彼万恶之礼教，万恶之圣贤，万恶之家庭，万恶之婚姻，万恶之资本，万恶之种种学术典章制度，而鲜有逾越此范围者也。其中非无一二佳制，然皆瑜不掩瑕"[1]。可见，从"外形"到"内质"，新文学的创作都无法让吴宓满意。

吴宓的批评并没有仅仅停留在口头。在早年小说活动的基础上，他尝试了使用"简炼修洁"[2]的白话来创作自己心目中的"理想小说"。1924年12月出版的《学衡》第36期上，吴宓就化名王志雄发表了"理想小说"《新旧因缘》第一回的文字。可惜仅此一回，再无续作。同时，他关注了新文化运动以来的白话小说、诗歌等文学创作，并对其中一些作家或作品给予了评价。以下要重点关注的即是吴宓这方面的活动。笔者称之为吴宓的新文学实践，这是毫不为过的。

（一）吴宓早期的小说创作及其小说观

在探讨吴宓的新文学实践活动之前，我们首先要对他早期的小说创作和小说观作一梳理研究。可以说，这些早期的小说创作及小说观念，是吴宓从事新文学实践活动的基础。

1　吴宓早期的小说创作活动

吴宓虽创作小说不多，但他极喜读小说。1911年7月21日的吴宓日记中有一长段评论小说的文字，摘录如下："小说者，诚不可思议之物也……小说能导人游于他境界，且小说中之境界，无非即我现处之境界，故人乐读之……当举世茫茫、无可告语之际，乃可于小说中得一知己，亦可稍释怀抱，故人尤乐读之也。余谓……著作小说亦大乐事。昔人评《石头记》，谓语语从我心中拔剔而

---

[1]　《学衡》第15期，《论今日文学创造之正法》一文第5—6页。
[2]　同上，第10页。

出……可知人人有著作小说之资格……著作小说，又吾辈好读小说者之义务也。余观人生于此社会，则无论何人之历史，皆此社会之小影，即皆有可以入小说之资格……小说者，人人心目中之所有物，人人可以为之，特优劣高下自有大异者耳。"吴宓说他久欲创作小说，皆无一成，"以经历尚少，见闻未广，奇事轶闻所得者少，无足以为我之材料故也"。[1] 吴宓于此还立下了将来必著小说一种或数种的志向。

关于吴宓在1911年之前小说创作的情况，他在日记中也有过专门的梳理。1911年7月16日，吴宓在日记中记道，"余自幼而好作事，喜为文词。年十一，则著小说叙明祖驱逐胡元事，未成也……年十二，则与杨君天德合著《十二小豪杰》及侦探小说及《陕西维新报》，皆弗得克完其终……余年十四……其九月……出《小说月报》，一册即止。戊申终岁无所为，惟于暑假中著小说一种，叙郑成功事，成二三回而止。盖胡氏兄弟又欲为报，余为担任小说云。余其秋又著小说曰《海外桃源》，皆未成也"。虽多半途而废，但吴宓始终保有着对包括小说在内的文章事业之"一片热心，一团志气"。[2] 吴宓1911年之前留下的小说文字今天已不易得，无从查看。

1911年3月，吴宓以优异成绩考入清华留美预备学堂。他在学6年，1917年7月从清华赴美留学。吴宓清华读书期间曾在《益智杂志》、《小说海》、《清华周刊》等刊物上发表传奇、小说、社论、诗歌等文字。这里以《吴宓日记》、《吴宓自编年谱》为研究对象，

[1] 吴宓著、吴学昭整理注释:《吴宓日记》1，北京三联书店1998年版，第114页。
[2] 同上，第110—111页。

来对吴宓清华读书期间的小说创作活动作一考察。

首先来看吴宓日记中的相关记载。1911 年 4 月 6 日吴宓日记中首次出现欲作小说的字样。日记记:

> 国文教员姚,腐败非常,胸中毫无宿学。每次上课,善于设法敷衍钟点。种种动作,令人发噱。余久欲以余所目睹耳闻之事件,并余之涉历,编为一述实小说,略加润色,当亦不乏读者。果得实行,则其中可笑之事如此类者,足令执卷者喷饭也。而吾书能得此等好材料,则亦易于构成矣。[1]

1912 年 8 月 4 日记:

> 晚,及汤君用彤议著一长篇章回体小说,议决明日着手编辑。[2]

8 月 5 日记:

> 与汤君议著小说事,定名为《崆峒片羽录》,全书三十回,因先拟定前十五回之内容。
>
> 午后余为缘起首回,汤君则为第一回,未成而一日已尽矣。[3]

8 月 6 日记:

> 是日上午,余缘起首回告成。汤君之第一回至晚亦竣。每回十页,以后作法皆由余等二人共拟大纲,然后由汤君著笔编述,然后余为之润词。于是数日来,遂纯以此为二人之事业云。[4]

---

[1] 吴宓著、吴学昭整理注释:《吴宓日记》1,北京三联书店 1998 年版,第 49 页。

[2][3] 同上,第 255 页。

[4] 同上,第 255—256 页。

8 月 7 日记：

是日为《崆峒片羽录》第二回，成。[1]

8 月 8 日记：

是日为《崆峒片羽录》第三回，几于成矣。[2]

1914 年 1 月 30 日记：

晨，作小说，拟以碧柳事制为短篇，以应陈君达之嘱，而终无佳意，旋弃置之。[3]

2 月 3 日记：

午后，翻阅旧作小说，欲成新稿而往复，卒未得。[4]

4 月 17 日记：

洪君深约同作笔记一种，售之《小说月报》。余不能却，允之。[5]

5 月 28 日记：

余前受洪君深约，作《榛梗杂话》笔记一种，售之《小说月报》。今洪君必欲续之。余以此等事似不忠于道，且余原非宜从事获利者，然苦无术辞脱，只得勉强行之。[6]

5 月 29 日记：

午前，作《榛梗杂话》。[7]

1915 年 2 月 13 日记：

[1][2]　吴宓著、吴学昭整理注释：《吴宓日记》1，北京三联书店 1998 年版，第 256 页。

[3]　同上，第 273 页。

[4]　同上，第 276 页。

[5]　同上，第 342 页。

[6]　同上，第 356 页。

[7]　同上，第 357 页。

前为洪君深作之《榛梗杂话》，登商务出之《小说海》月报中。[1]

4月17日记：

> 晚，作《如是我闻》小说，取材悉于《崆峒片羽录》旧稿，以塞《清华周刊》之责云。[2]

由上可知，吴宓在清华读书期间，小说创作活动主要有三次：一是与汤用彤合著长篇章回体小说《崆峒片羽录》，但日记中仅记载了缘起首回及前三回之完成；二是与洪深合作创作笔记小说《榛梗杂话》，刊登于《小说海》月报；三是创作小说《如是我闻》，拟刊登于《清华周刊》。

《崆峒片羽录》从未刊布，无从查阅。关于这本书，吴宓在《吴宓自编年谱》中这样描述："书中主角三人：兄黄理，理想派之哲学家；弟黄毅，实行派之军事兼政治家；妹黄英，身兼新旧中西女子德性才学之长。仅撰成三回。"[3]《吴宓自编年谱》的整理者吴学昭在小字中补充道，全书"已成约三万余言，楔子为吴宓撰作，以下则由汤用彤属草而吴宓为之润词。全书大旨，在写吴、汤两人之经历，及对于人生道德之感想。书中主人皆理想人物"[4]。由《崆峒片羽录》而来的小说《如是我闻》后来并未在《清华周刊》发表，惜笔者亦未能见到此稿。

---

[1] 吴宓著、吴学昭整理注释：《吴宓日记》1，北京三联书店1998年版，第403页。

[2] 同上，第428页。

[3] 吴宓著、吴学昭整理：《吴宓自编年谱》，北京三联书店1995年版，第112页。

[4] 同上，第113页小字注。

《榛梗杂话》[1]发表于《小说海》杂志[2]，署名余生（吴宓笔名）、乐水（洪深笔名），共见刊4期。见刊期数分别是1915年1月出版的第1卷第1期，1915年2月出版的第1卷第2期，1915年3月出版的第1卷第3期，1915年6月出版的第1卷第6期。这4期《榛梗杂话》所收杂话数目分别是7则、7则、5则、12则，共计31则。这些用文言书写的野史笑谈类杂话，内容包罗万象，题材涉及古今中外。其中有一些乃从别处移植而来，如第1卷第3期的《纪文达轶事》一则即从《新世说》中转录。笔者将这则杂话摘录于此，从中仍可一窥《榛梗杂话》之貌："清纪文达公昀，生时有陆士龙癖，每笑辄不能止。尝典某科会试。试毕，仆传新科状元来谒。状元名刘玉树。公即请见。晤后，首询其寓何所。刘对云：'现住芙蓉庵。'公闻此语，忽笑不可仰，旋即退入内室，久不能出。有顷，命请暂归府第。刘退，惴惴然不知如何开罪。他日再见，徐探其故。始知公是日闻状元语后，即心成一联。云：'刘玉树小住芙蓉庵，潘金莲大闹葡萄架。'借用小说回目作下句而属对绝工，深自赞喜，故遂至是耳。"[3]在吴宓本人看来，这种笔记小说的创作是"不忠于道"的，故他并不热心这种创作。

---

[1]《榛梗杂话》题中的"榛梗"意为丛生的杂木，其与"杂话"搭配正合。

[2]《小说海》杂志系月刊。1915年1月1日创刊，1917年12月终刊。1年为1卷，1卷12期，3年共出3卷36期。该杂志由中国图书公司和记发行。中国图书公司和记，乃由1908年成立的中国图书公司于1913年被盘入商务印书馆后改名而来，后于1918年完全并入商务印书馆。参见崔剑的硕士论文《"小说海"里说小说——〈小说海〉初探》第一章对刊物出版情况的介绍。

[3]《小说海》第1卷第3期，第13页。

1917 年 7 月吴宓赴美留学，在美 4 年期间他未曾再创作小说。1921 年 8 月，吴宓回国，开始参与创刊《学衡》。1924 年 9 月 11 日，吴宓日记记"是日始撰理想小说《新旧因缘》第一回。楔子。日间以事阻隔，旋作旋辍，约十日而成"[1]。此距其与洪深一起创作《榛梗杂话》，已有 10 年的时间了。

2　吴宓的小说观

吴宓在日记中留下了大量品评小说的文字，从中可以见出他的小说观念。这里以吴宓在清华读书期间及留学美国时期的日记为研究对象，来对吴宓的小说观作一探讨。首先，笔者将吴宓清华读书期间日记中的一些小说品评文字择录如下（以下文字中的着重号系笔者所加）：

1912 年 3 月 27 日记：

> 余读"Nami-ko"至第二章，益觉其佳。是书非仅言情之作，实社会小说也。序云作者宗旨，盖欲描日本近代人情风俗之实况，故作是书，所载皆系实事。又以离婚（休妻）一事为大背人道之事，作者极力反对之，亦此书之实意也。[2]

4 月 6 日记：

> 午后，读"Nami-ko"，至晚而毕全册，后部尤佳，悲惨处使余泪落不止。小说之感人深矣哉……余读此时，种种身世之感纷纷俱集，觉十余年来所见之人、所遇之事，一一呈于目前，

［1］　吴宓著、吴学昭整理注释：《吴宓日记》2，北京三联书店 1998 年版，第 286 页。

［2］　吴宓著、吴学昭整理注释：《吴宓日记》1，北京三联书店 1998 年版，第 219—220 页。

由是以吊古人，其感触亦弥深矣。[1]

7月25日记：

《市声》，佳作也，其叙我国实业社会事甚确、甚详，然逸趣横生，使读者不至了无趣味。至其结尾处数回，读之益令人气壮，使余投身工业之志油然而生。然书中所叙学工业之道，实皆至理名言，窃愿具此志者，同一读之而相为勖勉焉可也。[2]

7月26日记：

《惨女界》亦不可多得之佳作也。以余生所闻，其类此中事者众矣。[3]

1914年6月23日记：

小说曰《劫灰馀烬》，新出旧小说中不可多得之佳本也。笔力、词藻、宗旨均佳，叙沛县某大令家庭戚族间事：仗义疏财，而一己沦落，继遇贼逼，事后以功得祸。大可为之痛哭也。[4]

1915年7月5日记：

读"Rienzi"约三十页。写英雄儿女，纤悉入微。其境界感情，悉与我有直接之类似。今当改革之后，此等小说，如译出饷我国人，必受欢迎。遑论其文字上之工夫哉！[5]

9月12日记：

---

[1] 吴宓著、吴学昭整理注释：《吴宓日记》1，北京三联书店1998年版，第227页。
[2] 同上，第251页。
[3] 同上，第252页。
[4] 同上，第363—364页。
[5] 同上，第460页。

晨，读小说一种《中国女侦探歼雠记》，甚佳，文事均好……马氏以一弱女子身，坚苦卓绝，深心至性，卒报父仇。世之……有大志而乏奇才，又未能茹辛含痛，以自砥于成。如此类者，又何多也。吾人抱身世之感情，国仇家难，重重难尽，委蛇优游，以迄今日。愧已。[1]

9月14日记：

中国写生之文，以《史记》为最工，小说则推《石头记》为巨擘。而此二书之声价，正以其所叙述，皆琐屑而真挚也。[2]

由以上文字可知，吴宓品评小说注重的是小说的笔力、词藻和宗旨。他尤其喜欢写人情风俗实况，写能够引起人身世之感的社会小说。另外，他极推崇《红楼梦》琐屑而真挚的叙述。吴宓赴美留学以后，进一步研习西洋小说，这样的小说观念更得到了强化。

吴宓留美日记中的小说品评文字择录如下（以下文字中着重号为笔者所加）：

1919年7月29日记：

因读 Shelburne Essays 中论小说巨擘应有之数事，《红楼梦》似皆具之，益符吾推崇此书之心也，爰撮记之。（其一）……凡小说写世中之幻境至极浓处，此际须以极淡之局外之真境忽来间断之，使读者……无沉溺于感情、惘惘之苦，而有回头了悟、爽然若失之乐。《红楼梦》中，此例最著者，为黛玉临殁前焚稿断痴情，及宝玉出家，皆 Disillusion 之作用也。（其

---

[1] 吴宓著、吴学昭整理注释：《吴宓日记》1，北京三联书店1998年版，第493页。
[2] 同上，第493页。

二）……小说不宜专重一人，须描写社会全部，四面八方之形形色色，细微入理无一遗漏，使读者如身历其境。以此规则论之，《石头记》亦最合法之杰构也……小说宜广……只贵真切。[1]

8月31日记：

Dickens 不如 Thackeray 远甚……Dickens 之书，似《水浒传》，多叙倡优仆隶，凶汉棍徒，往往纵情尚气，刻画过度，至于失真，而俗人则崇拜之……而 Thackeray 则酷似《红楼梦》，多叙王公贵人、名媛才子，而社会中各种事物情景，亦莫不遍及，处处合窍。又常用含蓄，褒贬寓于言外，深微婉挚，沉着高华，故上智之人独推尊之。[2]

1920 年 4 月 19 日记：

George Meredith 学富识高，Humanism。其所著小说，专藉以寓其怀抱宗旨。又刻意求工，不落俗套……今西洋之写实派小说，只描摹粗恶污秽之事，视人如兽，只有淫欲，毫无知识义理，读之欲呕。[3]

11 月 21 日记：

美国近年下等小说中之团圆收场，只图卖钱，焉足以文学称？文学一道，穷愁易工，中西亦同。[4]

可见，在吴宓看来，小说要寓作者之怀抱宗旨，描写社会全部。综合来看，吴宓品评小说首重其宗旨。所谓宗旨，"必为天理人

---

[1] 吴宓著、吴学昭整理注释：《吴宓日记》2，北京三联书店 1998 年版，第 46—47 页。
[2] 同上，第 57—58 页。
[3] 同上，第 151—152 页。
[4] 同上，第 195 页。

情中根本之事理，古今东西，无论何时何地，凡人皆身受心感，无或歧异"[1]。吴宓曾作《〈红楼梦〉新谈》[2]一文，引哈佛大学英文教员 Dr. G.H.Magnadier 的"小说之杰构，必具六长"之观点，来品评《红楼梦》。这"六长"即宗旨正大、范围宽广、结构谨严、事实繁多、情景逼真、人物生动。其中吴宓用了大量的篇幅来谈《红楼梦》宗旨之正大。其次，吴宓看重描写社会人生全貌的小说。他不赞成作者"仅着眼于一点，所叙无非此事，或专写婚姻之不美满，或专言男女情欲之不可遏抑，或专述工人之生活，或专记流氓之得志"。在他看来，这样的书读完之后"常有一种恶感，似世界中，只是一种妖魔宰制，一种禽兽横行，一种机械绊锁，甚为懊丧惊骇，不知所为，皆由作者只见一偏之故"。[3]最后，吴宓也看重小说的艺术水准。上述"六长"中的结构谨严、情景逼真、人物生动即皆从艺术上着眼。

（二）吴宓的新文学实践活动

如前文所述，吴宓的新文学实践活动分为两方面。一方面是其白话小说《新旧因缘》的创作，另一方面是对新文化运动以来白话小说、诗歌等文学作品的批评。下文将分别言之。

1 未完成的理想小说

1935 年 5 月，《吴宓诗集》由上海中华书局出版。吴宓在"自序"中写道："按约十年前，宓早已决定，我今生只作三部

---

[1] 徐葆耕编选：《会通派如是说——吴宓集》，上海文艺出版社 1998 年版，第 277 页。

[2] 载于《民心周报》第 1 卷第 17 期（1920 年 3 月 27 日）、18 期（1920 年 4 月 3 日）。

[3] 徐葆耕编选：《会通派如是说——吴宓集》，上海文艺出版社 1998 年版，第 287—288 页。

书，（1）诗集。（2）长篇章回体小说《新旧因缘》，或改名。（3）《人生要义》或名《道德哲学》，系由直接感觉体验综合而成之人生哲学……今《诗集》既已出版，即拟专心致力于其余二者。所成如何，殊未敢必。"[1] 后来吴宓于1948年将他开设的《文学与人生》课程讲义撰写成文装订成册，等待日后出版，算是完成了他的《人生要义》一部书。至于长篇章回体小说《新旧因缘》之未完成，则成了吴宓的终身遗憾。他在日记中曾多次提起这件事。如1963年12月1日，吴宓在日记中记道："晨4:30醒，细思生平，今者，宓以七十之年，始明悉爱情、人生及文学、事业之真际，而深悔宓前此五六十年机会境遇之佳而不能善用，资禀才智之富而不自坚持，以至百事无成，蹉跎一生……若夫《新旧因缘》及自传之终身大著作，倘移宓撰录历年日记及写信与亲、友、生之时力以从事，则数十万言之书早已作成且或已印行矣。人皆庆宓之老健，宓亦自诩一生多庸福，岂知宓实应深深自责自悔者耶！"[2]

《新旧因缘》第一回文字在《学衡》上发表时，吴宓在标题上方加了四个字，"理想小说"。何谓"理想小说"？吴宓有言，《新旧因缘》"其体裁及意旨，略仿中国之《石头记》及英国沙克雷Thackeray（即《浮华世界》之作者）所撰诸书，而内容材料，则为中国近今三四十年之事象，及个人直接间接经验之结晶，文体拟用中国式之白话，采取西文之情味神理，而不直效其句法，亦不强

---

[1] 吴宓著、吴学昭整理：《吴宓诗集》，商务印书馆2004年版，第5页。
[2] 吴宓著、吴学昭整理注释：《吴宓日记》续编6，北京三联书店2006年版，第103—104页。

纳其词字，总之，力求圆融通适，而避琐琐生硬"[1]。这大概就是吴宓心中"理想小说"的标准。另外，小说第一回文字中对此也有相关论述。

《新旧因缘》第一回的回目是"溯渊源明稗官要旨　寓理想撰新旧因缘"。如题目所言，这一回仅是小说的楔子，未涉及内容。叙述者在文中就"理想"、"新旧"、"因缘"等词的含义作了具体交代。如关于"理想"一词，叙述者指出"凡小说皆当以描写真境为目的，即是要造出一个无懈可击之幻境，而处处合于天理人情，只求情真理真，人物事迹愈是凭空假造的愈好。这便是 Realistic 一字的本义"。后人却"误写真为写实"，他们甚至"专务描写粗俗淫秽的事物，不知羞惭避忌反……以写实小说家自豪"。叙述者批评了新文化派所提倡的那些西洋下等写实派小说。他言道，《新旧因缘》"决不专写人类之弱点，社会之罪恶，引大家同入魔道，永堕悲观"，而是要"下笔运思之际处处求合天理人情"，"要表出一种平正通达的人生观"。书中所写的几个人物"无非忠厚和平，论其学问德业皆今世所常见，社会中所实有，毫无铺陈夸饰之处"。叙述者说他要加上"理想小说"四字，正是要向着艺术的正路上走。其次，关于"因缘"，叙述者说《新旧因缘》虽写爱情，却不可当成言情小说来看。"因缘"二字，乃"人与人之间、事与事之间前后彼此、善恶利害、得失祸福的因果关系"。叙述者说他正是要"借几个幻境中的人物及其遭遇来显明这种因果关系"，以标明一种"正当之人生观"，即"天

---

[1]　徐葆耕编选：《会通派如是说——吴宓集》，上海文艺出版社 1998 年版，第 327 页。

理人情"。再次，关于"新旧"，叙述者言这部小说"要描叙中国近二三十年中政治、社会、风俗、文教的种种变迁"，此自然可说是"由旧而新"，但"其事乃始终一贯，步骤层次不能分析，我只遵照着小说法程来下笔，于新旧二者之间毫无偏袒、顾忌之意"。[1]

在小说的最后，叙述者探讨了人生观的问题。做小说第一先要有一种高尚正确的人生观，可是人生观怎样才算得上高尚正确呢？叙述者道："人生问题非理智所能解决，然道德上各人须自负责任。"一个人做一件事情，事先是无法预知其祸福、成败、利钝的，可是论到此事之是非所在你又"必不能逃道德因果之律"。此正所谓"冥冥之中，若有天罚"，"一失足成千古恨"，"自作孽，不可活"。叙述者言其即以此来作小说之根据。[2]

因考虑人生观的问题，小说中的叙述者进入了一个梦境。小说即以此梦境结束。这里择录作者对梦境的一段描写，来看吴宓小说中的语言：

> 原来石壁内方却是一个美丽光明、庄严无上的世界。我当时目定舌呆，要描画却描画不出，但觉得千年花果、七宝楼台、霞光缭绕、瑞气氤氲等词句还不能形容出这个世界的万分之一。其间正中最高之处，垂拱端坐着一位天帝尊神。虽已高入云端，还令人肃然不敢仰视。周围列坐着几位神仙，衣冠状貌各各不同，仿佛像平常雕刻图画中所见的孔子、释迦、耶稣、苏格拉底、柏拉图、亚里士多德等人。还有诸多神仙，皆不知姓名。

[1]《学衡》第 36 期，小说《新旧因缘》部分第 15—17 页。
[2] 同上，第 24 页。

个个都是衣冠整洁，态度庄肃，容色和善，心地欢乐。其他景致人物，形形色色，不及备睹。我那时但觉得如饮醇酒，说不出的身体清畅，心性恬适。[1]

吴宓批评新文学家在创作中使用"诘屈聱牙、散漫冗沓"之白话文，他倡导在小说、戏剧中使用一种"简炼修洁"的白话。这篇小说即是一种尝试。与五四时期新文学作品中的那种有些欧化的语言相比，吴宓的小说语言沿袭古代白话小说的传统，显得要端庄许多。如上文所引文字，吴宓说他的语言还采取了"西文之情味神理"，"力求圆融通适"，这自是他的努力所在。

吴宓没有完成这部小说，这不光是他本人也是文学史上的一大遗憾！好在他还关注了新文学作家的小说创作，在对他们作品的批评中间接实现了自己的理想。

2 吴宓对新文化运动以来白话文学创作的批评

吴宓关注了新文化运动以来的白话文学创作——尤其是小说、诗歌的创作。以下笔者将分别言之。

（1）小说创作之批评

吴宓对新文化运动以来白话小说创作的批评文字主要有《评杨振声〈玉君〉》（《学衡》第 39 期，1925 年 3 月以后出版，但具体出版时间不详）、《〈人海微澜〉序》（《学衡》第 73 期，具体出版时间不详）、《评〈留西外史〉》（《大公报·文学副刊》第 9 期，1928年 3 月 5 日出版）、《评陈铨〈天问〉》（《大公报·文学副刊》第 46 期，1928 年 11 月 19 日出版）、《评陈铨〈冲突〉》（《大公报·文

---

[1]《学衡》第 36 期，小说《新旧因缘》部分第 26—27 页。

学副刊》第 126 期，1930 年 6 月 9 日出版)、《抗争》[1]《《大公报·文学副刊》第 269 期，1933 年 2 月 27 日出版)、《茅盾著长篇小说〈子夜〉》(《大公报·文学副刊》第 275 期，1933 年 4 月 10 日出版)等。

吴宓批评新文化运动以来的白话小说创作，主要从以下几方面着眼。

第一，是否合乎其心目中"理想小说"的标准。前文笔者已述吴宓对创作"理想小说"的追求，后在评杨振声的中篇小说《玉君》时，吴宓又有补充。他认为，"凡写实小说之具有纯正深厚之人生观者，即可称为理想小说"，"理想小说须描写理想人物在实际环境中奋斗生活之实况，而观其对某事某事如何处理，甚至愈困难愈失败，愈足显其为理想人物"。至于《玉君》，吴宓评价其"描写甚佳实兼有写实小说之长"。小说中的主人公玉君与林一存，吴宓认为乃"皆性情敦厚、行事端正之人"。他们的思想言论之所以始终不脱新派时流之口吻，是因为"习俗与风气之溺人也"。吴宓道，如果作者将小说主人公视为受新文化学说恶影响的当今青年男女的代表，则作者实能传真；如果作者如此描写真为推崇这样的理想人物，那就太可惜了。[2] 在评白话章回体长篇小说《人海微澜》时，吴宓亦指出"如何运理想于事实之中，藉事实以表现其理想，合斯两美，熔于一炉，工为此者"[3]，乃称小说大家。只是吴宓并未对

---

[1] 后吴宓在《空轩诗话》又中指出，"《大公报·文学副刊》中，评卢葆华女士小说及新旧诗集之文，实皆出岛公手"，可知此文实乃潘伯鹰所作。见《吴宓诗话》，第 224 页，商务印书馆 2005 年版。

[2]《学衡》第 39 期，《评杨振声〈玉君〉》一文第 5—7 页。

[3]《学衡》第 73 期，"文苑"栏目第 3 页。

《人海微澜》作出具体的评价。

其次，选材的范围是否宽广。在《论今日文学创造之正法》一文中，吴宓言其"首注重以新材料入旧格律"[1]。至于新材料，吴宓尤其指出了"五大洲之山川风土国情民俗，泰西三千年来之学术文艺典章制度，宗教哲理史地法政科学等之书籍理论，亘古以还名家之著述，英雄之事业，儿妇之艳史幽恨，奇迹异闻"，"又吾国近三十年国家社会种种变迁，枢府之掌故，各省之情形，人民之痛苦流离，军阀、政客、学生、商人之行事，以及学术文艺之更张兴衰，再就作者一身一家之所经历感受"等。总之，可谓"形形色色，纷纭万象"，"汪洋浩瀚，取用不竭"。吴宓在文中呼吁道："吾国留学欧美者千百人，有能著成一集，详述其所闻见者乎！"[2]

吴宓在批评新文化运动以来的白话小说创作时，对作品的选材是格外注意的。陈登恪的《留西外史》、陈铨的《冲突》是写留学生生活的小说，吴宓予以专门的点评。吴宓在评《留西外史》时言："留美学生人数极多，而《留美外史》尚未见有人著作。（叙留美学生情形者有王一之之《旅美观察谈》与徐正铿之《留美采风录》，均非小说。）今陈君作为《留西外史》，诚盛事矣。（吾人望其第二第三各集即行续出，万勿停辍）。"[3] 后在评陈铨的长篇小说《冲突》时，吴宓指出"以小说而论，在留美学生之全史中，应

---

[1] 孙尚扬、郭兰芳编：《国故新知论：学衡派文化论著辑要》，中国广播电视出版社 1995 年版，第 279 页。

[2] 同上，第 269 页。

[3] 《大公报·文学副刊》第 9 期，《评〈留西外史〉》。

推陈铨君之《冲突》矣"。"作者写留美学生生活，随手拈来，皆甚真切。身历其境者当知其适合而无误。但以事实简单，篇幅有限，故就留学生之全部生活论，此书描写尚不能谓为详尽，抑亦体例使然。"[1]另外，吴宓还关注了新文学作家茅盾的小说创作。在《茅盾著长篇小说〈子夜〉》一文中，吴宓赞赏了茅盾大规模描写中国社会现象的企图。他言道，《子夜》"沉溺于公债者勾心斗角，烦闷痛苦之情写来最见精彩。以此总结构为纲，而共党陷落乡村，鼓励工潮，及工厂内小领袖之争斗，上海社会男女之燕私，妖姬媚子之狂惑皆附见焉"[2]。吴宓喜欢写社会人生全貌的小说，新文学小说家中，他最欣赏茅盾的创作不难理解！

第三，语言是否简炼修洁。吴宓有言："自昔长篇小说皆以雅洁之俗语写成，乃在今中国，文字语言至为纷乱而无标准。以白话论，由《红楼梦》、《儒林外史》旧体以至极新式之欧化的白话，其间千差万别。人自为体，虽云同用白话，而按之事实，作甲体者不肯阅读乙体之书。"[3]吴宓既有意创造一种简炼修洁的白话，在品评别人的小说时，自然也会对其语言多加留心。他评杨振声的《玉君》，说"作者似颇能熟读《石头记》者，不但其中人物、事实脱胎于《石头记》之处甚多……且即……词句文体亦深得熟读《石头记》之益而有圆融流畅之致"[4]。他同时也批评了作者"犹不免受欧化式白话文学之恶影响，书中语句模仿英文文法造句者在在皆

---

［1］《大公报·文学副刊》第 126 期，《评陈铨〈冲突〉》。
［2］《大公报·文学副刊》第 275 期，《茅盾著长篇小说〈子夜〉》。
［3］《学衡》第 73 期，"文苑"栏目第 4 页。
［4］《学衡》第 39 期，《评杨振声〈玉君〉》一文第 8 页。

是"[1]。又在评《子夜》时，吴宓指出"尤可爱者，茅盾君之文字系一种可读可听近于口语之文字。近顷作者所著之书名为语体，实则既非吾华之语亦非外国语，惟有不通之翻译文字差可与之相近。此为艺事难于精美之一大根本问题……吾人始终主张近于口语而有组织有锤炼之文字为新中国文艺之工具。国语之进步于兹亦有赖焉。茅盾君此书文体已视《三部曲》为更近于口语，而其清新锤炼之处亦更显著。殆所谓渐进自然者，吾人尤钦茅盾君于文字修养之努力也"[2]。

此外，对于这些白话小说的创作，吴宓还多从结构、人物、感情等方面来品评，此不赘言。尤要多说一句的是，吴宓在批评陈铨小说《天问》时言及今后中国小说发达之途径，道"技术法程须取资于西洋，而书中之材料、感情要必为真正中国人之所具有者。合兹两美，乃可大成。二者缺一，必将失败。而后者较前者为尤要"[3]。这也是"学衡派"特具的批评观。

（2）诗歌创作之批评

如果说在新文学小说家里吴宓最欣赏茅盾，那么在新文学诗人群体中，他则最推崇徐志摩。1931年11月19日徐志摩遇难后，吴宓在其主编的《大公报·文学副刊》第202期、205期、209期、210期、211期、212期、215期、223期、254期相继刊发了与徐志摩有关的文字，时间持续有一年之久。第254期（1932年11月14日出版）方玮德的文章《志摩怎样了》即是一篇纪念徐志摩逝世一周年的文章。吴宓本人也在第205期（1931年12月14日

［1］《学衡》第39期，《评杨振声〈玉君〉》一文第10页。
［2］《大公报·文学副刊》第275期，《茅盾著长篇小说〈子夜〉》。
［3］《大公报·文学副刊》第46期，《评陈铨〈天问〉》。

出版）发表了一首旧体诗，《挽徐志摩君》。诗如下："牛津花园几经巡，檀德雪莱仰素因。殉道殉情完世业，依新依旧共诗神。曾逢琼岛鸳鸯社，忍忆开山火焰尘。万古云霄留片影，欢愉潇洒性灵真。"[1] 这里的"依新依旧共诗神"一句，可谓说是对徐志摩的最高评价。

方玮德在《志摩怎样了》这篇文章里对徐志摩这样评价："志摩是旧气息很重而从事于新文学事业的一个人。在这里我所说……志摩的旧乃是一切心灵上与感官上所富寓的一种对于过往的虔敬与嗜好……他的作品也往往是用旧的气息（甚至于外形）来从事他新的创造。他的新诗偏于注重形式，虽则这是他自己的主张和受西洋诗的影响，但他对于旧诗气息的脱离不掉，也颇可窥见。"[2] 这段话可以很好地为吴宓的"依新依旧共诗神"一句诗做注脚。

吴宓挽徐志摩的旧体诗后有一段长的附识，其中交代了他与徐志摩的人生因缘。吴宓道："予始识徐君，在民国八年春美国哈佛大学。但与徐君交谊甚浅。徐君以新体诗鸣当代，予则专作旧体诗。顾念徐君之作新诗，盖取法于英国浪漫（诗）人，而予常拟以新材料（感情思想事实典故）入旧格律，其所取与徐君实同。虽彼此途径有殊，体裁各别，且予愧无所成就，然诗之根本精神及艺术原理，当无有二。"吴宓说他与徐志摩虽然思想、性情、境遇、阅历完全不同，但是人生仍有一二相合之处，比如他们都喜欢雪莱与但丁。吴宓还分析了雪莱不及但丁之处，认为假使雪莱和徐志摩不是英年早逝，他们必定有超过但丁的那一天！[3] 这首诗之外，

---

［1］《大公报·文学副刊》第 205 期，《挽徐志摩君》。
［2］《大公报·文学副刊》第 254 期，《志摩怎样了》。
［3］ 参见《大公报·文学副刊》第 205 期《挽徐志摩君》诗附识。

1936 年吴宓还发表过一篇名为《徐志摩与雪莱》[1] 的文章，再悼徐志摩。

徐志摩而外，吴宓还评过卢葆华女士的新诗集《血泪》。吴宓赞赏的是此诗集中各首诗之"质直真切"。"此新诗集，为作者痛苦悲哀之际所发之号呼，真挚明显，极不易得。"借机吴宓批评了新诗创作的"晦塞冗漫"。旧诗中无病呻吟及堆积辞藻之病，如今也见之于新诗。所以，他说新旧诗人应该共遵依韩愈所提出的"惟陈言之务去"，以及英国 Sir Philip Sidney 针砭诗人时所言的"须从汝自己心中爬剔而出"。[2]

通过以上的论述可知，在早期白话小说创作的基础上，吴宓积极参与了新文学的创作与批评活动。因为心中装着的是整个中国文学，期待的是它的发扬光大，所以吴宓才能如此不存偏狭地关注时代文学的发展。能做到这一点至为难得！

总之，梅光迪的新文化理想并不适合当时中国的社会实情，吴宓也最终没有完成自己酝酿多年的理想小说。所以，他们的理想都没有变成现实。

---

[1] 载 1936 年 3 月 1 日出版的《宇宙风》第 12 期。

[2] 《大公报·文学副刊》第 279 期，《卢葆华女士新旧诗集》。这篇文章本为潘伯鹰所作，但吴宓言"予以凫公评《血泪集》太简短，故为增补一段"。见《吴宓诗话》，第 224 页，商务印书馆 2005 年版。由于潘伯鹰和吴宓对《血泪》的评论文字混在一起，故笔者将其视为潘伯鹰和吴宓的共同观点。这里全用来作为吴宓评论新诗的文字。

第四章　后期"甲寅派"的文学活动

　　"甲寅派"是和章士钊的名字联系在一起的。章士钊一生共办过三次《甲寅》，分别是《甲寅》月刊、《甲寅》日刊和《甲寅》周刊。《甲寅》月刊 1914 年 5 月创刊于日本东京，因当年为中国旧历甲寅年而得名，人称《甲寅》杂志。《甲寅》杂志 1914 年 11 月 10 日出完第 1 卷第 4 号后一度停刊，1915 年 5 月改由国内出版，至当年 10 月 1 日出完第 1 卷第 10 号后停刊。1917 年 1 月 28 日，章士钊在北京复刊《甲寅》，是为《甲寅》日刊。《甲寅》日刊作为一份日报，每日一号，至 6 月 19 日停刊，共出版 142 号。1925 年 7 月，章士钊在北京再次复刊《甲寅》，是为《甲寅》周刊。1926 年 3 月 27 日，《甲寅》周刊出版至第 1 卷第 35 号后停刊数月。1926 年 12 月 18 日重续，至 1927 年 4 月 2 日出版至第 1 卷第 45 号后终刊。

　　随着章士钊思想的不断变化，《甲寅》由月刊至日刊、周刊，也经历了一个"由激进逐渐走向保守"[1]的过程。围绕这三份杂志，也先后形成了前期"甲寅派"和后期"甲寅派"两个不同的文化派别。胡适在《五十年来中国之文学》一文中谈及"甲寅派"，说"章士钊一派是从严复、章炳麟两派变化出来的，他们注重论理，注重文法，既能谨严，又颇能委婉，颇可以补救梁派的缺点。《甲寅》派的政论文在民国初年几乎成为一个重要文派。但这一派的文

---

[1]　章士钊主编：《甲寅杂志·甲寅周刊》，国家图书馆出版社 2009 年版，第 1 册"出版说明"第 2 页。

字，既不容易做，又不能通俗，在实用的方面，仍旧不能不归于失败。因此，这一派的健将，如高一涵、李大钊、李剑农等，后来也都成了白话散文的作者"[1]。胡适这篇文章作于1922年，当时《甲寅》周刊还未创办。他这里提及的"《甲寅》派"是指作为一个政论文派别的前期"甲寅派"。它"酝酿于《独立周报》时期，出现于《甲寅》月刊时期，形成于《甲寅》日刊时期"[2]。后来，《甲寅》周刊创办，以章士钊和《甲寅》周刊为中心，才形成了一个反对新文化运动的思想文化派别，即后期"甲寅派"。根据学者郭双林的研究，在《甲寅》周刊上发表过文章的梁家义、杨定襄、瞿宣颖、陈拔、董时进、龚张斧、孙师郑、钱基博、陈笃枢、唐庆增、唐兰、金兆銮、林治南、石克士、陈小豪、黄复、汪吟龙、刘孝存等人都可以视作后期"甲寅派"的成员。这个派别虽然成员很多，但有帅无将，基本上是靠章士钊一个人在支撑。[3]本章要考察的是作为一个思想文化派别的后期"甲寅派"，但由于使前期"甲寅派"得以聚集的刊物《甲寅》杂志与新文学也关系密切，为求全面了解，故而将二者放在一起进行研究。

第一节 《甲寅》杂志与新文学的发生

常乃惪在《中国思想小史》中描述《甲寅》杂志创刊时的背景：

[1] 胡适：《胡适文存》第2集，黄山书社1996年版，第184页。
[2] 郭双林：《前后"甲寅派"考》，《近代史研究》2008年第3期，第155页。
[3] 同上，第154—155页。关于后期"甲寅派"的成员问题，笔者有不同意见，详见下文分析。

"当民国四五年的时代，中国思想界的闭塞沉郁真是无以复加。梁启超办了一个《庸言报》，不久便停版，后来改办了《大中华》，更没有什么精彩。此外只有江苏省教育会一派人在《教育杂志》等刊物上所鼓吹的实利主义稍有点生气，但是只偏于教育一部分，且彼时亦尚未成熟。此外便再无在思想界发生影响的刊物了"[1]。章士钊此时在日本创刊《甲寅》，"条陈时弊、朴实说理"[2]，给思想界辟了一条新路。出版以后，"一时风行全国，产生了难以估计的影响"[3]。最让章士钊没有料到的是，《甲寅》杂志无意中竟培育了新文化运动的种子，成为新文化运动的"鼻祖"[4]。

一 章士钊早期的办刊（书局）活动

章士钊是在"二次革命"失败后逃往日本创办《甲寅》杂志的。在此之前，他已有相当丰富的办刊经验。在本部分内容里，我们将对此稍作梳理。[5]

（一）创办《国民日日报》

在创办《国民日日报》之前，章士钊曾主编《苏报》。章士钊与《苏报》结缘起于爱国学社。1902年10月，南洋公学发生全体学生退学风潮。一部分退学学生在蔡元培任会长的中国教育会之帮助

---

[1] 常乃惪著：《中国思想小史》，上海古籍出版社2005年版，第136页。
[2] 章士钊主编：《甲寅杂志·甲寅周刊》，国家图书馆出版社2009年版，第1册，第2页。
[3] 全国政协文史和学习委员会编：《所忆·张申府回忆录》，中国文史出版社2012年版，第89页。
[4] 常乃惪著：《中国思想小史》，上海古籍出版社2005年版，第137页。
[5] 这里的梳理以章士钊本人创办的刊物或书局为线索，至于非章士钊创办但担任主笔的刊物文中亦会谈及，详略不定。

下，成立了爱国学社。蔡元培被推为总理。1903 年 1 月，爱国学社与不断报道南洋公学退学风潮、支持进步师生的《苏报》订约，由学社教员每日轮流撰写论说 1 篇，报馆则每月资助学社 100 元。这样，《苏报》便成为爱国学社的机关报。[1] 1903 年 3 月，时在南京江南陆师学堂求学的章士钊因为不满学堂对学生的压制，愤而离校。4 月，章士钊率江南陆师学堂 30 余名学生集体退学，赴上海参加了爱国学社。[2] 此事足见年轻时的章士钊身上激进的一面。在为《苏报》撰稿的过程中，章士钊受到了报纸主办人陈范的赏识。很快，应陈范之聘，章士钊出任《苏报》主笔，并开始主持编辑事务。

　　章士钊主笔《苏报》后，对《苏报》实行了改革，使其渐以鼓吹革命为己任。此时，他已结识了在爱国学社任教员的章太炎。"钊于是入居所谓爱国学社，以筋力易人讲录，而从先生（笔者按：指章太炎）习掌故之学焉。"[3] 后来，章士钊还与同学张继、邹容一起与章太炎结为兄弟。章士钊在《苏报》上发表了《论中国当道者皆革命党》、《读〈革命军〉》等文，致力于排满反清。在《读〈革命军〉》一文中，章士钊将《革命军》誉为"今日国民教育之第一教科书"[4]。章士钊还在《苏报》发表了章太炎的《序〈革命军〉》、《驳〈革命驳议〉》等文，又在"新书介绍"栏中介绍了章太炎的《驳康有为论革命书》。1903 年 6 月 29 日，章士钊在《苏报》上以

---

［1］　参见王世儒编撰的《蔡元培先生年谱》1902—1903 年部分，北京大学出版社 1998 年版。

［2］　参见邹小站编《章士钊生平活动大事编年》1903 年部分，载邹小站著：《章士钊社会政治思想研究》（1903—1927 年），湖南教育出版社 2001 年版，第 308 页。

［3］　章士钊著：《章士钊全集》4，文汇出版社 2000 年版，第 342 页。

［4］　章士钊著：《章士钊全集》1，文汇出版社 2000 年版，第 28 页。

《康有为与觉罗君之关系》为题，刊录了《驳康有为论革命书》的主要部分。《苏报》如此"放言革命自甘灭亡"[1]，终于引火烧身，"《苏报》案"发生了。章太炎、邹容等人入狱，《苏报》也于当年7月7日被清朝当局查封。

"《苏报》案"轰动全国，而身为编辑的章士钊却逃之夭夭。"此其枢纽，乃查办大员江苏候补道陆师学堂总办俞先生明震为之。"当年章士钊投考江南陆师学堂时，以《无敌国外患者国恒亡》为题作文，深得学堂总办俞明震的赏识而被录选。章士钊"废学救国"，离宁赴沪，"先生阳怒而阴佐之"。此次俞明震负责查办"《苏报》案"，有意放爱徒一马，加之平日章士钊为文皆署别名，不似章、邹"专事鼓吹，显露主名"[2]，故可成为漏网之鱼。这也使得他接下来有机会去创办《国民日日报》。

《苏报》被封后，1903年8月7日，章士钊与陈独秀等人在上海创办了《国民日日报》。该报由江西人谢晓石出资，外国人高茂个（J.Somoll）担任经理。章士钊、陈独秀、张继等人任主编，何梅士、陈去病、苏曼殊等人担任撰述。《国民日日报》"宗旨在于排满革命，和《苏报》相同，而规模尤大"。该报发行之后，风行一时，人称"《苏报》第二"。[3]

需要特意指出的是，这是陈独秀与章士钊首次合作办刊。在此之前，他们已有交集。章士钊在《吴敬恒——梁启超——陈独秀》一文中就说："陈独秀者，原名乾生。一名仲，字仲甫，怀宁旧家

---

[1] 章士钊著：《章士钊全集》8，文汇出版社2000年版，第151页。

[2] 同上，第153页。

[3] 唐宝林、林茂生编：《陈独秀年谱》，上海人民出版社1988年版，第25—26页。

子。早岁读书有声。愚因皖中贤士汪铸希颜、葛襄温仲识之。"[1]汪希颜（1873—1902），安徽绩溪人。1897 年入南京江南高等学堂陆师读书，1900 年又入江南陆师学堂。陈独秀 1897 年赴南京参加江南乡试时与其结识。1902 年 3 月，陈独秀由日本归国，到南京访问在江南陆师学堂读书的汪希颜，由汪希颜介绍，结识了同在此读书的章士钊。1903 年 6 月，陈独秀在安徽筹组"安徽爱国会"的过程中遭到通缉，潜逃至上海，这便有了与章士钊合作办刊的机缘。[2]

章士钊后来曾有文字回忆他与陈独秀合作办《国民日日报》时条件的艰苦："吾两人蛰居昌寿里之偏楼，对掌辞笔，足不出户，兴居无节，头面不洗，衣敝无以易，并亦不浣。一日晨起，愚见其黑色袒衣，白物星星，密不可计。愚骇然曰：'仲甫，是为何耶？'独秀徐徐自视，平然答曰：'虱耳。'其苦行类如此。"[3]后来报社中经理与编辑两部因权限问题大起争执，乃至诉诸公堂。报纸经此一劫，元气已伤，无奈于 1903 年底停刊。章士钊这次与陈独秀共事时间并不长，但已为二人后来同办《甲寅》杂志奠定了基础。

（二）创办东大陆图书译印书局

东大陆图书译印书局创办于《国民日日报》同时期，是革命党人的一个秘密宣传机关。邹小站在《章士钊年谱简编》中说该书局

---

[1] 章士钊主编：《甲寅杂志·甲寅周刊》，国家图书馆出版社 2009 年版，第 5 册，第 109 页。

[2] 参见唐宝林、林茂生编：《陈独秀年谱》，上海人民出版社 1988 年版，1902—1903 年部分。另外，葛温仲，安徽怀宁人，与陈独秀是地道的同乡。他也曾在江南陆师学堂学习，但具体情况不详。

[3] 章士钊主编：《甲寅杂志·甲寅周刊》，国家图书馆出版社 2009 年版，第 5 册，第 110 页。

系章士钊与人合作创办，但未知合作者是谁。[1]大概就是和他一起创办《国民日日报》的这些人。《国民日日报》停刊后，1904年10月，东大陆图书译印书局曾将《国民日日报》的内容分类编辑，出版《国民日日报汇编》4册。由此可知，1903年下半年成立的东大陆图书译印书局至少坚持办至1904年10月。

东大陆图书译印书局曾秘密往各地发送数十万份赵声编写的《保国歌》，还翻印过《革命军》、《攘书》等之类宣传革命的小册子。章士钊自己编辑或参与编辑了《苏报案纪事》、《孙逸仙》、《沈荩》、《皇帝魂》等书籍，均在当时产生了很大的影响。《苏报案纪事》由章士钊编订于1903年下半年。之所以编这样一本书，是因为"'《苏报》案'者，永远之纪念物也，吾虑其事件之散轶，不足以供后起之参考，故特以日记之法逐一记之，而以大改良之日为托始，以官场之所媒孽实始于是日之论说，非有所抹煞也。凡《苏报》之本论及各报之舆论，而凡有影响于本事件者，亦并及"[2]。这里所说的"大改良之日"指的是1903年6月1日，是章士钊主笔《苏报》后对其进行改革之始。这一日的《苏报》头条刊出了《本报大改良》，谓"本报发行之趣意，谅为阅者诸公所谬许，今后特于发论精当，时议绝要之处，夹印二号字样，以发明本报之特色，而冀速感阅者之神经"[3]。这之后，《苏报》又相继刊出了《本报大注意》、《本报大沙汰》、《本报重改良》，不断进行改革。章士钊编《苏报案纪事》即从五月初六日（即6月1日）开始，用日记的形式记录下当天《苏报》或其他报刊上的舆论，并将是日《苏报》

---

[1] 参见邹小站著：《章士钊社会政治思想研究（1903—1927年）》，湖南教育出版社2001年版，第309页。
[2] 章士钊著：《章士钊全集》1，文汇出版社2000年版，第358页。
[3] 同上，第4页。

上的相关重要文章附录于后。如五月十四日是这样记的："是时，四川邹容《革命军》方出版，《苏报》作《读〈革命军〉》阐扬，并为新书介绍一则，是为章、邹与《苏报》牵合之点。"[1] 这则记录下附有《读〈革命军〉》、《介绍〈革命军〉》及《革命军》原文。《苏报案纪事》一直记录至本年闰五月初四日（6 月 28 日）。这是当事人留下的关于"《苏报》案"的一份详实记录，极具史料价值。

章士钊与章太炎、邹容、张继结拜。彼时，章太炎有《驳康有为论革命书》、邹容有《革命军》、张继有《无政府主义》，而章士钊却并无代表作。惭愧于此，在"《苏报》案"后，章士钊于 1903 年 8 月以"黄中黄"笔名编译了《孙逸仙》一书，由东大陆图书译印书局印行。《孙逸仙》节译自日本宫崎寅藏（1871—1922）所著的《三十三年之梦》，该书 1902 年在日本东京出版。宫崎寅藏在是书自序中道："余认个人之自由权利者也，不论财产平均之说，不论国家社会之说，惟土地者，非人力之所构造，而天之赋予万民者也，故不可为少数人之所专有"，"余欲以支那为腕力之根据地，以为彼处人多地广，而甚迫于革命之机，吾欲取其同吾主义者，而使代之以适理想之用，而定立极之基，以之号令宇内，则庶几从吾所愿"。[2] 孙中山正是他发现的合适人选。据章士钊在《疏〈皇帝魂〉》一文中所述，当宫崎寅藏得知孙中山等人"有再造支那之谋，创兴共和之举"，遂"不远千里，相来订交"，后"倦游归国，将其所历，笔之于书"[3]，即有是书。章士钊编译的《孙逸仙》一书共有四章，分别是"孙逸仙之略历及其革命谈判"、"孙党与康党"、

---

[1] 章士钊著：《章士钊全集》1，文汇出版社 2000 年版，第 375 页。
[2] 同上，第 78 页。
[3] 同上，第 77 页。

"南洋之风云与吾党之组织"、"南征之变动及惠州事件"。章士钊在自序中道,"谈兴中国者,不可脱离孙逸仙三字。非孙逸仙而能兴中国也,所以为孙逸仙者而能兴中国也"[1]。《孙逸仙》一书出版之后,风行海内,使国人印象中"不过广州湾一海贼"[2]之孙文以孙逸仙之名大名天下,有力地推动了革命的进展。

1903 年 7 月底,革命志士沈荩被清廷活活杖毙于北京刑部狱中,引全国民情激愤。章士钊在稍后发行的《国民日日报》中对此事做了大量报道。8 月 11 日,在《国民日日报》第 5 号,章士钊还发表了《哭沈荩》诗 4 首。1903 年 9 月,章士钊编《沈荩》一书,分为"绪论"、"沈荩之略历及庚子事变"、"沈荩之居北京及群小倾陷之情势"、"满政府之惨刑及沈荩死后之影响"、"结论"五章来介绍"沈荩案"的来龙去脉,并收集当时报纸上的言论附于文中,以为披露清廷反动面目助势。该书亦由东大陆图书译印书局出版。因"《苏报》案"入狱的章太炎"震恸"于"沈荩之杖死于宛平"[3],亲为之作序。章士钊在书中指出,"满洲之敢杀吾沈荩也,乃自恃其三百年窃国之权,对于四百兆为奴之种而后杀之者也"[4],"吾以为满洲之在吾中国,不可一日不去;吾同种之对满洲,不可一日不排"[5],以此号召国民一致反清。

除《苏报案纪事》、《孙逸仙》、《沈荩》外,东大陆图书译印书局还出版了《黄帝魂》一书。该书由"革命党之无名英雄"[6]黄藻

[1] 章士钊著:《章士钊全集》1,文汇出版社 2000 年版,第 75—76 页。
[2] 同上,第 76 页。
[3] 同上,第 120 页。
[4] 同上,第 121 页。
[5] 同上,第 152 页。
[6] 章士钊著:《章士钊全集》8,文汇出版社 2000 年版,第 266 页。

编辑，章士钊亦参与其中，系"一九〇三年鼓吹高潮中典型著述之一"[1]。章士钊1903年初退学由南京来到上海后与黄藻结识，"东大陆图书译印书局"之名中的"东大陆"即由他所起。当时梁启超编辑了《中国魂》一书，收集其在《清议报》上发表的鼓吹君主立宪的文章。"其中腐败驳杂，虽为之上穷碧落，下极黄泉，亦不知彼之国魂安在也。且其书多主立宪，欲维持现时清政府，则直谓之满洲魂可矣，于吾中国何有"[2]，故黄藻编辑了《黄帝魂》一书与之对抗。该书收集了发表在《苏报》、《国民日日报》等报刊或相关书籍上宣传反满革命的文章共45篇，"布达于众，使全国人人皆有魂，使全国人人皆有其肇祖元胎继继绳绳之魂"[3]。《黄帝魂》出版后广泛流传。后来因为这本书之"有裨史册"[4]，章士钊还于1961年10月专门作长文《疏〈黄帝魂〉》以为之疏。

章士钊一生只办过此一个书局。在晚清排满热潮中，它起到了推波助澜的大作用。

（三）创办《独立周报》

晚清的最后几年，章士钊先后赴日本和英国留学。在英国时，他曾为北京的《帝国日报》撰写社论，鼓吹他心向往之英国式的政党政治。民国肇建，1912年初，他从英国回到上海，应于右任等人之邀，以非同盟会员之身份主笔同盟会机关报《民立报》。章士钊在《民立报》上发表了一系列论文，来关注中国的政治体制问题。虽然他基本上赞同同盟会——国民党议会大权体制下的内阁制方案，

---

[1] 章士钊著：《章士钊全集》8，文汇出版社2000年版，第182页。

[2] 同上，第266页。

[3] 同上，第184页。

[4] 同上，第183页。

但他更愿意做他们的"诤友"，以一个独立政论家的身份来批评他们行为和主张上的不当之处。[1]"持独立二字不失，冀与同盟会炙手可热之时，以中道之论进，使有所折衷，不丧天下之望"，因此"有时持论，势不得不与党人所见，取义互有出入，而卒以此伤同盟会人之心"。[2]1912年7月，章士钊发表《政党组织案》等文章，提出名噪一时的"毁党造党"说，即"主张将所有政党之阻碍摧陷而廓清之，重筑政党于新基础之上"[3]。章士钊的言论遭到了同盟会一部分成员的激烈批评。1912年8月，革命党人张振武、方维被杀。在袁世凯是否要对此事负责这个问题上，章士钊以《民立报》为阵地与团结在《民权报》周围的同盟会激烈分子进行了一个多月的论战。8月下旬，章士钊被迫离开《民立报》。9月22日，章士钊与王无生在上海创办了《独立周报》。

《独立周报》是继《国民日日报》后章士钊创办的第二份报刊。王无生（1880—1913），即王钟麒，辛亥革命前后活跃于上海报界、文坛。吴寄尘在《故小说家的诗选·无生诗抄小传》中介绍道："清末为上海《民呼》、《民吁》、《民立》、《神州》等报记者。以敢言称于时，善为小说，又尝有小说、论文载《月月小说》。"[4]这里提到的《民呼》、《民吁》指的是《民呼日报》、《民吁日报》，它们是《民立报》的前身。1909年5月，于右任在上海创办《民呼日报》，宣传革命。后被查封，于氏改头换面，又创办了《民吁日

［1］ 参见邹小站著：《章士钊社会政治思想研究（1903—1927年）》，湖南教育出版社2001年版，第31—33页。
［2］ 章士钊著：《章士钊全集》2，文汇出版社2000年版，第513—514页。
［3］ 同上，第414页。
［4］ 吴寄尘著：《故小说家的诗选》，上海新民书局1935年版，第41页。

报》。后又被查封。1910 年 10 月，于氏再创办了《民立报》。《神州》指的是《神州日报》，它创办的时间比《民呼日报》还早，乃于右任 1907 年 4 月同邵力子、杨笃生、王博沙、汪元中等人创办。王无生与章士钊相识应该比他们在《民立报》共事的时间早。据学者邓百意考证，1903 年 11 月 6 日，王无生以"毓仁"为笔名在《国民日日报》上发表诗歌《满江红·离感即赠一尘》，这是迄今所见王无生最早公开发表的文字。[1]《国民日日报》是章士钊与陈独秀等人合作创办的第一份报刊，王无生在此发表处女作，他与章士钊有可能这个时候已经认识。

《独立周报》每周日出版，1913 年 6 月终刊。前后共出 40 期，其中 1912 年出版了 14 期，1913 年出版了 26 期。《独立周报》原设有"纪事"、"社论"、"专论"、"投函"、"文苑"、"评论之评论"等栏目。以第 1 期为例，"纪事"专为一栏；后是"社论栏"，收《发端》（秋桐作）、《救亡决论》（超然作）等文章 8 篇；后是"专论"栏，收《政情篇》（陈承泽作）等文章 4 篇；后是"投函"栏，收《政见商榷会之片影》、《周报出世与革命纪念》、《论译名》（其一、其二）等读者致《独立周报》记者函 4 封，章士钊均以"记者"身份作了回应；后是"文苑"栏，收"孟晋斋师友文录"、"孟晋斋师友诗录"等文章；后是"评论之评论"栏，收"出廷状问题"、"叛逆罪之定义"、"国基未定不宜树党"等关于一些时事问题的讨论文字；后是"别报"栏，收"章行严与杨怀中书"；后是"广告"栏。从第 15 期开始，《独立周报》栏目稍作了调整，分为

---

[1] 参见邓百意的论文《王钟麒笔名与著述考》，刊于《中国文学研究》2014 年第 2 期。

"纪事部"、"论说部"、"文艺部"、"杂俎部"等栏。以第 15 期为例，先是"纪事部"，分为"国内纪事"、"国外纪事" 2 部分；后是"论说部"，分为"社论"、"专论"、"译论"、"评论之评论" 4 部分；后是"文艺部"，分为"文录"、"诗录"、"丛谭"、"小说" 4 部分；后是"杂俎部"，仅"投函" 1 部分。与前 14 期相比，刊物明显增加了文学作品的分量。

1904 年底，章士钊因参与策划刺杀前广西巡抚王之春而入狱。1905 年初，章氏出狱后东渡日本，"审实行非己所长，绝口不谈政治，窃不自量，欲遁而治文学"[1]。统观民元前后章士钊的写作，虽然 1909 年他的小说《双枰记》曾在《帝国日报》连载，但这一时期他写得更多的是政论文章。可见在章士钊心里，最热衷的始终还是政治而非文学。此前，在东大陆图书译印书局出版《国民日日报汇编》时，其中的"文苑"栏目并未给"小说"留一席之地，连陈独秀与苏曼殊合译的《惨社会》也未收入。《独立周报》第 15 期以后文学作品分量增加，除刊登"文"、"诗歌"外，还刊登了"小说"。据笔者揣测，这应该与王无生"善为"文学，尤其是小说有关。《独立周报》第 15 期以后"文艺部"栏目的设计理念延续到了后来的《甲寅》杂志中。在《甲寅》杂志上，我们可以看到《独立周报》的影子。有人把《独立周报》视为《甲寅》杂志的"前奏"[2]，这是有道理的。

《独立周报》创刊后，章士钊在刊物上发表了一系列的文章，

---

[1] 章士钊著：《章士钊全集》2，文汇出版社 2000 年版，第 511 页。
[2] 丁守和等主编：《辛亥革命时期期刊介绍》4，人民出版社 1986 年版，第 314 页。

"欲稍稍以不偏不倚之说"[1]继续探讨民主政治的有关问题。但他没有坚持到最后，1913年3月20日，"宋案发，章士钊实际上与周报脱离了关系"[2]。章士钊见于《独立周报》上的最后文字是发表于该报第30、31期合刊上的《论宪法上应明定主权属于国民——答张彦之君》，时间是1913年4月27日。创办《独立周报》的这段经历，章士钊后来自述道："吾勤勤执笔，仍旧贯，然光气一落千丈矣。继知无生暗受袁世凯津贴，余尤意兴索然，不数期即搁笔。"[3]王无生是否接受袁世凯的津贴，已不可考。后来章士钊在日本创办《甲寅》杂志时，王无生已早逝。《甲寅》杂志第1卷第1号收有他的文字。

二 《甲寅》杂志与新文学

1913年3月20日宋教仁案发生之前，章士钊曾一度与袁世凯较为亲密。宋案发生后，章士钊渐与其疏离，并参加了二次革命亲身讨袁。1913年7月底，讨袁失利以后章士钊逃往日本。1914年5月10日，章士钊在日本东京创办了《甲寅》杂志。因为之前已经办过一些报刊及书局，积累了丰富的经验，这次又有陈独秀、杨永泰等人协助，章士钊办起《甲寅》来得心应手。

《甲寅》杂志系月刊，设有"时评"、"评论之评论"、"通信"、"论坛"、"文苑"等栏目，内容以政论为主、文艺为副。该杂志"一面为社会写实，一面为社会陈情"，以"条陈时弊、朴实说

---

［1］ 章士钊著：《章士钊全集》2，文汇出版社2000年版，第518页。

［2］ 丁守和等主编：《辛亥革命时期期刊介绍》4，人民出版社1986年版，第301页。

［3］ 章士钊著：《章士钊全集》8，文汇出版社2000年版，第316页。

理"[1]为主旨。至于具体内容，邹小站将其总结为"批判袁世凯集团的专制独裁理论，捍卫民主政治的价值，总结民元民二年间民主政治试验的经验教训，检讨民元民二间政治理论的失误，进一步探索中国走向民主政治的道路"[2]。由于《甲寅》杂志"非私人所能左右，亦非一派之议论所得垄断"[3]，保持一种开放的姿态，主动建构"公共话语空间"，它赢得了社会各界的好评，被誉为"唯一不受政府或某一政党控制的论坛"[4]。《甲寅》杂志与《新青年》、新文化运动之间有着"极为复杂的相成相反"[5]的关系。以下将对此予以重点讨论研究。

（一）《甲寅》杂志与《青年杂志》的创办

《甲寅》杂志在日本出版了4号，在上海出版了6号，共1卷10号。第1卷第3号原本应在1914年7月10日出版，但迟至8月10日才出版。本期的"特别社告"中有言："本志三号理应按期早出，惟以编辑主任秋桐君骤患时症，移居病院以及蛰居调治，共有三周间之久未能执笔，故尔出版较迟"。[6]《甲寅》杂志第1卷第4号理应在9月10日出版，但迟至11月10日才出版。本期的"特别社告"有言："本志四号理应按期早出，惟以编辑主任秋桐君孱躯病体，未能多执笔，以致出版迟迟。"[7]《甲寅》杂志第1卷

---

[1][3] 章士钊主编：《甲寅杂志·甲寅周刊》，国家图书馆出版社 2009 年版，第 1 册，第 2 页。

[2] 邹小站著：《章士钊传》，河南文艺出版社 1999 年版，第 113 页。

[4][5] 章士钊主编：《甲寅杂志·甲寅周刊》，国家图书馆出版社 2009 年版，第 1 册"出版说明"第 1 页。

[6] 章士钊主编：《甲寅杂志·甲寅周刊》，国家图书馆出版社 2009 年版，第 1 册，第 444 页。

[7] 同上，第 2 册，第 2 页。

第5号延至1915年5月10日才在上海出版。本期的"秋桐启事"如下:"仆以屡弱之躯,旅居海外,去岁夏间,同志数辈创作《甲寅》杂志,属仆主任其事,社务丛脞,益以屡病,出版愆期,至用惭愧。今为分工之计,以印刷发行两事,析与上海亚东图书馆代为理治,仆只任编辑一部,心一意专,庶可期诸久远。自后凡属印刷发行事项,请向上海接洽,其有关文字者,则直函日本东京小石川区林町七十番地《甲寅》杂志社编辑部,交仆收可也。"在"秋桐启事"旁即有"亚东图书馆启事",如下:"《甲寅》杂志前此出版已经四号,惟秋桐先生监理数事,过于劳剧,每不免印刷迟延,使读者有盼望之苦。今为分任职司,期诸久远,特将印刷发行事务委属敝馆经理。自后凡蒙爱读诸君惠购,请直向敝馆接洽。其一切收款、发报等事皆由敝馆完全负责,从前在日本、上海两总社直接订购,报费已经交足者,敝馆必当按期续寄,不致差误。"[1]

从第1卷第5号开始,《甲寅》杂志印刷发行之事交由亚东图书馆经理。亚东图书馆如何在此时与章士钊以及《甲寅》杂志有合作的机缘?其实在《甲寅》杂志前几期,我们已经可以发现一些蛛丝马迹。《甲寅》杂志第1卷第1号最后几页是刊物的广告栏,其中有一则为亚东图书馆的广告。标题是"《中学英文教科书》出版",其著者为CC君。"CC君",即指陈独秀。陈独秀又名陈乾生,"陈"与"乾"二字英文字首皆为C,故陈用笔名"CC生"。[2]查《陈独秀年谱》,1913年冬至1914年春,陈独秀"闲居"上海。这

---

[1] 章士钊主编:《甲寅杂志·甲寅周刊》,国家图书馆出版社2009年版,第2册,第246页。

[2] 参看唐宝林、林茂生编:《陈独秀年谱》,上海人民出版社1988年版,第60页注释4。

段时间里，他除起草《亚东图书馆开幕宣言》、帮助汪孟邹经办亚东图书馆外，还完成了《字义类例》一书，并编著了一部《新华英文教科书》。[1] 这里的《新华英文教科书》即是上述广告中的《中学英文教科书》。我们需要先来梳理一下陈独秀与亚东图书馆的关系。前文笔者曾谈到陈独秀与他的安徽同乡汪希颜。他们1897年8月在南京参加乡试时结识。陈独秀参加乡试未中，回皖后即与维新人士汪孟邹等人来往密切。[2] 可推测陈独秀是在认识了汪希颜之后，很快就结交了他的胞弟汪孟邹。1903年底，汪孟邹在芜湖开办新书店科学图书社，代售上海出版的新书报，兼营仪器文具等。1904年初，陈独秀来到芜湖办《安徽俗话报》，将科学图书社作为其发行机关。《安徽俗话报》办的时间并不长，1905年即停刊。至于科学图书社，则坚持至1911年辛亥革命之后。1913年春，汪孟邹接受陈独秀的建议，赴上海筹办亚东图书馆。这才有了陈独秀于1913年冬至1914年春帮助汪孟邹经办亚东图书馆一事。

1914年5月10日，章士钊在东京创办《甲寅》杂志时，陈独秀还未赴日本。第1卷第1号《甲寅》杂志的"广告栏"中则登出了亚东图书馆为陈独秀所编著的《中学英文教科书》第1册出版所作之广告。这一期《甲寅》杂志的版权页上标明发行人：渐生；编辑人：秋桐；发行所：日本东京小石川区林町七十番地《甲寅》杂志社；印刷所：日本东京小石川区久坚町百〇八番地博文馆印刷所；代派处上海最多，有19处，分别是来青阁书庄、中华图书馆、扫叶山房、著易堂、国华书局、海左书局、千顷堂、藜光社、时中

---

[1] 参看唐宝林、林茂生编：《陈独秀年谱》，上海人民出版社1988年版，第60页。

[2] 同上，第10页。

书局、会文堂、江左书林、艺林书局、科学书局、时新书局、中国图书公司、新学会社、群学社、神州图书局、科学编译部。[1]此处的"渐生"、"秋桐"都是章士钊的笔名。《甲寅》杂志第1卷第2号1914年6月10日出版，陈独秀此时仍未赴日本。这一期的"通信栏"中则登出了他以"CC生"为笔名致章士钊的信函，题为《生机》。本期的"广告栏"再次刊出了亚东图书馆为《中学语文教科书》第1册出版所做的广告。唯一不同的是，这则广告最后标明了亚东图书馆的地址棋盘街平和里。[2]本期《甲寅》杂志未见有版权页。1914年7月，应章士钊之邀，陈独秀赴日本协助其办《甲寅》杂志。第1卷第3号《甲寅》杂志1914年8月10日出版，陈独秀在这一期发表了诗歌7首，目录"诗录"栏中的标题为"陈仲七首"。这一期刊物的版权页上发行人与编辑人仍署名渐生、秋桐；发行所、印刷所名称不变，但发行所的地址变更为日本东京本乡区驹込神明町三二七番地；印刷所后又特别注明了东京代派处、上海代发行所和北京代发行所的地址和名称，东京代派处为东京神田区神保町停留场严松堂，上海代发行所为上海四马路五百五十三号《甲寅》杂志代发行所，北京代发行所为北京琉璃厂作新社；各地代派处仍以上海为最多，增加了"亚东图书馆"和"时务书局"，有21处，亚东图书馆列于第1位。[3]《甲寅》杂志第1卷第4号1914年11月10日出版，陈独秀在本期发表了《爱国心与自觉心》一文，署名"独秀"。这一期的版权页上发行人、编辑人、印刷所、

---

［1］　参见章士钊主编：《甲寅杂志·甲寅周刊》，国家图书馆出版社2009
　　　　年版，第1册，第217页。
［2］　同上，第1册，第442页。
［3］　同上，第1册，第665页。

东京代派处、北京代发行所均未变，而上海代发行所则升级为发行所，原来标注的"《甲寅》杂志代发行所"变更为"《甲寅》杂志发行所"，与位于东京的《甲寅》杂志发行所并列，地址为上海四马经车福华里；其余各地代派处不变，上海代派处仍以亚东图书馆为首。[1]

我们这里来稍做一个总结。1914 年 5 月 10 日章士钊在东京创办《甲寅》杂志时，陈独秀正在上海帮助汪孟邹经办亚东图书馆。《甲寅》杂志第 1 卷第 1、2 号均刊登有亚东图书馆为《中学英文教科书》第 1 册出版所做的广告，是为陈独秀所编著。陈独秀从第 1 卷第 2 号开始即有文字见于《甲寅》杂志，当时他还未赴日本。从第 1 卷第 3 号开始，陈独秀参与了《甲寅》杂志的编辑工作。亚东图书馆从这一期开始成为《甲寅》杂志上海一代派处，显然与陈独秀有关。另外，第 1 卷第 3 号所标明的上海代发行所为位于上海四马路五百五十三号的"《甲寅》杂志代发行所"，而第 1 卷第 4 号上海的代发行所取消，变更为位于上海四马经车福华里的"《甲寅》杂志发行所"，与东京《甲寅》杂志发行所并列。汪原放在《回忆亚东图书馆》一书中忆及亚东图书馆，其曾先后从上海四马路的惠福里搬到棋盘街的平和里，再搬到四马路江西路口的福华里。[2] 根据汪原放提供的信息，亚东图书馆搬到福华里的时间是在 1914 年春，《甲寅》杂志第 1 卷第 3、4 号的出版时间分别是在 1914 年 8 月 10 日、11 月 10 日。第 1 卷第 3 号版权页上所标明的位于上海

---

[1] 章士钊主编：《甲寅杂志·甲寅周刊》，国家图书馆出版社 2009 年版，第 2 册，第 243 页。

[2] 参见汪原放著：《回忆亚东图书馆》，学林出版社 1983 年版，第 21 页。

四马路五百五十三号的"《甲寅》杂志代发行所"与第 1 卷第 4 号版权页上标明的位于上海四马经车福华里的"《甲寅》杂志发行所"是否同一发行所不同所在地尚不能确定，但这个位于上海四马经车福华里的"《甲寅》杂志发行所"极有可能就是再次搬迁的亚东图书馆所在地。也就是说，可能从第 1 卷第 4 号开始，因为陈独秀的直接原因，亚东图书馆已经不仅仅是《甲寅》杂志的上海代派处之一，而是已同时开始做其发行工作了。

1915 年 5 月 10 日《甲寅》杂志第 1 卷第 5 号出版时刊出了"秋桐启事"和"亚东图书馆启事"，亚东图书馆开始正式经理《甲寅》杂志印刷发行事务。这一期刊物的版权页上标明编辑者：秋桐；出版者：《甲寅》杂志社；印刷兼发行者：上海四马路福华里亚东图书馆；总发行所：上海四马路福华里亚东图书馆；之前的"代派处"也变为"分售处"，上海的分售处有 10 家，分别是艺林书局、群益书社、商务印书馆、中华书局、中国图书公司、文明书局、科学会、鸿文书局、锦章图书局、泰东图书局。[1] 原来在上海的 21 处代派处只保留了艺林书局和中国图书公司。《甲寅》杂志第 1 卷 6—10 号的出版时间分别是 1915 年 6 月 10 日、7 月 10 日、8 月 10 日、9 月 10 日和 10 月 1 日。《甲寅》杂志第 1 卷第 10 号刊出"紧要启事"，内容如下："本志自发行以来，谬蒙社会督奖，在事同人理合努力进行以慰读者诸君之望。前以事烦任重，编辑发行分途董理，以期专任，不使愆期。比日以来，营业益臻发达，上海亚东图书馆力难兼顾发行之事，业由本志派人驻沪专理，以期久

---

[1] 参见章士钊主编：《甲寅杂志·甲寅周刊》，国家图书馆出版社 2009 年版，第 2 册，第 463 页。

远。此后关于编辑事项，仍祈直函日本东京小石川区林町七十番地本志编辑部。关于发行事项则请向上海江西路五十六号本志总发行所接洽。以前亚东图书馆所有代办之事一概移交本志总发行所继续办理，完全负责，特此声明！"[1] 但此期之后，《甲寅》杂志停办。

《甲寅》杂志社为什么会在此时解除与亚东图书馆的合作关系，又为什么会在第1卷第10号以后停刊？汪原放曾就《甲寅》杂志提供过1个广告和1则启事。这个广告和这则启事均发表于1916年6月6日袁世凯去世以后。广告名为《爱读〈甲寅〉者鉴》，内容如下："本杂志自去年九月被禁，国内不能邮寄，读者无从购买，共和恢复以后，购者纷纷，销数骤盛。现在自第一号至第十号，所存皆已不多，爱读诸君，尚希从速购取。每本实价大洋四角。外埠另加邮费五分。"启事名为《〈甲寅〉杂志社启事》，内容如下："癸丑（1913）战役既毕，袁氏尽其力所能及，钳制国人，使之噤伏。秋桐先生旅居日本，愤民意之不伸，创作《甲寅》杂志，援证事理，力辟奸邪，一时中外风行，袁氏震骇，帝制议起，通令禁止销售。先生亦适于此时归国，从事义举，海陆奔驰，无暇执笔。今兹政局粗定，国事之有待于言论者甚多，先生拟将经手事件清釐终结，即便赓续为文。出版有期，再行布告。"[2] 这则广告说明《甲寅》杂志停刊的原因是被袁氏政府所禁。这则启事则除此之外，还说明了另一个原因，即章士钊在办完《甲寅》杂志第1卷第10号以后归国，因从政而无暇再执笔。这里道出了《甲寅》杂志停刊的两个原因，但并不全面，下文仍将论述。再者，为什么在第1卷第

[1] 章士钊主编：《甲寅杂志·甲寅周刊》，国家图书馆出版社2009年版，第3册，第438页。

[2] 汪原放著：《回忆亚东图书馆》，学林出版社1983年版，第29—30页。

10 号《甲寅》杂志所登出的"紧急启事"中，亚东图书馆会不再经理《甲寅》杂志印刷发行之事？是因为担心被查封吗？其中详情不得而知。汪原放在《回忆亚东图书馆》一书中也未说明此事。

以上我们梳理了陈独秀与亚东图书馆以及二者与《甲寅》杂志的关系。接下来，还要谈一下群益书社。群益书社 1901 年由当时在东京留学的长沙人陈子沛、陈子寿兄弟创办，他们的堂兄陈子美负责出资。1902 年群益书社由东京迁至长沙，1907 年在上海四马路惠福里设分社。1912 年群益书社上海分社迁至棋盘街泗泾路口后，陈氏兄弟将此处办成总社，同时在东京和长沙设立分社。汪原放在《回忆亚东图书馆》一书里这样谈汪孟邹与陈子沛的初次交往："我的大叔（笔者按：即汪孟邹）到上海办货办书，据说最早歇过小旅馆，后来才搭在相熟的书店里，以后在章士钊先生的苏报馆里认识了群益书社的主人陈子沛，这才在群益书社里搭铺。直到我到上海时，亚东图书馆还是刚刚单独租了房子，芜社申庄才设在亚东里面。"[1] 章士钊办《苏报》的时间是在 1903 年，可知汪孟邹与陈子沛相识最早是在 1903 年。至于章士钊如何与陈子沛等人相识，不可考。汪孟邹在芜湖办科学图书社，到上海进货在群益书社搭铺，可见汪与陈关系之密切。汪孟邹 1913 年在上海办亚东图书馆，首选地址即在惠福里，而群益书社 1912 年才从这里搬走。汪原放是 1913 年到上海的，根据他的叙述，亚东图书馆在他到上海时才刚刚单独租房子，此前竟设在群益书社的店里面。有可能汪孟邹租的就是群益书社原来的店面，或者是群益书社搬走以后，汪又借用了一段时间，然后才租了另一间店面。汪原放并没有清楚地说明，我们

---

[1]　汪原放著：《回忆亚东图书馆》，学林出版社 1983 年版，第 21 页。

只是揣测，但不管是哪一种情况，均足以见出亚东图书馆与群益书社关系的非同寻常。

我们再从另一个角度来窥探一下亚东图书馆与群益书社的关系。如前文所述，至少从第 1 卷第 5 号起，亚东图书馆开始经理《甲寅》杂志的印刷发行事务。这一期的《甲寅》杂志首次在目录之前排了广告，是亚东图书馆为自己所发行的书籍、地图等做的广告。这一期正文之后是科学会和群益书社的广告。二者皆首次在《甲寅》杂志刊登广告。群益书社共用了 5 页的篇幅为自家出版的书籍做广告，比亚东图书馆多 1 页，比科学会也多 1 页。《甲寅》杂志第 1 卷第 6 号目录之前只有订单，广告均置于正文之后，分别是群益书社、亚东图书馆、正谊杂志社和科学会所登。其中群益书社的广告占去 4 页篇幅，其他各占 1 页篇幅。《甲寅》杂志第 1 卷第 7 号目录前、正文后均有广告。目录前分别是群益书社、亚东图书馆的广告。其中群益书社的广告占 2 页篇幅，亚东图书馆占 4 页篇幅。正文之后分别是正谊杂志社、科学会、群益书社、亚东图书馆的广告。其中群益书社的广告占 4 页篇幅，其他各占 1 页。总计来说，《甲寅》杂志第 1 卷第 7 号中，群益书社占用了 6 页篇幅来做广告，亚东图书馆占 5 页，正谊杂志社、科学会各占 1 页。群益书社在本期中的广告不仅用去了最多的篇幅，且和亚东图书馆的广告一样是置于目录之前。更难得的是，群益书社的广告还置于亚东图书馆之前。《甲寅》杂志第 1 卷第 8 号亦目录前、正文后均有广告。目录前分别是亚东图书馆和群益书社的广告，其中亚东图书馆的广告占去 4 页篇幅，群益书社占去 2 页。本期正文之后是正谊杂志社和《科学》杂志的广告，各占 1 页篇幅。第 1 卷第 9 号亦目录前、正文后均有广告。目录之前分别是群益书社和亚东图书馆的广告，其中群益书社的广告占去 5 页篇幅，亚东图书馆占去 1 页。正文之后分别是群益书社、亚东图书馆、《科学》杂志的广告，其中群益书社的广告占去 3 页篇幅，亚东图书馆占去 3 页，《科学》杂志占去 1 页。总计来说，本期群益书社的广告占去 8 页篇幅，亚东图书馆占去 4 页，《科学》杂志占去 1 页，且本期目录前群益书社的广告再次置于亚东图书馆之前。第 1 卷第 10 号的广告置于目录之前，分别是群益书社的广告、"李执中启事"及亚东图书馆的广告。其中群益书社的广告占去 3 页篇幅，"李执中启事"占去 2 页，亚东图书馆占去 1 页。本期群益书社的广告再次置于亚东图书馆之前。

以上对《甲寅》杂志第 1 卷第 5—10 号各期的广告情况做了描述和统计分析，我们会发现群益书社的广告在《甲寅》杂志第 1 卷第 5 号以后各期的广告中享有得天独厚的优越条件。除第 1 卷第 8 号外，它每期都占用了最多的篇幅；它可以和亚东图书馆的广告一起置于刊物的目录之前，且可以再置于亚东图书馆的广告之前。这是《甲寅》杂志的广告中所体现出来的亚东图书馆老板汪孟邹与群益书社老板陈子沛等人交情之深厚。

那么陈独秀与陈子沛等人交情如何呢？关于陈独秀所编的《新体英文教科书》，汪原放曾有如下回忆："这本《新体英文教科书》是在作新社排的。校样来时，我们无人能校，大叔只好拿到群益书社托一位蒋熙光兄代校。蒋熙光兄只是群益书社的学徒，已经出师，夜里在教会里学英文，程度已经很好。群益书社时常要用英文，所以他得到夜里学英文的允许。"[1] 以上回忆并不能证明陈独秀与陈子沛等人的交情，因为蒋熙光不过是看在老板陈子沛等人的

---

[1]　汪原放著：《回忆亚东图书馆》，学林出版社 1983 年版，第 27 页。

面上帮了亚东图书馆的忙。不过这毕竟是陈独秀与群益书社发生关联之一事，录之于此。《甲寅》杂志 1915 年 5 月 10 日移至上海由亚东图书馆发行。陈独秀也于 1915 年 6 月中旬在汪孟邹等人的"催返"下由日本回国，居在上海。[1] 之后，陈独秀便开始酝酿办《青年杂志》。他先找了汪孟邹，但亚东图书馆"实在没有力量做"，因为"当时亚东地图生意不好，又正在印行《甲寅》杂志，经济上甚为棘手"。[2] 于是，汪孟邹便把这桩生意介绍给了群益书社的陈子沛、陈子寿兄弟。"他们竟同意接受，决定每月的编辑费和稿费二百元，月出一本"[3]，此即《青年杂志》，即后来的《新青年》。汪孟邹的日记里，记录下 1915 年 7 月 5 日陈子寿来告诉他"'青年'事已定夺"一事。[4] 可知，最迟在 1915 年 7 月 5 日，陈独秀办《青年杂志》一事已谈妥。陈独秀与群益书社合作是经汪孟邹介绍，由此可推定，陈独秀与陈子沛等人在合作办《青年杂志》之前应该还不是很熟悉。陈独秀能与群益书社合作，得益于亚东图书馆，但又间接得益于《甲寅》杂志，因为《甲寅》杂志催熟了他们合作的时机。陈独秀回国创办《青年杂志》，章士钊失去左膀右臂也是《甲寅》杂志停刊的重要原因。1915 年 9 月 15 日，陈独秀主办的《青年杂志》在上海创刊。随后，《甲寅》杂志便于 1915 年 10 月 1 日出完第 1 卷第 10 号后停刊。值得一提的是，《甲寅》杂志第 1 卷第 9 号群益书社所刊登的广告中，第 1 个便是《青年》9 月中出版的预告。此《青年》，即《青年杂志》。

———————

[1] 唐宝林、林茂生编：《陈独秀年谱》，上海人民出版社 1988 年版，第 66 页。

[2][3] 汪原放著：《回忆亚东图书馆》，学林出版社 1983 年版，第 32 页。

[4] 同上，第 31 页。

（二）《甲寅》杂志对《新青年》的影响

在《中国思想小史》一书中，常乃惪谈章士钊创办的《甲寅》杂志对《新青年》乃至新文化运动的影响，言章士钊虽然"并不知道新文化运动是甚么，但他无意间却替后来的运动预备下几个基础。他所预备的第一是理想的鼓吹，第二是逻辑式的文章，第三是注意文学小说，第四是正确的翻译，第五是通信式的讨论。这五点——除了第二点后来的新文化运动尚未能充分注意外——其余都是由《甲寅》引伸其绪而到《新青年》出版以后才发挥光大的，故我们认《甲寅》为新文化运动的鼻祖，并不算过甚之辞"[1]。

在笔者看来，第一、三、四点都过于牵强。固然《甲寅》杂志和《新青年》中都有对"理想"的鼓吹，但他们鼓吹的是不同的"理想"，难以说《新青年》"引伸其绪"将之发扬光大。其次，关于"注意文学小说"。1904至1905年间，陈独秀与汪孟邹的芜湖科学图书社合作办《安徽俗话报》。汪原放回忆其内容，说其《章程》写明共分13门，分别是论说、要紧的新闻、本省的新闻、历史、地理、教育、实业、小说、诗词、闲谈、行情、要件、来文[2]。其中小说、诗词等门类的设置，说明陈独秀并非在协助章士钊办《甲寅》杂志时才开始注意文学小说并在随后将其引伸到《新青年》中。再次，关于"正确的翻译"。因"以西人名著，译登《甲寅》，本愚初志"，所以在《甲寅》杂志创办初期，章士钊发表过《白芝浩内阁论》（第1卷第1号）、《哈浦浩权利说》（第1卷第2号）等

---

[1]　常乃惪著：《中国思想小史》，上海古籍出版社2005年版，第137页。
[2]　汪原放著：《回忆亚东图书馆》，学林出版社1983年版，第16页。

译文,"后以困于他项文字,不克赓续"[1]。陈独秀协助章士钊办《甲寅》杂志之后,这样的译文几乎没有再出现过。所以,《甲寅》杂志对翻译问题的关注并不多。在《甲寅》杂志第1卷第4号"通信"栏中,读者容挺公与章士钊有过关于"译名"问题的讨论。常乃惪所谓"正确的翻译",若指的是这一番讨论,那不该是有影响的,因为陈独秀必然看过这两封信,但影响不宜夸大。常乃惪提到的第五点,关于"通信式的讨论",倒确算是《甲寅》杂志对《新青年》实实在在的影响。陈独秀将这种形式的栏目照搬到了《新青年》,真正是"引伸其绪",发扬光大。另外,《甲寅》杂志的撰稿人有一部分后来为《新青年》撰稿,这也是一种方式的"引伸其绪"。这两点已足以让《甲寅》杂志成为《新青年》乃至新文化运动的"鼻祖"。

1 "通信式的讨论"

《甲寅》杂志设有"通信(讯)"栏目。在开卷的"本志宣言"曾特别提到此栏:"本志既为公共舆论,通讯一门最所置重,务使全国之意见皆得如其量以发表之。其文或指陈一事,或阐发一理,或于政治学术有所怀疑,不以同人为不肖,交相质证,俱一律欢待,尽先登录。或夫问题过大,持理过精,非同人之力所及,同人当设法代请于东西洋学者以解答之。"[2]章士钊对"通信"栏目的重视并非始于此时。《甲寅》杂志第1卷第1号"通信"栏中有李烞致记者函,其中提到"自大记者(笔者按:指章士钊)主持《民立报》以来,仆即见其对于通信一门,颇为注意,意在步武欧美诸大

---

[1] 章士钊主编:《甲寅杂志·甲寅周刊》,国家图书馆出版社2009年版,第3册,第171页。

[2] 同上,第1册,第2页。

周刊、日刊诸报，以范成舆论之中心。然国人研究讨论之心，不甚发达，虽亦有应者，而究属寂寥，是诚可惜。仆当《独立周报》时代，亦曾妄以管见，填其余白，今幸大志赓续前志，锲而不舍，论风之开，仆将以是卜之，而仆所有怀疑，亦有时会相与剖析，此诚私心狂喜者也"[1]。据此可见，章士钊对于"通信"栏目的重视从其主持《民立报》时期就开始了，一直延续至《独立周报》时期，又至《甲寅》杂志。

《甲寅》杂志"通信"栏目主要刊登读者来函及记者（主要是章士钊）回复。以《甲寅》杂志第 1 卷第 2 号为例，本期共登出《政本》、《人治与法治》、《政治与历史》、《新闻记者与道德》、《生机》、《逻辑》、《通信道德》、《佛法》等 8 篇读者来函，而记者对前 6 篇均作了回复。如题目为《生机》的这篇来函系陈独秀致章士钊私函，以 CC 生为笔名发表于《甲寅》杂志。陈独秀在信函中指出："自国会解散以来，百政俱废。失业者盈天下，又复繁刑苛税，惠及农商，此时全国人民，除官吏兵匪侦探之外，无不重足而立，生机断绝，不独党人为然也。国人唯一之希望，外人之分割耳。"这样的言语自然有意气成分。章士钊回复道："又何言之急激？一至于斯也。"至于陈独秀在信中发出的"《甲寅》杂志之运命，不知将来何如也"之感慨，章士钊回复"至《甲寅》杂志，当与国运同其长短，己身无所谓运命也。有友鲁莽不文，贻愚书曰：'趁国未亡，尔有什么说，尽管说出来，免得国亡，尔有一肚皮话未说，要又气闷。'如此君言，则国亡时，《甲寅》杂志将不作矣。换位而言，

---

[1]　章士钊主编：《甲寅杂志·甲寅周刊》，国家图书馆出版社 2009 年版，第 1 册，第 94 页。

《甲寅》杂志不作，或有他力，使《甲寅》杂志不能更作，亦必国亡时矣"。[1] 如此这般的互动，必然会增进读者与记者以及刊物间的感情，推动刊物真正成为一个公共舆论的空间。

再来看《新青年》。《新青年》中唯一一个原封不动从《甲寅》杂志移植过来的栏目即是"通信"栏目。与《甲寅·本志宣告》一样，《青年·社告》中关于"通信"栏目有着重的说明："本志特辟通信一门，以为质析疑难、发舒意见之用。凡青年诸君对于物情学理有所怀疑，或有所阐发，皆可直缄惠示。本志当尽其所知，用以奉答，庶可启发心思，增益神志。"[2] 从第 2 卷开始，《青年杂志》更名为《新青年》。其第 2 卷第 1 号有两则通告，第 1 则系更名通告，第 2 则则系新辟"读者论坛"通告。第 2 则通告内容如下："本志自第二卷第一号起新辟'读者论坛'一栏，容纳社外文字。不问其'主张'、'体裁'是否与本志相合，但其所论确有研究之价值者，即皆一体登载，以便读者诸君自由发表意见。"[3] "读者论坛"栏目是"通信"栏目的改进版。"通信"栏目主要刊登读者来函及记者回复，"读者论坛"栏目则直接刊登读者的言论文字。如第 2 卷第 1 期"读者论坛"栏目刊登了读者王涅的文章《时局对于青年之教训》与读者陈圣任的文章《青年与欲》。不过，因为是"社外文字"，所以字体相对较小。

"通信"栏目在《新青年》中发挥了重要作用。比如它促使陈独秀更多地关注到文学，并把刊物办成"文学革命"的阵地。先是

---

[1] 章士钊主编：《甲寅杂志·甲寅周刊》，国家图书馆出版社 2009 年版，第 1 册，第 351—352 页。
[2] 《青年杂志》，第 1 卷第 1 号社告。
[3] 《新青年》第 2 卷第 1 号通告 2。

在第 1 卷第 3 号的《青年杂志》(1915 年 11 月 15 日发行）上，陈独秀发表了《现代欧洲文艺史谭》一文。在这篇文章中，陈独秀指出："欧洲文艺思想之变迁，由古典主义（Classicalism）一变而为理想主义（Romanticism），此在十八十九世纪之交。文学者反对模拟希腊罗马古典文体，所取材者，中世之传奇，以抒其理想耳。此盖影响于十八世纪政治社会之革新，黜古以崇今也。十九世纪之末，科学大兴，宇宙人生之真相日益暴露，所谓赤裸时代，所谓揭开假面时代，喧传欧土，自古相传之旧道德、旧思想、旧制度一切破坏。文学艺术亦顺此潮流由理想主义再变而为写实主义（Realism）更进而为自然主义（Naturalism）"，"现代欧洲文艺无论何派，悉受自然主义之感化，作者之先后辈出，亦远过前代"[1]。紧接着，在第 1 卷第 4 号《青年杂志》(1915 年 12 月 15日发行）的"通信"栏目里，读者张永言对此文予以了回应。他在致记者函中发问道："贵杂志第三号论欧洲文艺，谓今日乃自然主义最盛时代，且力举古典主义等用相比较。仆意在我国数千年文学屡有变迁，不知于此四主义中已居其几，而今后之自然主义当以何法提倡之，贵杂志亦有意提倡此种主义否？"陈独秀在回复中答道："吾国文艺犹在古典主义、理想主义时代，今后当趋向写实主义。文章以纪事为重，绘画以写生为重，庶足挽今日浮华颓败之恶风。"[2] 第 1 卷第 6 号（1916 年 2 月 15 日发行）"通信"栏里，又见张永言致函，问及古典主义、理想主义、写实主义、自然主义之义。陈独秀在回复中一一作了解释。

---

[1]《青年杂志》第 1 卷第 3 号，《现代欧洲文艺史谭》一文第 1—2 页。
[2]《青年杂志》第 1 卷第 4 号"通信"栏目。

又有在第 1 卷第 3 号的《青年杂志》上，发表了谢无量的《寄会稽山人八十四韵》。在文后的"记者识"中，陈独秀道："文学者，国民最高精神之表现也。国人此种精神委顿久矣。谢君此作，深文余味，希世之音也！子云相如而后，仅见斯篇。虽工部亦只有此工力，无此佳丽。谢君自谓天下文章尽在蜀中，非夸矣。吾国人伟大精神犹未丧失也欤？于此征之。"[1] 胡适看到了张永言与陈独秀的来往通信，也读到了谢无量的文字及文后"记者识"。他给陈独秀写了一封信，刊于第 2 卷第 2 号的《新青年》(1916 年 10 月 1 日发行)"通信"栏目中。针对陈独秀对谢无量那首长律诗所下的"厚诬工部而过誉谢君"之词，胡适在信中指出，"细检谢君此诗，至少凡用古典套语一百事"，因为陈独秀在回复张永言的信中曾道及"吾国文艺犹在古典主义、理想主义时代，今后当趋向写实主义"，此处即"已知古典主义之当废而独啧啧称誉此古典主义之诗"，是乃自相矛盾也！在胡适看来，"凡用典见长之诗决无可传之价值"。胡适将当今文学堕落之因概括为"文胜质"，并在信末提出了他的"文学革命"八事之初步意见：一曰不用典；二曰不用陈套语；三曰不讲对仗（文当废骈，诗当废律）；四曰不避俗字俗语（不嫌以白话作诗词）；五曰须讲求文法之结构。此皆形式上之革命也；六曰不作无病之呻吟；七曰不摹仿古人，语语须有个我在；八曰须言之有物。此皆精神上之革命也。陈独秀对这封信予以了回应。他解释了之所以录古典主义之诗，在于"今之文艺界写实作品，以仆寡闻，实未尝获觏"等原因，又说"若以西洋文学眼光，批评工部及元白柳刘诸人之作，即不必吹毛求疵，其拙劣不通之处，又焉能

---

[1]《青年杂志》第 1 卷第 3 号《寄会稽山人八十四韵》文末。

免？望足下平心察之，实非仆厚诬古人也"。对于胡适提出的"文学革命"八事，陈独秀给予盛赞，"除五八二项，其余六事仆无不合十赞叹，以为今日中国文界之雷音"。关于第五事须讲求文法之结构，第八事须言之有物，陈独秀也均指出了自己的不解之处或改进意见。如关于"须言之有物"，陈独秀道："鄙意欲救国文浮夸空泛之弊，只第六项'不作无病之呻吟'一语足矣。若专求'言之有物'，其流弊将毋同于'文以载道'之说"[1]。在随后的《新青年》第2卷第4号（1916年12月1日）"通信"栏目中，当时还是北京高等师范预科生的常乃惪致信陈独秀，提出对胡适"文学革命"八事的不同意见。关于胡适提出的"不用典"、"不讲对仗（文当废骈，诗当废律）"，常乃惪道"若因改革之故，而并废骈体及禁用古典，则期期以为不可"。他提出"文史之界"，将美术之文谓之于"文"，非美术之文谓之于"史"，建议"一面改革史学使趋于实用之途，一面改良文学使卓然成为一种完全之美术"。在常乃惪看来，骈文乃我国真正之国粹，不可抛弃。至于禁用古典，常乃惪以为"似不免矫枉过正"，"诗文之用古典，如服装之御珍品，偶尔点缀，未尝不可助兴，但不可如贫儿暴富，着珍珠衣过市已耳"。另外，关于"不避俗字俗语（不嫌以白话作诗词）"、"不摹仿古人，语语须有个我在"两事，常乃惪也提出了自己的意见，限于篇幅，不再赘述。[2]胡适一定看到了陈独秀及常乃惪的文字，他对之前的"八事"意见作了修改。新"八事"为：一曰言之有物；二曰不摹仿古人；三曰须讲求文法；四曰不作无病之呻吟；五曰务去

---

[1]《新青年》第2卷第2号"通信"栏目。
[2]《新青年》第2卷第4号"通信"栏目。

烂调套语；六曰不用典；七曰不讲对仗；八曰不避俗字俗语。他将此敷衍成《文学改良刍议》一文，发表在《新青年》第2卷第5号（1917年1月1日发行）。紧接着，陈独秀在《新青年》第2卷第6号（1917年2月1日发行）上发表《文学革命论》一文，"文学革命"的大潮随之而起。

通过以上梳理，我们足以见出"通信"栏目在《新青年》中所发挥的重要作用。由于此"通信"栏目是由《甲寅》杂志沿袭而来，毫无疑问，《甲寅》杂志对新文学的发生及新文化运动的展开作出了重要贡献。

2 《新青年》中的《甲寅》杂志作者

我们首先对《甲寅》杂志第1卷第1—10号的作者作了统计，共有152位作者在刊物上发表文字。

按照见刊次数（同1期中多次见刊的算作1次）及见刊先后顺序排列，作者情况依次是：

10次1人，即章士钊（第1卷1—10号，简写为第1—10号，下同）；

6次3人，分别是易白沙（白沙、易培荃、易坤）（第2—5、8、10号）、东荪（第5—10号）、端六（第5—10号）；

5次2人，分别是运甓（第2—4、8、9号）、陈独秀（第2—5、7号）；

4次7人，分别是桂念祖（第1—3、5号）、王国维（第1、8—10号）、兹（第1—3、7号）、老谈（第1—3、6号）、章太炎（第2、5、8、10号）、汪馥炎（第3—4、7、10号）、易培基（第6—7、9、10号）；

3次16人，分别是秉心（第1—3号）、刘陇（第2、4、6

261

号）、韩伯思（第3、5、10号）、张尔田（第3—5号）、李大钊（第3—4、8号）、高一涵（第3—5号）、周锐锋（第3、7、9号）、赵藩（第3、5、9号）、匏夫（第4—5、9号）、伍子余（第5、7、9号）、张溥（第5—6、8号）、苏曼殊（第5、7—8号）、文廷式（第6、8、10号）、朱孔彰（第6、8—9号）、无涯（第8—10号）、程演生（第8—10号）；

2次24人，分别是周悟民（第1—2号）、曹工丞（第1—2号）、刘师培（第1—2号）、陈蘧（第2、6号）、黄节（第2、5号）、吴之英（第2—3号）、叶德辉（第3、6号）、杨琼（第3、7号）、杨守仁（第3—4号）、邓艺孙（第3、6号）、张企贤（第4、6号）、戴承志（第4、6号）、胡适（第4、10号）、魏源（第5、7号）、袁昶（第5、7号）、蒋智由（第5、8号）、CZY生（第6、8号）、储亚心（第6—7号）、龙继栋（第6—7号）、潘力山（第7、9号）、王闿运（第7、9号）、鲠生（第8、10号）、梁漱溟（第8、10号）、王燧石（第9—10号）；

1次99人，分别是郑逸（第1号）、李葰（第1号）、吴敬恒（第1号）、吴宗谷（第1号）、CWM（第1号）、KS生（第1号）、马一浮（第1号）、谢无量（第1号）、王无生（第1号）、重民（第2号）、放鹤（第2号）、敬盦（第2号）、李北村（第2号）、吴市（第2号）、黄枯桐（第2号）、梵音（第2号）、康率群（第2号）、金天翮（第2号）、诸宗元（第2号）、汪兆铭（第2号）、释敬安（第2号）、天钧（第3号）、洗心（第3号）、何亚心（第3号）、詹瘦盦（第3号）、朱芰裳（第3号）、顾一得（第3号）、郁嶷（第3号）、梁士贤（第3号）、陈敏望（第3号）、高吾寒（第3号）、陶庸（第3号）、甓勤斋（第3号）、海外虬髯（第3号）、舒闰祥（第 3 号）、孙毓坦（第 4 号）、GPK（第 4 号）、罗候（第 4 号）、陈乐（第 4 号）、王渭西（第 4 号）、梁天柱（第 4 号）、孙叔谦（第 4 号）、容挺公（第 4 号）、李寅恭（第 4 号）、杨超（第 4 号）、WKY（第 4 号）、朱存粹（第 5 号）、陈涛（第 5 号）、张农（第 5 号）、竹音（第 6 号）、徐天授（第 6 号）、陶履恭（第 6 号）、张振民（第 6 号）、陈萝（第 6 号）、徐衡（第 6 号）、皮宗石（第 6 号）、劳勉（第 6 号）、刘燕和（第 6 号）、张文昌（第 6 号）、戴世名（第 6 号）、诏云（第 7 号）、胡涯（第 7 号）、谭仁（第 7 号）、容孙（第 7 号）、李垣（第 7 号）、唐景崧（第 7 号）、龚自珍（第 7 号）、吴虞（第 7 号）、皓白（第 8 号）、后声（第 8 号）、白惺亚（第 8 号）、戴成祥（第 8 号）、吴醒侬（第 8 号）、刘夷（第 8 号）、王鹏运（第 8 号）、姜实节（第 8 号）、李莼客（第 8 号）、叔雅（第 9 号）、林平（第 9 号）、周子贤（第 9 号）、何震生（第 9 号）、梁鲲（第 9 号）、CMS（第 9 号）、张效敏（第 9 号）、胡知劲（第 9 号）、曹佐熙（第 9 号）、剑农（第 10 号）、漆运钧（第 10 号）、刘相无（第 10 号）、黄远庸（第 10 号）、张继良（第 10 号）、樊定（第 10 号）、鲁相（第 10 号）、黄毅民（第 10 号）、陈杰（第 10 号）、王九龄（第 10 号）、王涅（第 10 号）、康有为（第 10 号）、陈三立（第 10 号）。

《甲寅》杂志 1915 年 10 月停刊，至 1917 年 1 月底章士钊又在北京创办了《甲寅》日刊。此时的《新青年》于 1915 年 9 月 15 日创刊后，已办至第 2 卷第 5 号（1917 年 1 月 1 日发行）。在《甲寅》杂志停刊的这段时间里，一部分原《甲寅》杂志的作者转而开始为陈独秀的《新青年》撰稿，成为《新青年》作者群中的一员。为了有一份详细的名单，我们以《新青年》前 2 卷为研究对象，对其作者进行了同样的统计，发现共有80人在《新青年》前2卷留下文字。按见刊次数（同1期中多次见刊的算作1次）及见刊先后顺序排列，作者情况如下：

12次1人，即陈独秀（第1卷1—6号、第2卷1—6号，简写为1.1—6、2.1—6，下同）；

10次1人，即陈嘏（1.1—6、2.1—3、2.6）；

9次1人，即李亦民（1.1—6、2.2—4）；

8次1人，即高一涵（1.1—6、2.1、2.5）；

6次1人，即刘叔雅（1.3—6、2.2—3）；

5次4人，分别是薛琪瑛女士（1.2—4、1.6、2.2）、胡适（2.1—2、2.4—6）、毕云程（2.1—5）、刘半侬（2.2—6）；

4次2人，分别是易白沙（1.2、1.5—6、2.1）、马君武（2.2—5）；

3次4人，分别是谢鸿（1.3、1.6、2.2）、孟明（1.4—6）、李平（2.2—3、2.5）、淮阴钓叟（2.3—5）；

2次16人，分别是汪叔潜（1.1、2.1）、一青年（1.1、1.3）、王庸工（1.1、2.2）、汝非（1.2、1.4）、李平敬（1.2—3）、谢无量（1.3—4）、潘赞（1.4—5）、张永言（1.4、1.6）、高语罕（1.5—6）、吴稚晖（2.2—3）、T.M.Cheng（2.3、2.5）、杨昌济（2.4—5）、常乃惪（2.4、2.6）、孔昭铭（2.4—5）、陶履恭（2.5—6）、吴虞（2次，2.5—6）；

1次49人，分别是彭德尊（1.1）、章文治（1.1）、王珏（1.2）、吴勤（1.3）、李大魁（1.3）、黄剑花（1.3）、万澍（1.4）、穗（1.4）、沈伟（1.4）、李穆（1.5）、萧汝霖（1.5）、澍生（1.6）、姚孟宽（1.6）、辉暹（1.6）、李大钊（2.1）、温宗尧（2.1）、贵

阳爱读贵志之一青年（2.1）、何世侠（2.1）、沈慎乃（2.1）、舒新城（2.1）、陈恨我（2.1）、程师葛（2.1）、王涅（2.1）、陈圣任（2.1）、王醒侬（2.2）、罗佩宜（2.2）、苏曼殊（2.3）、法国文学协会中国上海支部法文专修学校一民（2.3）、莫芙卿（2.3）、陈蓬心（2.3）、潘赞化（2.3）、程宗泗（2.3）、汪中明（2.4）、王统照（2.4）、康普（2.5）、晔（2.5）、褚葆衡（2.5）、孙斌（2.5）、顾克刚（2.5）、光昇（2.6）、陈其鹿（2.6）、曾孟鸣（2.6）、程演生（2.6）、叶挺（2.6）、程振基（2.6）、陈丹崖（2.6）、钱玄同（2.6）、李张绍南（2.6）、陈钱爱琛（2.6）。

现在这份名单出现在我们面前了。《新青年》前两卷的作者中原为《甲寅》杂志作者的人员有陈独秀、高一涵、刘叔雅、胡适、易白沙、谢无量、吴稚晖、陶履恭、吴虞、李大钊、王涅、苏曼殊、程演生，共计13人。这个数字占据《新青年》前两卷作者总人数的16.3%。由于《新青年》前两卷的80位作者中，仅在"通信"栏目以读者来函的方式出现者有37人，故在这两卷中刊物的实际撰稿人只有43人。这13人中程演生并未为刊物撰稿，仅在第2卷第6号"通信"栏目中出现，故不在实际撰稿人之列，剩下的12位撰稿人占实际撰稿人数的27.9%。同时，我们发现这13人中排在前5位的陈独秀、高一涵、刘叔雅、胡适、易白沙位居笔者对《新青年》前两卷作者所作的统计名单之前10位。这些数字说明了《新青年》前两卷作者队伍中原《甲寅》杂志作者的地位和分量。

《甲寅》杂志不仅为《新青年》提供了作者，更重要的是这些人中很大一部分在日后成长为新文化运动的主将。我们不妨再做一个细致的划分，将这13人中除陈独秀以外的12人根据他们与陈独秀交往之不同粗略分为3类。第1类是刘叔雅、谢无量、吴稚晖、苏曼殊、程演生 5 人，他们早在《甲寅》杂志创刊之前即与陈独秀相识或至少已不陌生。如刘叔雅，即刘文典，1905 年 2 月他在安徽公学读书时曾受教于陈独秀，故是旧交。[1]再如谢无量，章士钊与陈独秀等人创办《国民日日报》时，他就曾担任撰述。[2]吴稚晖与陈独秀之交往不可考，但凭他的大名，至少从 1902 年他与蔡元培一起办爱国学社起，陈独秀就不会对他陌生。再如苏曼殊，1902 年冬在日本他与陈独秀一起发动"青年会"时就相识了。[3]再如程演生，据《陈独秀年谱》记载，1909 年底，陈独秀与友人一起"去程演生家拜访，从此与程结为友好"[4]。第 2 类是高一涵、胡适、易白沙、陶履恭、吴虞、李大钊 6 人。他们与陈独秀完全是因为《甲寅》杂志这个平台而开始交往或至少不再陌生的。如高一涵、易白沙、李大钊，《陈独秀年谱》载其 1914 年 7 月赴日本协助章士钊编辑《甲寅》杂志，"始识助章编辑《甲寅》的高一涵，以文会友识李大钊、易白沙"[5]。再如胡适，虽然在《甲寅》杂志时期他与陈独秀并不认识，但陈独秀一定读过胡适在《甲寅》杂志上发表的文字，故他会在《青年杂志》创刊之初就托汪孟邹向胡适约稿。[6]再如吴虞，他在《甲寅》杂志第 1 卷第 7 号所发表的《吴虞诗二十首》，乃是由陈独秀"选载且妄加圈识"的。《新青年》创刊后，吴虞致信陈独秀，言"不佞常谓孔子自是当时之伟人，然欲坚执其学以笼罩天下

---

［1］　参见章玉政编著：《刘文典年谱》，安徽大学出版社 2011 年版，第 8 页。

［2］　参见唐宝林、林茂生编：《陈独秀年谱》，上海人民出版社 1988 年版，第 26 页。

［3］　同上，第 21 页。

［4］　同上，第 49 页。

［5］　同上，第 62 页。

［6］　同上，第 69 页。

后世，阻碍文化之发展以扬专制之余焰，则不得不攻之者，势也"。此说得到了对其"钦仰久矣"却素未曾谋其面的陈独秀之盛赞。陈在回复中借机向其约稿。[1]《新青年》第2卷第6号中，刊出了吴虞的《家族制度为专制主义之根据论》。吴虞因此暴得大名，成为新文化运动中的一员大将。至于陶履恭，即陶孟和，笔者未找到他与陈独秀在《甲寅》杂志创刊之前交往的记录，故亦归于此类。第3类是王涅。王涅是《甲寅》杂志的读者，他在《甲寅》杂志第1卷第10号的"通讯"栏目中发表有名为《东祸》的致《甲寅》杂志记者函。《青年杂志》创刊后，他又以刊物读者的身份在《新青年》第2卷第1期首辟的"读者论坛"栏目发表文章，即《时局对于青年之教训》。严格来说，笔者这里所划分的第二类和第三类作者才真正是由《甲寅》杂志这个平台贡献给《新青年》的。这些作者尤以第二类为主，高一涵、胡适、易白沙、陶履恭、吴虞、李大钊6人后来都成为《新青年》的主要撰稿人，在新文化运动中起到了重要作用。总之，通过对《新青年》前两卷作者的统计研究，我们发现了这里的原《甲寅》杂志作者数量之多，"质量"之高。从这一点上来说，《甲寅》杂志亦对《新青年》乃至新文化运动功莫大焉！

以上我们从"通信式的讨论"、"《新青年》中的《甲寅》杂志作者"两方面来探讨《甲寅》杂志对《新青年》的影响。应该说，《甲寅》杂志对《新青年》的影响主要是形式上的、外在的，而非精神上的、内里的。从章士钊的角度来说，《甲寅》杂志第1卷第10号的"通讯"栏目里发表有黄远庸的致记者函，言"居今……根本救济，远意当从提倡新文学入手。综之，当使吾辈思潮，如何能

---

[1]《新青年》第2卷第5号"通信"栏目。

与现代思潮相接触，而促其猛省。而其要义，须与一般之人生出交涉。法须以浅近文艺，普遍四周。史家以文艺复兴，为中世改革之根本，足下当能语其消息盈虚之理也"[1]。黄远庸在这里提出了"提倡新文学"、"以浅近文艺，普遍四周"之类的观点，时在1915年不可不谓超前。然而章士钊在回复中却明确指出，"提倡新文学，自是根本救济之法，然必其国政治差良，其度不在水平线下，而后有社会之事可言"[2]。可见，在章士钊看来，当时的中国改进政治远比提倡新文学重要。《甲寅》杂志虽设有"文苑"栏目，但其本身自始至终都只是一个政论性刊物。陈独秀办《青年杂志》时淡化了刊物的政论色彩。因为这并非他所长，再者这时他已经意识到要从思想文化层面来改造中国。刚开始时他心目当中并没有明确的实施办法，但胡适《文学改良刍议》一文让他最终找到了突破口，而后刊物开始突出其文学性。从整体上看，难说《甲寅》杂志与《新青年》之间有多少内在精神上的一贯性之关联，部分学者从此角度来探讨《甲寅》杂志对《新青年》之影响，在笔者看来是有先入为主之嫌的。[3]

第二节　后期"甲寅派"与新文学

《甲寅》杂志停刊后，章士钊曾于1917年1月底复刊，是为《甲寅》日刊。《甲寅》日刊办刊时间很短，1917年6月19日

---

[1]　章士钊主编：《甲寅杂志·甲寅周刊》，国家图书馆出版社2009年版，第3册，第584页。

[2]　同上，第3册，第587页。

[3]　如赵亚宏在专著《〈甲寅〉月刊与中国新文学的发生》（人民出版社2011年版）中，认为从政治思想到文学观念，《甲寅》杂志无不影响着《新青年》，这观点实在太过牵强。

停刊。此后，直至 1925 年 7 月 18 日，章士钊在段祺瑞政府司法总长任上再次复刊了《甲寅》。此即在文学史上以反对新文化运动、反对新文学著称的《甲寅》周刊。与章士钊立场相同，聚集在《甲寅》周刊周围的一派文人被称为后期"甲寅派"。本部分要重点探讨的即是后期"甲寅派"之反对新文化运动、反对新文学的活动。

一 《甲寅》周刊的创办

1921 年初，章士钊从上海出发赴欧洲考察。这次考察给他的政治思想带来了翻天覆地的变化。这种变化也更坚定了他反对新文化运动的态度，直至后来创办《甲寅》周刊。在本节，我们首先要对章士钊创办《甲寅》周刊之前反对新文化运动的思想分两点做一个梳理，然后再来谈《甲寅》周刊的创办。

（一）1921 年之前的章士钊与新文化运动

1906 年 9 月，章太炎在日本办国学讲习会。章士钊以"国学讲习会发起人"为名在章太炎主笔的《民报》第 7 号发表了《国学讲习会序》。章士钊在这篇文章中言国学之重要，"夫国学者，国家所以成立之源泉也。吾闻处竞争之世，徒恃国学固不足以立国矣，而吾未闻国学不兴，而国能自立者也。吾闻有国亡而国学不亡者矣，而吾未闻国学先亡而国仍立者也"，"故今日国学之无人兴起，即将影响于国家之存灭"[1]。

章士钊如此看重国学，不料从他的《甲寅》杂志队伍中却溜走了陈独秀、胡适等人，大兴新文化运动。1917 年 1 月，陈独秀到北

---

[1] 章士钊著:《章士钊全集》1，文汇出版社 2000 年版，第 176 页。

大任文科学长，《新青年》也随之迁京。章士钊在这一年4月1日出版的《新青年》第3卷第2号上还发表过1篇文章，即《经济学之总原则》。大概这时他对新文化运动的声势还未有警觉。至这一年的11月份，章士钊也进入北大任教并兼图书馆主任，和陈独秀、胡适等人成了同事。此时，新文化运动的星火燎原之势就在他眼皮底下了。

1917年12月25日，章士钊在《东方杂志》第14卷第12号上发表了《欧洲最近思潮与吾人之觉悟》一文。在文前的"作者识"中有言："前月游日本东京，习静之余，颇思执笔将欧洲最近之思潮，略略介绍，正构思间，而吾国留东诸君所组织之神州学会，约愚讲演，愚既以斯旨出席言之，复刺取所言大略，陈述于此。形式仍取演说体裁，一以存真，一以说理文字务求浅显，并欲以此质之论坛诸家，视此种通俗文字应否提倡也。"[1] 这里的"此种通俗文字应否提倡"显然是针对新文化运动而发，章士钊未有明确表态。

在这篇演讲稿中，章士钊从古希腊的赫拉丽达讲起。他讲道，赫拉丽达之学说有两要点，一曰流动，一曰物为甲亦为非甲。在他看来，法国的柏格森正是抱定了第一点极力发挥，而德国的黑格尔则是抱定了后一点极力发挥。他对黑格尔的学说进行了一番解释："黑格尔之意，以为凡一思想成立，同时必有一反对的思想隐然与之相抗，不能两是，亦不能两非。譬如有红蔷薇在此，我说蔷薇是红的，看来不错。但是蔷薇，是一具体之物，所包含者，有形有香，不止红色一种。单言红色，何能概括形之与香，并且红是一

---

[1] 章士钊著：《章士钊全集》4，文汇出版社2000年版，第79页。

共同抽象之词，无施而不可，以连于木，则曰红木，以连于人，则曰红人，以连于同类之花曰菊，则曰红菊花，是故形式上蔷薇是红的，看来不错，一面即含有蔷薇不是红的意味。说蔷薇不是红的，亦无不可，分明是一正面句子，实在是一负面句子。故凡物俱是俱非，一物谓之甲可，谓之乙亦无不可。"在此番解释之后，章士钊特别提到，这种思想在中国也是有的："《公孙龙子》所谓白马非马，可以互相证明。而《尹文子》好人好牛好马，告子白人白马白雪之说，亦可与红蔷薇之说相参证。"之后他又提到："黑格尔之意，在证明两种反对思想同时俱在，有时不能相是，亦不能相非。其实此种见解，康德已先有之。所谓二律背反之一名词，即康德所定。如曰世界，必有自始，亦必有范围。又曰：世界不受时间空间之支配，无所自始，亦无范围。此谁是谁非，一时真莫能定⋯⋯诸如此类，谓之二律背反，必持第三思想出，融和而贯通之，始开思想之新方面。而此新思想一立，同时又有一正反对之思想存在，展转推移，始终有赖融和贯通，思想始有进步。"[1]

在上述引文中，有两点值得注意。一是章士钊指出黑格尔的思想在中国也是有的。在下文中，章士钊仍有类似的论述。如他分析了柏格森、倭铿的思想相通之处后，便指出此与中国王阳明知行合一的学说"颇相符合"[2]。二是章士钊提出了"融和贯通"之说。此"融和贯通"之说乃由章士钊的政治思想衍变而来。1907 年夏至 1912 年初，章士钊在英国留学。"他系统地接受了西方政治与法律思想，尤其英国近代自由主义的影响，对英国的政党政治、英

---

［1］ 章士钊著：《章士钊全集》4，文汇出版社 2000 年版，第 81—82 页。
［2］ 同上，第 84 页。

国式的社会进化道路以及英国人'善用调和'的民族性格，十分推崇。"[1] 回国后，章士钊便反复鼓吹他在英国接受的政治思想。到了《甲寅》杂志时期，章士钊提出了名噪一时的"调和立国论"[2]。章士钊这里提出的"融和贯通"之说就与其政治上的"调和立国论"关联甚深。

黑格尔之后，章士钊分析了柏格森、倭铿以及美国詹美士的思想。在他看来，此三大哲家"几几占领世界思潮之大半部"。"三家所鼓吹的学说，如柏格森之创造进化，倭铿之精神生活，詹美士之知行合一，皆以积极行动为其根本观念"，"可知世界最近之思潮，在活动，在实行"。在分析了世界最近思潮之后，章士钊指出"如柏格森之流动说，倭铿、詹美士之由行得知说，皆与吾国之哲学思想相合。而吾国现今唯一不可救药之现象，则在惰力太重，一切无从进行"。[3] 在这篇文章的最后，章士钊指出"柏格森既能祖述赫拉丽达，为欧洲思想界开一纪元，吾辈何以不能从周易变动及自强不息之理，中经周秦诸子，下至宋明诸儒，而归结于王阳明，寻求一有系统的议论，以与柏、倭、詹三家之言参合互证，将中国人

---

[1] 邹小站著：《章士钊社会政治思想研究（1903—1927年）》，湖南教育出版社2001年版，第309—310页。

[2] 邹小站在《章士钊社会政治思想研究（1903—1927年）》一书中对章士钊的"调和立国论"有过详细的解释和分析，见第137—150页。邹小站将章士钊"调和立国论"的要点总结为三：一，一国之内，人民的意见希望利益情感不同，这是任何一个社会组织所必然会存在的客观事实。因此立国为政，就应注意协调各方面的意见希望利益情感，使之"差足自安"，否则就会出现革命之祸；二，协调的办法之一就是让各种意见、希望、利益、情感都在法律范围内有"适当合法"的活动机会，能够"充分发展"；三，协调的办法之二就是应当适时适量进行政治革新，既不能过于保守，也不能过于激进。

[3] 章士钊著：《章士钊全集》4，文汇出版社2000年版，第85—86页。

的偷惰苟安的思想习惯，从顶门上下一大棒"，尤其指出"从前欧洲思想之变迁，乃食文艺复兴之赐，现在思想，仍略含有复古的臭味。吾国将来革新事业，创造新知，与修明古学，二者关联极切，必当同时并举"[1]。

直到演讲结束，听讲的人也未必能听明白，章士钊这篇演讲其实是有所指的，针对的就是新文化运动。他显然不同意他们过于激进的主张，故而借分析欧洲最近思潮之机，指出中西文化多有相通之处，应比照西方，从中国传统文化之中寻求救国之方；如今"创造新知"，也应与"修明古学"、"同时并举"。也许是碍于情面，或者是还不太自信，章士钊只能将自己的反对意见如此隐晦地表达出来。

章士钊在这篇演讲中提及"融和贯通"之说，但未及展开。1918年12月28日，北京大学二十周年之际，章士钊又作了一次名为《进化与调和》的演讲。此"调和"即"调和立国论"中的"调和"。章士钊言道："所谓旧者，将谢之象，新者，方来之象。而当旧者将谢而未谢，新者方来而未来，其中不得不有共同之一域，相与舒其力能寄其心思，以为除旧开新之地。不然，世运决无由行，人道或几乎息。理至秘要，无可诋谰。夫此共同之域者，何也？即世俗之所谓调和也。"[2]在这篇演讲稿的最后，章士钊点明"各种科学皆得在此调和之真基础上，奋力前进，相剂相质，而何病焉。吾国人不通此理，习以儒术专制，至反乎所谓圣人之道者，一切废斥，今圣人之道之遭废斥者亦同。调和之理，诚吾人所亟宜

---

[1] 章士钊著：《章士钊全集》4，文汇出版社2000年版，第86—87页。
[2] 同上，第103—104页。

讲也"[1]。这里的"今圣人之道之遭废斥者亦同"显然是针对新文化运动而发，章士钊是要用他的"调和"之道来救新文化运动激进之弊。

如果说前两次演讲中章士钊对新文化运动的批评还是针藏绵里的话，到了1919年9月，章士钊在上海寰球中国学生会的这次演讲则算是公开唱对台戏了。这次演讲名为《新时代之青年》，演讲稿后来在《东方杂志》第16卷第11号（1919年11月15日出版）的"内外时报"栏刊出，刊出时加上了副标题"章行严君在寰球中国学生会之演说"。在这篇演讲中，章士钊明确提出了自己对新文学的反对意见："友人胡君适之，提倡白话，反对古典文学，在一定范围以内，其说无可驳者，惟其所标主义，有曰说话须说现在的话，不可说古人的话，听者不可以辞害意。若以辞害意，则须知不说古人的话，现在即无话可说。今试考字书，何字不有几千年或几百年之历史。文字者，祖宗所贻流我辈之宝藏也。我辈失此宝藏，学问知识上，立见穷无立锥，故古人用文学以达其意思。吾辈之意思，有与古人同者，或古人的意思，有先我而得者，吾辈为立言便利及节省心思起见，正有说古人的话之必要。故以愚见观之，不说古人的话，不必一定是新文字的规律。"[2]章士钊反对"不说古人的话"之白话文学。在他看来，"今人讲新文学，颇采报端之见，挥斥一切旧者，欲从文学上划出一纪元，号之曰新。愚谓所见太狭，且亦决不可能"[3]。

关于"新时代之青年"，章士钊认为其欲与前一时代之人截然不

［1］ 章士钊著：《章士钊全集》4，文汇出版社2000年版，第105页。

［2］ 同上，第110页。

［3］ 同上，第111页。

同也不可能。章士钊又抛出了他的"调和"说。"宇宙之进步，如两圆合体，逐渐分离，乃移行的而非超越的。既曰移行，则今日占新面一分，蜕旧面亦只一分，蜕至若干年之久，从其后面观之，则最后之新社会，与最初者相衡，或釐然为二物。而当其乍占乍蜕之时，固仍是新旧杂糅也，此之谓调和"，而此"调和"才是章士钊眼中社会进化之"至精之义"。因此，章士钊指出，今日之青年，"无论政治方面，学术或道德方面，亦尽心于调和之道而已，万不可蹈一派福薄者之恶习，动曰若者腐败当吐弃，若者陈旧当扫除，初不问彼所谓腐败者是否真应吐弃，彼所谓陈旧者是否真应扫除，而凡不满意于浅薄之观察，类欲摧陷而廓清之也"[1]。

关于今日论坛之新名词"改造"、"解放"，章士钊亦认为二者均必须以旧有者为基础，"悉可纳诸调和之中"。"新旧质剂之结果，因别型成一物，斯曰改造。新旧不相容之结果，旧者因为新者留出余地若干，己身不在留有余地之内更占一步，斯曰解放。"[2]

章士钊强调，他提出"调和"说并非为守旧者张目，而是由经验比较而来。他指出如今欧战结束，"欧洲之所应为，一面开新，必当一面复旧"。"物质上开新之局，或急于复旧，而道德上复旧之必要，必甚于开新"，"不迎新之弊止于不进化，不善于保旧之弊，则几于自杀"[3]。

除了提倡新旧调和以外，章士钊还提出了"社会自决"说。"今日国家之存亡，纯卜之于社会全体，而国政之出于何途，社会道德之养成何象，纯由社会自决。"章士钊指出，"团体之要素在分子

---

［1］ 章士钊著：《章士钊全集》4，文汇出版社 2000 年版，第 111 页。
［2］ 同上，第 112 页。
［3］ 同上，第 113—114 页。

整齐，而为分子者之义务，不在希望为少数之操纵者，而在为多数之整齐者。多数既已整齐，则在此多数之中，推举首领以代表其团体，彼其社会事业自然董理"。他将当时流行之学生运动称为"整齐社会之一小影"[1]，似有批评之意，但又未敢明言。

文末，章士钊对青年诸君寄予厚望，"一国之文化能保其所固有，一国之良政治为国民力争经营而来，斯其国有第一等存立之价值。此种责任，即在青年诸君"[2]。在这篇演讲中，章士钊可谓首次明确提出了对新文化运动的批评意见，指明了他心目当中"新时代之青年"应负之责任。他的新旧调和论在这篇演讲中也解释得最为充分。章士钊的演讲自然引起了新文化阵营的批评。

从以上几篇演讲稿的分析中，我们可知章士钊从一开始就是反对新文化运动、反对新文学的。他提出了新旧调和说，希望社会风气及文化思想上的"开新"能与"复旧"并举。

（二）第二次赴欧与章士钊思想之转变

1921年2月17日，章士钊从上海出发赴欧洲考察，首站英国。比起十余年前他在英国留学时对其政党政治的浮慕，这一次他是带着对代议制的怀疑而去的。赴英途中，他想起结拜兄长章太炎曾作《代议然否论》（1908年10月10日在《民报》第24号发表）一文反对代议制，便给他写了一封信，"略抒鄙虑"。章士钊在信中言道，"逊清末年……时弟习律英伦，浮慕政党政治，兄有此文，竟顽然不省，人事卒卒，后亦未遑追诵……斯制（笔者按：指代议制）既立十年，捉襟见肘，弊害百出。弟从来所持信念，扫地

---

［1］　章士钊著：《章士钊全集》4，文汇出版社2000年版，第116页。
［2］　同上，第117页。

以尽，橘移淮南而化为枳，亦渐闻人深致慨叹"。如今"欧洲大战数年，多见国会之不适于政，即英伦巴力门威权无上，近来亦且摇摇，论政之士，大持异议"，故而"弟逝将西迈，深致查察，外参世界新趋之势，内按吾国己然之情，中本为政宜然之理，发为文章，以讯国人"。由于章太炎的《代议然否论》发表于辛亥革命之前，当时尚"未立本制"，所以章士钊说他对于章太炎"不能不蒲伏于兄先识巨胆之下"[1]。

这一次欧洲之行给章士钊的思想带了巨大的变化。他在发表于《甲寅》周刊第1卷第2号上的《孤桐杂记》一文中记录下他在英国与小说家威尔思、戏剧家萧伯纳、政治思想家潘悌等人的交往。需要说明的是，章士钊当时是和陈源一起去拜访他们的。文中威尔思与萧伯纳的谈话也是陈源记录并首先在《现代评论》上发出来的。章士钊见"所记与愚有关，以本事愚久忘怀，欲留置愚记，以资考览"，又因陈源系用白话记录，故特意将其转译成文言录于此文中。我们且以章士钊的文字为准。他们在拜访威尔思时，威尔思谈到"民主政治，非万应之药也。世间以吾英有此，群效法之，乃最不幸事"。他对中国的科举制以及弹劾制（指中国古代的监察制度）倒备加推崇。而萧伯纳也在谈话中对民主政治提出了怀疑，并提及中国的考试制度。他言道："英美之传统思想，为人人可以治国，中国则反是。中国人而跻于治人之位，必经国定之试程。试法虽未必当，而用意要无可议。今所当讲，亦如何而使试符其用耳。"[2]章士钊认真地听了威尔思、萧伯纳的谈话，认识到"怀疑民

［1］　章士钊著：《章士钊全集》5，文汇出版社 2000 年版，第 51—52 页。
［2］　同上，第 73—74 页。

主政治，乃当今政家之通态"[1]，内心里便也在着力思考解决之方。《孤桐杂记》还记录下潘悌给章士钊信中的部分内容。潘悌，"乃树立基尔特社会主义之先觉，厌薄工业政治，锐意明农者也"[2]。所谓"基尔特社会主义"，章士钊有过解释，"夫几尔特 Guild 者何？中古行商之行会也。凡商于某，即自立行会以纲维其本业是，今有取焉，社会生计之一切组织，悉使依业众建为葛罗布。Group 本葛罗布之情事，夙昔所付于国家以了处之者，今取回其权而自理焉"，"斯义也，所赖国家干涉个人之力，并不见少，特其力散见于各葛罗布而有代行之者而已。夙昔之国家，以土地为基址，几尔特之国家，以职业为基址。夙昔集权于中央，几尔特则分权于各业，是之谓多元国 Pluralistic states"[3]。受潘悌的影响，章士钊写了《业治论》一文。他寄给潘悌，潘悌在回信中道，"君主业治，拟将中国国会之组织，由集中化为联邦，将选举之所取义，由分区化为联业，予不禁以满腹之同情迎之"。在潘悌看来，中国极适合施行"业治"，因为"所谓七十二行，气力不足，而行会未亡，以新治加于其上，为势甚顺"。比起中国来，西方的"基尔特"已经消失，复之不易，潘悌于是希望中国能先实行起来，从而促使西方"反省"并"起而效法"。[4] 如果说威尔思和萧伯纳的谈话坚定了章士钊对代议制的怀疑，那么潘悌的回信则让他找到了取替之方。他逐渐形成"系统的礼农立国与以职业自治取代代议制的思想主张"[5]。

［1］［2］ 章士钊著：《章士钊全集》5，文汇出版社 2000 年版，第 74 页。

［3］ 章士钊著：《章士钊全集》6，文汇出版社 2000 年版，第 378 页。

［4］ 章士钊著：《章士钊全集》5，文汇出版社 2000 年版，第 75—76 页。

［5］ 邹小站著：《章士钊社会政治思想研究（1903—1927 年）》，湖南教育出版社 2001 年版，第 320 页。

1922 年，章士钊因为父丧结束了在欧洲的考察而回国。从这时起，他进入了一生中被争议最多的"反动"时期。[1] 1922 年 10 月 8 日，章士钊在湖南教育会作了一次题为《文化运动与农村改良》的演讲。这是章士钊回国后的第一次演讲，演讲稿开宗即批评了新文化运动。他首先就不赞成"新文化运动"这样一个提法，"其原因以愤于曹陆卖国而起，此只可谓为政治运动，或又谓胡适之等提倡白话文字为文化运动，亦是非。白话文字不过文化一种工具，何能即谓为文化运动也"。在他看来，"前之言运动，不过青年之一种觉悟而已"[2]。章士钊判断"文化运动"系由日本译自德国，德国工业发达，于是便有了"社会主义教育改良"等文化运动的兴盛，可这样的文化运动并不适合于中国。他抛出了他的"以农立国"论："近有人向工业上宣传社会主义，殊为错误。我以为应该向农业方面去作工夫，因为中国尚无所谓工业，向以农立国，农民十居八九。而乡农之生活，几与原人无异，至其勤苦耐劳，本质之佳，世界无两，加以有此地大物博之地土，使设法改良。即以湖南而论，五年之后，亦可与世界争衡。"[3] 章士钊给出了改良的具体方案，如改良湖南，先以村为单位，调查村内农产物之出额。如果不足就从外买入，如果多余则酌量卖出，全部由公共管理，以资调剂。再发行一种纸币，在村里流通，这样村民即可衣食无忧。全村

---

[1] 章士钊生命中的这一"反动"时期持续至 1927 年 4 月 2 日《甲寅》周刊停刊。邹小站在《章士钊社会政治思想研究（1903—1927 年）》一书第五章从经济上的以农立国、政治上的代议非易论以及思想文化层面的主张三方面来考察章士钊的"全面反动"，本文则重点关注这一时期章士钊的反新文化运动观。

[2] 章士钊著：《章士钊全集》4，文汇出版社 2000 年版，第 144 页。

[3] 同上，第 145 页。

修路、改良建筑、办小学及文明应有之机关，都可由公共买卖局设立。人民的生活，务须保持在水平线以上。村村如此，由村而县而省，均以本地之出产维持本地人之生活。做到这样了，然后方可言文化。章士钊言道："几个人文明，多数人野蛮，几个人温饱，多数人冻馁，有何文化运动之可言耶？所以没有一种基础，空口去讲文化，此种运动非打消不可。"[1] 章士钊的想法未免天真与不切实际，这是他思想上的倒退。

这次演讲之后，章士钊又先后在湖南学术研究会、湖南甲种农业学校、湖南长沙第一师范学校、上海暨南大学商科作演讲，宣扬他的"以农立国"思想。湖南长沙第一师范学校是湖南新文化运动的中心，章士钊在此讲演"以农立国"，着意大批新文化运动。如批白话文学，章士钊说道"白话文在相当范围以内，自有其存在之价值，但不能说除开白话即无文学"[2]，"文学之进步，大抵由繁而简，以最简之文字，抒写最繁复之思想，是文学的进步，反之即是退步"[3]。在这次演讲的最后，章士钊总结道："中国本以农立国，我们仍当务农为本，什么联省自治，什么社会主义，通通不适用于我国。此话在从前我还不敢说，然在今日却敢于断言了。因为这些制度都是工业社会的产物"，无法搬到"农业社会的中国来"；"我以为中国现在急宜建筑稳固的基础，断不可舍己之长，抛弃数千年固有之文化，专仿西洋之文明，正如黄面孔之不能变白面孔一样……我们从事新文化运动，必自建筑基础始，断不可从屋顶上做

---

［1］　章士钊著:《章士钊全集》4，文汇出版社 2000 年版，第 146 页。

［2］　同上，第 155 页。

［3］　同上，第 156 页。

起。"[1] 章士钊的这次演讲是由李长羲记录的，以《记章行严先生演词》为名于1922年10月21、22、24、25日连续在长沙《大公报》上发表。有趣的是，发表时李长羲在文前加了按语，表达了与章士钊不同的意见。李长羲在按语中言道，章士钊的批评新文化运动之词、提倡复古之意自有其见解所在，但平心而论，"近两年来青年思想之猛进，实不能不归功于胡陈等之提倡新文化"。提倡新文化，并不意味着中国旧学术就将从此凋敝，因为一国学术之兴替，在于的是其本身有无存在的价值。"吾以为今日中国不患有提倡新文化之人，而患无整理旧学术之人……章先生为中国学术界有数人物，吾甚望其能与国内精研国学之士，用近代的眼光努力将吾国旧学术整理一番，中国文化或者有发扬光大之一日，若徒如顽固派之高谈复古，则非吾人所敢苟同者也。"[2] 看来，青年的心还是跟着胡、陈等人走了。这次演讲之后，章士钊又发表了《论代议制何以不适于中国》、《业治论——告民治委员会》、《业治与农——告中华农学会》等文，来兜售其在西方所学。从欧洲考察归来的章士钊，其反对新文化运动的思想与其"以农立国"、"立业治以代政治"的思想联成了一个整体，呈一种全面的倒退、反动之势。

1923年夏，应杭州暑期学校之邀，章士钊作了一次题为《评新文化运动》的演讲。演讲稿于1923年8月21、22日载于《新闻报》。这是章士钊首次对新文化运动提出自己系统的批评意见。章士钊言道："自有文化运动以来，或则深闭固拒，或则从风而靡，求一立乎中流，平视新旧两域，左程右准，恰如是非得失之本

---

[1] 章士钊著：《章士钊全集》4，文汇出版社2000年版，第157—158页。
[2] 同上，第153页。

量，以施其衡校者，吾见实罕。”[1] 章士钊分别从“文化”、“新”、“运动”三事来阐述自己的观点。首先，关于“文化”，章士钊认为“盖不脱乎人地时之三要素”，“凡一民族，善守其历代相传之特性，适应与接之环境，曲迎时代之精神，各本其性情之所近，嗜好之所安，力能之所至，孜孜为之，大小精粗，俱得一体，而于典章文物，内学外艺，为其代表人物所树立布达者，悉呈一种欢乐雍容、情文并茂之观，斯为文化”。在章士钊看来，言文化者是不得不冠以东洋、西洋或今与古之状物词的。若要毁弃固有文明，以求合于西方，“微论所得者至为肤浅，无足追摹也”，“即深造焉，而吾人非西方之人，吾地非西方之地，吾时非西方之时，诸缘尽异，而求其得果之相同，其极非至尽变其种，无所归类不止”[2]。

关于“新”，章士钊言道：“新者早无形孕育于旧者之中，而决非无因突出于旧者之外。”在他看来，“即新即旧，不可端倪，必通此藩，始可言变……思想之流转于宇与久间，恒相间而迭见，其所以然，则人类厌常与笃旧之两矛盾性，时乃融会贯通而趋于一”。章士钊于此处又操起了他的“融会贯通”说。他认为，“新旧相衔之妙谛，其味深长，最宜潜玩……今之谈文化者不解斯义，以为新者乃离旧而僢驰。一是仇旧，而惟渺不得之新是鹜”[3]，是为误解“新”字之弊。

关于“运动”，章士钊指出了“文化”与“运动”之间的矛盾，“号曰运动，必且期望大众彻悟，全体参加可知。独至文化为物，

[1] 章士钊著：《章士钊全集》4，文汇出版社 2000 年版，第 210 页。
[2] 同上，第 211 页。
[3] 同上，第 212—213 页。

其精英乃为最少数之所独擅，而非士民众庶之所共喻"[1]。在章士钊看来，所谓的"文化运动""决不当求题目于文化本体，而当熟察今之阻滞文化，与后来足资辅导之者何在，因树为表的，与世同追"，且运动的方式应"一以当时之社会情况为衡，不能一律"。如欧洲现今有妨于文化者乃18世纪以来之资本主义，则"其资本之制不变，文化决无可讲"。我国乃农国，"资本之制未立，而资本国之宴安鸩毒，沉浸入骨，不此之去，文化亦无可讲"。因此，在他看来，"文化运动乃社会改革之事，而非标榜某种文事之事"[2]。

章士钊在这次演讲中还批评了白话文。针对白话文取材限于一时口所能道之字，章士钊道"以鄙辈妄为之笔，窃高文美艺之名，以就下走圹之狂，隳载道行远之业"，此乃"欲进而反退，求文而得野，陷青年于大阱，颓国本于无形"[3]。总之，这是章士钊第一次系统地批评新文化运动。虽然他在开讲时说要"平视新旧两域"，在演讲中他也再次提到新旧融会贯通，即新旧调和，但其实他已经开始彻底地否定和反对新文化运动了。在他看来，恢复"以农立国"才是当务之急，后乃可言文化。此观点前已有所论及，这是章士钊第二次赴欧的一大思想收获。

（三）创办《甲寅》周刊

1924年11月，段祺瑞就任中华民国临时执政后，章士钊出任司法总长。1925年4月起，章士钊又兼署教育总长。当时国内学潮迭起，章士钊执掌教育部后便提出了一套整顿计划，如设法清理教育部所欠各校的债务、合并北京国立八所大学、设立考试委员会

---

[1] 章士钊著：《章士钊全集》4，文汇出版社2000年版，第214页。
[2] 同上，第216—217页。
[3] 同上，第216页。

严格考查学生成绩、设立编译馆等。5月7日，北京学生举行国耻纪念会遭到教育部的阻挠。部分学生闯入章宅，捣毁了室内陈设器具、书籍、字画等物。5月11日，章士钊提出辞呈并离京，之前的整顿计划也只得搁浅。6月17日，在段祺瑞的一再挽留下，章士钊回京再任司法总长。7月28日，章士钊又专任教育总长。

早在1924年初，章士钊即发布广告，准备集资创办《甲寅》周刊。1925年7月18日，在段祺瑞的支持下，《甲寅》周刊第1卷第1号出版了。在这一期的《大愚记》一文中，章士钊记述了创办《甲寅》周刊之难。在1923年7月至1924年2月主笔《新闻报》期间，章士钊已"油然生嗣兴前迹之思，名仍《甲寅》，刊则以周"，无奈"江浙之变起"，"愚以合肥段公之召，杖马箠，走天津"，"曹氏被幽，合肥入承国命，猥以下材，备员枢府，庶政倥偬，更无暇时，以言文事，相去又远"。除了时间上的无闲暇外，还有一处困难在于"身居政府，凡属秘要，例不得外泄，纵有异见，只能贡之密勿，未可论于堂皇，攻入既所不宜，自白时嫌未便，为文之不能精也如彼，持论之受制也又如此"。因此章士钊感叹道，"自有《甲寅》以来，重刊斯志之机，宜莫狭于今日也矣"，然而《甲寅》周刊终于"表见于今日"[1]。

邹小站作《章士钊生平活动大事编年》，说章士钊出版《甲寅》周刊是为了"发挥其尚礼农、诋欧化、非代议、倡业治、卫文言、拒白话之思想主张，宣传其整顿学风之教育政策"[2]。这可以看作是对《甲寅》周刊内容的一个总概括。又《甲寅》周刊的出版情况，

---

［1］ 章士钊著：《章士钊全集》5，文汇出版社2000年版，第18页。

［2］ 邹小站著：《章士钊社会政治思想研究（1903—1927年）》，湖南教育出版社2001年版，第322页。

《甲寅》周刊共出 1 卷 45 号（本节下文仅以号数作记，不再显示卷数），1926 年 3 月 27 日出至第 35 号时因段祺瑞下野、章士钊结束政治生涯而曾一度停刊。1926 年 12 月 18 日续刊，至 1927 年 4 月 2 日终刊。除停刊时期外，《甲寅》周刊基本上每周六按时出版，只偶有拖期。拖期情况有第 31 号，第 30 号于 1926 年 2 月 6 日出版，第 31 号因为春节迟至 2 月 27 日出版；第 42 号，第 41 号于 1927 年 1 月 22 日出版，第 42 号则亦因春节迟至 2 月 12 日出版；第 45 号，第 44 号于 1927 年 2 月 26 日出版，第 45 号则因故迟至 4 月 2 日出版。《甲寅》第 45 号刊出"本刊特别启事十六"，言"本刊以印局新有要求，限于财力，未能承诺。因易一印局承印，解约立约之间，致延时日，深为抱歉。幸爱读诸君体谅本刊为难情形，特加原宥"[1]。不料，第 45 号竟成终期。关于第 35 号后的停刊与续刊，章士钊在第 36 号的《〈晶报〉后题》一文中曾有过说明："《甲寅》停刊之故，非愚不能为文，尤非无暇为之……此无他，刊资无所自出耳。"[2]续刊后的《甲寅》周刊取消了代派处，由读者直接订阅，且"对于爱读而无赀力者"[3]免费寄赠。之所以取消代派处，是因为在章士钊看来"《甲寅》者，以言论与天下相见之机枢也。固不为射利，而甚愿有道焉，使得独立自营，持之不敝者，亦情理之所宜然。而其与此八字适相冲突者，首推代派处"[4]。至于续刊的资本来源等情况，章士钊详述道"吾刊自读者之信用外，乃无一文足云资本也。

［1］ 章士钊主编：《甲寅杂志·甲寅周刊》，国家图书馆出版社 2009 年版，第 5 册，第 532 页。

［2］ 章士钊著：《章士钊全集》6，文汇出版社 2000 年版，第 303 页。

［3］ 章士钊主编：《甲寅杂志·甲寅周刊》，国家图书馆出版社 2009 年版，第 5 册，第 262 页。

［4］ 章士钊著：《章士钊全集》6，文汇出版社 2000 年版，第 306 页。

在六月间，愚思鬻字，以三月之力，书箑千柄，集资万元，十月得续刊焉。既以此意陈于启事（原启当别见），复购扇面数百页，计日经始，请命于友，而吾友……独赵次山先生盛赞其议，愚以便面往，即慨然以五百元为报耳"。其间章士钊又为《国闻周报》撰稿，"鬻字说遂浸废"。后来章士钊离开《国闻周报》，"又写扇数十面，乃大半为人自由持去，仍于《甲寅》无当也"。"适曹君润田太夫人寿辰，次山老者由京来会，席间大责朋辈之不愚助，辞旨激切，于润田尤无恕词"，于是"润田首唱，为约同人如梁君燕生、谈君丹崖、张君岱杉、吴君志唐、李君赞候辈，量为腋集，义商沈君云甫亦闻风而起（聂君华廷为言之），朱君桂辛有相关之印刷局曰光华，其壻吾宗以吴，适董其役，因以剞劂之任付之，其他琐事，则以属愚同祖兄仲渔"[1]，如此部署才定下《甲寅》周刊再生之期。

《甲寅》周刊的栏目设置较为单调，常设栏目只有"时评"、"通讯"，此外又先后设有"杂记"（或"孤桐杂记"）栏目，见于第1（第1号简记作1，下同）、2—4、6—8、22—24、28—31、34、37—45号；"特载"栏目，见于第2、4—6、18、26、31、33号；"光宣诗坛点将录"栏目，见于第5—9号；"甲寅消息"栏目，见于第7号；"书林丛讯"栏目，见于第10、14—16、19—20、27、45号；"说林"栏目，见于第10—18、20—35、45号；"征文"栏目，见于第12—13、31号；"章氏墨学"栏目，见于第15—23、25、27、29、31、40、42号；"揣籥录"栏目，见于第22—23、26、28—29、32号；"逻辑"栏目，见于第24、26、34号；"清华园解题记"栏目，见于第33—35号；"诗录"栏目，见于第36—

---

[1] 章士钊著：《章士钊全集》6，文汇出版社2000年版，第308—309页。

45 号；"附录"栏目，见于第 36 号；"文录"栏目，见于第 37—39 号；"今传是楼诗话"栏目，见于第 37—41、43—44 号；"太炎集外文"栏目，见于第 42—43 号。其中，"时评"栏目主要刊登时评或时政论文，如《甲寅》周刊第 1 号"时评"栏目刊登时评 11 则，以及孤桐（即章士钊）的《字说》、《大愚记》、《毁法辨》，梁敬锌的《收回会审公廨平议》等文；"通讯"栏目由《甲寅》杂志沿袭而来，刊登读者来函，附章士钊或他人的回复。如《甲寅》周刊第 1 号"通讯"栏目刊登了蔡元培的《教育问题》、吴敬恒的《怪事》、吴契宁的《两事》、胡善恒的《三子》、马晋義的《耶佛》等来函，章士钊均作了回复；"杂记"栏刊登杂记，内容不限；"特载"栏目共刊 8 号，分别是《为会审公廨事致英名家电》(2)、《停办北京女子师范大学呈文》(4)、《创办国立编译馆呈文》(5)、《章教长创立国立女子大学呈文》(6)、《二感篇》(18)、《圣贤与英雄异同论》(26)、《产猴记》(31)、《因雪记》(33)。其中第 2、4、5、6 号"特载"栏目文为章士钊所作，第 18、31、33 号"特载"栏目文为段祺瑞所作，第 26 号"特载"栏目文为段祺瑞执政府的征文，作者未署名；"光宣诗坛点将录"栏目收录由汪国垣选定的"当世诸诗人"[1] 之诗作；"甲寅消息"栏目仅见第 7 号，由在《甲寅》周刊任发行、会计诸务的彭毅提议设置，收与《甲寅》周刊有关的一些小消息；"书林丛讯"栏目是对一些"故书新作、善本零篇"[2] 的评介。如熊梦著《中国经济思想史》，其中《墨子》一部由朝阳大学出版部以单行小册子出版，章士钊为其写了书评，名为《墨子经

---

[1] 章士钊主编：《甲寅杂志·甲寅周刊》，国家图书馆出版社 2009 年版，第 4 册，第 128 页。
[2] 同上，第 4 册，第 256 页。

济思想》，收于《甲寅》周刊第 14 号"书林丛讯"栏；"说林"栏目"或道掌故，或评诗文，或撷异闻，或抒讽喻，但使成章，即公同好，间施别裁，就正时贤"[1]，栏目中的每一则未再单列题目；"征文"栏目共刊 3 号，分别刊登了《甲寅》周刊 3 次征文活动中每次所得之优秀文章；"章氏墨学"栏目刊登章士钊的墨学研究文章；"揣籥录"栏目收章士钊的"残稿"、"碎义"。章氏言曰"录之不可，弃之亦复可惜，则拟得便辑著，另为一编，号曰《揣籥录》"[2]；"逻辑"栏目收章士钊在北京大学时所编《逻辑讲义》一书的残稿；"清华园解题记"栏目乃为钱基博所设，钱氏有云"余论学清华，籀绎文史，讲坛宣说，必先解题，开设户牖，此为枢机，其间文章殊制，观其会通，体气相仍，明其流别，或纷纶古义，或导扬新诂，意无适莫，惟其是耳，随时缀录，以俟论定"[3]。《甲寅》周刊从第 33 号起开辟了"清华园解题记"栏目，以这一期为例，钱基博在本期分别为《诗经》、《春秋左传》、《战国策》、《楚辞离骚经》"解题"；《甲寅》周刊第 36 号开辟"诗录"栏目，第 37 号开辟"文录"栏目，收录新文学家眼中的旧体"诗"与"文"；"附录"栏目仅见于第 36 号，收章士钊的《〈晶报〉后题》；"今传是楼诗话"栏目乃为王揖唐所设，专刊其诗话；"太炎集外文"栏目共有 2 期，收章太炎文章 3 篇。

　　章士钊是《甲寅》周刊的灵魂。如他自己所言，"《甲寅》者，愚与同人共资以与天下明道解惑者也，其中所任文事之重，暂莫

---

［1］　章士钊主编：《甲寅杂志·甲寅周刊》，国家图书馆出版社 2009 年版，第 4 册，第 258 页。

［2］　同上，第 4 册，第 535 页。

［3］　同上，第 5 册，第 204 页。

如愚。愚生《甲寅》生，愚死《甲寅》死。愚德《甲寅》之文字有光。愚不肖，《甲寅》且覆酱瓿之不足"[1]。因为章士钊，才有了《甲寅》周刊，才有了后期"甲寅派"。接下来，笔者将对以章士钊为中心的后期"甲寅派"之反对新文化运动的活动作一考察。

二　后期"甲寅派"的文学（化）观

章士钊是后期"甲寅派"的中心，那么后期"甲寅派"的成员有哪些人？这是我们研究后期"甲寅派"的反动文化活动之前首先要搞清楚的一个问题。

（一）后期"甲寅派"的成员

关于后期"甲寅派"的成员，学术界有争议。因为后期"甲寅派"是以《甲寅》周刊为阵地的，笔者这里首先对《甲寅》周刊的作者作了统计，共有296人在此发表文字。

凡有文字在某一期见刊的，不管多少均记作1次，按见刊次数多少及见刊先后顺序排列，这些作者及其见刊情况如下：

45次1人，即章士钊（1—45）；

17次1人，即曹孟其（17—18，20，22—29，31—35，45）；

16次1人，即蕙（刘异）（6，7，10—14，16，18—24，27）；

12次1人，即孙师郑（9，13—18，20—21，23，30，40）；

11次1人，即通（11，17，22，24—31）；

10次1人，即王揖唐（36—45）；

9次1人，即质（10，13—14，25—27，29—31）；

7次3人，分别是瞿宣颖（2，5—6，7，10，15—16）、钱基

[1]　章士钊著：《章士钊全集》6，文汇出版社2000年版，第302页。

博（20，26，32—36）、苏戡（36—39，41—42，44）；

6次5人，分别是梁敬镎（1，5，40，41，44，45）、民（10，11—13，16—17）、介（17—21，24）、芨（19，20，22—24，34）、攘蘅（36，39，41—43，45）；

5次5人，分别是汪国垣（5—9）、董时进（14—15，37—38，42）、平（23，25，28，32，34）、梁家义（25，27—28，30，37）、群（29—33）；

4次7人，分别是郁嶷（6，11，22，44）、章华（10—12，14）、陈筦枢（11，15，20，28）、张崧年（16—17，19，23）、唐兰（23，31，33，40）、正道（38，40，43，45）、章太炎（39，40，42，43）；

3次18人，分别是江亢虎（2，26，38）、石克士（2，17，27）、杨定襄（4，6，9）、黄复（4，10，39）、汪荣宝（5，7，32）、王树楠（5，28，37）、陈小豪（8，22，35）、唐铁风（10，19，33）、李潆铠（11，16，20）、孙至诚（11，13，21）、龚张斧（12，15，19）、陈朝爵（13—14，40）、苏（14—16）、施畸（14—16）、陈拔（15，34，39）、段祺瑞（18，31，33）、郑窥古（20，29，35）、唐大圆（26，39，43）；

2次31人，分别是吴契宁（1，4）、潘大道（2，12）、梁漱溟（3，15）、林大闾（3，10）、金体乾（4，8）、汪吟龙（5，36）、张中（8，16）、公羊寿（8，28）、吴恭亨（9，19）、叶蓁（10，16）、陈鼎忠（14，19）、汤松（17，41）、吴康（17，24）、邵瑞彭（19，21）、陈超（25，35）、同（26，29）、缪钺（26，44）、郑琬（27，34）、彭国栋（31，35）、陈德基（32，34）、唐庆增（34，38）、孙光庭（36，40）、弢庵（36，42）、次公（36，39）、

范孙（37，40）、彭粹中（38，42）、醇士（38，42）、地山（40—41）、君寒（41，44）、君洁（42—43）、王时润（44—45）；

　　1次220人，分别是蔡元培（1）、胡善恒（1）、马晋羲（1）、庄蕴宽（2）、梁龙（2）、杨汝梅（3）、庄杰（3）、吴承仕（3）、夏元瑔（3）、沈钧儒（3）、沈恩孚（3）、曲同丰（3）、朱得森（4）、张弧（4）、汤中（4）、汤济沧（4）、马叙伦（5）、胡敦复（5）、伍剑禅（5）、赵朗盦（5）、罗敦伟（5）、范育士（5）、李步青（6）、王荟生（6）、陈东原（6）、彭禹（6）、欧阳渐（7）、汪馥炎（7）、陈宗蕃（7）、向绍轩（7）、彭毅（7）、李祚辉（8）、朱心木（8）、林奄方（9）、董维键（9）、张客公（9）、顾澄（9）、兑（10）、王照（10）、梁大肃（10）、金兆銮（10）、高仲和（10）、曹典球（10）、邵祖平（10）、周维屏（10）、苏希洵（11）、黄侃（11）、陶镛（11）、刘孝存（11）、陈陶遗（12）、杨鸿烈（12）、黄维翰（12）、文天倪（13）、黄际遇（13）、陆凡夫（13）、胡先骕（14）、陈伯肫（14）、王璋（14）、尹桐阳（14）、任鸿隽（15）、马其昶（16）、魏宸组（16）、贺有年（16）、英华（16）、陆鼎揆（17）、陈垣（17）、凌支尼（17）、蒋贞金（17）、李法章（17）、杨宗翰（17）、郑贞文（18）、刘秉麟（18）、龙泽厚（18）、熊梦（18）、钱维骥（19）、周方（19）、陆俊（19）、李思纯（19）、章用（20）、杨宗稷（20）、张焌（20）、王文炳（20）、桐（21）、蒙文通（21）、秦树声（21）、邢子述（21）、程中行（21）、侯树彤（21）、李宝仁（21）、敏（22）、刘咸（22）、周秉清（22）、易大德（22）、熊保丰（22）、杨芝轩（22）、无名（23）、余戴海（23）、蔡寒（23）、杨卓新（23）、邓秉钧（23）、邓赞标（23）、黄家琨（23）、陈无咎（24）、陈绍舜（24）、无名（与第23期"无名"是否同一人，不可考，本统计不作为同一人）(24)、易微尘(24)、唐园(24)、宓允臧(24)、吴祖沅(25)、张效敏(25)、庄泽宣(25)、张元文(26)、重世(27)、负仓(28)、钱端升(28)、邱堉柏(28)、刘文清(28)、丁家光(28)、陈宰均(29)、董世祚(29)、蔡文镛(29)、王选之(29)、林治南(30)、王恒智(30)、魏怀芳(30)、张曦(30)、孙毓坦(31)、曾文虞(31)、李元(31)、邓孟襄(31)、遂(32)、彭景林(32)、廖竞天(32)、王雨桐(32)、庄谦(32)、张煦候(32)、龚冰麇(32)、张贞敏(33)、阳叔葆(33)、罗能康(33)、坦(34)、杨训(34)、茂名(35)、张翼枢(35)、王力(35)、汪廷松(35)、金永(35)、费师洪(35)、孙炎(35)、蒋大椿(35)、赵淦(35)、王基乾(36)、李普年(36)、叔海(36)、徐佛苏(37)、张右直(37)、徐树墉(37)、王耘庄(37)、湘蘅(37)、晦闻(37)、计照(38)、励平(38)、柳无忌(38)、董雪帆(38)、董亨久(39)、殷自泰(39)、俞逸(39)、李若愚(39)、陈三立(39)、贞壮(39)、娄生(39)、陈嘉异(40)、陈守愚(40)、杨树达(40)、筱秋(40)、叶德辉(41)、张九如(41)、曾士先(41)、张霁虹(41)、褚祔(41)、吴行余(41)、钟夏生(41)、陈筠仙(41)、书衡(41)、弢厂(41)、吴其昌(42)、张元群(42)、徐志摩(42)、沈宗畸(42)、王德钧(42)、钱履周(42)、樊山(42)、任公(42)、和钧(42)、余嘉锡(43)、荆嗣佑(43)、方箇农(43)、张觉(43)、吕美荪(43)、李根源(43)、王瑞灵(43)、子大(43)、养素女士·(43)、姚震(44)、林思进(44)、孟勋瑞(44)、金天翮(44)、寓庸(44)、匏庵(44)、梅泉(44)、式之(44)、在冬(44)、积微

（45）、丁洽明（45）、黄家澍（45）、张丙生（45）、松岭（45）、在东（45）。

我们发现，作为刊物灵魂人物的章士钊在45期《甲寅》周刊中保持了100%的全见刊率，也是唯一一个20次以上见刊的作者，占总作者人数的0.34%；10次以上见刊（含10次）的作者仅有6人，占总作者人数的2.04%；5次以上见刊（含5次）的作者仅有20人，占总作者人数的6.8%。这些数字说明了"主帅"章士钊的势单力孤，《甲寅》周刊并无固定的作者群。也正因为此，专登读者来函、作者常变不一的"通讯"栏目才会在《甲寅》周刊中占有特别高的比重。这个栏目的设置也大大增加了《甲寅》周刊一次性作者的数量。

贾植芳先生主编的《中国现代文学社团流派》一书提到后期"甲寅派"，关于成员问题，只说"除去章士钊以外，也就没有几个能写的和有影响的人物"[1]。不过这本书中是以章士钊、陈筮枢、梁家义、瞿宣颖、唐庆增、汪吟龙等人为例来谈这一派别反对新文化运动的观点的，后来郭双林在此基础上对后期"甲寅派"的成员又作了补充。在《前后"甲寅派"考》一文中，他判定梁家义、杨定襄、瞿宣颖、陈拔、董时进、龚张斧、孙师郑、钱基博、陈筮枢、唐庆增、唐兰、金兆銮、林治南、石克士、陈小豪、黄复、汪吟龙、刘孝存等人在《甲寅》周刊上明确发表有与章士钊思想文化主张一致的文章，故将他们都列为后期"甲寅派"的成员。在笔者看来，这个名单还可以再扩充。《甲寅》周刊创刊时宣布"惟

---

[1] 贾植芳主编：《中国现代文学社团流派》（上卷），江苏教育出版社1989年版，第221页。

文字须求雅驯，白话恕不刊布"[1]，这显然是针对新文学阵营而发。《甲寅》周刊的作者一律用文言撰稿，无论其文字是否针对新文化运动，事实上都已经起到了反对新文化运动的作用。即便是像徐志摩这样的新文学名家，《甲寅》周刊刊出他致章士钊的文言信时，不也客观上是在向新文学示威吗？从这个意义上来说，凡是《甲寅》周刊的作者，都在不同程度上是认同章士钊反对新文化运动、反对新文学的主张的。无论其是否明确发表过与章士钊思想文化主张一致的文章，都可以视作后期"甲寅派"的成员。

（二）章士钊的文学（化）观

章士钊的《评新文化运动》一文1923年8月发表在《新闻报》。起先胡适觉得"不值一驳"，故未予理会。两年后的1925年8月，《甲寅》周刊创刊不久，胡适写了一篇名为《老章又反叛了！》的文章发表在《国语周刊》上。胡适在文中指出："我们要正告章士钊君：白话文学的运动是一个很严重的运动，有历史的根据，有时代的要求，有他本身的文学的美，可以使天下睁开眼睛的共见共赏。这个运动不是用意气打得倒的。"[2]章士钊读到了这篇文章，遂于1925年9月5日在《甲寅》周刊第1卷第5号上发表了《答适之》一文，以为回应。

章士钊首先评价胡适的这篇文章是"全篇词旨纤滑，可驳之值甚微"，进而又批评"适之之文，大抵如是。今之所谓白话文者，

---

[1]　见《甲寅》周刊第1卷第1号，《本刊启事（二）》。国家图书馆出版社2009年版出版的章士钊主编：《甲寅杂志·甲寅周刊》中漏收本期"启事"页，此处据原刊引用。

[2]　赵家璧主编、郑振铎编选：《中国新文学大系·文学论争集》（影印本），上海文艺出版社2003年版，第206页。

均大抵如是"[1]。接下来，章士钊又重点批判了胡适所指出的白话文学（运动）"有时代的要求"、"有他本身的文学的美"、"不是用意气打得倒的"等观点。关于"时代的要求"，章士钊称："凡时代者，俱各有其所需适应之思想事业，号曰要求，不中不远。但此要求不能以社会一时病态之心理定之，而当由通人艺士匠心独运，于国民智识之水平线上，提高其度以成之。"[2]言下之意，白话文学的兴起乃是顺应了社会一时病态的心理。关于白话文学的美，章士钊道："凡长言咏叹，手舞足蹈，令人百读而不厌者，始为美文。今之白话文，差足为记米盐之代耳，勉阅至尽，雅不欲再，漠然无感，美从何来？"在章士钊看来，古文除语录小说及词曲之一部外，没有一白话为文者。"今以白话为文……其事盖出于创。文下事之创者，惟天才能之，岂能望之人人？"[3]关于白话文学的运动非用意气所能打倒，章士钊反驳道"意气之量，已为适之一派用罄，更无余沥，沾溉于人"[4]。

章士钊的观点未免武断。白话文学的运动是顺乎时代发展之潮流的，且白话文学亦有其自身的美。不过，章士钊指出新文学阵营的"意气"，谓其"无权阻人讨论一国文化之公共事业"[5]，倒是理之所在。随后，章士钊将《评新文化运动》一文重又发表在1925年9月12日出版的《甲寅》周刊第1卷第9号上。文前加了按语，道："昨岁在沪，适之曾面告愚，子所讨论诸点已成过去。文化大事，适之竟看作时辰表，针簧上下张弛，惟其手转，尤属奇谈。揣

---

［1］　章士钊著：《章士钊全集》5，文汇出版社2000年版，第234页。
［2］　同上，第235页。
［3］［4］　同上，第236页。
［5］　同上，第237页。

适之所谓过去，殆指今之后生竞为白话，甚嚣尘上，遮国学不见已耳。此乃病态群理，允宜痛治，于斯谓健康为过去，医者议复元气，讽以失时，有是道乎？"章士钊期待的是胡适的时辰表"从此逆转"[1]，文言再回归主流正统地位。

　　章士钊将《评新文化运动》一文在《甲寅》周刊再次刊出后，吴稚晖写了《章士钊　陈独秀　梁启超》一文，狠狠奚落了章士钊一番。在他看来，《评新文化运动》这篇文章"尽是村究学语"，"不值一驳"，"做那种文章，简直是失了逻辑学者的体面"。[2]对于章士钊提出的"新旧融合"、"以农立国"等观点，吴稚晖反驳道："若依着章先生及段老执政的意思，无非把优秀分子，且读了圣经贤传，担任了治国平天下。大多数的人民，还是耕田凿井，服贾牵牛。只要挑几个工人子弟学几年，什么拔炮闩，装电灯，开汽车，老爷们有洋匠使唤，也就得啦。用这种精神来不反对蒸汽机，不抛弃科学，直叫做还是忘不了学时髦，分明滑稽的敷衍罢了。什么林则徐曾国藩李鸿章张之洞，皆是一等第一名的注重洋务洋技人物，比起后进的日本来，已经昏得够了。不料至今还有死不了的退化章士钊，自害不已，还要害他的儿子，把大好青年，叫他绝嫩的时代，便走上了教士式的历程。"[3]吴稚晖对章士钊言语嘲讽之余，也清楚明了地指出了他思想上的倒退之处。尽管如此，至1925年10月17日，针对胡适在武昌的一次公开演讲，章士钊又在《甲寅》周刊第1卷第14号上发表了《评新文学运动》一文。本文仍以批

---

[1]　章士钊著：《章士钊全集》4，文汇出版社2000年版，第210页注释。

[2]　赵家璧主编、郑振铎编选：《中国新文学大系·文学论争集》（影印本），上海文艺出版社2003年版，第240页。

[3]　同上，第241页。

驳胡适的观点为主，意在捍卫文言。

1925年8月29日，章士钊在《甲寅》周刊第1卷第7号发表《说轊》一文。9月26日，章氏又在《甲寅》周刊第1卷第11号发表《疏解轊义》一文。11月7日，章氏再在《甲寅》周刊第1卷第17号发表《再疏解轊义》一文。章士钊在这些文章中主要再次阐述了他的新旧调和说。之所以要说"轊"，是因为有人说他是一个开倒车、走回头路的人。章士钊言道："两车相抵，则奈何？曰：惟'轊'以济之而已。'轊'者，还也；车相避也。相避者，又非徒相避也，乃乍还以通其道，旋乃复进也。自有此'轊'，车乃无道而不可行。"章士钊说，今人有所谓开倒车者，是不解"轊"之意也！在他眼中，"承旧以新，承新仍返诸旧。非不欲新也，以舍旧无可为新者也。新旧如环，因成进化必然之理"。"六年前之国语文学，承文体久弊之后，弥有新意。今率全国而为不学争名之事，开卷恶俗，浑不可耐，遂不期而有文艺复古之思。此之复古，乃是新机。"此正和"轊"字之意同。若了解"轊"字之意，即知他的"开倒车"是"论义不得不开，论势且不容不开"[1]。

章士钊还在文中倡言礼教，以反对新文化运动。1926年8月22日，他在《国闻周报》上发表《论南京倡投壶礼事》一文。其中有言，"西人欲明其化之不终，而求变易之道于吾，其道惟何？不问而为礼也。或曰，中西之化，为系绝异。焉得骤以吾礼济之？曰荀子曰：'千人万人之情，一人之情是也。'斯言也，殆不以方域而异"[2]，可见"礼"在他心目中之重要。又有在回复《甲寅》周刊读

---

[1] 章士钊著：《章士钊全集》5，文汇出版社2000年版，第210—211页。
[2] 章士钊著：《章士钊全集》6，文汇出版社2000年版，第267页。

者储祎的来函时，他写道："夫礼教者非他，设为三纲五常上下等威之制，使天下共由，贤者不得太过，不肖者不得太不及是也。是之谓 order。无论古今中外，固无不有 order 而能成为国家社会者也。"[1] 在他看来，今天的教育方针就是一面教学生作 order 中人，一面以创造或回复 order 为己任。

此外，章士钊还在《甲寅》周刊发表过《文俚平议》（第 1 卷第 13 号）、《文论》（第 1 卷第 39 号）等文章，反对白话文学，反对新文化运动。

（三）其他后期"甲寅派"成员的文学（化）观

其他后期"甲寅派"成员反对新文化运动的文章主要有《文体说》（瞿宣颖作，第 1 卷第 6 号）、《论语体文》（陈拔作，第 1 卷第 15 号）、《评新文学运动书后》（陈筦枢作，第 1 卷第 20 号）、《白话文学驳义》（梁家义作，第 1 卷第 30 号）、《新文化运动平议》（唐庆增作，第 1 卷第 34 号）、《文体平义》（陈德基作，第 1 卷第 34 号）、《文话平议》（王力作，第 1 卷第 35 号）等，这些文章多把矛头指向白话文。

瞿宣颖在《文体说》一文中指出，"文言自有时代，白话亦非无古今"，"今之所谓白话文者，不过举今日较通行之一种而言。更越百年，又当别谥之日古白话也"。故文言、白话均有古今之别。其次，他还指出，"《甲寅》之文字，自是民国十四年之文字。其所标举，乃是文言，以对今日通行之白话，非古文也"，故"白话可与文言为对文，而不可与古文为对文"。至于白话与文言二者相比，瞿宣颖认为，"欲求文体之活泼，乃莫善于用文言。缘其组织之法，

綮然万殊。既适于时代之变迁，尤便于个性之驱遣"[1]。

荻舟随后写了《驳瞿宣颖君"文体说"》一文，以驳其言。荻舟从瞿宣颖所论"文言不是古文"、"白话同文言一样有时代的变迁"、"白话不及文言的活泼而适用"三方面来辩驳，亦言之成理。关于"文言不是古文"，荻舟道古代言文本是合一的，后来由于迷古，人们不懂得时代之变迁，以为模仿古人说话的口吻来写文章会显得格外古雅，于是文章和语言便慢慢地分了家。故古文就是古代的口语，文言就是古文，作文言就是在模仿古人说话，只不过受时代牵掣，模仿得不能全然相同罢了。关于"白话同文言一样有时代的变迁"，荻舟道须知"现在适合于时代的却是所谓'白话'"。荻舟指出，现在的趋势"已不容我们只顾摇头晃脑地讽咏古文，应当腾出这种精神来研究一切有用的学问，好与世界各国相抗衡，所以主张要写那'得心应手'的白话……减少文字上的障碍，使教育易于普及，国民都可以得到相当的常识；同时一班知识阶级的人们也可以腾出讽咏古文的时间来作些有益于社会的工作"[2]。白话与文言本各有优劣，荻舟的这一番话却是指出了现在普及白话的迫切与重要。关于"白话不及文言的活泼而适用"，荻舟引用了钱玄同《废话》一文中的一段话，"古语跟今语，官话跟土话，圣贤垂训跟泼妇骂街，典谟训诰跟淫词艳曲，中国字跟外国字，汉子跟注音字母（或罗马字母），袭旧的跟杜撰的，欧化的跟民众的……信手拈来，信笔写去……爱说什么就说什么，想着什么就说什么"，这样或许还可以有点活泼的气象。不过，在他眼

---

［1］ 章士钊主编：《甲寅杂志·甲寅周刊》，国家图书馆出版社 2009 年版，第 4 册，第 141 页。

［2］ 赵家璧主编、郑振铎编选：《中国新文学大系·文学论争集》(影印本)，上海文艺出版社 2003 年版，第 216 页。

中，白话到底还是比文言活泼的。

陈拔在《论语体文》中指出："语体之为用，亦自有在。若演讲之笔录，谳狱之供状，事后改窜，恐多失实；又若野乘之科诨，杂剧之宾白，本以取便唱演，则于文体类中自为一门可矣。必推崇之为文学正统嫡传，何示天下以极陋也！"在他看来，所谓旧文学之不适于时代精神者，"弊者在人，岂文之罪哉！如洞悉其弊之所在而避去之，务平易而趋实用，更传之以新时代之精神，即成改造之新文学矣"[1]。陈筼枢在《评新文学运动书后》亦指出，"愚非谓白话文之必不能存在也。分其业于小说，通其意于学童，使知文学语言脱化之妙，而椎朴无文者亦得以藉窥说部之书，庶于社会文化不无裨助"，"而曷为此嚣嚣者以乱天下之文乎！"[2]以上二位都表示不反对使用白话，但坚持维护文言的正统地位。

再有唐庆增的《新文化运动平议》一文，作者从五个方面来批判新文化运动。首先，针对"文化运动"一词，作者指出，"文化运动者必须先有一定之目的与标准，以优者代劣者，以适用者代不合者，非谓推翻旧有之一切典章、文物、风化、制度，贩卖西洋陈说便得谓之文化运动也"。至于有人将新文化运动比作文艺复兴，作者指出，"吾国今日固乏且丁人，亦无人能如凯克斯顿William Cax ton 之有所发明，乃强以历史上名词加诸此类白话文字之运动，岂不谬哉"[3]！第二，针对以使普及教育较易为由来提

<hr>

[1] 章士钊主编：《甲寅杂志·甲寅周刊》，国家图书馆出版社2009年版，第4册，第360页。

[2] 同上，第4册，第470页。

[3] 章士钊主编：《甲寅杂志·甲寅周刊》，国家图书馆出版社2009年版，第5册，第218页。

倡白话文学者，作者指出，"今日之大患不在乎文学之艰深，人心之消长，而在乎国中教育之不振兴"，"今日最要之急务，在提高国民程度同时并介绍真正西洋文化以补吾之不足焉"，而非"以文字迁就国民程度，造成一种支离费解破碎不全之文学，养成一种盲从浮薄鄙夷国学之心理"[1]。第三，作者指出"文宜雅洁忌粗俗，宜纯粹忌驳杂，宜简洁了当忌纷乱杂沓，宜颠扑不破忌浅薄浮泛"，但今日之白话文学却"鄙俗不堪之语时时形诸笔墨"[2]。第四，作者批评了我国今日学者的作风，即"喜叫嚣不喜沉静，喜暴露于外而不喜蕴藏于内，今日出一文集明日刊一诗稿，自诩其学识之渊博而绝不肯静心研究一叩其是非"。彼等之新文化运动不提倡真正之学说，"而惟以迎合社会之心理为能"，"人心喜新而厌旧，爱易而恶难，彼等所发之言论殆无一不以'新'及'易'为号召"。[3]第五，作者批评了今日所谓欧化的文体。作者指出，"国有国之特性，族有族之风俗，乌可一意盲从惟欧是尚乎！"作者引曾国藩的话作为这篇文章的结束语："方今天下大乱，人人怀苟且之心，出范围之外，无过而问者焉！吾辈当谨守准绳，互相规劝，不可互相奖饰，互相包荒。"[4]虽然唐庆增思想有些保守和反动，但他确实指出了新文化运动的某些不足。

梁家义写了《白话文学驳义》一文来批驳白话文学。陈德基读到他这篇文章后，写了《文体平义》一文。与其他后期"甲寅派"

---

［1］　章士钊主编：《甲寅杂志·甲寅周刊》，国家图书馆出版社2009年版，第5册，第218—219页。
［2］　同上，第5册，第219页。
［3］　同上，第5册，第219—220页。
［4］　同上，第5册，第220页。

成员观点不同，陈德基指出，"白话文与文言文之于今日复无相非之必要"。在他看来，作白话文"欲其简洁雄厚"，"其难实不下文言"，"及其成也，则价值固不减文言"。白话与文言"二体将来之并存，或亦不外历代之变迁也与"[1]。文言与白话并存固然最佳，但可惜这只是一个美好的愿望罢了。我们佩服的是陈德基这种开放包容的胸怀!

以上文字均出自《甲寅》周刊的"时评"栏目。还有一些作者，在"通讯"栏目中用致记者函的方式提出自己反对新文化运动的意见，与章士钊商榷。这里不再一一引述。总之，以章士钊为中心，以《甲寅》周刊为阵地，后期"甲寅派"在思想文化界掀起了一场旨在反对新文化运动的活动。他们也因此成为1920年代中国反新文化运动阵营中的一支重要力量。

---

[1] 章士钊主编：《甲寅杂志·甲寅周刊》，国家图书馆出版社2009年版，第5册，第221—222页。

第五章　结语：意义与余绪

1918 年，西方思想文化界开始流行一本书，即德国斯宾格勒所著的《西方的没落》。当时该书只出版了第 1 卷，第一次世界大战结束后，1922 年又出版了第 2 卷。尽管在这本书中斯宾格勒的思想实质仍然是"西欧中心论"，但他"至少表面上承认西方文化已经没落，最终也要走向死亡"；同时也"承认其他文化有过自己的鼎盛时期，它们的鼎盛时期与西方文化的鼎盛时期相比是'同时代'的，不分轩轾"[1]。这些观点让斯宾格勒名噪一时。当时的中国学界关于中西文化的讨论也受到了这本书的影响。

第一节　思潮兴起的背景

1918 年，斯宾格勒在西方出版《西方的没落》一书之际，中国的梁启超也在忙着准备赴欧考察学习。在筹措到一笔资金后，以刘崇杰、丁文江、张君劢、蒋百里、徐新六等人作为随员，梁启超于是年 12 月开始了为期一年多的欧洲游历。《欧游心影录》记录下了梁启超访欧途中的见闻。他在这本书中向国人介绍欧洲资本主义世界在第一次世界大战和俄国十月革命之后"凄惨衰败"[2]的景

---

[1]　斯宾格勒（德）著：《西方的没落》，商务印书馆 1963 年版，1991 年印刷，第 9 页。

[2]　陈崧编：《五四前后东西文化问题论战文选》，中国社会科学出版社 1985 年版，第 333 页。

象，同时提及中国文明对西方文明的拯救。且看他书中的这样一段对话：

> 记得一位美国有名的新闻记者赛蒙氏和我闲谈，他问我："你回到中国干什么事，是否要把西洋文明带些回去？"我说："这个自然。"他叹一口气说："哎，可怜。西洋文明已经破产了。"我问他："你回到美国却干什么？"他说："我回去就关起大门老等，等你们把中国文明输进来救救我们。"我初初听见这种话，还当他是有心奚落我，后来到处听习惯了，才知道他们许多先觉之士，着实怀抱无限忧危，总觉得他们那些物质文明，是制造社会险象的种子，倒不如这世外桃源的中国，还有办法，这就是欧洲多数人心理的一斑了。[1]

梁启超的这段话无疑会鼓舞国人重新拾起对于中国文明的信心。

1920 年 3 月，梁启超结束访欧行程回到上海。应吴淞中国公学之邀，他前往该校做了一次演说。他讲到，这次访欧"惟有一件可使精神受大影响者，即将悲观之观念完全扫清是已……即将暮气一扫而空"。而之所以精神上会如此振作，是因为他观察到欧洲百年来所以进步的原因在于"其社会上政治上固有基础而自然发展以成者也"，中国效法彼邦却不能成功是因为二者"固有基础"不同。他从政治、社会、经济三方面来讲，主张中国"发挥固有的民本精神，以矫欧洲代议制度及资本主义之流弊"[2]。在这次演说最后，他说道："鄙人自作此游，对于中国，甚为乐观，兴会亦浓，且觉由消极变积极之动机，现已发端，诸君当知中国前途绝对无悲观，中

---

[1] 陈崧编：《五四前后东西文化问题论战文选》，中国社会科学出版社 1985 年版，第 349 页。

[2] 同上，第 375 页。

国固有之基础，亦最合世界新潮。但求各人自高尚其人格，励进前往可也。"[1]这次演说可视为是对《欧游心影录》中一些观点的补充，梁启超明确提出了国人不必效法欧洲，应将固有国民性发挥光大的观点。

其实早在1916年10月，第一次世界大战还远未结束，杜亚泉（伧父）即在其主编的《东方杂志》第13卷第10号上发表过《静的文明与动的文明》一文。在这篇文章中杜亚泉指出，"西洋文明与吾国固有之文明，乃性质之异，而非程度之差"[2]，"西洋社会为动的社会，我国社会为静的社会。由动的社会，发生动的文明，由静的社会发生静的文明"[3]。他的结论是，"两文明互相接近，故抱合调和，为势所必至"[4]，"愿吾人对于此静的社会与静的文明勿复厌弃而一加咀嚼也"[5]。这里也提出了"调和"的观点。1917年4月，杜亚泉（伧父）又在《东方杂志》第14卷第4号发表《战后东西文明之调和》一文，指出"平情而论，则东西洋之现代生活，皆不能认为圆满的生活；即东西洋之现代文明，皆不能许为模范的文明……战后之新文明，自必就现代文明，取其所长，弃其所短，而以适于人类生活者为归"[6]。虽然作者承认东西文明均呈病态，但文中对西洋文明病态的描述则远过于东洋文明。这篇文章得出的基本结论是，我们"不要受西洋物质文明的'眩惑'，不要忽

---

[1]　陈崧编：《五四前后东西文化问题论战文选》，中国社会科学出版社1985年版，第377页。

[2]　同上，第17页。

[3]　同上，第20页。

[4]　同上，第22页。

[5]　同上，第24页。

[6]　同上，第26页。

视科学思想传入带来的'害处'，不可把科学的学说视为'信条'，只有中国固有的道德观念，才是'最纯粹最中心'的。应'以科学的手段，实现吾人经济的目的。以力行的精神，实现吾人理性的道德'[1]。1918年4月，在《东方杂志》第15卷第4号上杜亚泉（伧父）又发表了《迷乱之现代人心》一文。在作者看来，"吾人今日在迷途中之救济……决不能希望于自外输入之西洋文明，而当希望于己国固有之文明"，"救济之道，在统整吾固有之文明，其本有系统者则明了之，其间有错出者则修整之。一面尽力输入西洋学说，使其融合于吾固有文明之中……今后果能融合西洋思想以统整世界之文明，则非特吾人之自身得赖以救济，全世界之救济亦在于是"[2]。显然，杜亚泉对中国文明是充满信心的。他反对陈独秀、胡适等人所倡举的新文化运动。

此后，1918年6月，《东方杂志》第15卷第6号译载了日本《东亚之光》杂志上的《中国文明之批判》一文。这篇文章当中征引了德国人对辜鸿铭著作的欢迎和赞赏之文字。此时的辜鸿铭正在北京大学任教，他在课堂上宣扬儒家的思想及伦理道德，是反对新文化运动的。加之这一期的《东方杂志》上还刊出了钱智修的文章《功利主义与学术》，该文以反对功利主义为由来反对西洋文明，亦是反对新文化运动的。在1918年9月15日发行的《新青年》第5卷第3号上，陈独秀发表了《质问〈东方杂志〉记者——〈东方杂志〉与复辟问题》一文，明确表示了自己在文化问题上的激进倾向。杜亚泉对此予以反驳。他于1918年12月在《东方杂志》第

---

[1] 陈崧编:《五四前后东西文化问题论战文选》，中国社会科学出版社1985年版，第32页。
[2] 同上，第46—47页。

15 卷第 12 号上发表了《答〈新青年〉杂志记者之质问》一文，由此在中国文化界掀起一场关于东西文化问题的论战。杜亚泉在该文中指出，"以君道臣节名教纲常为基础之固有文明，与现时之国体，融合而会通之，乃为统整文明之所有事"[1]。随后，陈独秀又在1919 年 2 月 15 日发行的《新青年》第 6 卷第 2 号上发表了《再质问〈东方杂志〉记者》一文进行反驳。

我们可以将前文所指出的梁启超游欧后关于中西文化问题的思考视作是这场东西文化问题论战的延续。由于梁启超亲身到西方走了一遭，他的言语便显得更有说服力。其时，在世界范围内，印度的泰戈尔也在思考关于东西文化的问题。1921 年 9 月，冯友兰在《新潮》杂志第 3 卷第 1 号上发表了《与印度泰谷尔谈话》一文。这是 1920 年冯友兰在纽约访问泰戈尔时的谈话记录，其中泰戈尔谈到了自己关于东西文明之比较的观点。泰戈尔言道，西洋文明，所以盛者，因为他的势力是集中的，我们东方诸国，却如一盘散沙，不互相研究，不互相团结，所以东方文明，一天衰败一天了。在泰戈尔看来，东西洋文明的差异，是种类的差异。西方的人生目的是"活动"，东方的人生目的是"实现"。西方讲活动进步，而其前无一定目标，所以活动渐渐失其均衡。东方人则认为，人人都已自己有真理了，不过现有所蔽，去其蔽而真自实现。现在东方所能济西方的是"智慧"，西方所能济东方的是"活动"。东西文明两相冲突之际，东方所缺而急需的就是科学。[2]可见泰戈尔是主张东西文明之调和的。

---

[1] 陈崧编：《五四前后东西文化问题论战文选》，中国社会科学出版社1985 年版，第 84 页。
[2] 同上，第 386—389 页。

与梁启超、泰戈尔相比，梁漱溟关于东西文化的思考更为具体和细致。1921年10月，北京财政部印刷局出版了他的《东西文化及其哲学》一书。在该书中，梁漱溟将西方文化、中国文化和印度文化称为三种不同路向且彼此之间无法调和通融的文化。西方文化是第一条路向，以意欲向前要求为根本精神；中国文化是第二条路向，以意欲自为调和持中为根本精神；印度文化是第三条路向，以意欲反身向后要求为根本精神。在梁漱溟看来，中国文化、印度文化都是早熟的文化。人类文化之初，本应该走第一条路向的文化的，中国人却不待把这条路走完就拐到第二条路上来，而印度则是不待第一条路第二条路走完就拐到第三条路上来。二者"在今日的失败，也非其本身有什么好坏可言，不过就在不合时宜罢了"，但走第一条路向的西方文化"走到今日，病痛百出，今世人都想抛弃他，而走这第二路"[1]。所以，他说"世界未来文化就是中国文化的复兴"[2]，"中国化复兴之后，将继之以印度化复兴"[3]。他指出了现在中国人对于这三条路向的文化应该持有的态度，"第一，要排斥印度的态度，丝毫不能容留；第二，对于西方文化是全盘承受，而根本改过，就是对其态度要改一改；第三，批评的把中国原来态度重新拿出来"[4]。他说现在"只有昭苏了中国人的人生态度，才能把生机剥尽，死气沉沉的中国人复活过来，从里面发出动作，才是真动，中国不复活则已，中国而复活，只能于

[1]　陈崧编：《五四前后东西文化问题论战文选》，中国社会科学出版社1985年版，第430页。
[2]　同上，第429页。
[3]　同上，第431页。
[4]　同上，第432页。

此得之；这是唯一无二的路"。他反对新文化运动，"有人以五四而来的新文化运动为中国的文艺复兴；其实这新运动只是西洋化在中国的兴起，怎能算得中国的文艺复兴？若真中国的文艺复兴，应当是中国自己人生态度的复兴"[1]。这里他反复提到的"中国人的人生态度"，指的就是孔颜的人生态度，是一种"阳刚乾动"的态度。[2]

梁漱溟出版《东西文化及其哲学》一书之后，张君劢于1922年2月在《东方杂志》第19卷第3号上发表了《欧洲文化之危机及中国新文化之趋向》一文。他也指出，"现在之欧洲人，在思想上，在现时之社会上，政治上，人人不满于现状，而求所以改革之，则其总心理也"[3]，但他并不认同梁漱溟所预言的欧洲文化会走中国的路子，以及世界未来的文化就是中国文化的复兴等观点。张君劢指出，"中国旧文化腐败已极，应有外来的血清剂来注射他一番……如不输入，则中国文化必无活力"；对于我国旧学说、西方文化均应以批评的眼光对待，"中国人生观好处应拿出来，坏处应排斥他，对于西方文化亦然"；"东西文化之本末各不同……此两种精神，以后必有一场大激战。胜负分明之日，即中国文化根本精神决定之日"[4]。

从杜亚泉等人与新文化阵营关于东西文化问题的论战开始，到战后世界范围内"西方的没落"与东方文化热的兴起，这股潮流的

[1] 陈崧编：《五四前后东西文化问题论战文选》，中国社会科学出版社1985年版，第435页。
[2] 同上，第434页。
[3] 同上，第439页。
[4] 同上，第444页。

总趋势与中国新文化运动"全盘西化"的精神是背道而驰的。艾凯将这一股潮流称之为"世界范围内的反现代化思潮"。本书所讨论的新文学反动思潮之兴起，正是以此为背景的。如果说一开始林纾等人对新文学阵营的回击还只是一种被动的反弹的话，到了1920年代，"学衡派"及后期"甲寅派"的主动出击则正是应这股潮流而发。无论是林纾等旧派文人，还是"学衡派"及后期"甲寅派"，无论力量强弱，在中国范围内，他们都与杜亚泉、梁启超、梁漱溟等人一起对新文化运动形成了一种牵制，也都可汇入到艾凯所称的"世界范围内的反现代化思潮"当中。

第二节　总结与评价

现在我们要对这股反对新文学的思潮进行一回顾与评价了。

首先，关于新文学反对派的文化观。笼统来说，新文学的反对派都不反对西洋文明。林纾虽不懂外文，但与人合作翻译了大量外文书籍。"学衡派"及后期"甲寅派"的许多成员对西洋文明的了解和熟悉程度毫不逊色甚至远过于新文学阵营。艾凯在论及中国与反传统主义相对的思潮时，曾用"文化守成主义"来指称其文化观。且看他的论述："民初时代思想史上一个最重要事件可以说是：对传统中国文化的全盘批评和攻击，同时提倡更深也更广地引进西方文化。这个立场和《新青年》杂志的一群知识分子之与五四运动是一致的，代表人物是陈独秀（1879—1942）和胡适（1891—1962）……在差不多同时期，和反传统主义相反对的思潮也出现了——即面对日益增强的西化力所产生的文化守成反应。主张复苏传统文化的一些方面，同时坚信中国文化不但和西方文化相当，甚至还要优越。这个立场以《学衡》杂志的撰稿人如梅光迪及梁启超（其晚年）、梁漱溟、辜鸿铭、林纾等人为代表。他们的看法可称为中国的'排西派'，在对西方文化进行批评的同时也界定中国文化……我把这种反应称作'反现代化'。所有这些人物都批评现代化过程及其结局是对人类诸般价值的残害，他们提倡融合的中西文化，指出未来的世界文化——或最起码将来的中国文化，会是一种中西文化的结合体。我把这种立论，称作'文化守成主义论'。"[1]艾凯之所以用"文化守成主义"的概念而非"保守主义"，是因为在他看来"保守主义"、"通常都有很重的政治含义与价值指向，和我希望指出的文化现象有出入；特别是民初的反现代化思想，其不但不保守，进取的精神反而很明显"[2]。诚然，对于新文学的反对派来说，尤其是主张"昌明国粹，融化新知"的"学衡派"，用"保守主义"来指称是不符合实际的。我们这里就借用艾凯提出的"文化守成主义"来指林纾等旧派文人及"学衡派"的文化观。至于艾凯没有提及的以章士钊为代表的后期"甲寅派"，由于太过反动，则真的趋于一种保守了。[3]

其次，关于新文学的反对派与胡适。1920年代，"学衡派"及后期"甲寅派"创办刊物反对新文化运动。他们都仅将矛头指向胡适，而较少涉及新文学阵营的其他人员。这自然首先是因为他们都

---

［1］ ［美］艾凯著：《世界范围内的反现代化思潮——论文化守成主义》，贵州人民出版社1991年版前言，第4—5页。

［2］ 同上，前言第4页。

［3］ 这里对新文学反对派文化观的分析只能是大体而言。因为不同的人员，或者是同一个人在不同的时期，情况有可能不尽相同，这需要做进一步的具体分析。

和胡适有私交。"学衡派"的梅光迪与胡适在美国留学时是同学，胡适在酝酿文学革命的过程中与他有过激烈的争论。胡适回国后，梅光迪在美国到处招兵买马，准备回去以后和胡适唱对台戏。吴宓就是这样被他揽入麾下的。他们将矛头对准胡适不难理解。至于章士钊，他可以说是胡适的伯乐。1914年10月10日，胡适译自都德的短篇小说《柏林之围》在《甲寅》杂志第1卷第4号发表。在此之前，二人并不相识。1915年3月14日，章士钊在东京致信远在美国的胡适，向其约稿。章士钊在信中写道："曩在他报获读足下论字学一文，比傅中西，得未曾有，倾慕之意，始于是时。不识近在新陆所治何学？稗官而外，更有论政论学之文，尤望见赐，此吾国社会所急需，非独一志之私也"，"时局日非，国威丧尽，寄居此邦，卧立不宁，不审足下感想何似？能作通讯体随意抒写时事，以讽示国人，亦所尸祝者也。"[1] 可见，章士钊虽从未见过胡适，却极欣赏他的才华。1915年10月1日的《甲寅》杂志第1卷第10号上登出了胡适的回信。他最关心的，却是章士钊在信中不甚留意的"文学"。他在回信中写道："近五十年来欧洲文字之最有势力者，厥惟戏剧，而诗与小说，皆退居第二流。名家如那威之Ibsen，德之Hauptmann，法之Brieux，瑞典之Strindberg英之Bernard Shaw及Galsworthy，比之Maeterlinck皆以剧著声全世界。今吾国剧界，正当过渡时代，需世界名著为范本，颇思译Ibsen之A Doll's House或An Enemy of the People，惟何时脱稿，尚未可料。"[2] 胡适在回信中还寄去了他的论文《非留学》

---

[1] 章士钊著：《章士钊全集》3，文汇出版社2000年版，第369页。
[2] 同上，第627页。

篇，但未及在《甲寅》杂志中登出，即在传阅过程中丢失。胡适的回信在《甲寅》杂志刊出时，章士钊加了按语。其中介绍胡适道："胡君年少英才，中西之学俱粹，本年在哥伦比亚大学，可得博士，此诚记者所乐为珍重介绍者也。"[1]本来章士钊是希望请胡适将《非留学》篇补寄一份以后刊出的，不料《甲寅》杂志就此停刊。胡适后来在《新青年》上施展了他的雄伟抱负，却是辜负了章士钊对他寄予的"厚望"。章士钊反对新文化运动，至1925年创办《甲寅》周刊时终于树起了反对派的大旗。

"学衡派"、后期"甲寅派"成员将矛头对准胡适，一个重要的原因就是他们都非常痛恨胡适主张的白话文学，不愿意让文言就此退出中国历史的舞台。在前文所举他们反对新文化运动的文章中，对此已多有论及。章士钊的《评新文化运动》一文于1925年9月12日在《甲寅》周刊第1卷第9号上重新发表时，他在按语中写道："前岁北京农业大学招考新生，愚在沪理其文卷，白话占数三分之二，文言三分之一，文言固是不佳，白话亦缴绕无似。愚曾告人，此事应由适之全然负责。盖适之倡为白话文恰是五年，中学卒业，出应大学初试，即其时也。今年愚复试农大新生，限令不为白话文，乃全场文字，词条理达，明赡可观，猝然得此，迥出意计之外。"[2]吴宓、章士钊等人都终生坚持使用文言。胡适而外，我们很少看到"学衡派"、后期"甲寅派"成员与新文学阵营其他人员论争的文字。

第三，关于新文学反对派之评价。1917年1月，胡适在《新

---

［1］ 章士钊著：《章士钊全集》3，文汇出版社2000年版，第626页。
［2］ 章士钊著：《章士钊全集》4，文汇出版社2000年版，第210页小注。

青年》第 2 卷第 5 号上发表《文学改良刍议》一文，成为新文化运动中文学革命的发端之作。这篇彪炳史册的文章在当时其实并没有产生什么广泛性的影响，旧派文人对其不屑一顾即可说明一斑。也正因为此，钱玄同和刘半农才会在后来自导自演一出引蛇出洞的双簧戏。林纾"不幸"上钩，遂成众矢之的。本来这也不足以撼动几千年中国文学的根基，但五四运动的爆发助了新文化运动及文学革命一臂之力，使其得以有机会借东风风行天下。胡适就说过这样的话："民国八年的学生运动与新文学运动虽是两件事，但学生运动的影响能使白话的传播遍于全国，这是一大关系；况且'五四'运动以后，国内明白的人渐渐觉悟'思想革新'的重要，所以他们对于新潮流，或采取欢迎的态度，或采取研究的态度，或采取容忍的态度，渐渐的把从前那种仇视的态度减少了，文学革命的运动因此得自由发展，这也是一大关系。因此，民国八年以后，白话文的传播真有'一日千里'之势。白话诗的作者也渐渐的多起来了。"[1] 可见，是因为五四运动的推波助澜，国内才有了新文化运动与文学革命燎原的环境，国民才有了接受与认可它的心态。由于五四运动的爆发，新文学的反对派在与新文学阵营交锋的第一回合中，林纾以外的其他旧派文人几乎没有再上场的机会。若非如此，鹿死谁手还不一定。林纾的单枪上阵在当年显得无比的孤单和可怜，但人们终觉出他那些辩驳文字间的可贵与真诚。几千年的中国旧文学轰然倒塌之际，多亏了林纾这样的旧派文人及时发声，才为其在当时就保留下一分尊严。

---

[1] 胡适著：《胡适文存》第 2 集，黄山书社 1996 年版，第 237 页。

到了 1920 年代，"学衡派"及后期"甲寅派"通过不同的渠道从西方找回了维护中国传统文化与文学的信心。他们在各自的刊物上摆开擂台，底气十足地与新文学阵营对抗。他们之间的不同，沈松侨在《五四时期章士钊的保守思想》一文中分析道："五四时期中国的保守主义者，在面对西方文化的强大压力时，为了证明中国传统文化有其不可磨灭的永恒价值，大体上采取了两条不同的途径。梅光迪、吴宓等人所组成的学衡派，代表了第一派。他们从西方的思想传统中，汲取了一套评估中西文化的普遍标准，再根据这项标准，反过来肯定中国传统自有其内在价值，并可与'真正'的西方文化彼此会通。而章士钊所属的第二派，则根本反对将中国文化与西方文化任意比附。他们认定中西文化有着本质上的差异，而这种差异形成的症结，则在双方具体的历史发展有所不同。"[1] 不过对于新文学阵营来说，这种差异是"毫无意义"[2] 的。因为共同的"对儒家文化伦理秩序的关怀"[3]，共同的对于中国文言文学的信念，所以在激进的新文学阵营面前他们（也包括林纾等旧派文人）又保持了一种一致。"学衡派"与后期"甲寅派"的主张都"破产"了，但他们维护中国传统文化与文学价值的努力将永载史册，且随着时光的消逝而越发凸显出其本真的价值。我们需要还他们一个客观与公正的评价！

---

[1] 沈松侨：《五四时期章士钊的保守思想》，《"中央研究院"近代史研究所集刊》第 15 期下册（1986 年 12 月出版）第 247—248 页。
[2] 同上，第 248 页。
[3] 同上，第 247 页。

第三节　余绪："学衡派"与后期"甲寅派"的不同命运

1920 年代，"学衡派"与后期"甲寅派"先后在中国掀起反对新文化运动、反对新文学的浪潮。后期"甲寅派"活动时间很短，但与"学衡派"有过交集。在探讨"学衡派"与后期"甲寅派"一些成员的不同命运之前，我们先对二者的交集情况作一考察。

一　"学衡派"与后期"甲寅派"的交集考

"学衡派"主将胡先骕曾在《甲寅》周刊第 1 卷第 14 号上发表过《师范大学制平议》一文，这是"学衡派"与后期"甲寅派"的直接交集。不过，这样的例子并不多。"学衡派"的另一主将吴宓似乎是直到 1950 年代后才有认真读《甲寅》周刊的机会。1956 年 8 月 1 日，吴宓日记记："宓取读箱中之合订本《甲寅》周刊，读之终日（下午寝息）直至深宵，万感交集。汇记有关系之篇目，备述作参考。（一）瞿宣颖文体说（一卷六号）。孤桐答适之（一卷八号）。孤桐评新文化运动（一卷九号）。孤桐评新文学运动（一卷十四号）。梁家义白话文学驳义（一卷三十号）。文话平议（一卷三十五号）。以上关于文言白话及新文学者。（二）陈绍舜论注音字母（一卷二十四号）。以上关于文字改革者。（三）江元虎搭桨（一卷二十六号）。唐铁风痛言（一卷三十三号）。以上论共产、赤化、社会革命（江君文最有远见）。（四）陈拔论清华之研究院（一卷三十四号）。此文未提宓名，然分述研究院之前后（一年中）三变，最清晰而得其真"[1]。随后，1956 年 8 月 2 日，吴宓日记记："归后读《甲寅》周刊（零册）一卷三十六至四十四号。至夜 1:30 毕，乃寝。"[2] 1956 年 8 月 4 日，《吴宓日记》记："以《甲寅》周刊第一卷（全）及 Otto von Leixner（1847—1896）著《德国文学史》一巨册（插图甚富）捐赠图书馆，面交孙述万馆长收。"[3] 此为建国后《吴宓日记》中为数不多的与后期"甲寅派"有关的几处记载。从 1956 年 8 月 1 日起，吴宓细致地读了《甲寅》周刊，惺惺相惜之情油然而生。他把《甲寅》周刊赠给了西南师范学院图书馆，希望其代为妥善保管。

吴宓 1926 年日记中与后期"甲寅派"有关的文字最多，录之如下：

1 月 1 日：

> 至石驸马大街太平湖饭店，访李思纯（哲生），议定由李君函章行严，约会谈。[4]

1 月 17 日：

> 赴《甲寅》周刊社，知此间但司发售，不问他事。[5]

1 月 18 日：

> 上午撰《学衡》广告，登《甲寅》周刊。由光午言于《甲寅》社之杨宪生君而送登者也。[6]

1 月 25 日：

[1] 吴宓著、吴学昭整理注释：《吴宓日记》续编 2，北京三联书店 2006 年版，第 477 页。
[2] 同上，第 478 页。
[3] 同上，第 479 页。
[4] 吴宓著、吴学昭整理注释：《吴宓日记》3，北京三联书店 1998 年版，第 119 页。
[5][6] 同上，第 129 页。

《甲寅》未将《学衡》广告登出。[1]

2月9—12日：

某日上午，至中华书局购《学衡》。旋赴香厂新明戏圆后身京师税务监督公署，访梁家义（集生）君，送给《学衡》1—47期整份（购买），谈甚欢。梁君谓当介宓与章士钊君及《甲寅》经理彭君一谈。[2]

2月17日：

《甲寅》周刊经理彭毅振之。来见，宓与谈《学衡》实况。彭君劝将《学衡》收回自办，交第一监狱等处印刷。发行之事，彼愿助力。宓婉谢，但谓为稳妥持久计，以仍旧倚赖中华为上策也。[3]

2月27日：

赴《甲寅》周刊社，观灯谜。[4]

6月5日：

晨九时半，访《甲寅》社彭毅及杨完生，均未遇。[5]

6月15日：

晨九时，至杨宗翰宅，潘敦已至，乃复共从事整理《学衡》。仍由杨君备午膳，至下午三时毕。计1—50期四十八整份，仍装入四箱。约定由杨君送往汤宅寄存。外此十余份，由

[1] 吴宓著、吴学昭整理注释：《吴宓日记》3，北京三联书店1998年版，第137页。
[2] 同上，第149页。
[3] 同上，第150页。
[4] 同上，第152页。
[5] 同上，第175页。

潘敦带去，并交景山书社代售。又十余份，则由宓以洋车三乘，送至陈宅。复以十整份送交《甲寅》周刊社代售。余均度置心一室中。[1]

8月13日：

晚，杨宗翰来。宓告以中华将以黎锦熙为编辑长之消息，恐其借故停办《学衡》。相对忧愤，计无所出云。[2]

11月14日：

十时至大川淀29号梁家义宅，赴所号为读经团之讲学会。是日由李郁君主讲经学之各种问题。由梁君备午餐款待。复讨论至下午三时半始散。本会会员如下：（一）梁家义。（二）李郁……（三）王文豹……极痛恨非孝无父及自由恋爱等新说……（四）陆懋德。（五）尹国镛……（六）吴宓。而是日由梁君新请加入者，则有（七）孙雄……（八）刘异，字蕙农（《甲寅》周刊社评署名蕙字者是也）……[3]

11月21日：

饭后，宓与梁家义谈《学衡》停办事。梁君谓彼与黎锦熙极稔。知黎深恨《学衡》，必欲破灭之以为快。编辑长或系在京遥领，破灭之举，抑或出黎君。若然，则无法挽回。宜筹备在京自办。渠当先与王文豹、彭毅二君谈商印刷经理之事，下星期再细计议云云。窃思自办极不容易，然若中华必欲停刊，此

---

［1］ 吴宓著、吴学昭整理注释：《吴宓日记》3，北京三联书店1998年版，第179页。
［2］ 同上，第204页。
［3］ 同上，第250页。

亦惟一之途径耳。[1]

11月28日：

读经团诸人轮值作东，是日为宓当值，预定肴馔（七元）于中央公园长美轩四号。十时许往，而梁家义已先至。梁君告宓以《学衡》在京发行事，王文豹仅允作函介绍，由宓与第一监狱办事人直接商谈。彭、薛二君，亦皆未即愿任经理。而李郁谓有某方愿出二千元办《经学月刊》，可以经学附入《学衡》中，而求其以此二千元资助《学衡》社。遂招李前席共商。李意似不赞成，仅谓当转询前途。已耳诸客毕集，餐后，议决以张文襄《奏定学堂章程》读经一章抄出，送达各大军阀，请其颁行遵办云。但送达之函，均不列名。读经团中人，其见解只如此。若《学衡》之用意及吾侪所持之道理，彼等固决不能了解也。

……访杨宗翰于其家，谈至傍晚，始归按院胡同寓宅。杨谓宜托人求章士钊向范源廉说项，以维持《学衡》。宓以曲折过多，故未照行。[2]

11月30日：

函张季鸾，托其转商泰东图书局接办《学衡》，从梁家义之忠告也。越三日，得复函云，无能为力。[3]

稍作总结，1926年1月1日，吴宓访李思纯。二人议定由李思纯作介绍人，致函章士钊，约定章、吴二人会谈之事，惜此事未

[1] 吴宓著、吴学昭整理注释：《吴宓日记》3，北京三联书店1998年版，第254页。
[2] 同上，第257页。
[3] 同上，第259页。

成。1926 年 1 月，吴宓本打算在《甲寅》周刊中刊出《学衡》杂志的广告，但此已撰成之广告后未见有刊出。1926 年 2 月，后期"甲寅派"重要成员梁家义购买了《学衡》第 1—47 期整份，吴宓亲送至其手中。二人约定，由梁家义介绍章士钊及《甲寅》周刊经理彭毅与吴宓一谈。后吴宓曾与彭毅会谈《学衡》事，但未与章士钊晤面。1926 年 6 月，吴宓曾将十整份《学衡》送交《甲寅》周刊社代售。1926 年 8 月 13 日，后期"甲寅派"成员杨宗翰来找吴宓，谈深恨黎锦熙将为中华书局编辑长一事，二人相对忧愤。1926 年 8 月 31 日，中华书局致函吴宓，告知"局中罢工，久未解决，致《学衡》亦停顿而不能出版"[1]。1926 年下半年，吴宓为《学衡》停刊事奔波劳累。过程之中，梁家义曾不断为其出谋划策。又为此事，杨宗翰曾建议求章士钊出面向范源廉说项，但吴宓并不赞同。直至 1927 年 4 月 2 日《甲寅》周刊终刊，吴宓终未与章士钊见面。这是《甲寅》周刊办刊过程中吴宓与后期"甲寅派"成员交往之大概。

1964 年 7 月 18 日，吴宓日记记道："中夜 1:00 起，徘徊至 2:40 乃复骈（笔者按：指胡先骕）七月十一日函，……补叙 1925 未从萧纯锦议，使《学衡》社与《甲寅》社公开联合。"[2]这说明《甲寅》周刊创刊后，"学衡派"与后期"甲寅派"是有过联合的可能的。吴宓当时拒绝了萧纯锦的提议，大概是觉得章士钊毕竟是政治人物，终非同道中人。

同样是坚决反对新文化运动、反对新文学，同样是试图终生坚

[1] 吴宓著、吴学昭整理注释:《吴宓日记》3，北京三联书店 1998 年版，第 214 页。
[2] 吴宓著、吴学昭整理注释:《吴宓日记》续编 6，北京三联书店 2006 年版，第 275 页。

守自己的文化理想，"学衡派"与后期"甲寅派"的成员在新中国成立后却可能遭遇了完全不同的命运。这里以"学衡派"的吴宓与后期"甲寅派"的章士钊为例来展开论述。

二 吴宓：困境中的坚守

1949 年以后，由于无法"离开这块对他来说比生命更为重要的中国文化植根所在的土地"[1]，吴宓选择留在了大陆。1950 年 4 月，吴宓被聘为四川省立教育学院专任教授。1950 年 8 月，四川省立教育学院与重庆国立女子师范学院合并为西南师范学院，吴宓遂成为西南师范学院专任教授。他的后半生即在这所学校里度过。[2]

吴宓新中国成立后所作的日记给他带来了灾祸，以至在"文革"中他自己也感叹道："诸多亲友，因畏宓日记中写入彼等，而不敢同宓往来，况前数年宓之罪过，皆由写日记得来，岂可不惩前毖后乎？"[3] 尽管如此，他依然秉笔直书，忠实记录下了自己后半生的荣辱。我们即以保存下来的吴宓建国后的日记为研究对象[4]，来考察他内心坚守文化理想的不易。

---

［1］ 吴宓著、吴学昭整理注释：《吴宓日记》续编，北京三联书店 2006 年版，扉页。

［2］ 吴宓著、吴学昭整理注释：《吴宓日记》续编 1，北京三联书店 2006 年版，第 16—17 页。

［3］ 吴宓著、吴学昭整理注释：《吴宓日记》续编 10，北京三联书店 2006 年版，第 269 页。

［4］ 2006 年，北京三联书店出版了吴宓 1949—1974 年的日记，此即由吴宓女儿吴学昭整理注释的《吴宓日记续编》1—10 册。因屡被查抄，内有缺失。又以 1949 年和 1950 年的日记，被当时代为保管的吴宓西南师范学院中文系同事陈新尼于 1966 年擅焚毁而永不可再得为最大遗憾。

1951 年 4 月 15 日，有人劝吴宓将自己所作的日记、诗稿焚毁，或择要摘存，以免祸患。吴宓在当日日记中记道："宓乃一极悲观之人，然宓自有其信仰，如儒教、佛教、希腊哲学人文主义，以及耶教之本旨是。又宓宝爱西洋及中国古来之学术文物礼俗德教，此不容讳，似亦非罪恶。必以此而置宓于罪行，又奚敢辞？宓已深愧非守道殉节之士，依违唯阿，卑鄙已极。若如此而犹不能苟全偷生，则只有顺时安命，恬然就戮。"[1] 此后，吴宓虽历经各种运动，但可以说始终不改其志。如 1952 年 11 月 19 日，吴宓在日记中记道："白师及吾侪所主张之 art，是正宗，亦今世所需，惜不得见用于世也！"[2] 1963 年 9 月 26 日，吴宓在日记中记道："夫'我欲仁，斯仁至矣'，又'放下屠刀，立地成佛'，惟有佛、耶之教，是真正提倡和平者。而以孔子之学说为中心基础之人文主义，实为救世化民之惟一正确法门，无分东西，无间治乱，皆可行也。"[3] 1964 年 8 月 13 日，吴宓读 Blyth《英国文学史》一书，记道："作者无白璧德师等悲天悯人、热心救世，与保存、拥护人类文化道德宗传之毅力弘愿故耳。"[4] 直至"文革"时期，在 1968 年 1 月 27 日的日记中，吴宓依然记道："宓又曾闻中西古今圣贤之教，多读文史典籍，宝爱中国及世界文明，不忍见其渐灭，故不能从诸君专诚一心……参加阶级斗争，故宓之思想改造实难，而前途之祸

［1］ 吴宓著、吴学昭整理注释：《吴宓日记》续编 1，北京三联书店 2006 年版，第 112—113 页。
［2］ 同上，第 460 页。
［3］ 吴宓著、吴学昭整理注释：《吴宓日记》续编 6，北京三联书店 2006 年版，第 79 页。
［4］ 同上，第 299 页。

福未可知也。"[1] 1969 年 6 月 11 日，吴宓"梁平日记"中记录下他在西师梁平分院劳动时的一次发言，"宓自己之思想感情，爱中国、爱中国文化，不求利、不营私，始终一贯，则实昭然可与世人共见，而人之知我者亦甚多也"[2]。世事浮沉，沧桑变幻，但吴宓当年与友人一起创办《学衡》时心中燃烧着的"昌明国粹，融化新知"之火焰却始终没有熄灭。

1951 年 1 月 20 日，吴宓在日记中记道："李孝传以新撰成之颂词（会中用）来求政。宓以素不习白话文拒之"。[3] 1951 年 8 月 13 日，吴宓又记道："宓年来恒用推宕之法以守沉默，至今未刊布一文，且各种报告、记录、自白书柬亦一律用文言，未尝作白话。今后断难长期如此，是则宓死之日近矣，于是悲郁不胜"[4]。1952 年，吴宓奉命作《毛主席延安文艺座谈会讲话十周年重读之自我检讨》。时任重庆大学中文系教授的何剑熏读到后，"命宓以后用语体文写作"。吴宓在日记中记下他当时的回应，"宓唯唯"[5]。此后，无论别人如何批判，吴宓始终坚持了用文言记日记，直至卷终。

1954 年 3 月 14 日，吴宓在日记中记道："新华书店观书，见中国文字改革委员会报告，大旨决定废汉字、用拼音，但宜稳慎进

[1] 吴宓著、吴学昭整理注释:《吴宓日记》续编 8，北京三联书店 2006 年版，第 365 页。
[2] 吴宓著、吴学昭整理注释:《吴宓日记》续编 9，北京三联书店 2006 年版，第 119 页。
[3] 吴宓著、吴学昭整理注释:《吴宓日记》续编 1，北京三联书店 2006 年版，第 39 页。
[4] 同上，第 189 页。
[5] 同上，第 351 页。

行云云。索然气尽，惟祈宓速死，勿见及此事"。[1] 至 1955 年 3 月 5 日，吴宓日记记道："晚萧瑞华来，宓与谈中国文字之优卓，胜过西文之处。近中国文字改革委员会已宣布通行简字，并以拉丁化拼音为最后之目标，则汉字亡，中国文化全亡，已成事实。今后更无挽救之机会，曷胜痛心！"[2] 从此，吴宓在反对白话之余又多了一项任务，即反对文字改革及简体字。

1955 年 4 月 11 日，吴宓在《重庆日报》上读了中国文字改革委员会公布的汉字改革方案后，在日记中记道："读《重庆日报》见……中国文字改革委员会近顷公布之汉字改革方案，略谓中国文字……决改为拼音文字……暂用汉字以资过渡。然汉字繁难，故今决逐步增多采用旧有新造之简体字。兹先公布已经选定者约八百简体字……其例如下。各类（一）鬍鬚改为胡须。（二）體改体。（三）後改后。（四）叢改丛。（五）鑿改凿。（六）遼改辽。（七）云改出……宓读之大愤苦。夫文字改革之谬妄，吾侪言之已数十年……即以采用简体字而论，前此之办法，尚无此次之卤莽灭裂，完全破坏汉文之系统者，如上之例。（三）以同音字代替。为略省笔画，徒滋混淆。（四）（六）或阴平与阳平，或平声与上声去声，其音本不同，胡可代？（五）则以后将只存部首，尽废该部中之字矣。至于（七）全不合造字之原意，且亦省笔不多。今之俗妄人所为，焉可尊为典则。"[3] 吴宓的心情也只能以一句"大愤苦"来概之。1955 年 8 月 19 日，吴宓于《重庆日报》睹第二批简体字公布，在当日日记中

[1] 吴宓著、吴学昭整理注释：《吴宓日记》续编 2，北京三联书店 2006 年版，第 26 页。
[2] 同上，第 137 页。
[3] 同上，第 146—147 页。

记道:"伤心中国文化(汉字、儒教)之亡,私深悲愤"。[1] 1955年10月7日,吴宓在日记中谈"文字"之重要:"昔人谓'中国以文字立国',诚非虚语。而文言废、汉字灭,今之中国乃真亡矣!"[2] 1955年11月6日,吴宓在日记中记道:"所最恨者,白话已盛行久,今又有汉字之改革,简体俗字之大量采用,将见所谓中国人者,皆不识正体楷书之汉字,皆不能读通浅近之文言,如宓此日记之文,况四书五经、韩文杜诗乎?如此,则五千年华夏之文明统诸全绝。而中国人与全世界人皆不知中国旧文化为何物,又安能撷取其精华,以为全世之裨益、全人类之受用者乎?"[3] 1955年12月5日,吴宓日记记道:"各种集会学习、法令文件书籍,无非简字怪体,使宓感觉头痛。又如吞食沙粒之磨损牙齿,在宓极难受。"[4] 吴宓极其反对文字改革及简体字,1955年之后其日记中仍有多次提及。如1957年"反右"运动中,吴宓8月16日日记中记:"北京有陈梦家,以反对文字改革为其罪。按宓于五月二十日致唐兰、陈梦家一函,似因浆糊潮湿,邮票脱落,该函竟以'欠资无人收领'退回,宓幸免牵连矣。然宓自愧不如梦家之因文字改革而得罪也。"[5] 1958年在"大跃进"运动中,吴宓迫于形势,贴出了"愿多写简字"[6]的大字报。在随后的日记中吴宓又记道,"我今

[1] 吴宓著、吴学昭整理注释:《吴宓日记》续编2,北京三联书店2006年版,第236页。

[2] 同上,第287页。

[3] 同上,第308页。

[4] 同上,第328页。

[5] 吴宓著、吴学昭整理注释:《吴宓日记》续编3,北京三联书店2006年版,第152—153页。

[6] 同上,第250页。

思想上赞成，但感情上反对"简体字，"宓坚决反对简字，宁甘以此即刻投嘉陵江而死，惟恐疑宓为政治犯畏罪自杀耳"[1]。直至1959年之后，吴宓日记中有关反对文字改革及简体字的文字才有意减少。

主编《学衡》的经历，也让吴宓在建国后深为之所累。事情要从同为"学衡派"成员的邵祖平说起。1951年，邵祖平还在重庆大学中文系任教，吴宓亦在此兼职。11月25日，吴宓日记记"是日《新华日报》斥责邵祖平侮蔑鲁迅先生之文出，波澜大起矣"[2]。12月1日，吴宓日记记"重大遇平，自言深悔，以后必从宓言默忍云云"[3]。12月2日，吴宓日记记"今日《新华》《大公》《新民》三报均有斥平之文，其事益烈"[4]。12月6日，吴宓日记记"下午2:30在1201教室，赴国文系师生检讨邵祖平侮蔑鲁迅先生大会……主席萧曼若（系主任）、文联张惊秋所言，尤刻厉。且谓平之反动思想，乃出于封建堡垒之《学衡》杂志，平为社员，故其顽固非偶然云云"[5]。12月9日，吴宓日记记"即赴沙坪坝，途中读《大公报》载平《初次自检讨》文"[6]。12月16日，吴宓日记记"上午吴则虞来……力劝宓惩前毖后，自今勿更作诗。并谓宓名高于平，且编辑《学衡》，为部聘教授；惹祸发，将严重十倍于平且不止云云"[7]。12月21日，吴宓日记记"晤熏（笔者按：指何剑熏）谈平事，谓

［1］ 吴宓著、吴学昭整理注释：《吴宓日记》续编3，北京三联书店2006年版，第295—296页。
［2］ 吴宓著、吴学昭整理注释：《吴宓日记》续编1，北京三联书店2006年版，第247页。
［3］［4］ 同上，第249页。
［5］ 同上，第251页。
［6］ 同上，第254页。
［7］ 同上，第260页。

平已屈服，惟忧'饭碗'问题，此事即将结束云云"[1]。12 月 23 日，吴宓日记记赴重大文学院"古代文艺研究会召集之邵祖平思想座谈会"[2]。此事至此暂告一段落。1952 年 6 月，事情又惊波澜。6 月 3 日，吴宓日记记"平来，秘告五月二十九日重大中文系小组会中，熏大肆攻诋平兼及宓，指出……《学衡》……应检讨云云"[3]。6 月 10 日，刘朴来访吴宓，又告知何剑熏并未指斥吴宓，乃邵祖平在检讨时"妄多牵引"[4]。6 月 13 日，吴宓日记记"步往重大……至文学院，晤荀运昌，谓平出言无状，令相知友生寒心。如平在学习小组曾痛攻宓，并谓宓主编《学衡》时，曾受前清某亲王（似指师傅庄士敦）二百元。平拟检举宓云云"[5]。6 月 25 日，吴宓日记记"朴告平三次四次检讨中，痛讦朴及宓，谓朴言不由衷，宓检讨文求人代作云云"[6]。事情至此暂算完结，后邵祖平调往四川大学。在这次事件中，吴宓虽未受直接影响，但无疑警钟已在其耳边敲响。1952 年 5 月 9 日，吴宓日记中记录下文教部派来西师指导思想改造工作的沈忠诚、鲁国珍二人对他的一次忽然造访："先答二同志所问宓个人生活及西师各方面情形，表示宓自知旧思想包袱甚重，极愿参加而切实改造。次简述宓之履历及事业，举出（一）《学衡》（二）《大公报·文副》（三）《吴宓诗集》（四）《红楼梦》演讲

[1]　吴宓著、吴学昭整理注释:《吴宓日记》续编 1，北京三联书店 2006 年版，第 263 页。
[2]　同上，第 264 页。
[3]　同上，第 362 页。
[4]　同上，第 364 页。
[5]　同上，第 366 页。
[6]　同上，第 374 页。

四件，均承认缺失，俟后自加评责。"[1] 这是吴宓建国后日记中首次出现为当年办《学衡》等刊物而作检讨的文字。当然，这检讨并非由衷之言。以后，因《学衡》等事，吴宓受到了无数次批判，也作了无数次检讨。我们却依然在他日记的字缝中读到这样的文字："晨4:30醒，细思生平，今者，宓以七十之年，始明悉爱情、人生及文学、事业之真际，而深悔宓前此五六十年机会境遇之佳而不能善用，资禀才智之富而不自坚持，以至百事无成，蹉跎一生……至于《学衡》之坚持与扩大其影响，《大公报·文学副刊》之勤职与改进，皆义所当为而力能做到者。"[2] 可见，在吴宓心目中，当年创办《学衡》等刊物自是其一生中光辉闪耀之行为。

三 章士钊：夹缝中的坚持

与吴宓一样，章士钊也坚持了自己的文化理想。

1949年，章士钊先后以"上海人民和平代表团"代表与"南京政府和平商谈代表团"代表的身份与他人一起北上北平，代表中国国民党与中国共产党谈判。谈判失败后，章士钊选择留在了北平。加之早在1920年，章士钊曾发动社会各界名流捐款，筹集到两万元的资金助毛泽东开展革命活动，后来毛泽东在重庆谈判及此次北平和谈时见到章士钊都提及了这件章氏本人已经忘却的旧事，他自然受到中国共产党的礼遇。1949年9月，第一届中国人民政治协商会议在北京召开，章士钊被选为政协委员。此后历任全国人大常

---

[1] 吴宓著、吴学昭整理注释：《吴宓日记》续编1，北京三联书店2006年版，第345页。

[2] 吴宓著、吴学昭整理注释：《吴宓日记》续编6，北京三联书店2006年版，第103页。

委、全国政协常委、中央文史研究馆馆长等职。章士钊还为国共再次和谈不断奔走出力，直至最后病逝于香港。[1]

政治上的地位恰恰帮助章士钊实现了自己在文化领域的部分坚守。《章士钊全集》中所收录的章士钊建国后的文字一律仍用文言书写。他给毛泽东写信也是用文言。如1955年元旦，章士钊致函毛泽东，录之如下："润公主席座右：今日是乙未元旦，物转星移，无所致祝，特献一满洲女子之自述册子，备公作《太平广记》观，为几余涤虑之助，并媵一诗于后：入春春意满江湖，举国喁喁望汉醻（指解放台湾），谁是旧时王谢燕，衔书献作朝发图。按此诗为该女子自撰自书，以文字论似亦女知识分子中之佼佼者，况益以身为满人零落不偶之境遇乎。唯公优予提振，不胜大愿之肃敬，敬春礼。章士钊谨呈。汉铜洗文，丁未元春。"[2]可见，新中国成立后章士钊依然保持了自己的作文习惯。

1894年，13岁的章士钊在长沙购得一部《柳宗元文集》，从此终身研读柳宗元的文章。1964年，83岁的章士钊完成了他一生中最后一部重要著作《柳文指要》的上部"体要之部"。"体要者，谓《柳集》本体所有事，必须交代清楚也。"章士钊依原集次第，逐篇加以说明，号曰"体要之部"。他为该书撰写了总序，云"平生行文，并不摹拟柳州形式，独柳州求文之洁，酷好《公》、《谷》，又文中所用助字，一一叶于律令，依事著文，期于不溢，一扫昌黎文无的标、泥沙俱下之病。余遵而习之，渐形自然，假令此号为有

---

[1] 参见邹小站编《章士钊生平活动大事编年》，载邹小站著：《章士钊社会政治思想研究（1903—1927年）》，湖南教育出版社2001年版，第325—326页。

[2] 章士钊著：《章士钊全集》8，文汇出版社2000年版，第88页。

得，而余所得不过如是"。1965 年，章士钊又完成了该书的下部"通要之部"。上下部共计百余万字。所谓"通要之部"，系"赅括千年来之评论，分别项目，如政治、文学、儒佛、韩柳交谊种种，各归部居，严加分析"[1]。1966 年，章士钊在为该书撰写的"跋"中指出，"十五年来，全国文家，以所谓古文格式从事撰写者，几于绝无而仅有，青青子衿，求其了解旧体文无所于滞，亦几成为断港绝潢之无所出"[2]。现在，以"古文格式"撰写的《柳文指要》完成了。章士钊说这本书与新时代有"不可分离之连谊"[3]。因为"曩治古文，无不以音义为重……吾意以新时代而研习旧文理，又当文字改革步步扩大时期，必须开放诸小学家拘墟顽执惯习，始能收到文从字顺之利……本编止于疏通文义，而忽略音义……提出一古不背今之文雅正宗柳子厚，为之的彀，应足为刷新世界，光华复旦之一有力反照"。章士钊将《柳文指要》称为"继往而不开来之作"[4]。此后几经周折，该书终于在 1971 年由中华书局出版。此时的章士钊已 90 岁高龄了。

[1] 章士钊著：《章士钊全集》9，文汇出版社 2000 年版，"总序"第 1 页。
[2][3] 章士钊著：《章士钊全集》10，文汇出版社 2000 年版，第 1651 页。
[4] 同上，第 1652—1653 页。

参考文献

一　期刊

1　《新青年》，人民文学出版社 1954 年影印本。

2　《大公报》（天津版），人民出版社 1982、1983 年影印。

3　《学衡》，江苏古籍出版社 1999 年版。

4　《国粹学报》，广陵书社 2006 年版。

5　《甲寅杂志　甲寅周刊》，国家图书馆出版社 2009 年版。

6　《小说海》，中国图书公司和记发行。

7　《语丝》，北新书局出版。

二　著作

1　吴寄尘著：《故小说家的诗选》，上海新民书局 1935 年版。

2　舒新城编：《中国近代教育史资料》，人民教育出版社 1961 年版。

3　[德] 斯宾格勒著：《西方的没落》，商务印书馆 1963 年版。

4　李泽厚著：《中国近代思想史论》，人民出版社 1979 年版。

5　汪荣祖编：《五四研究论文集》，（台湾）联经出版事业公司 1979 年5 月版。

6　萧超然等著：《北京大学校史（1898—1949）》，上海教育出版社1981 年版。

7　商务印书馆编辑部编：《论严复与严译名著》，商务印书馆 1982年版。

8　丁守和等主编：《辛亥革命时期期刊介绍》（第一、二集），人民出版社 1982 年版。

9 南京大学校庆办公室校史资料编辑组、学报编辑 1982 年编:《南京大学校史资料选辑》。

10 薛绥之、张俊才编:《林纾研究资料》, 福建人民出版社 1983 年版。

11 丁守和等主编:《辛亥革命时期期刊介绍》(第三集), 人民出版社 1983 年版。

12 汪原放著:《回忆亚东图书馆》, 学林出版社 1983 年版。

13 沈松侨著:《学衡派与五四时期的反新文化运动》,"国立台湾大学"出版委员会 1984 年 6 月版。

14 《林琴南文集》, 中国书店 1985 年影印版。

15 陈崧编:《五四前后东西文化问题论战文选》, 中国社会科学出版社 1985 年版。

16 曹述敬编:《钱玄同年谱》, 齐鲁书社 1986 年版。

17 王栻主编:《严复集》, 中华书局 1986 年版。

18 章念驰编:《章太炎生平与思想研究文选》, 浙江人民出版社 1986 年版。

19 丁守和等主编:《辛亥革命时期期刊介绍》(第四集), 人民出版社 1986 年版。

20 丁守和等主编:《辛亥革命时期期刊介绍》(第五集), 人民出版社 1987 年版。

21 吴辉义主编:《历代名人与宣州》(续集), 宣州报社印刷厂 1988 年印。

22 唐宝林、林茂生编:《陈独秀年谱》, 上海人民出版社 1988 年版。

23 唐沅等编:《中国现代文学期刊目录汇编》, 天津人民出版社 1988 年版。

24 王恒礼等编著:《中国地质名人录》, 中国地质大学出版社 1989 年版。

25 徐瑞岳编著:《刘半农年谱》, 中国矿业大学出版社 1989 年版。

26 贾植芳主编:《中国现代文学社团流派》，江苏教育出版社 1989 年版。

27 [美] 艾凯著:《世界范围内的反现代化思潮——论文化守成主义》，贵州人民出版社 1991 年版。

28 北京大学校史研究室编:《北京大学史料》(第一卷　1898—1911)，北京大学出版社 1993 年版。

29 李家骥、李茂肃、薛祥生整理:《林纾诗文选》，商务印书馆 1993 年版。

30 唐德刚译注:《胡适口述自传》，华东师范大学出版社 1993 年版。

31 吴宓著:《吴宓自编年谱》，北京三联书店 1995 年版。

32 孙尚扬、郭兰芳编:《国故新知论:学衡派文化论著辑要》，中国广播电视出版社 1995 年版。

33 胡适著:《胡适文存》，黄山书社 1996 年版。

34 李妙根编选:《国粹与西化——刘师培文选》，上海远东出版社 1996 年版。

35 刘师培著:《刘师培全集》，中共中央党校出版社 1997 年版。

36 傅杰编:《章太炎》，上海三联书店 1997 年版。

37 王学珍等主编:《北京大学纪事 (1898—1997)》，北京大学出版社 1998 年版。

38 张兵著:《章太炎传》，团结出版社 1998 年版。

39 吴宓著、吴学昭整理注释:《吴宓日记》，北京三联书店 1998 年版。

40 徐葆耕编选:《会通派如是说——吴宓集》，上海文艺出版社 1998 年版。

41 王世儒编撰:《蔡元培先生年谱》，北京大学出版社 1998 年版。

42 沈卫威著:《回眸"学衡派"——文化保守主义的现代命运》，人民文学出版社 1999 年版。

43 钱谷融主编、吴俊标校:《林琴南书话》，浙江人民出版社 1999

年版。

44　霍益萍：《近代中国的高等教育》，华东师范大学出版社 1999
年版。

45　邹小站著：《章士钊传》，河南文艺出版社 1999 年版。

46　周策纵（美）著：《五四运动史》，岳麓书社 1999 年版。

47　沈卫威著：《吴宓与〈学衡〉》，河南大学出版社 2000 年版。

48　王学珍、郭建荣主编：《北京大学史料》（第二卷　1912—1937），
北京大学出版社 2000 年版。

49　章含之、白吉庵主编，章士钊著：《章士钊全集》，文汇出版社
2000 年版。

50　郑师渠著：《在欧化与国粹之间——学衡派文化思想研究》，北京
师范大学出版社 2001 年版。

51　邹小站著：《章士钊社会政治思想研究（1903—1927 年）》，湖南
教育出版社 2001 年版。

52　钱玄同著：《钱玄同文集》，中国人民大学出版社 2001 年版。

53　罗岗、陈春艳编：《梅光迪文录》，辽宁教育出版社 2001 年版。

54　袁景华著：《章士钊先生年谱》，吉林人民出版社 2001 年版。

55　高恒文著：《东南大学与“学衡派”》，广西师范大学出版社 2002
年版。

56　（英）赫胥黎著、严复译著、李珍评注：《天演论》，华夏出版社
2002 年版。

57　王德滋主编：《南京大学百年史》，南京大学出版社 2002 年版。

58　苏云峰著：《三（两）江师范学堂：南京大学的前身（1903—
1911）》，南京大学出版社 2002 年版。

59　《南大百年实录》编辑组编：《南大百年实录》，南京大学出版社
2002 年版。

60　赵家璧主编、郑振铎编选：《中国新文学大系·文学论争集》，上
海文艺出版社 2003 年影印版。

61 万仕国编著:《刘师培年谱》,广陵书社 2003 年版。

62 马勇编:《章太炎讲演集》,河北人民出版社 2004 年版。

63 冒荣著:《至平至善 鸿声东南——东南大学校长郭秉文》,山东教育出版社 2004 年版。

64 吴宓著、吴学昭整理:《吴宓诗集》,商务印书馆 2004 年版。

65 白吉庵著:《章士钊传》,作家出版社 2004 年版。

66 《鲁迅全集》,人民文学出版社 2005 年版。

67 郑师渠著:《思潮与学派:中国近代思想文化研究》,北京师范大学出版社 2005 年版。

68 吴宓著、吴学昭整理:《吴宓诗话》,商务印书馆 2005 年版。

69 常乃惪著:《中国思想小史》,上海古籍出版社 2005 年版。

70 余英时著:《现代危机与思想人物》,北京三联书店 2005 年版。

71 许桂亭选注:《林纾文选》,百花文艺出版社 2006 年版。

72 段怀清著:《白璧德与中国文化》,首都师范大学出版社 2006 年版。

73 胡适著:《胡适留学日记》,安徽教育出版社 2006 年版。

74 吴宓著、吴学昭整理注释:《吴宓日记》(续编),北京三联书店 2006 年版。

75 沈卫威著:《"学衡派"谱系——历史与叙事》,江西教育出版社 2007 年版。

76 胡宗刚撰:《胡先骕先生年谱长编》,江西教育出版社 2007 年版。

77 张俊才著:《林纾评传》,中华书局 2007 年版。

78 陈平原、夏晓虹编:《北大旧事》,北京大学出版社 2009 年版。

79 章太炎讲演、曹聚仁整理:《国学概论》,中华书局 2009 年版。

80 段怀清编:《新人文主义思潮——白璧德在中国》,江西高校出版社 2009 年版。

81 朱文通主编:《李大钊年谱长编》,中国社会科学出版社 2009 年版。

82 姚永概著、沈寂标点:《慎宜轩日记》,黄山书社 2010 年版。

83 温儒敏主编:《北京大学中文系百年图史（1910—2010）》,北京大学出版社 2010 年版。

84 章太炎著:《国故论衡》,商务印书馆 2010 年版。

85 陈平原著:《中国现代学术之建立——以章太炎、胡适之为中心》,北京大学出版社 2010 年版。

86 方光华著:《刘师培评传》,百花洲文艺出版社 2010 年版。

87 上海财经大学校史研究室编:《郭秉文与上海商科大学》,上海财经大学出版社 2010 年版。

88 赵亚宏著:《〈甲寅〉月刊与中国新文学的发生》,人民出版社 2011 年版。

89 钱基博著:《现代中国文学史》,商务印书馆 2011 年版。

90 华强著:《章太炎大传》,上海交通大学出版社 2011 年版。

91 中华梅氏文化研究会编:《梅光迪文存》,华中师范大学出版社 2011 年版。

92 〔美〕欧文·白璧德著、张沛、张源译:《文学与美国的大学》,北京大学出版社 2011 年版。

93 吴学昭编:《吴宓书信集》,北京三联书店 2011 年版。

94 章玉政编著:《刘文典年谱》,安徽大学出版社 2011 年版。

95 朱希祖:《朱希祖日记》,中华书局 2012 年版。

96 朱斐主编:《东南大学史》(第一卷),东南大学出版社 2012 年版。

97 耿云志编:《胡适年谱》(修订本),福建教育出版社 2012 年版。

98 王红军校注、林纾著:《畏庐琐记》,漓江出版社 2013 年版。

99 朱元曙、朱乐川撰:《朱希祖先生年谱长编》,中华书局 2013 年版。

100 汤志钧编:《章太炎年谱长编》(增订本),中华书局 2013 年版。

101 张旭、车树昇编著:《林纾年谱长编（1852—1924）》,福建教育出版社 2014 年版。

102 章太炎著、徐复点校:《章太炎全集》,上海人民出版社 2014年版。

103 杨天石主编:《钱玄同日记》(整理本),北京大学出版社 2014年版。

104 吴学昭著:《吴宓与陈寅恪》(增补本),北京三联书店 2014年版。

105 吴芳吉著、傅宏星编校:《吴芳吉全集》,华东师范大学出版社 2014年版。

三 论文

1 钱钟书:《林纾的翻译》,收入 1983 年福建人民出版社出版的由薛绥之、张俊才所编之《林纾研究资料》一书。

2 沈松侨:《五四时期章士钊的保守思想》,见 1986 年 12 月出版的《"中央研究院"近代史研究所集刊》第 15 期下册。

3 舒芜:《"桐城谬种"问题之回顾》,《读书》1989 年第 11 期。

4 王泉根:《吴宓主编〈学衡〉杂志的初步考察》,《西南师范大学学报》(哲学社会科学版)1990 年第 4 期。

5 刘云昌:《吴宓的小说观》,《龙岩师专学报》(社会科学版)1996 年第 2 期。

6 陈平原:《迟到了十四年的任命——严复与北京大学》,《开放时代》1998 年第 3 期。

7 汪春泓:《论刘师培、黄侃与姚永朴之〈文选〉派与桐城派的纷争》,《文学遗产》2002 年第 4 期。

8 李怡:《〈甲寅〉月刊:五四新文学运动的思想先声》,《中国现代文学研究丛刊》2003 年第 4 期。

9 周逢琴:《论章士钊的逻辑文》,青岛大学 2003 年硕士论文。

10 滕峰丽:《从前、后〈甲寅〉看章士钊的思想转变(1914—1927)》,华中师范大学 2004 年硕士论文。

11　沈卫威：《〈大公报·文学副刊〉与新文学姻缘》，《山东师范大学学报》（人文社会科学版）2005 年第 2 期。

12　杨扬：《哈佛所见文史资料四则》，《扬子江评论》2006 年创刊号。

13　吴微：《从亲和到遗弃：桐城派与京师大学堂的文化因缘》，《东方丛刊》2006 年第 3 期。

14　江中柱：《〈大公报〉中林纾集外文三篇》，《文献》2006 年第 4 期。

15　袁甜：《〈甲寅〉杂志研究》，苏州大学 2006 年硕士论文。

16　刘康：《五四新文学缘起的政治文化再考——以〈甲寅〉月刊为中心》，西南大学 2006 年硕士论文。

17　汪美良：《〈甲寅周刊〉的文化保守主义思想（1925—1927）》，湖南师范大学 2007 年硕士论文。

18　潘务正：《"桐城谬种"考辨》，《安徽师范大学学报》（人文社会科学版）2008 年第 1 期。

19　郭双林：《前后"甲寅派"考》，《近代史研究》2008 年第 3 期。

20　王存奎：《学衡派与新文化派文化论争的历史考察——兼评学衡派的文化观》，《徐州师范大学学报》（哲学社会科学版）2009 年第 5 期。

21　慈波：《误读与重释：作为古文家的林纾》，《中山大学学报》（社会科学版）2009 年第 6 期。

22　崔剑：《"小说海"里说小说——〈小说海〉初探》，2009 年硕士论文。

23　孟庆澍：《新文学缘何而来——从〈新青年〉与〈甲寅〉月刊的差异说起》，《河南大学学报》（社会科学版）2010 年第 5 期。

24　李雪荣：《吴宓与新文学》，华东师范大学 2010 年硕士论文。

25　杨扬：《中国现当代文化语境中的白璧德》，《读书》2011 年第 5 期。

26　张晓纳：《姚永朴文学思想研究》，华东师范大学 2011 年硕士论文。

27 仝冠军：《〈学衡〉停印原因考》，《新文学史料》2013 年第 1 期。

28 高传峰：《论胡适与梅光迪、任鸿隽等人的文学革命争论》，《社会科学》2013 年第 8 期。

29 邓百意：《王钟麒笔名与著述考》，《中国文学研究》2014 年第 2 期。

30 倪伟：《〈新青年〉时期钱玄同思想转变探因》，《杭州师范大学学报》(社会科学版) 2015 年第 4 期。

31 沈卫威：《"学衡派"文化理念的坚守与转变》，《文艺研究》2015 年第 9 期。

32 李翔海：《文化保守主义是怎样被归入"旧文化"阵营的——一个观念史的考察》，《社会科学战线》2015 年第 9 期。

33 范培松、何亦聪：《论"桐城谬种"之说的谬误和谬传》，《中国现代文学研究丛刊》2015 年第 10 期。

34 王晴佳：《白璧德与"学衡派"——一个学术文化史的比较研究》，《"中央研究院"近代史研究所集刊》第 37 期。

35 刘贵福：《钱玄同与刘师培》，"第三届中国近代思想史国际学术研讨会"论文。

后　记

2008 年 6 月我硕士毕业后，在西北一所高校里任教。这所学校虽然不起眼，却难得地给我提供了从事中国现代文学教学的机会。那个时候，我特别迷恋现代文学。鲁迅、郁达夫、萧红……他们的名字每天在我脑子里打转。因为我的硕士论文没有做成现代文学方向的研究，我一直心存遗憾，迫切地想要进入到现代文学研究领域里去。在高校的课堂上给学生们讲现代文学课，对我来讲，正是得偿所愿。

我教了四年时间的现代文学，真实的体会是这门课并不好教。课程的知识点特别多，而你读的书又太少，所以很难驾驭。其实即便到了现在，我读完了博士，在课堂上给学生讲现代文学，也仍然会有捉襟见肘的时候。只不过跟年轻时相比，现在的我已经坦然许多。刚走上讲台的那会儿，我每天都很焦虑。明明是自己最喜欢的课，自家却应付不过来。比如，在讲"文学革命"这一章的内容时，我们总会提到"学衡派"、"甲寅派"反对新文化——新文学运动的声音，这一点我就讲不清楚，只能把教材上的内容照搬给学生。如果我的身边有一座藏书量丰富的图书馆，我多看看书，查一查报刊，对这些问题的理解也许就会深入一些。可惜，我也没有这样的条件。2011 年我结婚以后，终于辞掉了一直以来兼职的辅导员工作。我觉得再不能拖下去了，我要去读博士，我这里积压的学术问题已经太多了。

我是多么幸运啊！2012 年 9 月，我在华东师范大学中文系的教室里听到了杨扬老师的课。他总是那么随意地即兴而谈，也不拿稿子，却让我们这些学生一次次醍醐灌顶。我记得杨老师给我们讲得最多的，就是要大家把眼光放长远，研究一些有格局的学术问题。我们听了杨老师的话，便都拼命地想找到一些有格局的学术问题来做博士论文。我知道杨老师对梅光迪、吴宓等"学衡派"成员做过研究，素有心得，早早地就做好了打算，要跟着他做"学衡派"研究。我在华东师范大学图书馆一楼将1999年江苏古籍出版社影印出版的《学衡》杂志借了出来，那种兴奋的感觉到现在依然记忆犹新。我那时并没有想到，梅光迪、吴宓、胡先骕这些人的名字会那么长时间地跟随着我，以至在博士毕业已经很久以后，我还在继续读着他们的书，做有关"学衡派"的研究。

在仔细阅读了前人有关"学衡派"研究的成果后，我当时的想法是着眼于反对新文化——新文学运动这一立场，将"学衡派"和章士钊的"甲寅派"放在一起来做研究。这个观点得到了杨老师的支持。我顺利地开了题。后来，在做博士论文的过程中，我又进一步将"文学革命"初期，林纾等人与新文学阵营的纠葛也纳入了研究领域，并在论文中提出了"中国反新文学运动"的概念。此前，并未见有人做过如此系统的研究，我认为这个尝试是有意义的。在写作时，我特别注意了一点，就是前人说过的话，做过的研究，都尽量少说或一笔带过。我希望尽可能地做一些新鲜的研究，谈一些新的观点。今天看来，文章中还是有一些不尽如人意的地方，但当时却是满怀热情地尽着全力做了。

学术研究，本来也是见仁见智。比如，关于"学衡派"的成员，当初《学衡》在创刊时，大家曾议定凡有文章登载者即视为是该社社员，今天我们在做"学衡派"研究时，便倾向于将所有在《学衡》上发过文章的人都视为"学衡派"成员。"社员"到底等不等同于"成员"？有人提出过反对意见，我很佩服他的识见。他的问题是，朱自清曾在《学衡》第73期发表过文章，难道他也是"学衡派"成员？显然，他认为这样一刀切是不合适的。但是，我们可以看一下，朱自清在《学衡》第73期发表的是一首旧体诗《蹉跎》。当时，他在清华大学任教，与吴宓等人是同事。如果做细致的考察，可知这一时期他在思想上与"学衡派"是多有契合的。关于后期"甲寅派"的成员，我们也会遇到类似的问题。如徐志摩是写新诗的，但他在《甲寅》周刊第1卷第42号上发表过一封致章士钊的文言信，编辑命名为《烟士披里纯》。我们想想，信用文言所写，这不也是站在章士钊立场上的一种表达吗？所谓新，所谓旧，界限有时候并不是那么清晰。在这本书里，我做了一个笨拙但并非无益的工作，就是将《学衡》杂志和《甲寅》周刊上所有的作者，按照见刊次数及见刊顺序分别做了排列。当我最后将这些名单列出来的时候，我感觉自己仿佛正触摸着刊物跳动的脉搏。

2016年6月，我从华东师范大学毕业，回到了之前工作的单位。原本这篇博士论文应该早早出版的，可阴差阳错，一直拖了这么久，才等到出版的时候。这期间，我一直在继续做"学衡派"的研究。此刻，我的桌子上还正放着10本《吴宓日记续编》。趁着这次出版的机会，我将这本论文又从头到尾读了一遍，有一些地方做了必要的增删，但大体上保留了原样。我一向不喜欢改曾经写定的文字，总觉得那里含蕴着你当时的精气神，改了就变了味道了。所以，就尽量让这些文字以原初的面貌问世吧。

感谢我的导师杨扬老师，从论文的完成到最后的出版，他都尽自己的力量给了我帮助。感谢上海书店出版社的杨柏伟老师，他是一个认真负责的人，书稿交到他那里，我感觉很踏实。最后，感谢我的家人一直以来的支持。时间过得太快了！曾几何时，我还是那个有着纯真笑容的男孩子。可现在，我的孩子已经上小学了。很多时候，我还是会感觉到困惑和迷茫，还是会手足无措。希望这本书的出版，能给我一些力量。

高传峰

2021 年 11 月

图书在版编目(CIP)数据

"学衡派"与新文学运动/高传峰著. —上海：
上海书店出版社,2022.1
　　ISBN 978 - 7 - 5458 - 2100 - 0

　　Ⅰ. ①学… 　Ⅱ. ①高… 　Ⅲ. ①中国文学—现代文学史
—文学史研究 　Ⅳ. ①I209.6

　　中国版本图书馆 CIP 数据核字(2021)第 186311 号

责任编辑 　何人越
装帧设计 　汪　昊

"学衡派"与新文学运动
高传峰　著

出　　版　上海书店出版社
　　　　　　(201101　上海市闵行区号景路 159 弄 C 座)
发　　行　上海人民出版社发行中心
印　　刷　上海叶大印务发展有限公司
开　　本　890×1240　1/32
印　　张　11
版　　次　2022 年 1 月第 1 版
印　　次　2022 年 1 月第 1 次印刷
ISBN 978 - 7 - 5458 - 2100 - 0/I·531
定　　价　68.00 元